CLASSIC
當代大師
文學經典

愛在瘟疫蔓延時

加布列・賈西亞・馬奎斯
Gabriel García Márquez

EL AMOR
EN LOS
TIEMPOS
DEL
CÓLERA

葉淑吟——譯

來自全世界的最高讚譽！

這部光芒閃耀、令人心碎的作品，是人類有史以來最偉大的愛情小說！

——紐約時報

《愛在瘟疫蔓延時》是馬奎斯最好的小說，
書中關於男女之間各式各樣的愛情令人感歎不已。

——泰晤士報

精湛、誘人的說故事技巧！
馬奎斯筆下的愛情是挽救世界的恩典，也是讓生命充滿意義的偉大力量。

——德國《明鏡週刊》

《愛在瘟疫蔓延時》是馬奎斯最著名的作品，
他為我們描繪了愛情中的執著、忠誠與命運。

——西班牙《ABC日報》

出於一種追求寧靜的狂熱，他下筆帶著強烈的克制……我從未讀過這麼驚人的結尾，爆發力和節奏有如一首交響曲，也像是一艘在我們眾所周知的河流上航行的客輪，作者宛如舵手，以畢生的經驗準確無誤地引導我們穿梭在懷疑與憐憫的危險障礙之間。如果沒有了他的導航，我們將會駛向無愛之地，而他對抗湍湍水流的努力，不僅在眾人心中留下了懷念，更是值得尊敬的美名。一部作品最好的結果是能夠將我們受傷的靈魂歸還給我們，而《愛在瘟疫蔓延時》這部既閃耀又令人心碎的小說，無疑是其中的佼佼者。

——**「美國國家圖書獎」得主／湯瑪斯．品瓊**

一部華麗炫目的作品，寫盡了愛情、死亡和回憶，以及歲月的無情。

——**華盛頓郵報**

愛情戰勝了死亡，馬奎斯把他對女性的認識融入字裡行間，並創造了一個世界，一個我們都夢想前往的世界。

——**哥倫比亞《星期週刊》**

這是一部技法嫻熟的小說，完美詮釋了富饒的思想與人性。

——**出版家週刊**

超越時間、充滿人情味的故事，
馬奎斯是本世紀最有魅力的作家！

——**芝加哥太陽時報**

馬奎斯在《愛在瘟疫蔓延時》裡開鑿出一條嶄新的道路，
通往漫長且永恆的愛情。

——**法國《快報》**

這本書為這個不安的國家帶來了愛！

——**哥倫比亞《時代報》**

這是一個擁有無窮力量的愛情故事！

——**新聞週刊**

導讀——

什麼樣的愛可以持續到永遠？

作家 陳雪

馬奎斯是在拿到諾貝爾文學獎之後才寫下《愛在瘟疫蔓延時》，記得曾在一篇報導裡看到他談起此書，說他要寫一本談論愛情的書。許多人都說諾獎是死吻，幾乎得過此獎的人就等於是寫作生命的結束，此後若不是不再寫作，就是創作力衰退，無法再突破，但馬奎斯正值盛年，寫作最巔峰時，他回應諾貝爾文學獎的方式，是以世間最普常卻也最容易被輕忽的題材「愛情」，作為他諾獎之後的重要作品。

我不知道當時的世界文壇如何回應馬奎斯的舉動，但小說出版後，諾獎的死吻並沒有撼動馬奎斯，愛情的題材也沒有使馬奎斯受困，事實上他在《百年孤寂》裡也大量、反覆地辯證愛情，在他著名的短篇小說集《異鄉客》中，有幾個短篇也是以愛情為主題。《愛在瘟疫蔓延時》出版後依然成功且暢銷，在某個程度上來說，甚至也是馬奎斯的另一次寫作上的飛躍，此書始終名列馬奎斯重要著作的前幾名。

我自己第一次閱讀，是在二十多歲，剛開始寫作時，那時因為讀了《百年孤寂》受到衝擊，此後就開始收集所有馬奎斯的作品，《愛在瘟疫蔓延時》當然是必讀的書目。我記得第一次閱讀時，就被書裡的第一個場景迷住了，書的開始是一個死亡現場，死者自殺。

馬奎斯的小說經常是第一句話就抓住讀者的目光，「這是無可避免的：他總在聞到苦杏仁的氣味時，憶起受阻愛情的宿命。踏進依舊昏暗的屋內那刻，是要處理一件對他來說早在許多年前就不算緊急的案例。」

這是無可避免的。這句話下得真好，一開頭就抓住讀者的心，什麼是不可避免的？愛情？宿命？死亡？

隨後馬奎斯展開對細節的描述，那個充滿苦杏仁味的死亡現場，屍體蓋著毯子，毯子底下是發現屍體的人多年的朋友，我非常喜歡馬奎斯展開細節的方式，光線的明暗、各種氣味飄散、一件一件器物如何擺設、每一個家具的位置，這一段在十二行句子裡就將這個死者的生命展現在讀者眼前。

當然，這不是一本偵探小說，這個死者也非小說主角，只是作者透過書寫這個角色展開本書中關於愛情這命題的第一次辯證，並且將書中第一個主角胡維納爾·烏爾比諾醫師的性格、生活習性隨著這個死亡事件的推演顯示出來。

隨著這個死亡，故事開始推向烏爾比諾醫師與他的妻子費米娜·達薩，這對相處數十年的夫妻，多年後為了一塊肥皂吵架嘔氣，烏爾比諾醫師在一次意外中不幸喪生。

真正的男主角弗洛雷提諾·阿里薩是在烏爾比諾的葬禮上才出現。

很少愛情故事描寫老年人，但馬奎斯就這麼做了，這兩段蔓延幾十年生死不渝的愛情，在小說裡讀者看見的不是才子佳人，而是一對老夫妻，以及苦苦等待多年的另一個老先生，在馬奎斯筆下雞皮鶴髮沒有阻礙愛情，反而是愛情的證明。

當然，即使是最老的人也有年輕的燦爛時光，阿里薩與費米娜這對分散的戀人亦然，阿里薩在烏爾比諾醫師的喪禮上大膽出現，並且對費米娜宣稱：「費米娜，我等這個時間，等了超過半個世紀，我想再跟您重申一次我的誓言，我永遠的忠誠，和我恆久不渝的愛。」費米娜當然怒斥了他，然後在當晚她嗚咽著入睡時，才發現她對阿里薩的思念比對丈夫還深。

這個描述是馬奎斯最擅長也是最高明之處，他揮動手指，就把時空拉回了半個世紀以前，阿里薩與費米娜相識之初，隨後登場的是費米娜的丈夫，烏爾比諾。

多年前我閱讀此書，有些難以理解的是「阿里薩式的癡情」，他等待費米娜長達半世紀，但等待期間他並非閒著，也沒有守貞，而是開啟了他自己非常獨特的狩獵，他甚至費心記錄下超過六百多次的愛情，那些守貞的寡婦、孤獨的遺孀、那些獨屬於阿里薩的女人，陪伴他度過這漫長的等待。這樣算是癡情嗎？一邊與寡婦嬉戲，一邊等待著費米娜，也是一種守貞嗎？

我三十九歲時，再度與早餐人重逢，我們在花蓮的民宿秘密結婚，到太魯閣的飯店度蜜月，我記得那個情景，我躺在飯店的沙發上，阿早坐在沙發旁的地毯背靠向我身側，我對她訴說分開的這六年時光裡，我的所有經歷，那之中有孤獨的長夜，有懊悔的時刻，也有狂野的冒險、瘋狂的追尋，我說著這人、那個人，描述當時的心境，阿早安靜地聽著，她竟然毫無嫉妒之意，我彷彿透過那些敘述，更貼近了當時的自己，就是在那時我想起了《愛在瘟疫蔓延時》這本我年輕時代就已經讀熟的書，想起阿里薩的苦等與冒險，我突然理解那些向旁支分岔出去的歷險，那些風情各異的女人，其實都是通往費米娜的道路上必經的風景，那是讓阿里薩變得更好、更適宜費米娜的人，必要的經歷，正如我也是要經過那些探索，才知道自己真正所愛的，想要一生相守的人就是早餐人。

什麼樣的人值得終生守候？什麼樣的愛可以持續到永遠？這並沒有標準答案，我想可喜的是，馬奎斯以他驚人的小說技法，展示了各式各樣的愛情，描繪出了一整個時代的燦爛繽紛。這樣一本可以穿越時空，不受年代侷限的愛情之書，經典重出，值得新讀者或舊讀者重新閱讀。

當然，這要獻給梅西迪絲

這些地方走在前方：
他們已經有了自己的花冠女神。

——**雷安德羅．迪亞茲**

1

這是無可避免的：他總在聞到苦杏仁的氣味時，憶起受阻愛情的宿命。踏進依舊昏暗的屋內那刻，胡維納爾・烏爾比諾醫生就聞到了那股味道，他急忙趕到這裡，是要處理一件對他來說早在許多年前就不算緊急的案例。赫利米・德聖塔姆是來自安地列斯群島的流亡者，在戰爭期間變成殘廢，他是個孩童攝影師，也是他的棋賽對手中最懂得手下留情的一位，此刻他已經用黃金氰化法的線香，從回憶的痛苦中解脫。

他發現屍體蓋著一條毯子，躺在一張行軍床上，那是他習慣睡覺的地方，旁邊有一張凳子和一根他拿來煉毒的試管。地上橫躺一隻黑色的大丹狗，胸前有一團雪白的毛，牠被綁在行軍床的一支床腳邊，一旁擺著一副丁字型拐杖。這間房間充當臥房和實驗室，裡面凌亂不堪，空氣沉悶，敞開的窗戶外天色已然破曉，晨光朦朧，但足以立刻確認死亡的事實。其他的窗戶，包括房間的任何縫隙，全部用破布塞住，或拿黑色紙板封死，更添氣氛的壓迫感。裡面有張大桌子，上面擺滿沒貼標籤的瓶瓶罐罐和兩個斑駁的合金試管，半空垂吊著一顆包著紅紙的普通燈泡。第三根試管，也就是裝著顯影劑的，是在屍體旁邊的那一根。到處都是舊書報雜誌，堆在玻璃盤上的底片，損壞的家具，但是主人孜孜不怠，全都收得一塵不染。儘管窗戶送進來的空氣淨化了環境，卻還是讓人在苦杏仁的氣味中察覺不幸的愛情的餘味。不只一次，胡維納爾．烏爾比諾醫生曾在無意間想過，這裡不會是天主認為適合死去的地方。不過隨著時間過去，他猜想，或許這裡的雜亂是遵從了全能的天主秘密的旨意。

有位警探跟著一位非常年輕的醫學院學生已經先行過來，男學生目前在市政府的診療所實習法醫工作，他們在烏爾比諾醫生趕來的路上，已讓房間通風，並蓋好屍體。他們兩個跟他打招呼，這一次，他們的慎重比起以往的尊敬，更流露了同情，因為可沒人忽略他跟赫利米．德聖塔姆交情匪淺。這位名聲顯赫的醫生握緊他們的手，一如他在每日的臨床醫學概論課堂上，也都會在講課前逐一跟學生握手，接著他舉起食指跟拇指，彷彿拈花那樣夾住毯子的布邊，帶著一種如行聖禮般的莊嚴沉著，一寸寸拉開。屍體不著寸縷，軀幹僵硬扭曲，眼睛是張開的，膚色發青，比起前一晚恍若老了五十歲。他的瞳孔清澈，鬍鬚和髮絲泛黃，肚皮有一條從前用打包線縫合的凸起傷疤。因為使用拐杖，他的身軀和手臂變得跟搖櫓工一樣健壯，可是沒辦法動彈的雙腿卻像極了孤兒。胡維納爾．烏爾比諾凝視他片刻，內心感到刺痛，他目睹他長年徒勞無功地對抗死亡，卻甚少有此刻這樣的心境。

「懦夫。」他對他說。「最糟的情況已經過去了。」

他幫他蓋回毯子，重拾優秀學者的角色。前一年，他剛慶祝八十歲大壽，並舉辦一連三天的正式慶祝會，他在感謝致詞時，再一次克服想退休的衝動。他說：「等我安息以後，多的是休息的時間，但這件事還不在我的計畫內。」雖然他的右耳越來越聽不清楚，必須倚賴一支銀色握柄的拐杖來掩飾蹣跚的步履，他依然做年輕歲月時的打扮，一整套亞麻西裝，一條黃金鏈錶斜掛在背心上。他留著珍珠母貝色的巴斯德樣式的鬍子，頭髮也是同樣顏色，緊緊貼著頭皮，中間一條分明的髮際線，這兩樣特徵忠實表露了他的性格。他越來越擔心記憶崩壞，他雖然可以靠著速記在零散紙條上的提醒來做補救，最後卻都放在口袋混成了一團，一如器具、藥瓶和其他亂七八糟塞在鼓脹的皮箱裡的許多東西。他不只是城內最老牌和著名的醫生，也是最追求完美的男人。然而，他太過張揚他的智慧，毫不低調地操縱他的名聲，使得他並沒有得到值得的愛戴。

他下給警官和實習生的指示精準迅速。不需要解剖驗屍。從屋子裡的空氣，便足以判定死因是試管內的某種照片酸性物質揮發的氰化物，赫利米·德聖塔姆熟知這些東西，不可能意外犯錯。他看見警官面露猶疑，於是以他向來的作風使出致命一擊：「別忘記，是由我來開立死亡證書。」年輕的實習醫生一臉失望：他從未有機會在屍體上研究黃金氰化物對人體的作用。胡維納爾·烏爾比諾醫生很訝異不曾在醫學院看過他。但是他立刻從他容易臉紅和他安地列斯群島的口音，對他有所了解：他剛到城內不久。他說：「既然來到這裡，就不怕以後沒機會遇到這種愛情瘋子。」而一吐出這句話，他發現在他記得的數不清的自殺中，這是第一起因為愛情的不幸而使用氰化物的案例。這時他一改慣用的語氣。

「聽好，當您遇到這種屍體時，」他對實習醫生說。「通常心臟會有沙粒。」

接著他跟警官說話，語氣像是上司對下屬。他命令他跳過所有手續，讓葬禮能在今天下午就舉辦，而且要盡可能低調。他說：「我之後會跟市長談這件事。」他知道赫利米・德聖塔姆信奉簡樸，他靠他的技能賺取了超過他生活所需的錢，因此屋內的某個抽屜裡應該有多餘的錢可以支付葬禮費用。

「但是找不到也沒關係。」他說。「我會負擔一切費用。」

他下令警官對報章媒體說，攝影師是自然死亡，不過他認為他們不會對此感興趣。他說：「如果有必要，我會跟省長談。」警官是個嚴肅和謙卑的公僕，他知道醫生一向公事公辦，甚至因此激怒身邊親近的朋友，所以他很詫異他竟然這麼隨便跳過所有合法的程序，只求趕快舉辦葬禮。他唯一不從的，是跟大主教交涉讓赫利米・德聖塔姆安息聖地的這件事。這時警官發覺自己的言行失當，於是試著道歉。

「我知道這個人是聖人。」他說。

「更稀奇的是，」烏爾比諾醫生說。「是個無神論的聖人。但這是天主的事了。」

從這座曾是殖民地城市的另外一頭，傳來遠處教堂的鐘聲，宣布大禮彌撒開始。烏爾比諾醫生戴上金框半月形眼鏡，察看一下鏈錶，錶面是方形的，設計精緻，可利用彈簧打開蓋子：他就要錯過五旬節彌撒了。

客廳裡有一個附輪子的巨大照相機，就跟公園裡的那種相機一樣，布幕上有一幅手繪的日落海景，牆壁覆蓋一幅幅兒童的照片，是在各種紀念日拍攝的：第一次領聖禮，假扮兔子，快樂的生日。年復一年，烏爾比諾醫生就在專注下棋的午後，看著這幾面牆壁慢慢地被蓋滿，他曾多次感傷地想，在這個掛滿隨機照片的藝廊裡，正孕育著他們的城市的未來，這些不知道身分的孩子將會統治和毒害這座城市，到時所有昔日的榮耀將會完全落盡，連灰燼也不剩。

書桌上有一張棋盤，一旁是一個裝著好幾支老水手菸斗的陶罐。上面的棋局還沒結束。儘管烏爾比諾醫生趕時間和心情低落，他還是忍不住停下來研究一番。他知道那是前一天晚上的棋局，因為赫利米．德聖塔姆每天下午都會下棋，至少會與三個不同的棋手對弈，但是他總是會下到結束，然後把棋盤和棋子收進盒子裡，再把盒子收到書桌的抽屜。他知道他下的是白棋，這一盤他顯然毫無退路，頂多再撐四局。「如果這是一場謀殺案，那麼這就是一條重要的線索。」他對自己說。「我只認識一個人能布下這種大師等級的圈套。」他只要還有一口氣在，就一定要查出為什麼這個桀驁不馴的士兵，一向奮戰到流光最後一滴血，卻沒戰完生前的最後一役。

這天清晨六點，巡夜人在最後一輪巡視時，看見大門釘著一個告牌：進來，不用敲門，通知警察。不久之後，警官帶著實習生趕到，儘管裡面彌漫著獨特的苦杏仁氣味，兩人仍舊開始搜索屋內，希望找到某種證據。而就在醫生研究那盤沒結束的棋賽的幾分鐘，警官在書桌上的文件堆之間發現一封寫給烏爾比諾醫生的信，上面滴了一堆蠟封章，非得撕毀信封才能拿出裡面的信紙。醫生拉開窗戶的黑色窗簾，好讓光線明亮一點，他瞥一眼那十一張信紙，賞心悅目的工整字體填滿了每張紙的兩面，開始讀第一行，他就明白他會錯過五旬節的領聖禮。他讀著信，呼吸紊亂，還倒回前面好幾頁重拾丟失的線索，他讀完信後，就像過了許久以後從很遙遠的地方回來。他努力掩飾，不過還是遮掩不了一臉明顯的挫敗：他的脣色跟屍體一樣發青，當他把信紙再次摺好，收進背心的口袋時，手指還止不住顫抖。這時，他記起警官和年輕的實習醫生，於是從痛苦的迷霧中對他們微笑。

「沒什麼特別的。」他說。「是他最後的指示。」

這句話只有一半是真的，但是他們完全相信，因為醫生命令他們拿起地板上一塊鬆脫的地磚，找到一本破損不堪的儲金簿，上面寫有打開保險箱的密碼。現金沒有他們想像的多，但是用來支付葬禮費用和清償其他較小的債務還有剩餘。這時烏爾比諾醫生發覺他也來不及在福音釋義之前趕到教堂。

「這是我懂事以來，第三次錯過主日彌撒。」他說。「可是天主能體諒的。」

因此，他想再多花幾分鐘安排所有已經決定的細節，儘管已忍不住想快一點與妻子分享信上透露的秘密。他保證會通知住在城內的眾多加勒比海流亡者，看看他們是否想對這位最受大家敬重、最活躍和最激進的人物獻上最後的敬意，雖然他在最後顯然沒能跨過低潮的關卡。他也會通知他的棋友，包含知名的專業棋手到業餘的無名小卒，和其他沒那麼常往來的朋友，因為他們或許會想參加葬禮。在讀那封遺書之前，他毅然決然想當第一個致敬的人，可是讀過信以後，他已經什麼都不確定。總之，他會派人送去一個梔子花圈，因為，或許赫利米．德聖塔姆曾在人生最後一分鐘反悔。葬禮在下午五點舉行，在最炎熱的月份裡，這是一天中最恰當的時段。如果他們需要他，他從中午十二點以後會待在拉西德斯．歐里維亞醫生的鄉間別墅，因為他的愛徒在這一天舉辦就職二十五週年的慶祝午宴。

在熬過最初幾年的艱苦奮戰，贏得了省內特別的敬重和名聲，胡維納爾．烏爾比諾醫生就開始他容易遵守的日常作息。他會跟著第一聲雞啼起床，在這個時間服用他的秘密藥方：提振精神的鎮靜劑，治下雨天時骨頭痠痛的水楊酸，幾滴治昏眩毛病的麥角，幫助入眠的顛茄。他每個小時還會使用某樣東西，但只能偷偷摸摸，因為他在漫長的名醫生涯中，一直是反對開治標藥物來緩解老年毛病：他能忍受的是別人的疼痛而不是自己的疼痛。他總是隨身攜帶樟腦小枕，趁沒人看見時，深深地吸一口氣，好消除太多藥物混用的恐懼。

他會關在書房裡一個小時，準備醫學院的臨床醫學概論課程，那是每個禮拜一到六準時在八點開始的課，一直持續到他嚥下最後一口氣那天的前夕。他也關注文學新書，透過他的巴黎書商把書寄來，或巴塞隆納當地的書商幫他訂購，不過他不像專注法國文學那樣關注西班牙文學。總之，他從不在早晨看書，而是在午覺後閱讀一個小時，晚上睡前再讀片刻。完成書房的工作，他會進浴室，對著敞開的窗戶做十五分鐘的呼吸練習，他總是對著公雞啼叫的方向呼吸，新鮮的空氣是從那邊過來的。接著他洗澡，修理鬍子，在法里納古龍水正品香氣的包圍下給鬍子上膠，然後穿上白色亞麻服飾、背心和軟帽，以及一雙多華山羊皮革短靴。他已經八十一歲，卻還保有當初瘟疫大流行過後，從巴黎回鄉的風度翩翩和俏皮的靈魂，他的頭髮梳得很整齊，中分的髮際線跟年輕時一模一樣，只是現在是白銀髮色。他跟家人一起吃早餐，但有個人的餐點：一杯老苦蒿花茶，這能保健胃部，和一整顆剝好的蒜頭，一瓣接著一瓣搭配一塊大麵包咀嚼，這能預防心肌梗塞。上完課後，他很少沒有活動，多半跟他的市民政策，或者教會事務，或者他推動的藝術和社會活動相關。

他幾乎回家吃中飯，飯後坐在院子的露臺睡個十分鐘的午覺，在夢中聆聽女僕在枝椏茂密的芒果樹下唱歌，街上的叫賣聲，和海灣傳來的夾雜油味的引擎巨響，那油的氣味和響聲總在燠熱的午後飄浮在屋內，那就像是身體終將腐朽的天使正在揮舞著翅膀。接著，他會花一個小時閱讀最近出版的書，特別是小說跟歷史研究的著作，然後教家中的鸚鵡法語和唱歌，這隻鸚鵡在這幾年來一直是本地注目的焦點。到了四點，他會喝掉一大壺加冰塊的檸檬水，接著出門拜訪他的病患。儘管活到這把年紀，他依舊拒絕在診所看病，而是繼續到病患家看診，自從這座城市經過開發，可以走路到任何地方後，他一直是這麼做的。

從歐洲第一次回鄉後，他外出是搭乘家族那輛由兩匹毛髮閃耀金黃色澤的栗馬拉的四輪馬車，無法再使用後，他換成單匹馬拉的雙座四輪敞篷馬車，後來馬車從世界各地消失，城內唯一剩下的馬車是用來載觀光客兜風，和在葬禮上運送花圈，不過他卻依然對流行帶著些許鄙視，繼續使用馬車。雖然他拒絕退休，但是他知道會找他看病的是一些無藥可醫的病人，但是他把這個當作一種專業。他能從病患的面容判斷他害什麼病，他越來越無法信任專利藥物，總是帶著戒心看著普及化的外科手術。他說：「手術刀是醫藥無效最有力的證明。」他認為在嚴格的標準下，所有的藥物都具有毒性，而百分之七十正在食用的食物也會加速死亡。「總而言之，」他習慣在課堂上這麼說。「世界只認識少數幾種藥，而只有一些醫生知道是哪幾種。」年輕時他熱血沸騰，此刻他將自己定義為宿命論的人道主義者：「每個人都能主掌自己的死亡，我們唯一能做的，是在那刻來臨時，幫他不帶恐懼也不帶痛苦地死去。」儘管他有這些極端的想法，甚至已經在當地的醫界流傳，昔日的學生在成為建立名聲的專業人士後，依舊會來向他請教，因為他們公認他是當代的臨診之眼。無論如何，他一直是收費高昂的名醫，病人多集中在總督區的名門宅第。

他一天的行程是那樣有條不紊，如果下午發生什麼緊急事件，他的妻子知道該派人送口信去哪裡。年輕時，他總在回家前到教區咖啡館消磨時間，因此，他的棋藝在跟岳父的酒肉朋友和一些加勒比海政治犯的切磋下，越來越精湛。但是自從新世紀開始，他不再踏進教區咖啡館，而是舉辦社交俱樂部贊助的全國性棋賽。赫利米·德聖塔姆就是這段時間來到這裡，當時他的膝蓋已經壞死，也還不是兒童攝影師，但不到三個月時間，所有知道怎麼移動棋盤上主教棋的人都認識了他，因為沒有人贏過他一場比賽。對胡維納爾·烏爾比諾醫生來說，兩人的相遇像是一場奇蹟，那時他對西洋棋的熱情就像脫韁野馬，已經沒剩多少對手能滿足他的渴求。

因為有他相助，赫利米·德聖塔姆成為他們的一分子。烏爾比諾醫生擔任他無條件的守護者，和他完全忠實的朋友，甚至完全沒花工夫去調查他是誰，做什麼的，或者他的殘廢和恍神是因為打了什麼名不見經傳的戰爭。最後他還借他錢去開一間攝影工作室，赫利米．德聖塔姆倒是老老實實付了錢，從他拍下第一張被閃光燈嚇壞的孩童照片開始，直到還清最後一分錢。

一切始於西洋棋。起先，他們在晚餐後七點鐘一起下棋，醫生處於優勢，明顯占對手上風，但優勢逐漸不再，兩人甚至比成平手。到後來，當加里雷歐．達康德先生開了第一間電影院，赫利米．德聖塔姆變成最準時捧場的客人，棋賽變成沒電影可看之夜的餘興消遣。這段時間他跟醫生結為莫逆，醫生會陪他上電影院，但是太太從沒跟在身邊，一方面是因為她沒耐心緊跟著複雜的電影劇情，一方面是因為他直覺認為赫利米．德聖塔姆從來不會是任何人的好伴陪。

他的每日行程到了禮拜天便完全不一樣。他會參加教堂的大禮彌撒，然後回家，在院子的露臺休息跟閱讀。除非特別緊急狀況，不然他很少在安息日出門看病，而且從很多年前開始，他已經不接受並不是非常必要的社交活動。五旬節那天，因為特殊的巧合，兩件不尋常的事在同一天發生：一個是朋友的死，一個是優秀門生的職涯滿二十五週年。然而，在開出赫利米．德聖塔姆的死亡證明後，他沒照著原本盤算直接回家，而聽從了好奇心的呼喚。

他爬上馬車，急忙地再將遺書看一遍，下令馬車載他到奴隸舊社區一個偏僻的住址。這個決定相當奇怪，不同於他平日的習慣，車夫不得不再確認自己沒聽錯。的確沒錯：住址是對的，寫下的人顯然相當熟悉這個住址。這時烏爾比諾醫生回到遺書第一頁，再一次沉浸在並不願意披露的秘密當中，卻不知道，他只要相信那不是一個絕望者的胡思亂想，即使在這把年紀，命運還是可能因此改變。

天空從一大早開始變臉，此刻已烏雲密布，空氣涼颼颼，但是在中午前下雨的機率不大。馬夫試著找尋最短的路程，鑽進這座殖民地城市崎嶇的石頭路，途中不得不停下來好幾次，以免馬匹碰上做完五旬節儀式亂無秩序的學生或教徒時會受到驚嚇。大街小巷懸掛紙花圈，到處充滿音樂和鮮花，女孩撐著色彩繽紛的洋傘，穿著荷葉邊薄紗裙，從陽臺上觀看經過的節慶隊伍。教堂廣場上，非洲棕櫚樹和新球形街燈幾乎遮去解放者西蒙·玻利瓦的雕像，彌撒結束後出現汽車堵塞，而神聖的教區咖啡館人聲鼎沸，一位難求。烏爾比諾醫生的車是唯一的馬車，城內只剩下寥寥可數幾輛，而他的車遠遠地就能辨識出，因為漆皮車篷一如以往閃亮，並使用青銅包鐵防止硝石腐蝕，輪子和車轅漆成紅色和綴上金色飾邊，彷彿置身維也納歌劇院的盛裝之夜。此外，當最講究的家庭認為他們的車夫穿上乾淨的襯衫就覺得滿意，他卻繼續要求他的車夫穿上死氣沉沉的天鵝絨制服和戴著馬戲團馴獸師的大禮帽，除了不合時宜外，這對於加勒比海的大熱天實在欠缺同情心。

儘管胡維納爾·烏爾比諾醫生比任何人更熟悉這座城市，對它的愛幾乎到了瘋狂地步，他卻甚少有著像這個禮拜天一樣的動機，毫不猶疑地深入這個喧譁的古老奴隸社區。車夫得繞好幾圈，問好幾次路，才找到住址在哪兒。烏爾比諾醫生認出沼澤就在附近，那兒籠罩著哀傷氛圍和不祥的死寂，而多少次，溺死者的屍臭跟院子裡茉莉花的芳香混在一起，在失眠的凌晨飄進他的臥室，他感覺那股氣味就像昨日已逝的風，跟他的人生一點關聯也沒有。不過當馬車開始上下顛簸，駛過泥濘不堪的街道，黑美洲鷲爭奪著大浪拖來的屠宰場廢棄物，那樣多次被思念之情理想化的惡臭，變成了無法忍受的現實。不同於總督轄區的石砌建築，這裡是褪色的木頭搭蓋著鋅皮屋頂，大多數蓋在木樁上面，以防從西班牙人手上接下來的露天下水道上漲淹水。放眼望去，盡是淒涼無助的景象，但是破爛的小酒館卻傳來雷鳴般的狂歡音樂，絲毫看不到窮人敬重天主和遵循五旬節戒條。當他們終於找到住址坐落的地點時，馬車後面也跟著一群光溜溜的小孩，他們取笑車夫那身劇服打扮，讓他不得不拿起馬鞭嚇跑他們。烏爾比諾醫生已經做好這次秘密探訪的準備，卻太晚了解到，再也沒有比這把年紀還危險的天真。

屋子外面沒有門牌號碼，也看不出跟其他破敗的房屋有什麼差別，除了窗戶掛著紗織花邊窗簾，和一扇從某間古老教堂拆下來的大門。馬夫拿起門環敲打，等確定住址正確無誤後，他才攙扶醫生下馬車。大門打開了，沒發出任何聲響，昏暗的屋內出現一位婦人，她一身黑色打扮，耳朵上插著一朵紅玫瑰。她是個黑白混血女人，有了年紀，應該已過四十歲，但依舊散發高傲的氣質，睜著一雙犀利的金色眼眸，頭髮緊貼著頭殼，像是一頂鐵絲編織的頭盔。烏爾比諾醫生沒認出她是誰，儘管曾在攝影師朋友的工作室中那廝殺得昏天暗地的棋賽上看過她幾次，有一次他還開給她幾張治瘧疾的奎寧藥單。他向她伸出手，她卻雙手握住他的手，倒不完全是為了打招呼，而是攙扶他進屋。客廳裡充滿叢林的氣息和無形的低喃，擺滿家具和精緻物品，每一樣都擺在渾然天成的位置上。烏爾比諾醫生不帶苦澀地想起上個世紀一個秋天的禮拜一，他曾經過的一間坐落在巴黎蒙馬特街道上二十六號的古董商鋪。婦人在他面前坐下來，用一口不甚流利的西班牙語跟他說話。

「醫生，請把這裡當作您的家。」她說。「我沒料到您會這麼快來。」

烏爾比諾醫生感覺像是被揭露身分。他專注地觀察她，注意她顏色強烈的喪服，她透露憂慮的尊嚴，這時他恍然大悟這是多此一舉的探訪，因為她知道的要比他從赫利米．德聖塔姆遺書上說的和解釋的還要多。是這樣沒錯。她一直陪伴他到他死前幾個小時，一如她也陪伴他將近二十年，她的奉獻和溫順是那樣接近愛情，在這個連國家機密都眾人皆知的昏睡省城，卻沒有半個人發現他們的事。他們是在太子港的一間旅人救濟院中認識的，她在那裡出生，他則在那裡度過他最初的逃亡生涯，他來到這裡以後，隔年她追著他來做短暫探訪，但兩人不約而同地知道，她跟來是打算永遠留下。她每個禮拜過來打掃和整理他的實驗室，可是連最會想歪的鄰居都分不清表象與真相，因為他們跟每個人一樣，都認為赫利米．德聖塔姆的殘廢不僅是不能走路。連烏爾比諾醫生都以醫學根據這麼推論，要不是他本人在信上坦白，他根本不會相信他有個女人。總之，他很難理解兩個自由且不被過去牽絆的成人，可以不受這個驕傲的社會偏見束縛，卻為何選擇了像禁忌愛情一樣的命運。她向他解釋：「他的偏好。」此外，跟一個從來不曾真正屬於她的男人分享秘密，兩人在這個秘密中不只一次嘗到瞬間爆發的幸福，對她來說，這並非無法接受的方式。相反地，她從人生中體會到，這或許才是一種模範。

前一天晚上他們上電影院，各自買票坐在不同的位子，自從義大利移民加里雷歐．達康德在一間十七世紀修道院的廢墟開始開設露天電影院開始，他們每個月都光顧兩次。他們那晚看的是一部根據去年一本暢銷書改編的電影，烏爾比諾醫生也讀過那本書，並為戰爭的野蠻感到傷心：《西線無戰事》。之後他們在實驗室碰面，她發現他心神不寧，感傷不已，以為是爛泥堆裡那些傷患垂死掙扎的畫面太過殘忍，深深影響了他。她邀他下棋，試著分散他的注意，他希望她開心，所以接受了，當然他一樣下白棋，但是他心不在焉，直到他比她早發現只差四步就要輸棋，於是他羞恥地認輸了。這時醫生才明白，那最後一盤棋賽的對手原來是她，而不是他猜測的傑羅尼莫．阿爾戈德將軍。他驚訝地低喃：

「那可是一場大師級的棋賽！」

她堅持說那並非歸功她的棋藝，而是赫利米．德聖塔姆當時迷失在死亡的迷霧裡，下棋時已經失去熱情。晚上十一點十五分，他停止棋賽，因為公共舞會的音樂已經停止，他要求她讓他獨處。他想寫一封信給胡維納爾．烏爾比諾醫生，他是他所認識的最令人敬重的人，也是他常掛在嘴邊的知心好友，儘管兩人唯一的共同點在於對西洋棋的沉迷，認為下棋就像理性的對話，而不是技巧的切磋。這一刻她才明白赫利米．德聖塔姆的垂死掙扎已經到了終點，他的生命只剩下寫完一封信的時間。醫生無法置信。

「所以您早就知道！」他驚呼。

她證實她不只知道，還懷著愛為他分擔垂死掙扎的痛苦，一如她也曾經幫他發現他的幸福。因為這就是他人生最後十一個月的生活：殘酷的垂死掙扎。

「您實在該說出來的。」醫生說。

「我不能這麼對他。」她氣憤地說。「我太愛他了。」

烏爾比諾醫生自以為無所不知，卻從沒聽過這樣的故事，和這麼簡潔的說法。他屏氣凝神地注視她，想把這一刻烙印在記憶裡：她像是一尊河流女神，穿著黑衣，神色毫無畏懼，睜著一雙蛇眼，耳朵插著一朵玫瑰。許久以前，他們倆曾在歡愛過後，赤裸裸地躺在海地一處荒涼的沙灘上，赫利米．德聖塔姆突然嘆氣地說：「我永遠不想變老。」她把這句話詮釋成一種英雄壯志，是一場他對抗歲月摧殘的單打獨鬥，但是他清楚地說明：「他下定決心在六十歲那年結束生命。」

事實上，他在這一年的一月二十三日就已經活到預定年紀，從那時起，他把五旬節前夕當作最後期限，這可是城內最大的節慶，一場獻給聖靈的宗教儀式。她對前一晚的各種細節早已瞭若指掌，他們經常討論這件事，一起痛苦地感受歲月恍若湍流一去不返，他或她都阻擋不了，赫利米．德聖塔姆用一種沒有意義的熱情愛著生命，他愛大海和愛情，愛他的狗也愛她，隨著日期一步步逼近，他慢慢地陷入絕望，彷彿他的死亡不是一種解脫，而是命運無情的安排。

「昨晚我留他獨處時，他已經不是這個世界的人了。」她說。

她想帶狗離開，可是他正凝視牠在丁字型拐杖旁邊打盹，並用指尖輕輕地撫摸牠。

他說：「抱歉，但是伍德羅．威爾遜得跟我走。」他開始寫信時，要求她把狗綁在行軍床的床腳，她照他的話做，但是綁了活結，希望牠能掙脫。這是她唯一不忠的行為，她希望還能繼續從狗兒那雙冷漠的雙眼，不斷緬想牠的主人。可是烏爾比諾醫生打斷她的話，告訴她那條狗並沒有掙脫繩索。她說：「那麼是因為牠不想。」她很開心，因為她寧願照愛人的要求那樣憶起他，昨晚，他停下開始寫的信，並看了她最後一眼。

「請用一朵玫瑰紀念我。」

她在午夜過後不久回到家。她還穿著衣服就躺上床抽菸，再用菸蒂點燃另一根菸，給他時間寫完那封她知道很困難的長信，就在快三點的時候，狗群開始吠叫，她在火爐上煮水，準備泡咖啡，穿上了深黑喪服，到院子剪下凌晨第一朵綻放的玫瑰。烏爾比諾醫生從剛才就發現他有多想忘記這個無可救藥的女人，他覺得他知道原因：只有缺德的人才會這麼樂在痛苦。

她還跟他多講了些枝節，直到拜訪的最後。她不會參加葬禮，因為她如此向愛人承諾，儘管烏爾比諾醫生根據信上的第一段話，相信事實正好是相反。她不會掉一滴淚，她不會浪費餘生時光慢火燉煮一鍋長蟲的回憶，她不會像本地寡婦，活生生地困在這間房子裡縫製她的壽衣。她想賣掉赫利米．德聖塔姆的屋子，根據信上的交代，從現在開始，那棟屋子連同裡面的東西應該都屬於她，她會繼續以往的生活，不會有所怨尤，待在這個她曾經有過幸福時光的窮人等死之地。

她最後那句話一路跟著烏爾比諾醫生回到了他家：「窮人等死之地。」這種歸類可不是無緣無故。因為這座城市，這座他的城市，依然像是置身在時間的洪流外：不變的炎熱、乾燥，一如他夜裡的惡夢，一如他在青春少年時孤獨而喜悅的記憶，在這裡花朵會乾枯，鹽巴會腐蝕，四個世紀以來，除了在枯萎的月桂樹和腐爛的沼澤之間逐漸衰老，從未有過任何變化。到了冬天，會下幾場又急又猛的暴雨，淹沒茅坑，把街道變成讓人作嘔的泥濘地。到了夏天，一種看不見的燙人粉塵，猶如粉筆的粉末鑽進所能想像最滴水不漏的縫隙，加上幾陣狂風搗亂，掀去屋頂，把孩子吹到空中。每逢禮拜六，貧困的黑白混血居民會鬧烘烘地離開沼澤邊馬糞紙和黃銅搭蓋的棚屋，帶著他們的牲畜和吃喝用具，歡喜地來到殖民區的石頭海灘。幾年前，甚至還見得到當中幾個比較老的人，胸前還留有用燒紅的鐵烙印的真實奴隸記號。他們在週末時刻瘋狂跳舞，飲用自家釀製的蒸餾酒，喝到爛醉如泥，在一口可梅灌木叢中恣意尋歡，到了禮拜日午夜，他們不再跳方當戈舞，所有人打成一團，血腥殘暴。在一個禮拜的其他時間，同樣這群魯莽的人湧進舊區的廣場和巷弄，擺起攤子卯足全力買賣，替這座死氣沉沉的城市添加一種人類舉辦市集時的熱鬧氣氛，空中彌漫炸魚氣味：一種新的生命。

脫離西班牙獨立，以及後來廢除奴隸制度，加速了胡維納爾．烏爾比諾醫生出生和成長的尊貴階層沒落。昔日的大戶家族在他們崩毀的堡壘中無聲無息地衰落。從前的陡峭石頭巷道，在突然爆發的戰爭和雇傭海盜登岸中曾發揮重要抵禦功能，如今只見荊棘從陽臺垂掛而下，鑽裂一些還完整矗立著的宅第的石灰牆和卵石牆，下午兩點的午覺時間，唯一還能見到的生命氣息是昏暗處傳來哀戚的練琴聲。屋內，女人躲在滿室熏香的涼爽臥室，迴避陽光的模樣就像把那當成汙穢的傳染病，即使參加子夜彌撒，都會戴上頭巾遮臉。她們的愛情是緩慢和艱困的，經常受到不祥的預兆攪亂，她們感覺人生漫長無止盡。天黑以後，在交通尖峰時刻，一群像暴風雨般的兇猛斑蚊從沼澤飛起，一股隱約、悶熱和讓人痛苦的人類糞便味，讓人在內心深處相信那是死亡的氣味。

胡維納爾．烏爾比諾醫生年輕時遠在巴黎，因此，他經常在哀愁中理想化這座殖民地城市的生活，是一種在那個時期從記憶創造出來的想像。這座城市曾是十八世紀加勒比海地區貿易最繁榮的城市，這個不幸的優勢，讓它為整個美洲最大的販賣非洲奴隸市場。此外，這裡也是新格拉納達總督轄區歷任總督的駐地，他們喜歡在這裡指揮統治，面對世界的大洋，而不是待在偏遠寒冷的首都，在那兒，幾個世紀以來的綿綿細雨會讓他們跟真實產生脫節。這座城市曾經歷它的光輝歲月，一年好幾次，滿載財富的帆船隊從波托西、基多和維拉克魯茲來到這裡的海灣。一七〇八年六月八日禮拜五下午四點，大帆船聖荷西號剛剛啟航，準備前往西班牙的加的斯，船上載著珍貴的寶石和金屬，價值約是當時的五百億披索，卻在港口附近遭到英國艦隊擊沉，過了漫長的兩個世紀之後還沒被打撈上來。那筆躺在海底的珊瑚之間的財富，和船長側身漂浮在指揮臺的屍體，經常被歷史學家拿來回憶，當作是這座淹沒在回憶堆中的城市的標誌。

烏爾比諾醫生住在海灣另外一頭的拉曼戈住宅區，他的家似乎停駐在另一個時空。屋子寬敞涼爽，只有一個樓層，屋外的露臺有個陶力克式柱子的門廊，面對一座散發瘴氣和堆積沉船殘骸的海灣。從門口到廚房，地板鋪設的是黑白相間的棋盤狀瓷磚，大家不只一次把這歸因於烏爾比諾醫生對西洋棋的熱愛，卻忘記這也是本世紀初以來，加泰隆尼亞建築大師在這個暴發戶社區興建的作品的通病。客廳很寬敞，跟屋內其他地方一樣天花板很高，有六扇落地窗，窗外就是街道，一扇裝飾繁複的巨大玻璃門將這裡跟飯廳隔開，門上是茂密的葡萄藤蔓和成串的葡萄，以及閨女在森林裡受到羊男豎笛聲引誘圖的青銅雕飾。從接待訪客的家具，到像是活生生哨兵的客廳擺鐘，都是十九世紀末從英國運來，而吊燈裝飾著淚珠水晶，處處擺設法國賽佛爾大小花瓶和異教戀愛題材的小尊石膏像。但是這樣純粹的歐洲氛圍只存在這裡，屋子其他地方則是藤編扶手椅、維也納的搖椅，以及當地手工藝皮製凳子混搭在一起。臥室裡，除了床鋪外，還有來自聖哈辛托的美麗吊床，上面用絲線縫上主人哥德體的名字，邊緣綴著彩色流蘇。飯廳旁邊，原本用來舉辦晚餐宴會的空間，被利用來當小小的音樂廳，每當著名的演奏家到來，他就在這裡舉辦私人音樂會。地磚上鋪著從巴黎萬國博覽會買來的土耳其地毯，更添環境的靜謐，在一個整齊的唱片架子旁擺著最新款式的留聲機，而一個角落裡，放著一架烏爾比諾醫生多年不曾再彈奏的鋼琴，上面覆蓋著馬尼拉刺繡披肩。整棟屋子都可見到一個踏實的女人的聰明和用心。

然而，最能顯現莊嚴肅穆的地方是書房，這裡曾是烏爾比諾醫生在年老體衰之前的聖殿。他派人在他父親的核桃木書桌和皮質軟墊安樂椅周圍牆面裝設書架，連窗戶也一併遮住，塗上釉彩的擱板上幾乎是過分整齊地排列著三千本書，全部都裝訂小牛皮書衣，書脊烙印他燙金的姓名首字母。當其他的廳堂只能任由港口的喧鬧聲和難聞氣味糟蹋，這裡則總是籠罩著修道院的靜謐和氣味。在加勒比海地區有個迷信，以為打開門窗能讓事實上並不存在的涼爽空氣進入屋內，烏爾比諾醫生在本地出生長大，他跟妻子在最初封閉窗戶時，也曾感到胸悶。可是他們最終相信羅馬人抗暑的方法，那就是在令人昏昏欲睡的八月，保持屋子門窗緊閉，別讓街道炙熱的空氣進到屋內，到了夜晚再完全打開門窗，讓風吹進來。從此之後，他們的屋子即使在豔陽底下仍是拉曼戈住宅區最涼爽的屋子，最幸福的事莫過於，在陰暗的臥室內睡午覺，和午後坐在門廊上凝視笨重的紐奧良灰色貨船經過，以及在黃昏時刻，聆聽點亮燈火的木頭螺旋槳內陸水域船樂聲悠揚，然後看它慢慢地推開堆積在海灣的垃圾。他的屋子在十二月到三月也是最安全的地點，在這個時節，從北方吹來的信風會搗壞屋頂，一整夜徘徊不去，猶如餓狼包圍房屋，企圖找尋能鑽進去的縫隙。因此從來沒人想過，住在這片地基上的夫婦怎麼會有理由不幸福。

不管如何，烏爾比諾醫生這一天早上感受不到絲毫的幸福，他在十點前回到家，兩趟奔波不僅讓他心煩意亂，錯過五旬節的彌撒，還差點讓他在一切已化為塵土的這把年紀變成另外一個人。他想在等待拉西德斯·歐里維亞醫生的午宴時間到來之前睡個回籠覺，無奈一群僕人鬧成一團，想逮住飛到芒果樹最高處樹枝上的鸚鵡，鸚鵡是趁著從籠子被抓出來剪羽毛時逃走的。這是隻沒有羽毛的古怪鸚鵡，要牠說話時不說，偏在最出其不意的場合開口，可是一旦開口，那清晰的咬字和頭頭是道的模樣，即使在人類身上也難得見到。牠是由烏爾比諾醫生親自訓練的，因此牠在這個家享有任何人都沒有的特權，就連醫生的子女在小時候也沒享受過。

牠來到這個家已經超過二十年，沒有人知道牠在這之前活了多久。每天下午午覺過後，烏爾比諾醫生會帶著牠坐在院子的露臺上，那裡是整間屋子最涼爽的地方，他以誨而不倦的熱誠，教鸚鵡學會講一口學者般的法文。之後，出於對美德的惡癖，他也教牠拉丁文彌撒伴唱，和一些選自《馬太福音》的片段，還試著灌輸牠算術四則運算的概念，不過沒有成功。他在最後幾趟的歐洲之旅，曾帶回一個大喇叭留聲機，和許多流行歌曲唱片跟他最喜歡的古典樂作曲家的唱片。他一連好幾個月播放伊薇特．吉爾伯特和阿里斯底德．布里昂的歌曲給鸚鵡聽，日復一日，一遍又一遍，終於讓牠熟記怎麼唱這些上個世紀在法國相當受歡迎的歌曲。牠若是唱她的歌曲，就用女人的歌聲，若是唱他的歌曲，便用高音，結束時加上放肆的哈哈大笑，那是牠完美仿自家中女僕聽牠唱法文歌時的笑聲。牠的本領聲名遠播，想要看牠，有時連搭乘內陸水域船而來的貴客都得經過允許，有一次，幾個英國遊客不惜代價想買下牠，在那個時代，有許多英國人從紐奧良搭乘水果貨船順路經過這裡。然而，牠最光榮的一天，是共和國總統馬可．菲德爾．蘇瓦雷茲率領全體內閣部長來到家裡證實牠的名聲是否屬實。他們大概在下午三點抵達，個個穿著這趟三天政府拜訪行程從沒脫下的大禮帽和毛料大禮服，在八月燠熱的天空底下，熱得快要窒息，在忍受了令人惱火的兩個小時過後，他們只能跟來的時候一樣抱著好奇離開，因為就算烏爾比諾醫生再怎麼哀求、威脅，和在大家面前丟光了臉，鸚鵡都不肯開口，而這都怪醫生不顧妻子明智的警告，硬要促成這次冒失的邀請。

在這次令人大開眼界的狂妄言行之後，牠仍享有特權，足以證明牠在家裡受到神聖的豁免。屋子不能有其他動物進來，除了陸龜在失蹤三、四年後出現在廚房，本來每個人都以為牠永遠失蹤了。不過，大家不當這隻陸龜是活生生的生物，而是一種帶來好運的化石吉祥物，因為他們從不知道牠都在哪裡活動。烏爾比諾醫生不願意承認他討厭動物，他利用各式各樣的科學傳說和哲理性的藉口來掩飾，並說服了許多人，但騙不倒他的妻子。他說過度溺愛動物會導致對人類犯下最下等的殘酷行為。他說狗不是忠誠而是奴性太重，說貓是投機主義者也是叛徒，說孔雀是死亡的通報者，說金剛鸚鵡只是累贅的裝飾品，說兔子會挑動人性的貪婪，說長尾猴會使人縱欲聲色，以及公雞該死，因為牠們使人三次不認基督。

他的妻子費米娜．達薩恰恰相反，她已經七十二歲，不再像從前那樣瘋狂，那般失去理智地依戀熱帶花卉和家畜，他們剛結婚時，她曾利用新婚的甜蜜在家中豢養遠超過建議正常數量的家畜。她最先養了三條以羅馬皇帝命名的大麥町犬，後來牠們為了討好一隻母狗而自相殘殺，這隻母狗不負麥瑟琳娜之名，因為牠剛生下九隻小狗崽，馬上又懷了十隻。之後又養了有著像老鷹英姿和法老王英氣的阿比西尼亞貓，鬥雞眼的暹羅貓，橘色眼珠的宮廷波斯貓，這些貓像幽魂般出沒在各個寢室，到了夜裡像女巫聚會，發出擾人清夢的求偶叫聲。曾有幾年，院子的芒果樹綁著一隻腰部拴著鐵鍊的亞馬遜長尾猴，牠會激起人些許憐憫，因為牠有著跟奧布杜利奧·伊雷大主教同樣哀傷的臉，同樣純潔的雙眸，同樣有說服力的手勢，但是費米娜·達薩將牠放生並不是這個原因，而是牠的壞習慣：會去討好夫人們。

她在走廊上的籠子裡養了各種瓜地馬拉鳥禽、先知石鴴，和黃色長腳的溼地蒼鷺，以及一頭小鹿，牠會把頭伸進窗戶啃掉插在花瓶的火鶴花。最後一場內戰爆發的不久前，當第一回談論起教宗可能來訪，他們從瓜地馬拉帶來一隻極樂鳥，牠來這裡花了很久時間，要比回故鄉花的時間更久，後來聽說教宗的旅程只是子虛烏有，政府的目的是嚇阻勾結造反的自由派分子。有一次，他們向古拉索的走私帆船購買一個裝在鐵絲籠裡的六隻香水烏鴉，跟費米娜·達薩小時候在娘家養的烏鴉一模一樣，婚後她想繼續養。可是沒有人能忍受屋內充斥牠們連續不斷的振翅聲，以及像喪禮花圈的氣味。他們也帶回一條四公尺長的森蚺，這條不眠不休的獵食者的嘆息聲擾亂了臥室夜裡的寧靜，不過他們已經達到目的，那就是藉著牠的致命呼氣聲嚇跑蝙蝠和蠑螈，以及趁著連續幾個月的雨季，侵入屋內的各式各樣的有害昆蟲。當時胡維納爾·烏爾比諾醫生忙於工作，專注在推動城內的文化活動，他只知道，妻子在這麼多可怕的生物圍繞下，是加勒比海地區最美麗也是最快樂的女人，這樣就夠了。但是有個下雨天的午後，當他結束令人筋疲力竭的一天工作，卻發現家中一團混亂，這將他拉回了現實。從接待大廳望去，漂浮著一排動物屍體，放眼所及皆是血流成河。女僕們爬到椅子上不知所措，個個對這場血腥屠殺依舊驚魂未甫。

整起事件起自一隻德國獒犬突然狂犬病發作，牠發瘋似地撕裂一路上遇到的各種動物，直到隔壁鄰居的園丁奮勇抵抗，拿起大砍刀將牠一刀刀剁成碎塊。沒人知道牠究竟咬了多少動物，或者牠吐出的綠色泡沫到底感染到什麼程度，所以烏爾比諾醫生下令處決倖存的動物，在一處荒野焚毀屍體，然後請求慈悲醫院派人來將屋子裡外徹底消毒一遍。唯一逃過一劫的是那隻象徵幸運的雄性斑彩龜，這是因為沒人記得牠。

這是有史以來第一次，費米娜．達薩贊同丈夫處理家務事的方式，往後許久她一直小心翼翼避免再提到動物。或許她不再對在家中養動物抱著希望，於是從卡爾．林奈的自然史書尋求慰藉，派人將書中插畫裱框，懸掛在廳堂的牆壁上。可是一天凌晨，小偷撬開浴室窗戶，帶走家傳五代的全套銀製餐具。烏爾比諾醫生在窗戶的鉤環加裝兩個大鎖，並確保每扇門都從裡面用鐵門鎖上，把比較貴重的物品收在保險箱裡，後來更養成在戰爭時刻將左輪手槍放在枕頭下的習慣。但就算被小偷偷個精光，他仍反對買一條猛犬，不管有沒有打預防針，也不管是放開的或是綁起來。

「這個家不允許不會講話的動物進門。」他說。

他說這句話，是要斬斷妻子不死心地一再要求買狗的希望，完全沒想到這樣急著概括的說法，害他付出了慘重代價。費米娜．達薩的野性隨著年紀漸增變得有點不同，她緊咬住丈夫隨口說的這句話的漏洞：家中遭竊幾個月後，她再一次向古拉索的海盜船買下一隻黃冠亞馬遜鸚鵡，這隻來自巴拉馬利波的鸚鵡只會講水手的髒話，但是牠模仿的人聲惟妙惟肖，花了十二塊生太符雖然很貴，可是卻很值得。

牠是隻優秀品種的鸚鵡，比外表看起來輕巧，有著黃色的頭跟黑色舌頭，這是分辨牠跟其他白額亞馬遜鸚哥不同的唯一辦法，另外，這種鸚鵡即使用松節油塞劑也學不會說話。烏爾比諾醫生是個有風度的輸家，對妻子的聰明才智甘拜下風，而且他很驚訝自己在看到被女僕嚇得驚慌失措的鸚鵡進步時，會很感興趣。雨天午後，當牠很開心自己的羽毛被淋溼時，會脫口而出一些不可能在家中學到的舊日時光的句子，這讓人猜想牠的年紀或許比外表看起來還要大。醫生的最後一絲顧慮，隨著某天晚上小偷再一次想從屋頂的天窗潛入屋內而消散，鸚鵡學獒犬叫了幾聲，嚇跑他們，那叫聲可比真正的狗叫還要逼真，牠還大喊捉賊、捉賊、捉賊，這兩種有趣的救命技巧並不是在家中學會的。自此之後，烏爾比諾醫生親自照顧牠，派人在芒果樹下建造一個棲木，附上兩個容器，一個裝水，一個裝煮熟的小蕉，此外還有一個供牠走繩索的高鞦韆。從十二月到三月這段時間，當夜間氣溫下降，北方吹來涼風，室外變得不安全，他們會把鸚鵡裝進鳥籠，罩上毛毯，帶進臥室，不過烏爾比諾醫生懷疑牠的慢性皮疽病會影響人類的呼吸功能。多年來，他們會幫牠剪羽毛，再放開牠，任牠踩著老騎士外八的步伐自由自在地走動。但是，有一天牠在廚房的橫樑上表演雜耍逗人開心，卻摔進一鍋燉菜湯裡，牠在鍋中想辦法大聲呼救，非常幸運的是，廚娘及時拿著湯杓將牠撈出來，雖然被熱水燙傷，沒了羽毛，但還活著。從那時起，他們就連白天也把牠關在籠子裡，顧不得民間傳說囚禁在籠子裡的鸚鵡會忘掉學過的東西，他們只在下午四點過後比較涼爽的時間才放牠出來，讓烏爾比諾醫生在院子的露臺替牠上課。沒有人即時發現牠的羽毛長得太長，那天早上，牠趁他們準備替牠剪羽毛時，逃到芒果樹茂密的枝椏間去了。

他們花了三個小時還是沒捉住牠。女僕找來附近鄰居的其他女僕來幫忙，用盡各種招數哄騙牠下來，鸚鵡卻還是待在原處，笑得半死，大聲歡呼自由黨派萬歲，該死的自由黨派萬歲，這個令人害怕的歡呼聲已經不只害四個歡樂的醉漢送命。烏爾比諾醫生看不清楚牠在茂密枝椏的哪裡，他試著用西班牙語、法語，甚至是拉丁語勸牠下來，鸚鵡卻用同樣的語言、同樣的語氣和同樣的音調回答，但是絲毫沒有想從枝椏下來的意思。烏爾比諾醫生相信牠不可能會因為好言相勸而下來，於是下令跟消防隊員求助，這可是他在城內的最新玩具。

事實上，一直到不久前，滅火都還是靠自願者拿水泥匠的梯子和桶子，從任何可能的地方提水，這樣亂無秩序的方式有時會引起比火災還嚴重的災禍。但是前一年，胡維納爾．烏爾比諾醫生在擔任榮譽副主席的公共福祉社會部中，推動了一次募捐活動，因此有了專業的消防隊，和一輛配有鳴笛、警鐘和兩條高壓水帶的水箱消防車。這是一種流行的玩意兒，連學校裡聽見教堂敲響警鐘都會暫停上課，好讓孩子到外面親眼瞧瞧他們怎麼打火。一開始，他們只打火。可是烏爾比諾醫生告訴市府高層，他在漢諾威的一場連下三天的大雪後，曾看過消防隊員在一個地窖中發現一個凍僵的孩子，並把他救了回來。他也在拿不勒斯，看過他們從十樓的陽臺，把一個裝著往生者的靈柩抬下來，因為大樓的樓梯太過歪曲，家屬無法把靈柩抬到街上。於是，本地的消防隊員開始學習怎麼提供其他緊急的救援服務，像是撬開鎖頭或者殺死毒蛇，他們還到醫學院接受特訓，了解如何在較小的意外事件上提供最優先的救援。因此，當他要求他們幫忙把鸚鵡從樹上弄下來時，並不是個荒謬之請，況且那是一隻跟騎士一樣有著功績的優秀鸚鵡。烏爾比諾醫生說：「告訴他們，那是我的鸚鵡。」接著他回臥室換上參加午宴的裝扮。事實上，這時他深受赫利米．德聖塔姆那封信打擊，無法再多關心鸚鵡的命運。

費米娜．達薩穿上一襲寬鬆的絲質襯衫式洋裝，是束腰款式，還戴上一條貨真價實的珍珠項鍊，或長或短繞了六圈，以及一雙只在特別隆重的場合才穿的緞面高跟鞋，因為是許多年前買的，已經不堪長穿。她身上時髦的服飾，對一個端莊的老太太而言似乎不太恰當，但是相當適合她修長的身材，她依舊保持亭亭玉立，一雙靈巧的雙手還沒有任何老人斑，一頭泛著藍光的髮絲從後往前斜斜地剪短，垂在雙頰兩側高度。唯一還能從當年的結婚照捕捉到的往日痕跡，是那雙明亮的杏眼和民族特有的高傲氣質，她從年紀漸增失去的東西，已從性格彌補回來，再加上勤奮，因此得到了更多。她對自己的打扮感到自在：那些穿上鐵製胸衣、束腹，和使用布墊來墊高臀部的世紀已經遠去。獲得自由的身體能夠自在呼吸，展示原本的面貌。即使是到了七十二歲的年紀。

烏爾比諾醫生發現她坐在化妝臺前，頭頂上的風扇葉片緩緩地旋轉，她戴著一頂鐘形帽，上面墜著毛氈紫羅蘭。他們的臥室寬敞明亮，英式床架上頭垂著一頂粉紅網紗蚊帳，兩扇窗對著中庭的樹木打開，從那兒傳來被下雨前兆嚇傻的蟬兒如雷的鳴叫。自從新婚旅行回來後，費米娜．達薩總會依據時間和場合，替丈夫挑選服裝，在前一晚放在椅子上，讓他能在踏出浴室後找到備好的衣服。她不記得從何時開始幫他穿衣，以及到最後變成替他穿衣。她知道她這麼做一開始是因為愛，可是從大約五年前開始，她已經不得不這麼做，因為他再也無法獨力穿衣。那時他們剛剛慶祝完金婚，不能一刻沒有彼此，或者不掛念彼此，隨著年紀越來越大，他們越來越不是那麼確定，他或她都不知道這種相互的依賴是出自愛情還是安逸，但是他們從不敢認真問出口，寧願選擇永遠不要知道答案。她逐漸注意到丈夫走路步履蹣跚，心情變化莫測，記性變差，最近老在睡夢中哭泣，但是她沒看懂這些是人生已走到最後的清楚徵兆，而是愉快地認為這是一種返老還童。因此，她沒當他是個難應付的老先生，而是個老頑童，對兩人來說，這種誤解是幸運的，因為使他們免於憐憫。

另外，如果他們能及時明白，比起婚姻中嚴重的災難，避開每日瑣碎的摩擦其實要困難得多，他們的人生可能會非常不同。但如果要說他們一起學到些什麼，那就是智慧在到來那刻，往往已經沒用。多年來，費米娜．達薩不太甘願地忍受丈夫黎明的愉悅時光。當他像純潔的新生兒醒來，她卻還緊抓著一絲絲睡意，不想面對新的一天早晨，和充滿不祥預兆的宿命：每個新的一天都是多賺來的一天。她聽見他在雞啼時醒來，他的第一個動作是先咳一聲，那無緣無故的一咳像是故意要吵醒她。她聽見他嘀咕，摸索那雙應該只是擺在床邊的拖鞋，只是想擾亂她。她聽見他步履蹣跚，在漆黑中走向浴室。她再次睡去，一個小時過後，聽見他從書房回來的聲音，摸黑更衣。有一次，當他在棋盤上廝殺時，有人問起他怎麼定義自己，他說：「我是個摸黑更衣的男人。」她聽見這句話，內心明白那些窸窣聲都是不必要的，他故意發出那些聲音卻裝無辜，所以她即使醒了也繼續裝睡。他的目的很明確：他需要她，尤其是在天色混沌的短暫時刻，更需要她活力充沛和神志清醒。

沒有人的睡姿比她優雅，她一隻手擱在額頭，動作像是在跳舞，不過當有人打亂她已醒來卻自以為還在睡的感覺時，她可是會比任何人更心浮氣躁。烏爾比諾醫生知道她正在等他發出一丁點聲音，她甚至會感謝他這麼做，這樣一來，她便能怪罪有人在五點的黎明時分吵醒她。事情確實如此，有幾次當他在平常的位置找不到拖鞋，而在漆黑中摸索時，她會突然像夢囈般說：「你昨晚把拖鞋放在浴室。」然後用一種怒氣沖沖的清醒語調咒罵：

「在這個家最不幸的事情是，沒辦法好好睡覺。」

這一刻她會在床上翻過身，對自己毫不留情地打開燈，很高興自己在一天的開始打了第一場勝仗。其實這是他們兩人的遊戲，神秘而惡劣，但是也因此感覺刺激：這是婚後愛情的一種危險的樂趣。但正是因為其中一個小遊戲，他們一起生活了三十年的日子，差點因為某天浴室裡沒有肥皂而畫下句點。

起因是日常生活的小事摩擦。胡維納爾．烏爾比諾醫生回到臥室，這時的他還不需要人幫忙洗澡，他沒開燈，開始更衣。跟平常一樣，她在這個時間還縮成一團，閉著眼睛，輕輕地呼吸，一隻手像跳著神聖的舞蹈般舉在頭上。她跟平常一樣半夢半醒，他是知道的。漆黑中，漿過亞麻衣料的窸窣聲響著好一陣子過後，烏爾比諾醫生開始自言自語：

「我已經一個禮拜沒肥皂可以洗澡了。」他說。

這時她剛剛清醒，想起了這件事，便怒氣沖沖地背過身去，因為她的確忘記補上浴室的肥皂。她是在三天前發現的，那時她站在蓮蓬頭下，想著待會兒要補上，但之後卻忘了，隔天也一樣。到了第三天，她還是忘記。事實上根本還沒一個禮拜，他這麼說只是想加重她的罪惡感，三天確實難以饒恕，她訝異自己被抓到犯錯而感到生氣，最後變成怒火攻心。她跟以往一樣，加以辯駁反擊：

「我每天洗澡，」她失控地大喊。「一直都有肥皂。」

儘管他熟知她的反擊策略，這一次卻忍無可忍。他隨便找個工作上的藉口，住到慈悲醫院的病房，只在黃昏的到府門診前，回家換衣服。當她聽見他回家，就躲到廚房假裝忙碌，直到聽見街道傳來馬車的馬蹄聲。接下來三個月，每當他們試著解決這次的吵架，最後總是越鬧越僵。他非得要她承認浴室沒有肥皂，否則不打算回家，她則要他承認故意撒謊折磨她，否則不打算迎接他回家。

當然，這次的意外插曲給了他們機會想起，在其他無數個朦朧的黎明時分，曾摩擦出的無數的其他瑣碎爭吵。他們的怨怒翻攪了舊仇，重新剝開舊日傷疤，變成新的傷口，他們倆嚇了一大跳，傷心地發現夫妻之間這麼多年來的爭執，竟滋養了仇恨。最後他提議，如果有必要，兩人一起向大主教敞開心胸懺悔，讓天主來當最後的裁判，判定浴室的肥皂盒裡到底有沒有肥皂。於是，她原本還能好好控制自己，這時卻前所未見地失控咆哮：

「大主教去見鬼吧！」

她的這句辱罵驚動了整座城市，引起難以釐清的各種揣測想像，像是說唱劇一般，在民眾之間口耳傳開來：「大主教去見鬼吧！」她發覺她的話說得太過分，於是比丈夫早一步反應，她威脅他說要一個人搬回娘家，那棟屋子雖然租給公家機關，卻還在她的名下。她不是說大話：她的丈夫及時發現，她是真的想走，而且不在乎會鬧出什麼社會醜聞。他沒有勇氣挑戰她的孤行己見：他讓步了。但他不是承認浴室裡有肥皂，因為這是有辱事實，而是兩人繼續生活在一起，可是分住不同房間，也不跟對方說話。就這樣，他們吃飯時，靠著孩子們從餐桌這頭傳話到那頭，靈巧地避開得說話的情況，沒讓他們發現父母之間不說話。

書房裡沒有浴室，他改成備完課後再洗澡，他小心翼翼，以免吵醒妻子，這個方法解決了兩人為了清晨噪音的衝突。睡覺前他們經常遇到對方，於是輪流刷牙。四個月後，當她踏出浴室時，撞見他躺在雙人床上看書——這是很常發生的事，竟看到睡著。她在他旁邊躺下，故意動作非常粗魯，希望他醒過來然後離開。事實上，他半夢半醒，可是他非但沒有下床，反倒關掉了床頭夜燈，躺在他的枕頭上。她搖了搖他的肩膀，提醒他該回書房，可是他覺得躺回曾祖父母的羽毛床上真是舒服，他寧願投降。

「讓我留在這裡吧。」他說。「對，的確有肥皂。」

後來當他們回憶這個插曲，人生已經近黃昏，他或她都驚訝不已，無法相信那次的激烈爭吵，竟是他們一起生活近半個世紀中最嚴重的一次失和，只有那一次，夫妻倆想要放棄彼此，開始另一段人生。他們一直到老了、性情變得溫和之後，還小心翼翼地不去提起這件事，因為剛剛癒合的傷口會再一次滲血，彷彿昨天才發生一樣。

他是費米娜．達薩第一次聽見解尿聲的男人。那是新婚之夜，他們在前往法國的輪船上，她暈得頭昏腦脹，悶躺在床艙裡起不來，她感覺他那像公馬的湧泉解尿聲是那樣強勁，那樣充滿威勢，加深她對即將到來的災難的恐懼。當他年紀漸增，解尿聲不再像強勁的湧泉，當時的情景卻經常回到她的腦海，因為她一直不能接受他每次使用廁所就尿溼馬桶邊緣。烏爾比諾醫生用一個只要願意懂就一定能懂的理由，試著說服她，每天一再重複上演的尿溼馬桶意外，不是像她堅認的那樣是他粗心大意，而是器官機能的原因：他年輕時的那股湧泉的確精準筆直，還因此在學校的尿準瓶子比賽奪冠，只是隨著年齡增加，不僅力道減弱，還會尿偏、分岔，儘管他卯足全力想拉直，最後是一道無法主導的幻想之泉。他說：「馬桶應該是對男人一無所知的人發明的。」他為求家和，做了一種與其說是恭順倒不如說是低聲下氣的日常動作：每次上完廁所，就拿衛生紙把馬桶邊緣擦乾淨。她知道，可是從沒吭聲，這樣一來浴室裡的尿騷味就不會那麼重，否則她可會像發現命案那樣公布出來：「裡面跟養兔場一樣臭氣沖天。」在即將步入老年的前夕，烏爾比諾醫生想出最終的一招來解決同樣的身體衰退問題：學妻子一樣坐著解尿，這樣不僅能保持馬桶乾淨，還能讓他得到饒恕。

在這時，他的生活自理能力已經很差，若是在浴室滑跤可是會丟掉性命，因此，他對淋浴保持警覺。他們住的是棟現代化的屋子，沒有舊時代城市宅第日常使用的那種獅爪合金浴缸。當初他以衛生問題，拆掉了浴缸：那是歐洲人眾多的廢物之一，他們只在每個月的最後一個禮拜五泡澡，而且是泡在一缸骯髒的湯汁裡，裡面全是他們從身體洗掉的汙垢。他派人量身訂做一個厚實的愈瘡木大澡盆，費米娜．達薩就在這裡幫丈夫洗澡，一如她也曾用同樣的方式替剛出生的孩子們洗滌身體。他洗澡需要一個多小時，用加入錦葵葉和橘子皮煮沸的水，對他來說，這種植物相當具有鎮定身心的功效，有時，他洗著洗著就在彌漫香氣的水中睡著了。洗過澡後，費米娜．達薩幫他穿上衣服，在雙腿間撲上爽身粉，在發炎的部位塗上可可油，替他穿上內褲，舉止盡是滿滿的溫柔，彷彿那是尿布，她繼續幫他一件接著一件穿上去，從襪子到打領帶，最後別上一個黃玉領帶夾。夫妻倆的黎明時光終於不再有所摩擦，因為他再一次流露兒女從他身上奪去的孩子氣。至於她，最後配合了家中作息，因為歲月也在她身上留下痕跡：她越睡越少，還沒滿七十歲以前，已經比丈夫還要早起。

五旬節的禮拜天，當烏爾比諾醫生掀起毛毯檢視赫利米．德聖塔姆的屍體，他察覺一個在他當醫生和做為信徒最輝煌的生涯中不曾發現的東西。這麼多年來，他跟死亡打交道，與它作戰，從各個方向接觸它，這是他第一次提起勇氣直視它的臉，感覺它也盯著他看。他不畏懼死亡。不是：早在許多年前，死亡已經在他體內扎根，與他同在，變成疊在他影子上的另外一個影子，那是某一天夜晚，他睡不好醒來，發覺死亡顛覆他以往的認知，不只一直是個可能性，而是個近在眉睫的事實。相反地，禮拜天他看到的是具體的存在，終於不再只是之前的想像。他很高興天主把赫利米・德聖塔姆當作工具，對他揭露這個沉重的事實，他總是把赫利米當聖人，只是他不知道自己得到天主的饒恕。但是當那封遺書揭露他真正的身分、不幸的過往、深藏不露的操弄計謀的本領，他感覺他的人生發生了一種無法扭轉的決定性改變。

然而，費米娜・達薩並沒有感染他低落的心情。當然，他試過了，趁她替他把雙腳放進褲子，扣上一長排襯衫的鈕扣的時候。可是他並沒有得逞，因為費米娜・達薩不輕易受人影響，更何況那是個她並不喜歡的男人的死訊。她只知道赫利米・德聖塔姆是個靠拐杖行動的殘障人士，但從沒見過他，他是從眾多安地列斯群島的其中一個島，在眾多的起義的其中一次，從執行槍決的部隊手中逃脫，為了餬口，他當上兒童攝影師，最後成為省內最炙手可熱的名家，她還記得他贏了一個叫托瑞莫里諾斯的傢伙一盤棋，而那個人其實名叫卡帕布藍卡。

「他不只是在犯下卡宴兇殘命案和被判處無期徒刑的逃犯。」烏爾比諾醫生說。「想像一下，他還吃了人肉。」

他把那封遺書交給她，原本他打算將信上的秘密帶進墳墓，可是她並沒讀，而是把對摺的信收進化妝臺，將抽屜鎖起來。她十分習慣丈夫深不可測的大驚小怪本領，還有他一年比一年越來越錯綜複雜的過度理智，和他跟外在形象毫不相符的狹隘觀點。不過這一次已經超過他自己的底線。她猜想，她的丈夫欣賞赫利米．德聖塔姆，並不是為了他的過去，而是因為他只帶著流亡的背包和身上的衣服來到這裡，她不能理解為什麼丈夫對他用這種遲來的方式透露身分，會感到那麼沮喪。她不懂為什麼他對德聖塔姆隱瞞有個女人似乎感到厭惡不已，畢竟這是他這個階層男人世代相傳的習慣，連他自己也曾在某段忘恩背義的時間這麼做過，此外，她認為那個女人幫他達成尋死決心，便是一個令人肝腸寸斷的愛情鐵證。她說：「如果你也跟他一樣，有非常認真的理由決意尋死，我就得學她完成這個責任。」烏爾比諾醫生再一次徘徊在徬徨的境地，這半個世紀來，他一直為妻子這麼容易思路堵塞，而感到惱火。

「妳根本不懂。」他說。「我生氣的並不是他是個怎麼樣的人，或者他做了什麼樣的事，而是這麼多年來，他一直欺騙我們所有的人。」

他的雙眼開始盈滿輕易淌下的淚水，可是她假裝沒看見。

「他做得很好。」她回答。「如果他說實話，不管是你、那個可憐的女人，或者這座城市的任何一個人，都不可能這麼喜歡他了。」

她替他在背心的袖眼扣好鏈錶。她替他打好領帶和夾上黃玉領帶夾。接著她拿起沾溼花露水的手帕，擦乾他的眼淚和淚溼的鬍子，最後把手帕四個邊角打開，插在他胸前的口袋，彷彿那是一朵木蘭花。擺鐘敲打十一聲，鐘響在屋內迴盪。

「快點。」她說，挽著他的手臂。「我們快遲到了。」

拉西德斯・歐里維亞的妻子艾米塔・德昌普斯和他們七個聰明伶俐的女兒，已經籌劃好一切，就是要讓這個二十五週年的工作紀念午宴成為年度的社交盛事。他們的屋子坐落在舊時的市中心，從前那裡是鑄幣廠，後來經過一個途經這裡的佛羅倫斯建築師改造，他帶來一股糟糕的翻新風潮，把超過四處的十七世紀古蹟變成了威尼斯風格的大教堂。屋內有六間臥室，和兩間用來吃飯和接待賓客的廳堂，不但寬敞，通風也良好，可是容納不下城內的賓客，況且還有精挑細選出來的外地貴賓。他們家的庭院裡有座像修道院的迴廊，中央有一座石砌噴泉在吟唱，夕陽西下時，一盆盆洋茉莉的芬芳瀰漫整棟屋子，可是迴廊拱門下的空間還是不夠接待那樣多姓氏顯赫的貴客。因此，他們決定在家族的鄉間別墅舉辦午宴，從皇家大道開車要十分鐘路程，那兒有大片的庭院和巨大的印度月桂樹，一條潺潺流動的河面長著白睡蓮。在歐里維亞夫人的指揮下，桑丘先生餐館的人手在沒有遮蔭的地方架起彩色帆布帳篷，在月桂樹下擺置一長排小桌和一百二十二套餐具，全部鋪上亞麻桌巾，主桌還擺上當天現採的幾束玫瑰。他們也搭了一個臺子給管樂團，他們演奏的節目只限對舞舞曲和國內的華爾滋舞曲，還有一支美術學校的四人管弦樂隊，這是歐里維亞夫人替丈夫受人敬重的老師安排的驚喜，他的老師也將主持午宴。儘管宴客日期其實並非畢業紀念日，他們還是選在五旬節的禮拜天，來加深這場宴會的意義。

準備工作從三個月前就展開，就怕時間不夠，該準備的東西卻沒完成。他們請人從黃金沼澤區送來活母雞，這種家禽在整個沿岸地區很有名，不僅是因為體型和美味的口感，而是殖民時期，牠們曾在沖積土層啄食，所以砂囊裡有純金的砂粒。歐里維亞夫人為了替丈夫的功績增光，帶著幾個女兒和僕人，親自登上豪華輪船挑選來自各地最好的物品。一切都按照她的計畫進行，除了午宴是選在六月的一個禮拜天，偏偏這一年的雨季遲到。當天早上，她出門參加大禮彌撒，訝於空氣的溼氣厚重，嗅到可能的危險，她還看見天空低垂的厚雲層，海平線已經模糊不清。儘管種種不祥的徵兆，她在望彌撒時遇見天文觀測臺臺長，對方告訴她，從本城動盪不安的漫長歷史看來，即使是在最嚴峻的冬季，也未曾有過五旬節下雨的紀錄。然而，當十二點的鐘聲響起，許多賓客正在露天之下享用開胃菜，一聲孤獨的響雷撼動大地，一道兇神惡煞般的海風吹翻了桌子，把帳篷颳到空中，天空降下災難的傾盆大雨，像是要塌下來。

在暴風雨的搗亂中，胡維納爾．烏爾比諾醫生跟在路上遇到的最後幾名客人好不容易抵達現場，他原本打算學他們踩石頭，跳著穿過淹水的院子，從車子到屋內，但最後只能嚥下屈辱，接受桑丘先生的人手抱著他沿著黃色的帆布遮雨棚下走過去。他們盡可能在屋內重新安排七零八落的桌子，連臥室都用上了，賓客毫不掩飾他們落難的心情。裡面熱得像船上的鍋爐，因為窗戶全都關上了，以免風把雨水吹進來。院子裡，原本桌上都擺著賓客姓名的卡片，並按照禮俗，一邊安排男士就座，一邊是女士。但是到了屋裡，姓名卡片全都混在一起，每個人只能想辦法找位子坐，不可抗力的天災造成男女混坐，最起碼終於打破了社會迷信的行為。就在一片慘重的災情中，艾米塔．德昌普斯像是同時間出現在所有地方，她的頭髮溼漉漉，華麗的洋裝沾染爛泥，但是臉上掛著不屈不撓的微笑承受打擊，這是她從丈夫身上學來不向逆境低頭的態度。她在同樣是鐵爐鍛鍊出來的女兒們的幫忙下，盡可能保留主桌的位子，讓胡維納爾．烏爾比諾醫生坐在中間，奧布杜利奧．伊雷大主教坐他的右邊。費米娜．達薩跟往常一樣坐在丈夫旁邊，就怕他在午餐期間睡著，或者湯汁滴到衣領。主位的對面坐著的是拉西德斯．歐里維亞，他年約五十歲，有點女性化，外表保養得不錯，他喜好熱鬧的精神跟他高明的醫術毫不相干。主桌的其他位子全坐滿省府和市府的高官，以及一位前一年的選美皇后，首長摟著她出現，安排她坐在他的旁邊。照傳統禮俗，請客並不會要求穿著特別服裝，更何況這是一頓在鄉間舉辦的午宴，但是女士個個穿上晚禮服和佩戴貴重的珠寶首飾，大多數的男人穿著深色西裝和打著黑色領帶，幾個穿著毛料大禮服。只有見多世面的幾個，包括烏爾比諾醫生在內，穿著日常的西裝。每個座位都放著一份法文菜單，上面印製燙金的圖案。

歐里維亞夫人生怕熱氣帶來不堪的後果，她在屋內奔走，哀求賓客用餐時脫掉外套，可是沒人敢帶頭這麼做。大主教要烏爾比諾醫生注意，這場午宴就某方面來說的確歷史留名：自從獨立以來，將國家撕裂的兩派內戰人馬，第一次癒合傷口和化解仇恨，同桌而坐。他的這個想法，堪比激情的自由黨人士，尤其是年輕一代的，在保守黨派攬權四十五年後，他們終於選出一位自身黨派的總統。烏爾比諾醫生並不同意：他不覺得一個自由黨總統能比保守黨總統好或壞到哪裡去，只是穿衣品味比較差。然而，他不想惹大主教生氣。不過他還是向他表示，所有參加午宴的人，並不是為了主人的思想而來，而是因為他的家世功績，這永遠要比政績和戰爭的榮光重要得多。就是因為這樣，沒有半個人缺席。

傾盆大雨跟突襲一樣猛然停止了，太陽立刻高掛在萬里無雲的天空，但是幾棵樹被猛烈的暴風連根拔起，滿溢的積水把院子變成一片沼澤。最慘不忍睹的是廚房。幾個磚頭搭蓋的柴火爐，因為在屋子後面的露天地方，廚師根本來不及在大雨前搶救爐上的吊鍋。他們急急忙忙，花了點時間把淹進廚房的水往外舀，在後面的長廊搭蓋幾個新的臨時爐子。到了下午一點，緊急狀況已經解除，只缺聖塔克拉拉修道院的推薦甜點，她們保證送來的時間是十一點之前。恐怕是皇家大道旁的小溪淹水，這是在不那麼寒冷的冬天會發生的事，這樣一來，不太可能提前兩個小時送到。雨過天青後，他們馬上打開窗戶，屋內涼爽起來，暴雨帶來的硫磺味彌漫在空氣中。接著他們下令樂隊在門廊前的露臺演奏華爾滋舞曲，可是音樂只是讓人更心煩意亂，因為管弦樂器的樂聲在屋內迴盪，讓人不得不扯嗓大聲交談。艾米塔·德昌普斯累得不想再等，她臉上還掛著微笑，但已經在淚水潰堤邊緣，於是她下令開始上菜。

美術學校的樂隊開始表演，終於能在演奏莫札特的《狩獵》前面幾個拍子時，贏得短暫的肅寂。儘管說話聲越來越高昂和混亂，桑丘先生的黑人奴僕端著熱騰騰的盤子，幾乎無法在桌子之間走動，塞成了一團，烏爾比諾醫生依舊設法豎起耳朵，欣賞到節目的最後。他的專注力一年比一年差，甚至得把棋賽的每一局記在紙上，提醒自己進行到哪裡。然而，他還是能一邊聊天一邊欣賞音樂演奏，雖然比不上樂隊的德國指揮家能夠一邊聽《唐懷瑟》一邊讀《唐．喬凡尼》樂譜的完美境界，而這位指揮家可是他在奧地利時期的最好朋友。

節目的第二首曲子是舒伯特的《死神與少女》，他認為，樂隊用了相當澎湃的戲劇性來演奏。加入餐具碰撞餐盤的響聲，他吃力地聆聽時，視線緊盯著一個臉頰泛紅的年輕人，對方正點頭對他打招呼。毫無疑問地，他曾看過他，可是不記得是在哪裡。他經常這樣，尤其不記得人名，即使跟他們非常熟，或者想不起從前熟悉的曲調，為此他感到驚慌失措，有一晚，他甚至想著寧願死去，也不想忍受這種感覺到天亮。當驚慌又開始襲來時，一道仁慈的光芒照亮了他的記憶：年輕人是他去年的學生。他非常訝異看見他出現在這裡，在這個精心挑選貴賓的領地，不過歐里維亞醫生提醒他那是衛生部長的兒子，他來這裡準備他的法醫論文。胡維納爾．烏爾比諾醫生愉快地跟年輕人打招呼，對方站起來，向他敬禮作為回應。但是他始終沒發現他就是這天早上他在赫利米．德聖塔姆家中遇見的那位實習生。

他鬆了一口氣，認為自己又戰勝了一次年紀，於是沉醉在聆聽節目最後一首輕柔和流暢的抒情曲，雖然認不得曲子的名字。稍後，剛從法國返鄉的樂隊年輕大提琴手告訴他，那首是加布里埃爾．佛瑞的弦樂四重奏作品，雖然烏爾比諾醫生非常注意來自歐洲的消息，依舊沒聽過這位作曲家。費米娜．達薩跟平常一樣注意他的言行舉止，特別是當他在公眾場合出神的時刻，她停止用餐，把手放在他的手上，想將他拉回現實。她對他說：「不要再想那件事了。」烏爾比諾醫生從神遊的彼岸對著她微笑，於是，他再次想起她所害怕的事。他想起赫利米．德聖塔姆，這個時刻他應該躺在開蓋的棺材裡，穿著假軍服和道具勛章，接受照片上的孩童斥責的目光。他轉過頭看向大主教，打算告知他自殺的消息，可是他已經聽說。這個消息在大禮彌撒結束後傳得沸沸揚揚，他甚至收到傑羅尼莫．阿爾戈德以加勒比海地區亡命之徒為名的請求，希望他能葬在聖地。他說：「我認為他的請求欠缺尊重。」接著，他用比較富人情味的語氣問他是否知道自殺的原因。烏爾比諾醫生回答他一個精準的詞，他想應該是當下想出來的：「恐老症。」歐里維亞醫生原本把注意力放在身邊的賓客身上，這時，他暫時丟下他們，插進老師的對話。他說：「真是令人難過呀，現在竟然還有不是因為愛情的自殺。」烏爾比諾醫生一點也不訝異自己的想法從愛徒口中說出。

「更糟的是，」他說。「是吸服氰化金鉀自殺。」

這句話一脫口而出，他發現他的憐憫心再一次戰勝遺書帶來的苦澀，他不因此感謝妻子，反而認為這是音樂催化的奇蹟。於是他對大主教談起，他在緩慢的黃昏下棋時間結識的這位世俗聖人，談起他的藝術帶給孩童歡樂的貢獻，他對世間萬物的淵博學識，他嚴格的習慣，他非常驚訝他的靈魂如此純淨，跟自己的過去斷得一乾二淨。然後他跟市長談到是否適合買下照相乾板檔案，保存那些快樂永遠定格在照片上的孩子的影像，而這座城市的未來就掌握在他們手上。大主教相當氣憤一個文明的天主教軍人竟然以為自殺是神聖的，不過他同意將底片存檔這件事。市長想知道要跟誰買。烏爾比諾醫生感覺秘密就像把火燒著他的舌頭，不過他還是忍下來，沒揭露那位默默繼承底片檔案的女人。他說：「我來負責這件事。」五個小時前，他還唾棄那位女人，此刻他感覺因為對她忠誠而得到救贖。費米娜．達薩注意到了，她壓低聲音，要他保證會參加葬禮。他說他理所當然會參加，說完，他鬆了一口氣。

幾場致詞迅速而簡要。管弦樂隊開始奏起節目表上沒安排的通俗樂曲，桑丘先生餐館的人手正在清除院子的積水，以防有人想跳舞，賓客到露臺上散步和等待。唯一還待在客廳的是主桌的賓客，他們正在歡呼烏爾比諾醫生在最後的敬酒一口氣喝掉半杯白蘭地。沒人記得他以前這麼喝過，除了搭配非常特別的餐點，才會喝上一杯頂級的紅酒，但是這天下午他聽到內心的呼喚，屈服了弱點：那麼多年過後，他再一次有種想唱歌的欲望。當然，他願意應那位自告奮勇陪他上場的年輕大提琴手的要求獻唱，不過一輛新汽車突然駛過院子的爛泥堆，濺了樂師一身泥巴，那像鴨叫的喇叭聲擾亂畜欄裡的鴨子，最後停在屋子的門廊前面。馬可．奧雷里亞諾．烏爾比諾．達薩跟他的夫人從汽車下來，兩人笑得半死，手中各端著一個用紗織罩布蓋住的托盤。副駕駛座上還有其他一樣的托盤，連司機旁邊的車子地板上也有。那是遲來的甜點。當熱烈的鼓掌聲和哄然大笑停下來，烏爾比諾．達薩醫生一臉認真，解釋聖塔克拉拉修道院修女要求他在暴雨來襲前把甜點送到，但是他從皇家大道回去，因為有人告訴他，他的父母家失火。胡維納爾．烏爾比諾醫生還沒聽兒子把話講完，就開始惶恐起來。但是他的妻子即時提醒，是他親自下令要人叫消防員來捉鸚鵡。艾米塔．德昌普斯非常開心，決定讓賓客在露臺上喝完咖啡後享用甜點。但是胡維納爾．烏爾比諾醫生跟他的妻子還沒嘗到就離開，因為他快來不及在出席葬禮前先睡個神聖的午覺。

最後他睡了午覺，只是時間很短，也睡得不好，因為回到家後，他發現消防隊員製造了跟火災一樣嚴重的災難。他們拿著壓力水管帶嚇唬鸚鵡，卻把一棵樹搞得光禿禿的，一道水柱沒對準，噴進主臥房的窗戶，造成家具不可修復的傷害，殃及掛在牆上的無辜祖父母肖像。左鄰右舍聽見消防車的鳴笛聲紛紛趕來，他們以為發生火災，幸好這天是禮拜日，學校都是關閉的，否則場面可能更加混亂。

當他們發現，即使加長梯子也捉不到鸚鵡，便開始大刀揮砍樹枝，一直到烏爾比諾．達薩醫生適時出現，阻止他們把樹砍得只剩下軀幹。離去前，他們說如果醫生一家准許砍掉樹枝，他們會在下午五點以後回來，此外，他們還把屋後的露臺和客廳弄得都是泥巴，撕毀費米娜．達薩最喜愛的一張土耳其地毯。除了不必要的災難外，大家都認為，鸚鵡趁一片混亂從鄰居的院子逃走了。事實上，烏爾比諾醫生又在茂密的枝葉中尋找牠好一陣子，試過不同語言卻沒得到回應，連吹口哨或唱歌也一樣，所以他當鸚鵡已經找不回，快三點時，便去睡午覺。睡覺前，他去上廁所，聞到尿液彌漫溫熱的蘆筍氣味，宛若一股來自秘密花園的芬芳，享受了短暫的愉悅。

他因為悲傷醒來。這天早上，他面對朋友的屍體時並沒有這種感覺，午覺醒來，靈魂卻充滿看不見的愁霧，他把這種感覺當作來自上天的預兆，認為自己的來日所剩無幾。他一直到五十歲，才注意內臟的大小、重量和狀態。每當他在每天的午覺後閉著眼睛躺著，他會慢慢地去感覺體內的內臟，一個接著一個，感覺那日夜不休的心臟、神秘的肝臟、奧妙的胰臟的形狀，他逐漸發現，周遭的人就連那些年紀大的都比他年輕，他是他那一代傳奇人物裡碩果僅存的一個。當他發現他開始忘東忘西，便借用了他從昔日醫學院一位老師那兒聽來的一個辦法。

「把記不得的東西寫在紙上。」然而，這是個轉眼幻滅的癡想，因為他最後甚至忘記口袋裡的紙條上面的提示是什麼意思，他滿屋子尋找就戴在臉上的眼鏡，鎖上門後再用鑰匙轉開，找不到一本書讀到了哪裡，因為他已忘記情節或人物之間的關係。但是他最不安的是，他不再相信自己的理智：他在這場不可避免的觸礁中，慢慢地感覺自己正一點一滴地失去判斷力。

雖沒有科學根據，胡維納爾．烏爾比諾醫生憑著自身經驗，知道大多數的絕症都有個別的氣味，而老年的氣味尤為特殊。他從解剖臺上遭到開膛剖腹的屍體發現，從最看不出年紀的病人身上察覺，從他自己衣服的汗漬和睡夢中的妻子的安穩呼吸中窺見。倘若他內心深處不是老一派的基督教徒，或許他就會贊同赫利米．德聖塔姆說的，老年是一種應該阻止的不恰當狀態。他唯一感到安慰的，即使是對他這樣的床上高手來說，是他的性欲是以一種仁慈的方式逐漸熄滅：性的平靜。他在八十一歲的高齡時，清楚知道他跟這個世界是靠幾條細薄的絲線維繫，很可能在睡夢中簡單換個姿勢就扯斷，如果說他還努力保住絲線，那是因為害怕在死亡的黑暗裡找不到天主的身影。

費米娜．達薩忙著整理消防隊員破壞的臥室，下午快要四點之前，她派人端給丈夫每天要喝的碎冰檸檬水，和提醒他換上出席葬禮的衣服。這天下午，烏爾比諾醫生手邊有兩本書，亞歷克西．卡雷爾醫生的《人，未解之謎》，和阿克塞爾．蒙特醫生的《聖米歇爾的故事》。最後這本還沒打開，他要求廚娘迪葛娜．帕爾多把忘在臥室裡的象牙裁紙刀拿來給他。但是當她把刀子帶去時，醫生已經開始讀《人，未解之謎》用一個信封夾起來做記號的那頁，這本書只剩幾頁就要讀完。他慢慢地讀，在刺戳般的頭痛中，沿著蜿蜒的小徑開路，他想那是最後一次敬酒喝下的半杯白蘭地引起的。閱讀歇息時間，他啜飲一口檸檬水，或者嘎吱嘎吱地咬冰塊。他穿著襪子，襯衫，拿掉了假領子，綠色條紋鬆緊吊帶垂掛在腰的兩側，一想到要換上出席葬禮的衣服就感到心煩。他很快地停止閱讀，把書疊在另外一本上面，坐在藤編搖椅上非常緩慢地搖動，痛苦的視線掠過院子泡在爛泥巴裡的一叢叢小蕉，光禿禿的芒果樹，雨後出現的飛蟻，以及又一個一去不復返的午後轉眼消逝的天光。他遺忘了自己曾經有一隻巴拉馬利波鸚鵡，還把牠當人類那樣愛牠，但突然間他聽見牠的聲音：「皇家小鸚鵡。」他聽見牠近在咫尺，幾乎就在他的旁邊，接著，突然看見牠在芒果樹一根最低垂的樹枝上。

「不要臉的傢伙！」他對牠大喊。

鸚鵡用一模一樣的聲音回答：

「不要臉的人是你，醫生。」

他繼續對牠說話，視線緊盯著牠不放，並小心翼翼地穿上短靴，以免嚇跑牠，然後他套好吊帶，步入還是一片泥濘的院子，拿著木杖探測地面，以免撞到通上露臺的三個臺階。鸚鵡動也不動。牠停在那麼低的地方，他只要把木杖伸過去，就可以讓牠跟平常一樣停在銀握柄上，可是鸚鵡避開了。牠跳到旁邊的樹枝上，比較高一點，可是更容易摸到，家裡的梯子在消防隊員來之前就靠在那裡。烏爾比諾醫生計算一下高度，心想爬兩階就可以抓到牠。他爬上一階，嘴裡唱著一首牠熟悉的歌，希望分散那隻孤僻的動物的注意，牠沒唱歌，只是跟著唸出歌詞，但是往一旁跨出幾步，站在那根樹枝上比較遠的地方。他雙手緊抓著梯子，輕鬆地爬上第二階，鸚鵡開始唱起整首歌，但是沒移動半步。他爬上第三階，然後第四階，因為他錯估樹枝的高度，這一刻，他左手抓著梯子，右手想抓鸚鵡，老女僕迪葛娜．帕爾多過來提醒他快來不及參加葬禮，卻看見一個男人攀上梯子的背影，要不是那條鬆緊吊帶的綠色條紋，她根本不敢相信那就是男主人。

「至上的天主啊！」她大喊。「您會摔死的！」

烏爾比諾醫生抓住鸚鵡的脖子，發出勝利的嘆息聲：「逮到你了吧。」可是他馬上鬆開了手，因為腳下的梯子滑動，他懸在半空半刻，就在這瞬間，他意識到自己就要在五旬節禮拜天下午的四點零七分死去，沒有聖餐儀式，沒有臨終聖餐，沒有懺悔時間，也沒跟任何人道別。

費米娜．達薩正在廚房試喝晚餐的湯，她聽見迪葛娜．帕爾多發出慘叫，家裡的僕人亂成一團，接著鄰居也是鬧烘烘的。她丟下試湯的湯匙，拖著抵擋不住年紀這個像沉重枷鎖的身軀，卯足全力地跑，她像個瘋子尖叫，卻不知道芒果樹下究竟發生了什麼事，當她看見丈夫仰躺在泥地上時，心碎了一地，他奄奄一息，但仍在垂死掙扎，希望妻子在死神甩出最終一鞭前的最後一刻趕到。他淌下淚水，死去時她不在身邊的痛苦是無以復加的，最後他在一片混亂中認出她，他睜著在這半個世紀來一起生活的日子中她從未看過的晶亮、悲傷和感激的雙眸，最後一次凝視她，及時用最後一口氣告訴她：

「只有天主知道我有多愛妳。」

胡維納爾．烏爾比諾醫生的死令人緬懷，這是有原因的。當他完成法國的專攻學業歸來，立刻因為嶄新和嚴謹的醫術，及時防阻最後一場霍亂在省內流行開來，聞名於全國上下。前一場霍亂爆發時，他還在歐洲，那場流行病在短短三個月內造成城市四分之一的人口死亡，包括他那位也非常受人景仰的醫生父親在內。他憑著很快建立的名望和一筆慷慨捐贈的家族遺產，創立了醫藥學會，並擔任終身主席，這是在加勒比海地區幾個省分的第一個，也是往後許多年間的唯一。他成功建造第一條排水管、第一個下水道系統，和一座遮頂的公共市集，得以改善靈魂灣的衛生，擺脫淪為垃圾場的命運。此外，他還擔任語言學院和歷史學院的院長。耶路撒冷拉丁主教基於他對教會的貢獻，封他為聖墓騎士團的騎士，法國政府頒給他高等騎士勳位的榮譽軍團勳章。他積極領導城內的宗教團體和愛國團體，特別是愛國政務會，成員是幾名對政治不感興趣但有影響力的市民，他們用對那個年代來說太過大膽和先進的想法，向政府和地方商會施壓。其中，最令人難忘的是嘗試熱氣球送信，在首次飛行時就將信送到了聖胡安省謝納加市，這個合理的可能性遠比後來的航空郵件還要早了許久。成立藝術中心也是他的想法，他還在同一棟建築裡設立美術學校，如今學校還屹立在那裡，多年來他也持續贊助四月花賽詩會。

只有他完成似乎一整個世紀都不可能做到的事：整修在殖民時代被改造成鬥雞場和養雞場的喜劇劇院。那真是一場精采的城市運動高峰，城內各行各業都參與其中，無一例外，很多人認為那次的全民動員堪稱是一項浩大的事業。總之，煥然一新的喜劇劇院開幕了，因為還沒有座椅和燈光，參加的觀眾得自帶椅子和幕間休息需要用到的照明器具。劇院舉辦了比照歐洲那套的隆重首演，儘管在加勒比海是大熱天，貴夫人紛紛利用場合展示她們的長禮服和皮大衣，但是劇院也得准許家僕進場，替他們的主人搬椅子和提燈具，並帶來一些必要的止飢食物，好應付一長串演不完的節目，有個節目甚至演到早晨的第一場彌撒時間。開幕的那一季，由一個法國歌劇團演出，他們的新亮點是把豎琴納入管弦樂，令人回味無窮的精采表演是一位土耳其女高音純淨無瑕的嗓音和無與倫比的戲劇天賦，她赤著雙腳登臺獻唱，腳趾戴著美麗的寶石戒指。從第一場演出起，那樣多盞的椰子油燈燃燒的煙霧就幾乎遮去舞臺，燻得歌唱家唱不出聲音，可是城內的新聞記者非常審慎地略過這些微不足道的缺失，刻意頌揚令人難忘的部分。毫無疑問，這是烏爾比諾醫生發起過最成功的運動，連城內最意料不到的團體也感染了歌劇熱潮，造就一個世代各類的伊索德、奧泰羅、阿依達和齊格菲。然而，熱潮並沒有燃燒到烏爾比諾醫生期盼的最熾烈程度，那就是看見義大利派和華格納派劇迷，在幕間休息時拿著棍棒大打出手。

胡維納爾．烏爾比諾醫生從不接受公家職位，縱使經常有人無條件送上門給他，他向來狠狠批評那些利用自身工作威信而攀高政治仕途的醫生。他自認為自由黨，選舉時總是投給這個黨派的候選人，不過這不是基於他的信念而是傳統，或許他是名門望族最後一個遇到大主教馬車經過，會在街道上跪下來的人。他定義自己是個天生的和平主義者，支持自由黨和保守黨應該以國家福祉為重，尋求大和解。然而，他在公共場合的行為卻是那樣我行我素，沒有黨派把他當作自家一分子：自由黨派人士認為他是山洞裡的哥特人，保守黨派人士說他應該當共濟會成員，而共濟會人士唾棄他，認為他是聽從羅馬教廷指令的間諜教士。對他不那麼血腥批評的人以為他不過是個太過陶醉在四月花賽詩會喜悅中的貴族，而這個國家卻困在一場永無止盡的內戰中淌流鮮血。

唯有兩個行為似乎跟他的形象格格不入。第一個是他搬到坐落在暴發戶社區的新屋，捨棄了卡薩杜埃羅侯爵古宅第，那曾是他的家族世居一個多世紀來的祖屋。另一個是他娶了一名來自村莊的美麗女子，女方既沒名聲也沒財富，那些姓氏一長串的貴夫人暗地取笑她，直到她們一遍又一遍目睹和佩服她的性格和氣節。烏爾比諾醫生一直非常注意他的大眾形象帶來的這般種種不便，沒有人像他身為一個已經滅絕的姓氏的最後一個主角，還如此注重這件事。他的兩個孩子是這個已經失去光芒的血脈的餘燼。兒子馬可．奧雷里亞諾繼承他的衣缽當醫生，他就跟每一代的長子一樣沒有什麼作為，五十好幾，膝下無子。他唯一的女兒歐菲莉亞嫁給一個紐奧良的優秀銀行職員，已經到了更年期，他們生了三個女兒，沒有兒子。然而，即使烏爾比諾醫生對香火無法在歷史上延續感到心痛，最放心不下的還是費米娜．達薩在失去他之後的獨居生活。

總之，這場悲劇不但撼動他的家人，還感染了一般的平民老百姓，他們紛紛來到街上，希望能認識他傳奇的一生，哪怕只是落盡後的光輝也好。城內宣布守喪三天，公家機關降半旗，所有教堂都不停地敲喪鐘，直到他在家族陵墓的墓穴封閉為止。一群美術學校的學生替屍體製作臉部印模，用來製作真人尺寸的胸像，可是後來計畫取消，因為大家都認為忠實呈現臉上最後一刻的驚恐並不是個好主意。有個知名的藝術家正好在前往歐洲途中經過這裡，他以令人動容的現實主義技法，畫了一幅巨大油畫，畫中的烏爾比諾醫生爬上梯子，在致命那一瞬間，伸出手想抓住鸚鵡。唯一不同於殘酷真相的是，畫中的他並沒有穿著沒領子的襯衫和綠色條紋吊帶，而是戴著圓頂硬禮帽和毛氈大禮服，那是取自一張刊在霍亂流行時期報上的插圖。悲劇發生的幾個月後，這幅畫擺在寬闊的黃金網藝廊展出，希望讓每個人親眼看到，藝廊裡販售進口物品，整座城市的人都會到那兒光顧，人潮不斷。之後，幾間公家跟私人機構也陸續展出這幅畫，緬懷這位德高望重的傑出之士，並向他獻上敬意，最後他們在美術學校舉辦第二場葬禮，並將畫懸掛在那裡，一直到許多年以後，學校的學生把畫拿下來，拿到大學廣場上焚燒，視那為一種美學和一個令人憎惡的時代的象徵。

費米娜．達薩從守寡的那刻起，並沒像丈夫害怕的那樣軟弱無依。她的態度相當堅定，不許他人憑藉任何藉口，利用丈夫的遺體謀取好處，就連共和國總統捎來電報表達敬意，下令將遺體安置在省政府的禮堂供人瞻仰，也照樣婉拒。她秉持同樣的沉靜，反對在教堂舉辦守靈，即使這是大主教的親自請求，她只答應舉行殯葬彌撒時把遺體移至那裡。她的兒子對於各界這麼多的請求感到不知所措，他出面跟母親協調，儘管如此，費米娜·達薩依然不為所動，她堅守她鄉下人的觀念，那就是逝者只屬於家人，守靈應該要在家中舉辦，啜飲苦咖啡配乳酪麵包，每個人都能自由地想哭就哭。他們取消傳統的九夜守靈儀式：葬禮過後，所有的門將會關上，除了接待親近的人來訪，不再對外開門。

整棟屋子遵從親人過世的習俗。所有貴重物品收在安全的地方，牆壁光禿禿一片，只剩取下畫後留下的痕跡。自家以及跟鄰居借來的椅子靠著牆壁，從客廳排放到臥室，空間似乎變得一望無垠，說話的聲音像幽魂一般迴盪，因為大型家具已經移開，剩下三角鋼琴擺在角落，覆蓋白色床單。失去生命氣息的胡維納爾·烏爾比諾·德拉卡耶沒躺在棺木裡，而是躺在書房中央他父親的書桌上，臉孔烙印最後一刻的驚恐表情，身著黑色披風，佩戴聖墓騎士團作戰的長劍。費米娜·達薩守在他的身邊，全身黑色喪服打扮，身體打顫，但是相當自制，她接受弔唁，不哭不鬧，保持同樣姿勢，直到隔天早上十一點，她駐足在門廊上，拿著手帕揮手，跟丈夫永別。

她從聽到迪葛娜·帕爾多的尖叫，撞見一生所託的老伴躺在泥濘中奄奄一息之後，好不容易才重拾這樣的自制力。她的第一個反應是抱著希望，因為丈夫睜著雙眼，眼眸閃爍著她這輩子從沒看過的光芒。她乞求天主至少施捨給她一點時間，別讓夫妻之間即使有些不滿，他卻在不知道她有多愛他中這樣離開，她感覺心中湧出一股無法抗拒的渴求，希望跟他再攜手共度一生，告訴他所有沒說出口的話，把他們過去沒做好的事好好地再做一遍。但是，她得接受死亡的殘酷事實。她的痛苦化作盲目的怒火，對抗這個世界，甚至對抗她自己，她就是憑著這股怒氣展現自制的力量，和隻身孤影地對抗她的孤獨的勇氣。從那一刻起，她就沒停下來歇息過，可是她小心翼翼不讓任何表情洩漏她的痛苦。只有在禮拜天晚上十一點那次，當他們把棺木抬走時，她不由自主地流露一絲絲哀傷，那口給主教身分使用的棺木外面鑲上銅製把手，裡頭鋪著絲質軟墊，還散發造船用的油漆氣味。烏爾比諾．達薩醫生下令立刻封棺，因為屋內瀰漫大量花朵在難以忍受的炙熱中散發的氣味，讓人窒息，以及發現父親的脖子已經開始出現紫斑。靜謐中，一個漫不經心的聲音響起：「人活到這把年紀，早已是一具半腐朽的軀體了。」蓋棺前，費米娜．達薩摘下婚戒，替死去的丈夫戴上，接著一如詫異地發現他在公眾面前恍神的時候那樣，覆蓋住他的手。

「我們很快就會相會。」她對他說。

弗洛雷提諾．阿里薩隱身在一群名門顯貴當中，感覺身體側邊一陣刺痛。費米娜．達薩並沒有在首先向她表達哀悼的混亂人群中認出他來，儘管是在這一晚的非常時刻，沒有人能比他的在場還要來得有用處。是他在人滿為患的廚房指揮，好讓咖啡不斷供應。是他得知連鄰居的椅子都不夠用時找來備用椅子，是他在屋內再也擠不下半個人時，下令把多餘的花圈拿到院子。他忙著張羅拉西德斯．歐里維亞醫生的客人有白蘭地可喝，他們在就職二十五週年的慶祝午宴最高潮時乍聞噩耗，慌亂地趕到這裡來，坐在院子的芒果樹下繼續他們的慶祝宴。夜半時分，當那隻脫逃的鸚鵡抬著頭，張開翅膀，彷彿事後想彌補罪過一樣出現在飯廳，而引起屋內的人打冷顫和驚慌失措時，他是唯一即時反應的人。弗洛雷提諾．阿里薩從脖子捉住牠，沒給牠時間發出牠那瘋癲的指令，就把牠塞進罩著布的籠子裡帶到馬廄。他包辦所有的事，謹慎低調，效率十足，任誰都沒想到他這是在插手管他人的事，還以為是無償為這個遭逢劇變的家提供協助。

看起來就像如此：他是個一本正經和助人為樂的老人。他身形瘦削挺拔，棕褐膚色，寒毛稀疏，一雙流露渴求的眼睛藏在一副白金屬鏡框的圓形鏡片後面，他留著浪漫的八字鬍，兩端鬍尖抹上凝膠，有點退時代流行。他把最後幾綹髮絲往上梳，抹上凝膠固定在光亮的腦袋中央，設法在頭頂完全禿光之前，做最後的努力。他天生的斯文和舉止間流露的憂鬱能迅速吸引人，可是也因為這兩種特質，讓人懷疑他是個無可救藥的單身漢。他花了大把金錢、大量腦力，和強烈的意志，不願讓人發現他在三月已經滿七十六歲，他舔舐自己孤獨的靈魂，堅信自己比世界上任何一個人都愛得還要深切。

烏爾比諾醫生過世當晚，他聽到消息嚇了一大跳，六月天像地獄般酷熱，但他一如往常，穿著深色毛料西裝、背心，賽璐珞假領別上絲質緞帶領結，戴毛氈帽，拿著一把充作木杖使用的黑色緞面傘。不過，天色快破曉時，他離開守靈會場兩個小時，在曙光初露時一身清爽返回，他的鬍子已經仔細刮乾淨，身上散發乳液的芳香。

他換上一套黑色的毛料大禮服，這種款式的禮服已經不再有人穿，除非葬禮和聖週的祭祀場合，他沒打領帶，反而別上紙膠帶領結，和戴上一頂圓頂硬禮帽。他也帶傘，這一刻並不只是出於習慣，而是他確定十二點以前會下雨，他還把這件事告訴烏爾比諾·達薩醫生，要他考慮是否將葬禮提前。其實他們也真的提前了，因為弗洛雷提諾·阿里薩來自航運世家，他本身就是加勒比海航運公司的董事長，這讓人認為他懂得預測氣象。但是他們來不及跟市政和軍方高層，公營和私營機構，軍樂隊和美術學校的樂隊，以及學校和宗教團體，更改原訂十一點的時間，因此，本該是青史留名的葬禮，最後卻被一場毀滅性的傾盆大雨打亂陣腳。只有非常少數的幾個人走過一棵殖民時期的爪哇木棉樹下，頂著延伸到墓園圍牆外的茂密枝椏，踩著泥濘，激起泥水，抵達醫生的家族陵墓。同樣在那片茂密的枝椏下，圍牆外正是埋葬自殺者、加勒比海亡命之徒的一塊地，前一天下午，他們才把赫利米·德聖塔姆葬在那裡，並按照他的囑咐，把他的狗埋在他的身邊。

弗洛雷提諾·阿里薩是少數幾個一直守到葬禮結束的人。他穿著連內衣都溼透的衣服，提心吊膽地回到家，生怕在這麼多年細心和過分謹慎的保養之後，感染肺炎。他替自己泡了一杯熱檸檬水，注入白蘭地，躺在床上啜飲，並吞掉兩個頭痛藥片，他包著羊毛毯，讓身體汗如雨下，直到舒服許多。當他精神飽滿地回到守靈會場，費米娜·達薩重掌家中秩序，屋子已經打掃乾淨，準備接待客人，她在書房的祭壇擺上亡夫的蠟筆畫像，外框繫上黑色緞帶。晚上八點，人潮洶湧，天氣跟前晚一樣悶熱，但是在誦唸玫瑰經後，有人請求大家早點離開，好讓醫生的遺孀休息，她從禮拜天下午就馬不停蹄忙到現在。

費米娜．達薩在祭壇旁向大多數人道別，她還送最後一群親近的友人到臨街門口，一如往常，打算親自關上大門。當她用盡最後一口氣準備關門時，她瞥見弗洛雷提諾．阿里薩一身喪服打扮站在空蕩蕩的大廳中央。她非常高興，因為她早在多年前就將他從她的人生抹去，這是經過遺忘淨化過後，她第一次正眼看他。但是她還來不及向他的來訪表示感謝，他便把帽子擺在心臟位置，身體發顫，以慎重的態度，戳破一直支撐他活下來的相思之苦。

「費米娜。」他對她說。「我等這個時間，等了超過半個世紀，我想再跟您重申一次我的誓言，我永遠的忠誠，和我恆久不渝的愛。」

這一刻，費米娜．達薩要不是知道弗洛雷提諾．阿里薩蒙受聖靈的恩典因而有感而發，或許會相信眼前的人是個瘋子。她感覺一股想咒罵他的衝動立即沖上腦門，他分明是趁她的丈夫還屍骨未寒要來玷汙這個家。但是，她的憤怒伴隨著尊嚴，最後忍了下來。「滾。」她對他說。「有生之年，別再出現。」她再一次完全打開已經要關起來的臨街大門，下了結論：

「我希望也沒幾年了。」

她聽著他的腳步聲在冷清的街道上遠離，非常緩慢地關上大門，拉上門栓和扣上鎖頭，隻身一人面對她的命運。一直到這一刻，她都未曾意識到，在還不到十八歲時的那樁戲劇性事件的影響和後果，竟會一直追著她直到嚥下最後一口氣為止。從丈夫發生慘劇的下午開始，這是她第一次流淚，她唯一會哭的情況，是趁四下無人的時候。她為丈夫的死，為自己的孤單和氣憤哭泣，當她踏進空蕩蕩的臥室時也為自己哭泣，因為她失去童貞之後，孤單地睡在這張床上的次數寥寥可數。所有丈夫的物品都讓她哭得更傷心：他的流蘇拖鞋，枕頭下的睡衣，梳妝臺缺了他的身影的鏡子，他皮膚特殊的氣味。一個讓她發顫的念頭隱隱約約浮上腦海：「丟下心愛的人離開時，應該一併帶走所有的東西。」她不想要人攙扶上床睡覺，她不想空著肚子入夢鄉。她被沉重的哀傷壓得喘不過氣來，她乞求天主讓她就在這一晚的睡夢中過世，於是她抱著這樣的癡想上床睡覺，赤腳，但是穿上衣服，一沾枕立刻入睡。她不知道自己睡著了，但是她知道她在夢中還活著，知道床的另一半是空的，知道她跟以往一樣側躺在左邊。她在夢中想著她再也無法跟從前一樣睡覺，開始嗚咽，她在睡夢中嗚咽，但是沒換睡姿，直到公雞啼叫過後許久，令人討厭的陽光喚醒她，讓她在失去丈夫的早晨醒來。一直到這時，她才發現她並沒有死，而是睡了很久，還在夢中嗚咽，當她在睡夢中嗚咽時，對弗洛雷提諾．阿里薩的思念竟比死去的丈夫還深。

2

至於弗洛雷提諾·阿里薩，他從費米娜·達薩直截了當拒絕他，不顧他們那段飽受阻礙的久戀之後，沒有一刻不想著她，自那之後已經過了五十一年九個月又四天。他不需要怕忘記，日復一日在內心那座監牢的牆壁上畫線計算日子，因為每天總會發生讓他想起她的事。他們分手當時，他二十二歲，跟母親崔絲朵·阿里薩住在窗戶街一幢租來的普通房子，他的母親從非常年輕時候，就在那裡開了一間雜貨舖，也在店裡拆些舊襯衫和碎布當作傷兵用的棉紗販售。他是她的獨生子，是她跟赫赫有名的船東皮歐·金托·洛亞薩一段逢場作戲關係生下的結晶，這位先生是創立加勒比海航運公司的三兄弟之一，靠著經營蒸汽船，替馬格達萊納河的航運注入新的活力。

皮歐·金托·洛亞薩先生在這個兒子十歲時過世。他一直暗中支付他的生活花費，但從沒在法律上正式承認他，也沒替他決定前途，因此弗洛雷提諾·阿里薩只有母親的姓氏，雖然大家都知道他真正的身世。父親過世後，弗洛雷提諾·阿里薩只能輟學，到郵局當學徒，負責拆郵袋和整理信件的工作，以及郵件抵達時，在郵局門口升起寄信地的國旗告知大眾。

他的聰明才智引起洛塔里歐·杜固特的注意，這位來自德國的移民是郵局的電報員，但也在大教堂的盛大節慶演奏管風琴，和到府教授音樂課。洛塔里歐．杜固特教他認識摩斯密碼和操作電報系統，至於小提琴課，他僅教了短短幾堂，弗洛雷提諾．阿里薩就能憑藉聽力學習拉琴，儼然像個音樂家。他在十八歲那年認識費米娜．達薩時，當時他是他那個社交圈最搶手的年輕小伙子，最會隨著流行樂跳舞，最懂得背誦感性的詩句，總是任憑朋友隨時召喚，拿起小提琴為他們的女朋友獻上小夜曲獨奏。他從那時就身材瘦弱，塗抹香膏固定一頭鬈髮，臉上的近視眼鏡，替他的外表添上文弱氣質。除了視力的缺陷，他多年來還飽受便秘之苦，讓他不得不一輩子倚賴浣腸劑。他只有一套體面的禮服，是過世父親的遺物，不過崔絲朵．阿里薩對衣服的保養非常得宜，讓他每個禮拜天都像穿新衣出門。儘管他個性靦腆，打扮老氣，看起來弱不禁風，他那個圈子的女孩卻在背地裡抽籤決定誰能跟他在一起玩樂，而他也這麼跟她們胡混，直到他認識費米娜．達薩那天，他的天真自此結束。

他第一次見到她的那天下午，洛塔里歐．杜固特差他將一封住址不詳的電報，交給一個叫羅倫佐．達薩的人。他在福音公園一批較古老的房子區找到他，他家是一棟半頹圮的屋子，內庭有著跟修道院一樣的迴廊，長滿雜草的花圃，和一座乾涸的石頭水池。當弗洛雷提諾．阿里薩跟在一個打赤腳的女僕後面，走過一條拱廊，並沒有聽到任何人聲，拱廊上堆著還沒打開的搬家紙箱，水泥匠的工具就散落在水泥殘跡和成堆的水泥塊之間，這間屋子正在徹底整修。內院的盡頭有一間臨時搭蓋的辦公室，有個非常肥胖的男人就坐在辦公桌前睡午覺，他留著八字鬍和兩頰鬈曲的連鬢鬍。事實上，這個男人就叫羅倫佐．達薩，城內不太有人認識他，因為他搬來不到兩年，況且不是廣交朋友的人。

他收下電報，彷彿那是一場不祥夢境的部分場景。弗洛雷提諾．阿里薩帶著一種憐憫，仔細注視他那雙青紫色的眼眸，那些試著拆掉封印的發抖手指，他曾經那麼多次在那樣多收件人身上看過這種打從心底冒出的恐懼，而他們都忍不住把電報跟死亡聯想在一起。他在讀了電報之後，重拾冷靜。他嘆口氣說：「是好消息。」接著他按照慣例打賞弗洛雷提諾．阿里薩五塊錢里亞爾幣，露出鬆口氣的微笑，讓他明白如果是壞消息，就不會賞錢了。接著，他握緊他的手道別，這不是一個會對電報差使做出的動作，而女僕送他到臨街大門口，但不是為了領路，而是要監視他。他們沿著同樣的拱廊往回走，但這一次弗洛雷提諾．阿里薩知道屋內還有其他人，因為明亮的內庭迴盪著一個女人的說話聲，她正在反覆誦讀一篇課文。當他經過縫紉室，他望見窗戶裡有個女人跟一個小女孩，她們各坐一張椅子，靠得很近，兩個人正讀著打開放在女人膝上的一本書的內容。他有種錯覺：彷彿是小女孩正在教母親閱讀。他的觀察只有部分猜錯，因為那個女人並不是小女孩的母親，而是她的姑姑，儘管姑姑視她如己出。她們繼續閱讀，不過小女孩抬起頭看了一眼是誰經過窗前，而那不經意的目光掀起了一段驚濤駭浪的愛情，持續半個世紀還沒結束。

有關羅倫佐．達薩，弗洛雷提諾．阿里薩唯一查得到的，是他在霍亂流行過後，帶著獨生女和單身的妹妹從聖胡安省謝納加市搬到這裡，看見他們下船的人毫不猶疑他們會定居在這裡，因為他帶來所有需要的物品，足以把一棟屋子好好地布置一番。他的妻子在女孩還非常小的時候過世。他的妹妹叫艾絲可拉絲蒂卡，四十歲，她正施行還願諾言，出門必定穿上方濟各會的修女長袍，在家頂多繫上一條腰繩。小女孩只有十三歲，取了個跟過世母親一樣的名字：費米娜。

據猜測，羅倫佐．達薩家財萬貫，因為他沒有一定的工作，卻過著優渥的日子，並拿出零散的鈔票現金買下福音花園的屋子，那筆整修費用恐怕是他花了兩百塊黃金披索買房的兩倍。他的女兒就讀聖母奉獻日中學，兩個世紀以來，名門千金都在那裡學習作為勤奮和嫻淑的妻子所需要的技能和職責。在殖民時代和共和國初年，學校只接收姓氏顯赫的女性繼承人。但是那些古老的家族在獨立戰爭期間家道中落，學校不得不正視新時代來臨的事實，打開大門歡迎所有支付得起學費的女學生，他們不再侷限她們的貴族頭銜，但是基本的條件是天主教婚姻生下的合法後代。總之，那是一所昂貴的中學，費米娜．達薩在那裡就讀，證實她家經濟無憂，儘管她的社會地位並非如此。這些消息讓弗洛雷提諾．阿里薩熱血沸騰，因為那位有著一雙杏眼的美麗女孩是他伸手可及的夢中情人。然而，她的父親訂下的家規甚嚴，很快地，這變成一道無法跨越的鴻溝。她跟其他女學生不同，其他人都是結伴或者由年紀大的女僕陪同上學，她的身邊則總是跟著獨身的姑姑，這樣的舉動說明家人不容許她有任何娛樂。

就這樣，天真的弗洛雷提諾．阿里薩默默展開他孤獨狩獵者的人生。一大早七點，他就一個人坐在小公園比較不顯眼的靠背長椅上，頂著杏樹樹蔭假裝讀一本詩集，直到看見那位只可遠觀的女孩走過去，她穿著學校的藍條紋制服，及膝的白色吊帶長筒襪，鞋帶交叉綁的男用短靴，拖著一條粗辮子，尾端繫上蝴蝶結，垂在背後直到腰肢。她走路時散發一股天生的傲氣，抬頭挺胸，眼神直視，步伐輕快，鼻梁高挺，斜背的書包壓在胸前，那像小鹿的走路方式似乎像無重力般飄浮著。她的姑姑一襲繫著腰繩的方濟各會棕色長袍，踩著非常吃力的腳步，緊跟在她的身邊，不讓人有機會靠近。弗洛雷提諾·阿里薩看著她們一天四次出門和回家，到了禮拜天，則是一次出門參加大禮彌撒，他覺得這樣看著小女孩就心滿意足。慢慢地，他把她理想化，賦予她一些未經證實的美德和想像的感覺，過了兩個禮拜，他已經滿腦子都是她的倩影。因此，他決定用他抄寫員的優美字體，寫一封一頁共正反兩面的簡單書信給她。但是他把信放在口袋好幾天，思考該如何交給她，就在他思考的同時，他在睡前又多寫了幾頁，因此，最初的那封信變成了一部甜言軟語大全，全是他在公園等待時，從反覆閱讀的書本中學來的詞句。

當他尋找送信的方式時，也試著認識幾個聖母奉獻日中學的學生，不過她們跟他的世界天差地別。此外，在那兒徘徊幾次過後，他認為不太妥當，可能有人會注意到他的出現。然而，他終於得到消息，聽說費米娜·達薩到這裡不久後，便受邀參加禮拜六的一場舞會，不過她的父親以一句斬釘截鐵的話，禁止她參加：「每件事都有該做的先後順序。」當那封信已經累積到了正反兩面的六十頁時，弗洛雷提諾·阿里薩再也無法壓抑他的秘密，他毫不猶豫地全告訴母親，她是他唯一能吐露一些心事的對象。崔絲朵・阿里薩對兒子純純的愛感動不已，甚至流下眼淚，她試著當一座指引他的燈塔。她說服他別送出厚厚一疊文情並茂的信，那只會嚇到他的夢中情人，想必那個小女孩在情事上跟他一樣青澀。她告訴他，第一步要讓她知道他的心意，以免她對他的告白感到不知所措，也能給她時間考慮。

「最重要的是，」她對他說。「你首先要征服的不是她，而是她的姑姑。」

這兩個建議都很有道理，只是已經太遲。其實，費米娜・達薩替姑姑上課的那天，她分心了一會兒，抬起頭看看是誰經過走廊，她對弗洛雷提諾・阿里薩弱不禁風的模樣印象深刻。到了晚上吃飯時，她的父親跟她提起電報，就是這樣，她知道他為什麼會來家裡，以及他的職業。這些消息引起她的注意，因為她跟當代許多的人一樣，認為電報的發明跟魔法有關。因此，當她第一回看見弗洛雷提諾・阿里薩出現在小公園的樹下看書，就認出他來，但她沒感到不安，一直到姑姑跟她說，他已經出現在那兒好幾個禮拜了。後來，她們禮拜天彌撒結束後出來也看見他，她的姑姑相信這樣多次的碰面絕不是巧合。她說：「他絕不會是為我這般殷勤。」她的姑姑艾絲可拉絲蒂卡・達薩行為嚴謹，做苦行修女打扮，但她最大的美德是對生活的直覺，樂於助人，一想到有個男人對姪女有意思，內心的情感立刻洶湧澎湃。然而，費米娜・達薩對愛情還沒有一絲好奇心，她對弗洛雷提諾・阿里薩只有一點難過的感覺，因為她以為他生病了。但是姑姑對她說，要活到年紀夠大，才足以透悉一個男人真正的本質，她相信那個坐在公園看她們經過的男人害的只可能是相思病。

艾絲可拉絲蒂卡姑姑是這位來自一樁沒有愛情為基礎的婚姻所誕生的獨生女，尋求理解和情感的庇護所。她從小女孩的母親死後開始養育她，對於羅倫佐．達薩來說，她比較像是個同袍角色，不單單只是個姑姑。因此，她把弗洛雷提諾．阿里薩的出現，當作是為了打發死氣沉沉的日子，所想像出的眾多內心娛樂方式之一。一天四次，每當她們經過福音公園，總會匆匆一瞥在那兒站崗的那位瘦弱、靦腆和不起眼的衛兵，不管天氣多熱，他幾乎都穿一身黑，在樹下假裝看書。「他在那裡。」第一個找到他的人會忍著笑意說，接著他抬起視線看見表情僵硬的她們，這兩個離他的人生非常遙遠的女人穿過了公園，連看都沒看他一眼。

「可憐的傢伙。」姑姑說。「他不敢靠過來，因為我跟在妳身邊，可是，如果有一天他決心夠堅定，或許會放膽一試，給妳一封情書。」

她的姑姑預見了種種阻礙，於是教小女孩用手語溝通，這可是談受阻的愛情不可或缺的工具。費米娜．達薩對這場接近天真、毫無準備的冒險感到新鮮而好奇，但她萬萬沒想到，這種好奇會在短短幾個月內更進一步發酵。她不知道，單純的消遣從何時開始轉變成渴望，她迫切想見他時，感覺熱血翻騰，有一天夜裡，她驚恐醒來，因為她看見他站在床腳的暗處凝視她。於是，她真心希望姑姑的預言都能成真，她在禱告時哀求天主賜給他勇氣把情書交給她，她只想知道信裡說什麼。

但是她的哀求並沒有實現。相反地，弗洛雷提諾．阿里薩正是在這段時間向母親吐露心事，母親勸他不要交出那七十張情書，於是這一年接下來的日子，費米娜．

達薩一直癡癡地等待。隨著十二月的假期腳步接近，她的渴望變成了絕望，她平靜地問自己，接下來三個月學校放假的日子，她該怎麼做才能看到他，和讓他看到自己。到了聖誕節夜晚，她的疑問還是沒答案，當她感覺他在子夜彌撒的人群中凝視她，身體顫抖不止，一顆心在焦慮的鞭笞下就快跳出胸口。她不敢回頭，因為她坐在父親跟姑姑中間，她得努力把持，以免他們發現她驚慌失措。但是彌撒結束後散會的一片混亂中，她感覺人潮中的他是那麼近，那麼清晰，當她沿著正廳走出教堂時，終於忍不住轉過頭，看見了在兩個手掌距離外的他那雙冰冷的雙眼、蒼白的臉龐，和被愛情嚇得僵硬的嘴唇。她發現自己竟然這麼大膽，內心忐忑不安，抓住了艾絲可拉絲蒂卡姑姑的手臂以免跌倒，姑姑戴著蕾絲手套，但仍能感覺她的手泛著一層冰冷的汗水，於是她偷偷地打了個暗號安慰她，表達她無條件的支持。就在舉國歡慶的震耳欲聾爆竹聲中，鑼鼓喧天中，門廊上的彩色燈泡和渴望和平的民眾的叫喊聲中，弗洛雷提諾．阿里薩像個遊魂遊蕩到天色破曉，噙著淚水凝視節慶，他神情恍惚，腦中幻想著在這一晚誕生的是他，不是天主。

隔了一個禮拜，他的癲狂更加嚴重，午覺時間，當他不抱希望地經過費米娜．達薩的家，卻看見她跟她的姑姑坐在門廊的杏樹下。在屋外的這一幕，重現了那天下午他在縫紉室第一次看到她的情景：小女孩正在教姑姑認字。但是費米娜．達薩脫下了學校制服，穿著一襲針織長袍，密密的摺疊彷彿髮絲從肩膀垂落，而且她頭戴新鮮的梔子花圈，模樣像個戴冠女神。弗洛雷提諾．阿里薩坐在公園裡，相信她們應該看見他了，他索性不再假裝看書，而是打開書，眼睛直勾勾地盯著他夢中的公主，對方卻連一個憐憫的眼神都不肯施捨。

起初，他以為在杏樹下上課只是個偶然的改變，可能是因為屋子一直在整修，可是接下來幾天，他明白在學校放假的三個月，他都能看到費米娜．達薩每天下午在同一個時間出現在那兒，這種確信讓他再一次打起精神。他不覺得她看到他，也找不到她到底是感興趣還是反感的跡象，但是她的冷漠散發著一種不同的光芒，鼓勵他繼續下去。突然間，一月底的一個下午，那位姑姑把功課丟在椅子上，留下姪女一個人在門廊和四周杏樹落下的一地枯葉之間。他不假思索地猜想這是個不可多得的大好機會，於是鼓起了勇氣。弗洛雷提諾．阿里薩越過街道，來到了費米娜．達薩面前，因為靠得那麼近，他聽見她呼吸的節奏和聞到她吐出的芬芳，往後一輩子，他一直靠這樣的印象辨識她。他頭抬得高高的，堅定地對她說話，而當他再一次因為同樣理由，拿出這種堅定態度時，已經是半個世紀之後。

「我唯一的請求是請您收下我的信。」他對她說。

這不是費米娜．達薩預料中的聲音：鏗鏘有力，語氣透露一種威嚴，與他陰鬱的氣質完全不同。她的視線沒離開刺繡框，回答他：「沒有父親的允許，我不能收信。」弗洛雷提諾．阿里薩感覺到那嗓音的熱度，不禁身體發顫，在往後的一生中，他都忘不了她的輕聲細語。但是他毫不動搖，立刻回答：「那麼去求他答應。」接著他的語氣由命令轉為放軟，哀求她：「這是生與死的問題。」費米娜．達薩沒看他，也沒停下手邊的刺繡，但是他的堅決態度稍稍打開了一扇門，足以讓整個世界通過。

「請您每天下午都回到這裡，」她對他說。「等到我換椅子坐。」

當下弗洛雷提諾・阿里薩不懂她的意思，一直到了隔週的禮拜一，他坐在小公園的靠背長椅上瞧見大同小異的場景，艾絲可拉絲蒂卡姑姑進到屋內，費米娜・達薩站起來，坐到另外一張椅子上。弗洛雷提諾・阿里薩穿著一件禮服大衣，袖眼插著一朵白色山茶花，穿過街道，站在她的面前。他說：「這是我這輩子千載難逢的好機會。」費米娜・達薩沒抬起頭看他，她的視線掃過街道一圈，看見乾熱的街道上空無一人，風捲起了枯葉旋轉。

「把信給我吧。」她說。

弗洛雷提諾・阿里薩原本想把那封七十頁的冗長情書交給她，經過反覆閱讀，他早已把所有內容記在腦海裡，不過，他後來認為情書只需要簡短清楚，最重要的是在信裡的保證：他不畏考驗的忠誠和至死不渝的愛情。他從禮服大衣的內側口袋拿出情書，遞到飽受折磨的刺繡女孩面前，而她依然不敢抬起頭來看他。她看著他那隻害怕而僵在那裡的手握著抖動的藍色信封，於是舉起刺繡框，讓他放下那封情書，因為她不能讓他發現她的手指也在發抖。這時，發生了一件事：有一隻鳥在杏樹的枝椏抖動身體，糞便不偏不倚就掉落在刺繡上。費米娜・達薩抽回刺繡框，藏在椅子後面，不想他發現發生什麼事，這時她端著燒紅的臉，第一次正眼看他。弗洛雷提諾・阿里薩拿著情書，文風不動地說：「那代表好運。」她露出了第一抹微笑答謝他，然後幾乎是用搶的把情書拿過來，她把信對摺，藏在胸衣裡。這時，他把插在袖眼上的山茶花獻給她。她婉拒了那朵花：「那是代表承諾的花。」她發現時間已經耗盡，立刻換回一本正經的態度。

「現在，請離開吧。」她說。「除非我通知您，否則別回到這裡。」

當弗洛雷提諾·阿里薩第一次看見她時，他的母親早就在兒子吐露心事前發現這件事，因為他不想說話，食不下嚥，夜裡躺在床上輾轉難眠。但是，開始等待第一封情書之後，他心頭焦慮難耐，嚴重腹瀉，嘔出綠色膽汁，失去了方向感，還經常昏倒，他的母親嚇壞了，因為他的身體狀況不像為情所苦，反倒像感染霍亂的慘狀。弗洛雷提諾·阿里薩的教父是個順勢療法老師傅，崔絲朵·阿里薩從前還在當秘密情婦時，就相當信任他，他第一眼看到病人的狀況也覺得不妙，因為他的脈搏微弱，呼吸紊亂，跟垂死的病人一樣冒虛汗。但檢查過後，他發現病人沒發燒，身體也沒病痛，唯一確定的是病人迫切想死去。他別有目的地詢問一番，先問兒子，再問母親，再一次證實所謂的霍亂症狀其實是害相思病的症狀。他開了幾帖鎮定神經的椴花茶，建議他換個環境透透氣，到比較遠的地方尋求慰藉，可是弗洛雷提諾·阿里薩的渴望卻正好相反：他要享受這種折磨。

崔絲朵·阿里薩是西班牙人與麥士蒂索人的混血後代，個性不受束縛，由於苦於貧困，快樂的天性已消磨殆盡。她為兒子的痛苦感到高興，彷彿那是她自己的痛苦。當兒子神志不清時，她讓他喝椴花茶，當他全身冷得發顫，她拿羊毛毯子把他包緊，同時，她又替他打氣，讓他在委靡不振時得到安慰。

「趁現在還年輕，多多體驗痛苦吧。」她對他說。「這種事不會持續一輩子。」

當然，郵局的人可不這麼想。弗洛雷提諾．阿里薩變得懶惰怠慢，他魂不附體，因此搞混了寄件國家，一個禮拜三，他升起了德國國旗，但是船送來的是利物浦郵局的利蘭汽車公司的郵件，還有一天，他升起美國國旗，船送來的卻是聖納澤爾郵局的法國大西洋海運公司信件。這種相思病會讓頭腦不清，害他在發送信件時一團混亂，引起一波波民眾的抗議，弗洛雷提諾．阿里薩之所以沒丟掉工作，全是因為洛塔里歐．杜固特把他留在電報部門，以及帶他去大教堂的唱詩班拉小提琴。這樣堅固的情誼令人費解，因為他們的年紀相差懸殊，幾乎可以算是祖父跟孫子了，可是他們在工作上合作無間，去港口的小酒館玩樂也一樣，會去那兒的都是徹夜玩樂的人，沒有任何階級之分，從靠人施捨的酒鬼，到逃避社交俱樂部盛宴的衣冠楚楚的公子哥兒，大家共襄盛舉，吃炸鯔魚配椰漿飯，洛塔里歐．杜固特通常會在最後一次電報員輪班後去那裡，經常喝牙買加潘趣酒喝到天亮，和跟著安地列斯群島來的帆船上的瘋癲水手一起彈奏手風琴。他身材壯碩，駝背，留著金色鬍鬚，晚上出門時，會戴上一頂佛里幾亞無邊便帽，只差一串藍色風鈴草，看起來就跟聖尼古拉一模一樣。至少每個禮拜一次，他總會找隻夜度鶯燕溫存，他是這麼稱呼那些在水手停留的旅館賣身的許多女人。當他認識弗洛雷提諾．阿里薩之後，他首先做的是帶著些許當老師的樂趣，帶他探索他樂園中的秘密。他替他從鶯鶯燕燕中，挑出他眼中最漂亮的一位，然後跟她們討價還價，再拿自己的錢替他預付性服務。可是弗洛雷提諾·阿里薩婉拒他的邀約：他還是童子身，他告訴過自己除非是為了愛情，否則絕不輕易破身。

這間旅館是一棟殖民時期的大宅第，風華已凋零殆盡，寬闊的大廳和大理石寢室用厚紙板隔成一個個小隔間出租，紙板上面布滿針孔，供人尋芳問柳和滿足偷窺欲。據說，有人在偷窺時被鉤針挖出眼珠，有人認出偷窺的對象竟是自己的妻子，有人目睹名門出身的紳士假扮粗俗女子跟路經此地的水手長翻雲覆雨，還有許許多多的偷窺狂和被窺者的傳聞，弗洛雷提諾·阿里薩一想到要躲在隔壁房間偷看就嚇得半死。因此，洛塔里歐·杜固特沒辦法說服他偷窺跟被偷窺是歐洲王儲的高雅嗜好。

洛塔里歐·杜固特外表魁梧，那話兒卻不同，跟小天使的差不多大小，就像個玫瑰花苞，可是這應該是一種幸運的缺陷，因為連最淫亂的鶯燕都爭著跟他睡覺，她們像是被斬首的叫聲震動了大宅第的扶壁，嚇得裡頭的鬼魂直發抖。據說，他使用一種蛇毒藥膏點燃女人的性欲，但是他發誓他唯一用的是天主賜予他的工具。他笑得半死，並說：「那就是愛。」過了很多年以後，弗洛雷提諾·阿里薩才明白他說的那句話或許沒錯。後來當他在感情路上受過更多教訓，認識了一個同時剝削三個女人，過著跟國王一樣生活的男人之後，才真正相信那句話。那三個女人總是在天亮時向這個男人報告，她們羞恥地跪在他的腳邊，希望他原諒她們只賺取微薄的收入，她們唯一渴望的獎賞是，他能跟幫他賺最多錢的那一個上床。弗洛雷提諾·阿里薩原本以為只有恐懼才有可能做出這樣的丟臉行為。然而，他很訝異地從她們其中一個的口中聽到相反的事實。

「這種事，」她對他說。「只有愛才辦得到。」

旅館相當重視洛塔里歐．杜固特這位恩客，不只是他在床上的本領，更因為他個人的魅力。旅館老闆也欣賞弗洛雷提諾．阿里薩非常安靜和難以捉摸的個性，在最痛苦難熬的那段日子，他經常關在悶熱的小房間裡，讀詩和報刊上賺人熱淚的連載小說，在昏沉沉的午覺時刻，他的幻想化作黑燕子在陽臺上築巢，發出啁啾和振翅聲。到了太陽西下，當燠熱退去，他無可避免地會聽到，急急忙忙來尋芳和擺脫一天工作疲累的男客的說話聲。於是，弗洛雷提諾．阿里薩知道了許多不忠的行為，還有一些重要顧客甚至是地方官會跟逢場作戲的情人吐露的國家機密，壓根兒不擔心隔牆有耳。就是這樣，他也知道了，一艘十六世紀的西班牙大帆船在索塔文托的北方約十二海里的位置沉沒，船上載滿價值超過五千億的純金披索和珍貴的寶石。他聽了這個消息大吃一驚，但是一直到了幾個月過後，當他為愛更加癡狂，才又再次想起，他渴望打撈那筆沉沒的財富，建造黃金浴池讓費米娜．達薩洗浴。

幾年過後，當他試著回想當時究竟是怎麼用詩詞煉金術理想化夢中的女孩時，卻每每都會想起她，並跟著憶起那段時間太陽西下後的放蕩時刻。那些日子，他除了忐忑不安地等待她回覆他的第一封情書，也會在下午兩點鐘，躲起來偷偷看她，凝視她在杏樹的白色花雨中美麗動人的倩影，自此那幅畫面在一年的任何季節始終停留在四月。那時，唯一還能讓他提起勁兒的是拿起小提琴，陪伴洛塔里歐．杜固特站在唱詩班視角最佳的位置，為的是看著她的長袍隨著飄揚的讚美詩歌搖曳。但是，他荒唐的舉止終究讓他無法稱心快意，他覺得空靈的聖樂太單調乏味，無法表達他的心境，企圖加入煽情的愛情華爾滋，於是，洛塔里歐．杜固特不得不把他驅逐出唱詩班。就是在這段時間，他再也壓抑不住衝動，渴望吃崔絲朵．阿里薩種在院子花圃的梔子花，因此，他終於嘗到了費米娜．達薩的滋味。同樣在這段時間，他在母親的一口衣箱裡，偶然找到一瓶一公升的古龍水，那是漢堡美洲航運公司的水手帶來的走私貨品，他忍不住想嘗看看，探索愛慕女人的其他氣味。他啜飲古龍水直到拂曉，先是在港口的小酒館喝，接著又到大海環抱的防波堤上，這個地方總有愛侶在露天下纏綿和尋求慰藉，他喝下一口又一口的灼熱液體，醉倒在費米娜．達薩的芬芳中，最後不省人事。崔絲朵．阿里薩懸著一顆心，等他回家等到清晨六點，然後連最意想不到的隱蔽地點都找遍了，一直到中午過後不久，她在海灣的一個拐彎處，找到兒子倒在一窪散發香味的嘔吐物中翻滾，那裡就是跳海者自殺的地點。

她趁兒子休養期間，斥責他被動等待情書的回音。她提醒他懦夫永遠無法踏進愛情的國度，那是個無情和痛苦的國度，女人只願意委身給堅毅不拔的男人，因為她們渴望從這樣的男人身上得到安全感，好迎接人生的挑戰。弗洛雷提諾．阿里薩透徹了悟這一次的教訓，但或許過了頭。當崔絲朵．阿里薩看見兒子一身黑色毛料西裝，頭戴毛氈帽，賽璐珞衣領上別著浪漫的蝴蝶結，從雜貨舖出來，忍不住為他感到驕傲，內心湧出一種垂涎多過於母愛的感覺，她開玩笑地問，他這身打扮是不是要去參加葬禮。他紅著耳根子回答：「差不多。」她注意到兒子怕得快呼吸不過來，但是他的決心堅定不移。最後，她又叮嚀了他幾次，祝福他，在笑得半死中向他保證，她會再弄來一瓶古龍水，一塊兒慶祝他征服愛情歸來。

自從那封情書在一個月前交出去之後，他曾經多次打破承諾，回到那座小公園，但是他非常小心，不讓自己被看到。一切如舊。她們在樹下上閱讀課，大約下午兩點結束，這時整個城鎮剛從午覺甦醒，費米娜．達薩跟著姑姑刺繡直到熱氣散去。弗洛雷提諾．阿里薩沒等她姑姑進入屋內，他克服發軟的雙腿，昂首闊步，穿越了街道。可是他沒走向費米娜．達薩，而是她的姑姑。

「請您讓我跟這位小姐單獨相處一下。」他對她說。「我有重要的事要告訴她。」

「好大的膽子！」她的姑姑對他說。「她的事，沒有什麼是我不能聽的。」

「那麼我就不說了。」他說。「不過，您要為這件事負責。」

艾絲可拉絲蒂卡理想中的情人並不會用這種態度說話，她嚇一跳，不過站了起來，因為，弗洛雷提諾．阿里薩彷彿是承聖靈的鼓舞跟她說話，她第一次感到訝異不已。因此，她進入屋內換針，留下兩個年輕孩子在門廊的杏樹下單獨相處。

事實上，費米娜．達薩幾乎不認識這位沉默寡言的追求者，他像是冬天的燕子出現在她生命中，若不是信上的簽名，她也不會知道他的名字。從那之後，她探聽到他沒有父親，有個單身的母親，他的母親認真勤奮，但是年少時那麼一次的行為放蕩，在她身上烙下無可抹滅的汙點。她知道了他不只是她以為的電報差使，還是個條件優秀的助理，有個光明的前程，她心想他送電報給她的父親，只是藉機想看她。她對這個猜想感動不已。她也知道了他是唱詩班的樂師，縱使她從不敢在望彌撒時抬起頭來確定，某個禮拜天，她卻聽見了當其他樂器都在為大家演奏時，唯有小提琴為她拉奏。他不是她會挑選的那型男人。他那過時的眼鏡，教士般的打扮，難以意料的追求方式，勾起她難以抵擋的好奇心，但從沒想到好奇心是眾多的愛情圈套之一。

她自己也無法解釋為什麼要收下他的情書。她不怪自己收下了情書，只是隨著答覆的承諾越來越急迫，這已經困擾了她的生活。她覺得父親說的每個字，每個不經意的眼神，最微不足道的動作，似乎都布下會揭露她的秘密的陷阱。她是這麼戰戰兢兢，在餐桌上，她避免開口說話，就怕一個不小心露餡，她甚至也迴避艾絲可拉絲蒂卡姑姑，即使姑姑分擔了她壓抑的焦慮，把那當作自己的煩惱。她無時無刻都關在浴室裡，反覆讀著那封情書，希望找到某種密碼，某種藏在三百一十四個字母組成的五十八個單詞中的神奇方程式，希望從字面上挖掘更深一層的意義。但是，除了第一次讀到的意思外，她沒找到其他東西；當收到信時，她一顆心怦怦狂跳，衝進浴室關起來，撕開信封，幻想著那是一封熱情澎湃的長篇情書，卻只找到一張薄薄的香水信紙，信上表達的決心讓她膽戰心驚。

起初，她沒認真想過非得要給個回答，但是信上明白表示非這樣不可，她怎麼樣也無法逃避。與此同時，當她飽受疑問折磨時，訝異發現自己更常想著弗洛雷提諾・阿里薩，對他的意思已多於她能容許的程度，她甚至沮喪地問自己，為什麼他不像以前在同樣的時間出現，忘掉是她自己要他別回來，讓她思考該如何回信。就這樣，她思念著他，她從未想像自己會這樣思念一個人，感覺他出現在不存在的地方，希望他出現在不可能出現的地方，她會突然從夢中醒來，真真實實地感覺到，他就在黑暗中凝視她睡覺，因此，那天下午，當她感覺到他踩著堅定的腳步，踏過小公園裡一地的枯葉堆，她費了很大勁兒相信這一次不是她可笑的幻想。但是當他用一種跟憔悴的外表不搭稱的嚴厲語氣，索討他的回信，她克服了驚恐，設法面對事實：她不知道該怎麼回信。

然而，弗洛雷提諾·阿里薩好不容易從深淵爬出來，他可不想再被嚇倒。

「如果您收了情書，」他說。「不回信是沒禮貌的。」

這場迷宮遊戲總算落幕，費米娜·達薩重拾自制，為她遲遲不回信說抱歉，正式承諾會在假期結束前給他一個回覆。她說到做到。二月的最後一個禮拜五，也就是開學前三天，艾絲可拉絲蒂卡姑姑到電報室問發一封電報到磨石村要多少錢，那是一個不在清單中的地點，她讓弗洛雷提諾·阿里薩接待，裝作兩人從沒見過面，但是當她離開時，假裝在櫃檯忘了一個蜥蜴皮革套的祈禱書，裡面有一個亞麻紙信封，上頭印著燙金的圖案。弗洛雷提諾·阿里薩被幸福沖昏頭，整個下午都在咀嚼玫瑰和讀信，他一遍又一遍地品嘗每一個字，越是讀，越是吃下更多玫瑰，到了午夜，那封回信他已經讀了非常多遍，也吃下非常多的玫瑰，他的母親不得不當他是頭小牛，按著他的頭逼他喝下一帖蓖麻油。

這是個瘋狂愛戀的一年。他們各自的生活只有思念著彼此，夢著彼此，焦急地等待情書和回信。在這個愛到昏頭的一年，或是隔一年，他們都一直沒機會開口用聲音交談。而且：從他們第一次見面，到半個世紀後他再次對她重述他的決心，他們也都從沒有機會單獨見面，或是談情說愛。但是，在最初三個月，他們沒有一天不提筆寫信，有段日子甚至一天寫兩次，連艾絲可拉絲蒂卡姑姑都對她幫忙點燃的熊熊愛火感到心驚膽跳。

自從她帶了第一封情書到電報室，帶著仇恨的餘燼想報復自己的命運，她便允許兩人幾乎每天在街上假裝偶然相遇和交換情書，但是她不敢壯膽安排他們交談，儘管是最普通和簡短的幾句。然而，三個月過後，她恍然大悟年輕的姪女不是像她起初以為的那樣一時心血來潮，而她自己的生活也因此受到這場燎原的愛火波及。事實上，艾絲可拉絲蒂卡・達薩除了接受兄長的救濟，沒有其他謀生方式，她知道依他那蠻橫的性格，絕不會原諒她這般玩弄他的信任。可是，在最後下決定的那刻，她不忍姪女跟她一樣遭逢永遠也無法彌補的不幸，至今她仍然得撫平年輕時留下的痛苦，因此她允許姪女使用一種能給她天真夢想的方法。這個方法很簡單：費米娜・達薩把信藏在每天來去家裡與學校必經之路的某個地點，她會在信中指示弗洛雷提諾・阿里薩她希望在哪裡收到回信。弗洛雷提諾・阿里薩也這麼做。於是，這一年剩餘的日子，艾絲可拉絲蒂卡姑姑按捺內心的矛盾，要他們轉移陣地，從教堂的浸禮池，換到樹洞，再換到崩塌的殖民時期碉堡的裂縫。有時，他們找到的信被雨水浸溼和沾上爛泥，不幸地支離破碎，或者因為種種原因遺失，可是他們總能找到方法重新聯絡。

弗洛雷提諾·阿里薩每晚都在雜貨舖後面寫情書，他殘忍地對待自己，聞著棕櫚油油燈繚繞的有毒煙霧，耕耘著一個接著一個的字，當他越是努力模仿大眾圖書館裡他鍾愛的那些詩人，他的情書就越是無止無盡和癲狂癡迷，那時圖書館館藏書籍已達八十本。他的母親原本非常積極鼓勵他享受痛苦的折磨，這下子也開始替他的健康擔憂。「你會燒光腦力。」當她聽見公雞初啼，從她的臥室對他大叫。「沒有任何女人值得你這麼犧牲。」因為她從沒見過有人像他這樣迷失自己。但是他不理她。有時，他頂著一頭為愛失控的亂髮，徹夜未眠去上班，途中把情書放在事先約定的藏匿地點，讓費米娜·達薩上學經過時可以取走。她的情況相反，在父親的監督下和修女嚴厲的目光中，她只能關在廁所裡，或者在課堂上假裝做筆記，用作業簿勉強寫完半張。這不只是時間緊迫或擔心受怕，也是因為她的性格，她寫情書總是隻字不提感情阻礙，僅說些日常生活遇到的波折，彷彿航海日記上一板一眼的口吻。事實上，那些信都是消遣用的，用來保持戀火繼續燃燒，但是不把手伸進火中，然而弗洛雷提諾·阿里薩在信中的字裡行間燒成灰燼。他渴望她也能感染他的瘋狂，他捎給她用別針刻在山茶花花瓣上的迷你詩句。他大膽地在信裡放進一綹髮絲，可是他從沒收到她熱情的回應，也就是費米娜·達薩那辮子上的一根完整的髮絲。至少他往前跨了一步，因為她開始寄給他用字典夾成標本的樹葉葉脈、蝴蝶的翅膀，和珍奇鳥類的羽毛，她還在他生日那天送他聖伯多祿·高華教士袍裁下來的一平方公分大小的布料，那可是當時有人偷偷兜售，賣的是她這個年紀的學生付不起的價格。有一天晚上，費米娜．達薩被小提琴驚醒，那是一首獨奏小夜曲中的圓舞曲。她嚇得發抖，她清楚知道每個音符都在傳達感謝之情，謝謝她送的花瓣標本，她抽時間在數學課寫的信，她經常想他而不是害怕自然科學課的考試，可是她不敢相信弗洛雷提諾．阿里薩竟然這麼魯莽。

隔天早上吃早餐時，羅倫佐．達薩按捺不住好奇。首先，他並不知道拉奏單首小夜曲的含義，再來，儘管他全神貫注聆聽，還是不能確定是哪棟房屋傳來樂音。艾絲可拉絲蒂卡姑姑冷靜的態度讓費米娜．達薩得以恢復心跳，她信誓旦旦地說，她從臥室的簾紗看見小提琴手一人在公園的另外一頭，又說無論如何，單首樂曲傳達的意思是分手。在那天的信裡，弗洛雷提諾．阿里薩坦承獻奏小夜曲的是他，他譜了那首華爾滋，曲名是費米娜．達薩在他心中的名字：《花冠女神》。他不再到公園拉奏，但每逢月亮高掛的夜晚，他會到刻意挑選的地點表演，為的是讓她既能在臥室聽見，卻又不必擔心受怕。他最喜歡的其中一個地點是窮人的墓園，就坐落在日曬雨淋的貧瘠山丘，四周只有在睡夢中的黑美洲鷲，在那兒迴盪的樂音聽起來有一種超自然的魔力。後來他學會判斷風向，於是就能確定樂音能送到應該去到的地方。

這一年的八月，在國家遭受半個多世紀以來數不清的內戰蹂躪過後，一場新的戰爭眼看就要蔓延開來，政府半頒布了戒嚴令，加勒比海沿岸幾個州在下午六點過後實施宵禁。儘管已發生幾次動亂，軍隊犯下各種過當的懲戒，弗洛雷提諾．阿里薩依舊恍惚度日，渾然不知世界的狀況，一天凌晨，當他正在呼喚愛情，撩撥安息者的清心寡欲，一支巡邏軍隊將他捉個正著。他被指控間諜，透過高音譜號傳送暗號給逗留在鄰近海域的自由黨船隻，但卻奇蹟似地逃過被當場處決。

「我不是間諜也不是什麼該死的可疑分子。」弗洛雷提諾．阿里薩說。「我只是個可憐的愛慕者。」

他腳踝戴著鐐銬，被關進當地軍營的地牢，在那兒連睡了三個晚上。但是，當他們釋放他以後，他很失望囚禁的時間太短暫，後來年老以後，當他早已混淆所有大大小小的戰爭，他依舊記著自己是城內或甚至是國內，唯一為了愛而腳拖著五磅重鐐銬的男人。

當他們熱烈的情書往返就要滿兩年之際，弗洛雷提諾．阿里薩寫了一封信，裡面只有一句話，他向費米娜．達薩正式求婚。在這之前的六個月裡，他寄了好幾次白色山茶花給她，可是她總會在下一封信還給他，讓他清楚知道，她願意繼續寫情書給他，可是不願意背負承諾的包袱。事實上，她把寄來又退回去的山茶花當作談情說愛時的一種調情，從不認為那是她人生抉擇的十字路口。但是當她收到正式的求婚時，她感覺死神第一次伸出毒爪將她撕裂。她驚慌失措，把這件事告訴艾絲可拉絲蒂卡姑姑，姑姑接下姪女的疑問，那種勇氣和理智，是她二十歲那年被迫決定自己的命運時所缺乏的。

「回答他，妳願意。」她對她說。「就算妳怕得要死，就算可能後悔；因為妳若拒絕他，無論如何，一定會後悔一輩子。」

然而，費米娜．達薩太過茫然，她要求給她一段時間考慮。起先她要求一個月，接著又一個月，再一個月，直到過了四個月依舊無法回答時，她再一次收到白色山茶花，可是不像前幾次一樣信封裡只有花，而是附上一張最後通牒，聲明這是最後一次：要不現在回答，要不永遠都別回答了。這天下午，當弗洛雷提諾．阿里薩收到一張從學校作業簿邊緣撕下的紙條，變成換他面對死神，回信只有用鉛筆寫的一行字：「好吧，我嫁給您，不過您要保證絕不會逼我吃茄子。」

弗洛雷提諾．阿里薩並沒預料會收到這樣的回答，但是他的母親早已作好心理準備。自從六個月前，當兒子提起他動了結婚的念頭，崔絲朵．阿里薩就開始張羅租下整棟當時跟其他兩個家庭分租的屋子。這是一棟十七世紀的民房建築，兩層樓高，曾是西班牙人開的一間菸草專賣店，後來店主破產，沒能力繼續維護屋子，只得分切空間租出去。從前，屋子臨街的部分是專賣店，另外在磚頭地面的後院的盡頭是工廠，還有一個非常大的馬廄，目前是房客洗衣和曬衣的公共場所。崔絲朵．阿里薩租的屋子的前面部分，也是用處最大和保存最好的部分，不過空間也最小。她把專賣店昔日的大廳用來開雜貨鋪，有扇面街的大門，一旁的舊時倉庫除了一個天窗，沒有其他通風口，崔絲朵．阿里薩就睡在這裡。大廳的後半部是雜貨鋪的後室，用一個木頭屏風隔開。裡頭有一張桌子和四張椅子，用來吃飯和寫字，如果還沒天亮就寫完情書，弗洛雷提諾．阿里薩會把吊床掛起來。這個空間對母子倆的生活綽綽有餘，但是再住進來一個人就顯得侷促，更不用說對方是來自聖母奉獻日中學的小姐，她的父親把一棟幾成殘磚碎瓦的破屋整修成新屋，而那種擁有七個頭銜的家族，睡覺時卻得戰戰兢兢，就怕大宅的屋頂塌下來。因此，崔絲朵·阿里薩取得房東同意，把後院的長廊也租給她，條件是接下來五年要好好維護屋況。

她有經濟能力。除了來自雜貨舖和販售棉紗的實際收入，用來應付她儉樸的生活開銷，她還把積蓄借給女顧客來增加收入，這類家道中落的新貧戶願意支付她高額利息換取她的保密。那些散發皇后氣勢的夫人在她的雜貨舖門前走下馬車，身邊既沒有跟著難以應付的奶媽也沒有僕人，她們假裝要買荷蘭進口的紗織花邊和飾帶，卻是哭哭啼啼，典當她們已經失去的樂園的最後幾件華而不實的首飾。崔絲朵·阿里薩替她們解決困境，也對她們的血統畢恭畢敬，於是很多人開開心心地離開，不是因為得到幫助，而是覺得備感榮耀。不到十年時間，她對那些多次在淚水中典當又贖回的珠寶瞭若指掌，彷彿那是自己的，她把這些收益拿去買標準成色的黃金，全部存進一個水罐，當兒子決定結婚時，一直埋在床底下。這時她算了一下，發現這筆錢不但能讓她拿去跟房東交涉，和答應維持屋況五年，還夠她繼續憑著同樣的伎倆攢錢，再加上一點運氣，或許能在死前買下房子，留給她希望擁有的一打孫子女。至於弗洛雷提諾·阿里薩，他已經受命為臨時的電報員第一助理，洛塔里歐·杜固特希望在他隔年去帶領電報和磁力學學校時，能留下阿里薩當電報室的組長。

於是，這樁婚姻實際面的問題已經解決。崔絲朵·阿里薩認為謹慎起見，還得考慮最後兩點。第一是調查羅倫佐·達薩究竟是誰，從他的口音可以清楚判斷他來自哪裡，可是沒有人知道任何有關他的身分和他謀生的方式。第二，希望這對男女朋友能再交往久一點，從親身的交往徹底認識彼此，同時對兩人要絕對保密，一直到雙方都非常確定他們的情感。她建議等到內戰結束。弗洛雷提諾·阿里薩同意保密到家，因為母親說得有道理，此外他本性沉默寡言。他也同意延長交往時間，但是他認為等到內戰結束太過抽象，因為這個國家自獨立的半個多世紀以來，從沒有過和平的一天。

「我們會等到變老。」他說。

他那位精通順勢療法的教父湊巧加入他們母子談話，他不認為內戰有什麼好顧慮的。他覺得這場紛爭，只不過是一群被領主像趕牛一樣鞭笞的窮人，對抗受政府指使的赤腳士兵。

「內戰是在山區。」他說。「從我生下來，就沒聽過他們在城內開槍殺人，會殺人的只有法令。」

總之，兩人交往的細節就在下個禮拜的信裡交代清楚了，費米娜·達薩聽從艾絲可拉絲蒂卡姑姑的忠告，接受兩人繼續交往兩年和絕對保密的條件，她並建議弗洛雷提諾·阿里薩等她完成中學學業，在那個聖誕假期向她求婚。他們倆當下都同意，到時候再根據她怎麼得到父親同意，決定正式訂婚的方式。與此同時，他們繼續以同樣的頻率熱烈地寫著情書，但是沒有之前那麼心驚膽跳，口吻已經轉為像夫妻之間的熟悉。沒有任何東西阻撓他們的夢想。

弗洛雷提諾·阿里薩的生活改變了。自從他的愛情得到回應後，他充滿一種從未有過的安全感和力量，他在工作上的表現傑出，洛塔里歐．杜固特不費吹灰之力就讓上頭任命阿里薩為他的專屬助手。當時，電報和磁力學學校的計畫已告失敗，因此這位德國移民便把空閒時間花在他真正喜愛的事上面，那就是到港口去彈奏手風琴，跟水手喝啤酒，最後在夜度旅館畫下句點。過了許久以後，弗洛雷提諾．阿里薩才發現洛塔里歐．杜固特在那個享樂場所有一定影響力，是因為他後來變成旅館的所有人，也成為經營港口那些鶯鶯燕燕的企業老闆。他是用多年來的積蓄，一步步買下那棟產業，不過頂替他對外露面的是個矮小的獨眼男子，這個男子體型乾瘦，理平頭，有著一顆溫柔的心，沒有人知道他竟是個這麼能幹的經理。但他的的確確相當能幹。至少看在弗洛雷提諾．阿里薩的眼裡確實如此，那位經理在他沒有主動要求的情況下，告訴他旅館準備了一間供他長住的房間，他不僅能在有需要時來這裡解決他的下半身問題，也可以在房間裡安靜地閱讀和寫情書。因此，他在苦等正式訂婚日期到來的漫長歲月裡，在這裡度過的時間，要比在辦公室和在家裡還多，有一段時間，崔絲朵．阿里薩只在兒子回家換衣服時才看得到他。

後來閱讀變成他怎麼樣也無法饜足的惡癖。他自從學會認字後，他的母親就買給他北歐作家的繪本，那種書被當作兒童故事販售，但那其實是無論什麼年紀都能讀的、最為殘酷和邪惡的故事。弗洛雷提諾．阿里薩五歲那年就把那些故事背得滾瓜爛熟，無論在課堂上或學校的晚會都能表演，但是熟悉故事並未減輕他的恐懼。反倒是加深了。因此，他從故事轉換到詩詞後，心靈感到平靜許多。到了青春期，他已經將大眾圖書館的所有藏書，依照上架的先後順序一一讀完，也把崔絲朵．阿里薩向抄寫員拱廊上的二手書商買來的書讀完，那些書應有盡有，從荷馬的史詩到當地詩人最沒沒無聞的作品。但是他飢不擇食：他拿到哪一本就讀哪一本，彷彿照著宿命的安排，這麼多年下來，不管讀得再多，他依舊沒能知道怎麼分別哪些是優秀或蹩腳的作品。他唯一清楚的是他愛詩詞多過於散文，最愛不釋手的是情詩。他只要讀第二遍，就會不知不覺背起來，尤其最能輕鬆背誦的是最講究押韻、劃分音節，以及最令人肝腸寸斷的詩作。

這就是他如何寫最初幾封情書給費米娜．達薩的源頭，他就在信中原封不動地抄上西班牙浪漫主義詩人的作品，一直到他不得不擱下心痛的感覺，處理真實生活中的日常事物。到這個時候，他也才跨出一步，看些賺人熱淚的連載小說或其他當時比較貼近世俗生活的散文。他學會跟著母親一起讀當地詩人的作品而感動落淚，那是來自廣場和拱廊上販售的一本兩分錢的小冊子。但是，他同時也能背誦黃金世紀的精選西班牙詩。總之，他拿到什麼書就讀什麼，而且是照著到手的順序來讀，這個極端的方式，一直到他飽受初戀折磨的那幾年而凋零的許久之後，當他已經不再年輕，讀起一共二十冊的《青年百科寶庫》時，依舊從第一頁看到最後一頁，那是一整套卡尼爾兄弟出版的經典叢書翻譯版本，以及維西德．布拉斯克．伊巴聶茲先生出版的普羅米修斯系列中較易讀的作品。

不管如何，他在那間夜度旅館度過的青春時光，不只是閱讀和書寫熱情的情書，還第一次接觸了那種沒有愛的愛情秘密。這棟屋子是從中午過後開始恢復生氣，這時他的那些鶯燕朋友就像呱呱墜地那樣清醒過來，因此，當弗洛雷提諾・阿里薩下班過來，踏進的是一座到處都是裸身仙子的宮殿，她們高談闊論這個城市內發生的秘密，全是親耳從主角口中聽來的不忠故事。她們許多人會展示過往在她們身軀留下的痕跡：肚子上的刀疤，泛白的彈痕，為愛挨砍的傷疤，以及不忍卒睹的剖腹產疤痕。白天時，有些人會把年幼的孩子帶來，那是她們年輕時因衝動或不小心留下的不幸後果，她們讓孩子進來後立刻幫他們脫掉衣服，以免他們在這個裸體樂園感覺格格不入。她們各自煮飯，當她們請弗洛雷提諾・阿里薩吃飯時，每個人都會挑自己最好的那道菜給他，所以他吃得比大家都還要好。那是個每天上演的派對，一直持續到天黑，當每個一絲不掛的小姐開始唱著歌走向浴室，她們混在一起，互借肥皂、牙刷、剪刀，她們互相幫忙剪頭髮，交換衣服打扮，把臉塗成跟小丑一樣哀傷的大花臉，出去捕捉她們那晚的第一批獵物。從這一刻起，旅館的生活失去人味，沒了人性，只要想分享就得付出金錢。

自從認識費米娜・達薩之後，這裡就變成弗洛雷提諾・阿里薩最感到自在的場所，因為他只有在這裡從不感到孤單。甚至可以說，只有在這裡才能感覺她在身邊。或許，這也是為什麼有個老婦人也住在這裡，她氣質出眾，頂著一頭美麗的銀色髮絲，從不參加那些裸體女人的日常作息，至於她們則是對她懷抱一種神聖的敬重。她年輕時有個心性未定的戀人，他把她帶來這裡，玩弄她一段時間後，就拋棄她，任她自生自滅。然而，儘管背負這麼一段不堪的過去，她依然嫁了個好人家。後來年紀非常大，也守寡了，她的兩個兒子和三個女兒爭著要接她一起住，但是她內心認為最適合住的地方，是這間年輕時曾度過墮落生活的旅館。她常住的房間就是她唯一的家，這一點讓她立刻在弗洛雷提諾·阿里薩身上找到共同點，她說他將來會變成世界知名的學者，因為他能在這個淫欲的樂園飽覽群書來豐富他的靈魂。至於弗洛雷提諾·阿里薩，他非常喜愛她，甚至幫忙她到市場做採買，經常在午後時分跟她談天說地。他覺得她是個十分懂愛情的女人，因為他不必吐露秘密，就獲得了她對他的愛情開導。

在愛上費米娜·達薩以前，他對唾手可得的誘惑從沒動心，當她成為他的正式未婚妻之後，更是不可能那樣做。因此，弗洛雷提諾·阿里薩跟那些女人同住，分享她們的快樂與悲傷，但是彼此之間從未想過更進一步的發展。某天發生了一件意料之外的事，證實了他屹立不搖的決心。那是下午六點，當女人紛紛打扮完畢，即將迎接夜晚上門的客人，負責打掃樓層的女孩踏進他的房間：她相當年輕，但是容貌已衰老憔悴，她在容光煥發的裸體女人圍繞下，像個穿著悔罪服的人。他每天都會看到她，卻沒發覺她看自己的眼神：她拿著掃把，提著裝垃圾的桶子，和一塊用來收集地上用過的保險套的抹布，走過一個個房間。她走進弗洛雷提諾·阿里薩的小房間，他跟往常一樣在讀書，她也跟往常一樣格外小心地打掃，以免打擾他。突然間，她走近床鋪，他感覺有隻溫熱柔軟的手伸向他的下腹，探索他的身體，解開他的扣子，她的呼吸聲充滿整個房間。他假裝讀書，直到再也忍受不住，不得不閃躲身體。

她嚇了一大跳，因為這裡雇用她當清潔婦的首要警告是不得跟客人上床。這其實是沒有必要的警告，因為像她這種女人總認為出賣肉體不是為了金錢而是為了跟陌生人上床。她有兩個孩子，是跟不同的同居人所生，這不是一夜風流種下的結果，而是她在對方第三次回來後，還是沒能愛上他。在此之前，她是個需求量並不大的女人，她按照自己的步調等待，從來不知道什麼是被點燃的感覺，但是這棟屋子裡的生活延伸出比她的德行更加強大的力量。每天下午六點，她會到旅館來打掃，一整夜穿梭在各個房間，拿著四支掃把掃地、撿拾保險套，和更換床單。很難想像男人在滿足淫欲之後究竟留下多少東西。她能理解他們留下嘔吐物和淚水，可是不懂為什麼也留下一堆謎樣的私密東西：一攤攤的血、排泄物、玻璃眼珠、金錶、假牙、收藏一綹金色鬈髮的盒式項鍊墜、情書、商業書信，和弔信等各類信件。有些人會回來找遺失的東西，但是大多數的東西都留了下來，洛塔里歐·杜固特把所有東西都鎖起來保管，心想收集了成千上萬樣遺忘的個人物品之後，當這個樂園凋敝，還能搖身變成一座愛欲博物館。

這份工作吃力，薪水微薄，可是她做來得心應手。她最不能忍受那些嗚咽、哀嘆、床鋪的彈簧嘎吱聲，一聲接著一聲混著熾熱和痛苦，沉澱在她的血液裡，到了天亮，她總是按捺不住飢渴，急著想跟街上第一個遇到的乞丐上床，或者找個到處遊蕩的醉漢，希望對方不多要求，別問問題，幫她解決需要。對她來說，弗洛雷提諾·阿里薩年輕又乾淨，身邊也沒女人陪伴，是天上掉下來的禮物，從第一眼看到他，她就發現他們同病相憐，渴望愛情的滋潤。但是他無視自己的渴求。他為費米娜・達薩守身，這個世界沒有任何力量或理由，能改變他的決心。

在等待正式訂婚的那天來臨前，他過了四個月這樣的生活，直到有一天羅倫佐・達薩一大早七點出現在電報室找他。他還沒上班，所以他就在長凳坐下來等到八點十分，不停地把戒指從手指摘下，再戴到另外一隻，那是一個沉甸甸的金戒指，上面鑲著一顆貴重的蛋白石，當他看見他踏進辦公室，立刻認出他就是電報員，於是拉住他的手臂。

「小伙子，跟我來。」他對他說。「您跟我得談個五分鐘，這是男人跟男人之間的對話。」

弗洛雷提諾・阿里薩臉色跟死人一樣慘白，任憑自己被拖著走。他沒預料會有這場會面，因為費米娜・達薩沒有機會也找不到方式加以阻止。這件事的起因是前一天禮拜六，聖母奉獻日中學校長法蘭卡・德拉魯斯到宇宙起源論課查看，她像條蛇無聲無息地溜進去，從幾個女學生的肩上偷偷瞄過去，逮到費米娜・達薩假裝寫筆記，事實上卻是在寫情書。根據校規，這樣的過錯足以讓她退學。學校緊急把羅倫佐・達薩叫到校長室，於是他發現他嚴厲的家規出現漏洞。費米娜・達薩帶著與生俱來的冷靜態度，承認她寫情書是錯的，但拒絕透露秘密男友的身分，接著她在秩序裁決委員會面前再一次拒絕透露，也因此，裁決的結果是退學。然而，她的父親將她的臥室搜索一遍，在這之前那裡一直是個不容侵犯的神聖場所，最後他在衣箱的夾層找到累積了三年的一捆捆情書，信件的字裡行間流露濃情蜜意，也被珍藏著。信上的簽名非常清楚，可是羅倫佐・達薩不敢相信女兒竟然對她的秘密男友一無所知，除了他是個電報員和他喜愛小提琴。

他相信要維持這麼一段困難的戀愛關係，除非妹妹也參與其中，他不肯施捨她道歉的機會，也不聽她的請求，直接把她送上前往聖胡安省謝納加市的縱帆船。費米娜・達薩永遠都沒能忘記那天下午對姑姑的最後回憶，她發著高燒，面無血色，穿著那套褐色的長袍，向她道別，她看著姑姑的身影消失在細雨綿綿的小公園，身上帶著她人生僅剩的單身女人行囊，手中握著用手帕包起來的一個月生活費。後來，她一脫離父親威權之後，馬上派人到加勒比海沿岸各州尋找她的下落，向所有可能認識她的人探聽，卻都沒找到她的任何消息，一直到將近三十年過後，她接到一封經過很久時間和多次轉手的信，從信中獲知她已經在上帝之水痲瘋病院去世。羅倫佐・達薩沒預料到女兒對這個有失公平的處罰反應激烈，她一直把受害的艾絲可拉絲蒂卡姑姑當作已經在記憶中淡去的母親看待。她把自己關在臥室，拉上門鎖，不吃不喝，他先是威脅然後假裝哀求，最後女兒終於打開房門，而他看到的是一頭受傷的母豹，再也不是那個十五歲的小女孩。

他說盡各種甜言蜜語哄她。他試著善意勸她退還情書，回到學校下跪請求原諒，他拿自身的榮譽擔保他會第一個支持她跟門當戶對的追求者找到幸福。但是他像是跟活死人說話。他氣餒不已，終於在禮拜一的午餐時間失控，當他在情緒潰堤邊緣，努力吞下了詛咒和辱罵時，她卻開始不吵不鬧，動作堅定，拿起切肉刀擱在脖子邊，那呆滯的目光令他不敢挑釁。就在這一刻，他決定冒險去找那位掀起驚濤駭浪的闖入者，來一場男人對男人的五分鐘對談，他壓根兒不記得他見過這個在最不恰當的時刻闖進他的人生的小子。出門之前，他純粹出於習慣，帶了左輪手槍，小心翼翼地把槍藏在襯衫裡面。

羅倫佐·達薩拽著他的手臂，帶著他越過大教堂廣場，直到教區咖啡館的拱門長廊，邀他在露天廣場坐下來，這時弗洛雷提諾·阿里薩依舊驚魂未甫。這個時間沒有其他客人，一個黑人婦女正在寬闊的大廳裡刷洗瓷磚地面，鑲嵌成的花窗玻璃上布滿灰塵，椅子還倒放在大理石桌子上。弗洛雷提諾·阿里薩曾經好幾次看到羅倫佐·達薩在這裡跟市場的阿斯圖里亞斯人打牌和暢飲桶裝酒，大聲爭論不是發生在國內的其他長年戰爭。他相信愛情宿命論，知道遲早會跟他碰面，也問過自己非常多次到時會是怎麼樣的場景，這是沒有任何人類的力量能夠阻止的，因為兩人的命運早就已經寫下，他想像那會是一場不平等的激烈爭吵，除了費米娜·達薩曾在信裡警告她的父親性格暴躁，他也發現，他即使在牌桌旁哈哈大笑，那雙眼睛都像冒著怒火。他整個人粗鄙不堪：醜陋的凸肚，粗聲粗氣的講話方式，山貓一般的落腮鬍，粗糙的雙手，蛋白石戒指緊緊地套在食指上。他只有一點令人感覺溫柔，那就是弗洛雷提諾·阿里薩第一眼看到他，就發現他跟女兒都像小鹿一樣走路。然而，當他指著椅子要他坐下來，他發現他不像乍看那樣粗鄙，而當他請他喝杯茴香酒，他終於重拾呼吸節奏。弗洛雷提諾．阿里薩不曾在早上八點喝這種酒，但是他感激地接受他的好意，因為他確實急需來一杯。

事實上，羅倫佐．達薩花不到五分鐘就把他的理由說清楚，他誠心誠意，放下防備，讓弗洛雷提諾．阿里薩不知所措。自從妻子過世後，他立下的唯一心願是培養女兒成為高貴的淑女。對他這個目不識丁的騾販來說，這條路漫長未知，況且他不擇手段的名聲並不像在聖胡安省謝納加市那樣廣為人知。他點燃一根騾販的雪茄，自顧自地哀傷起來：「唯一比健康敗壞還要糟糕的是名聲敗壞。」然而，他說他累積財富真正的秘密，是他比他所有的騾子都還要勤奮工作和吃苦耐勞，即使在內戰最艱困的時期，當天亮後村子只剩灰燼，田地滿目瘡痍，他依舊沒停下腳步。他的女兒從不知道父親早已對她的命運有所規劃，態度卻能積極配合。她冰雪聰明，做事有條不紊，學會讀寫後，很快地也教會父親認字，十二歲時她已經懂得現實生活，不需要艾絲可拉絲蒂卡姑姑也能將家裡打理得井井有條。他嘆口氣說：「她是頭金騾子。」他的女兒讀完小學時，每科都拿滿分，在畢業典禮上拿到榮譽獎，那時他明白聖胡安省謝納加市太小了，不能實現他的夢想。因此，他變賣土地和牲畜，帶著全新的動力和七萬塊金披索搬到這裡，這座城市的繁華早已落盡，恍若一片廢墟，但是受舊式教育薰陶的美麗女人依然有機會藉著一樁財富結合的婚姻浴火重生。弗洛雷提諾．阿里薩的半途殺出，卻成了這個如火如荼進行的計畫出乎意料的絆腳石。「所以我來請託您。」羅倫佐．達薩說。他將雪茄頭放進茴香酒沾溼，然後吸了一口無煙的雪茄，用痛苦的語調說：

「請您離開我們的人生道路吧。」

弗洛雷提諾．阿里薩一邊聽他說，一邊啜飲茴香酒，他太過沉溺在聆聽費米娜．達薩的過去，根本沒問自己當輪到他開口時，該說什麼。但是到了開口那刻，他發現不論說什麼都將定奪他的命運。

「您跟她談過了嗎？」他問。

「這不關您的事。」羅倫佐．達薩說。

「我這麼問，」弗洛雷提諾．阿里薩說。「是因為該決定的人是她。」

「才不是。」羅倫佐．達薩說。「這是男人之間的事，由男人來解決。」

他的語氣再次流露威脅，有個坐在附近的客人轉過頭來看他們。弗洛雷提諾．阿里薩放輕聲音，但是卯足全力拿出最堅定的決心。

「總之，」他說。「我不知道她的想法，所以不能回答任何問題。否則這是背叛。」

這時，羅倫佐．達薩往後一靠，他的眼皮紅腫，眼眶溼潤，左邊眼珠子轉了轉，往外邊斜去。他也壓低了聲音。

「別逼我對您開槍。」他說。

弗洛雷提諾．阿里薩感覺肚子發冷。但是他的聲音沒有發抖，因為他感受到聖靈的指引。

「開槍吧。」他舉起手放在胸膛說。「為愛情犧牲是至高的榮耀。」

羅倫佐・達薩不得不跟鸚鵡一般往旁邊看，才能用那個歪斜的眼睛看他。他吐出六個字，不過比較像是一個字一個字啐道：

「狗、娘、養、的、兒、子。」

就在同樣這個禮拜，他帶著女兒出門旅行，希望她忘掉一切。他沒多作解釋，只是闖進她的臥室，鬍子沾著怒氣翻騰時嚼過的雪茄菸草絲，他命令她準備行李。她問他們要去哪兒，他回答：「去死。」她聽到後嚇了一跳，那口氣太過逼真，她試著像前幾天一樣鼓起勇氣反抗，但是他拿下厚實的銅扣皮帶，繞在手腕上，朝桌子狠狠地鞭了一下，那響聲像是來福槍開了一槍在屋內迴盪。費米娜・達薩非常清楚她的力量所能及的範圍和時機，因此她打包了一個裝著兩張蓆子和一張吊床的隨身行李，和兩個裝進所有衣物的衣箱，她相信這是一趟一去不回的旅行。換衣服前，她關在浴室裡，撕下一張廁紙，寫了一封簡短的告別信給弗洛雷提諾・阿里薩。接著，她拿起園藝剪刀，把脖子後面的辮子整個剪斷，捲起來塞進一個金邊天鵝絨內裡的盒子裡，跟信一起寄出去。

那是一趟瘋狂的旅行。第一段旅程騎騾子，跟著安地斯山的腳夫隊伍沿著內華達山脈的峭壁小徑走了整整十一天，每個人都被毒辣的陽光曬得頭暈眼花，或被十月的地形雨淋得一身溼，繚繞在懸崖間的霧氣一直讓他們呼吸困難。上路的第三天，有頭騾子被馬蠅叮咬後發瘋，帶著背上的騾夫一起跌下懸崖，還把整組騾子一起拖下去，那個男人和一串綁在一起的七頭牲畜的慘叫聲在不幸發生後，依舊在山谷和梯形峭壁之間迴盪好幾個小時，然後繼續在費米娜・達薩的記憶裡一年又一年地響著。她的全部行李都跟著那些騾子從高處往下墜，但是從墜落到谷底的驚恐慘叫聲消失，在這段恍若幾個世紀久的瞬間，她想的不是那個送命的可憐騾夫，也不是那幾隻粉身碎骨的騾子，而是她的騾子很不幸地沒跟其他的綁在一起。

這是她第一次騎騾子，可要不是篤定再也見不到弗洛雷提諾・阿里薩，和他的情書帶來的安慰，她絕不會覺得旅途中的恐懼和無數的窘迫很苦。從踏上旅途，她就不曾再跟父親說話，而他也手足無措，只跟她說些必要的話，或者交代騾夫傳達口信。若是運氣好，他們會碰到羊腸小徑旁的客棧，不過她拒絕吃那裡供應的山區菜，客棧還租他們鋪著亞麻布床單的床鋪，不過上面有洗不掉的汗臭和尿臊味。然而，他們最常在印第安原住民的村落過夜，那裡有沿著路邊搭蓋的一排排柱子和菜棕葉屋頂露天建築，任何途經的人都能留宿在這裡的公眾宿舍。費米娜・達薩無法一覺到天亮，她害怕地直流汗，感覺其他旅人在黑暗中摸索，把牲畜綁在柱子邊，然後找地方掛吊床。

天黑時，當第一批旅人抵達，這裡還算寬闊和清淨，可是天亮後簡直變成廣場上的市集，到處掛著高高低低的吊床，山區的阿勞卡原住民蹲著睡覺，綁住的山羊憤怒地叫著，鬥雞在猶如法老王住所舒適的背簍裡吵鬧，山區的狗安靜地喘氣，因為戰爭的危險，這些狗早已學會不隨便吠叫。羅倫佐・達薩大半輩子都在這一帶做買賣，十分熟悉這種窘迫的生活，他總能在天亮後遇見老朋友。對女兒來說，這卻像是永無止盡的折磨。一批批鹽漬鯰魚散發的惡臭，加上害相思病失去胃口，讓她食不下嚥，如果她沒絕望地發瘋，那是因為總是能從對弗洛雷提諾．阿里薩的回憶找到安慰。她毫不懷疑這片土地會讓人遺忘一切。

另一個經常讓她提心吊膽的是戰爭。從一踏上旅途，她就聽說路上可能碰上四處行動的巡邏隊的危險，腳夫教他們怎麼分辨屬於哪個派別的不同辦法，到時根據情況來行動。遇到由一位軍官帶領的一支騎兵隊是很常見的事，他會招募新的士兵，將他們像對待牲畜那樣用繩索套在一起趕路。費米娜．達薩已經被太多的恐懼壓得喘不過氣來，於是她把這種看來比較像傳說而不是眼前急迫的事丟到腦後，直到有一天晚上，一支沒有黨派的騎兵隊綁架了腳夫隊伍的兩個旅人，把他們吊死在離村落三公里遠的一棵雨豆樹上。羅倫佐．達薩跟那兩個人毫無關係，不過他把他們放下來，替他們舉辦基督教葬禮，感謝厄運不是降臨在自己身上。他的動作並不奇怪。因為那些匪徒原本是拿著獵槍的槍管頂著他的肚子叫醒他，而一位衣衫襤褸的指揮官頂著一張塗成灰黑色的臉，拿燈照著他，問他是自由黨派還是保守黨派。

「兩個都不是。」羅倫佐．達薩說。「我是西班牙子民。」

「你真是太幸運！」指揮官說，並高舉雙手跟他道別。「國王萬歲！」

兩天過後，他們下山來到一片陽光普照的平原。快樂的巴耶杜帕爾小鎮就坐落在這裡。鎮上的院子裡有鬥雞比賽，街角傳來手風琴的音樂，還有騎著駿馬的騎士、鞭炮和鐘聲。這兒正在架設一座煙火高塔。費米娜．達薩根本沒注意周遭的一片歡樂。他們借宿在里西馬可．桑切茲舅舅家，那是她母親的兄弟，他率領著年輕的親戚，騎上省內最名貴血統的馬，一群人熱鬧喧譁，來到皇家大道上迎接他們父女，帶著他們穿過村莊煙火隆隆聲不斷的大街小巷。舅舅的家坐落在大廣場附近，一旁是幾經修復的殖民時期教堂，屋子看起來比較像是莊園的工廠，有著寬闊陰暗的臥室，走廊上彌漫一股熱甘蔗酒氣味，對面是一座果園。

他們在馬廄剛下騾子，眾多陌生的親戚立刻把客廳擠得水洩不通，他們一波波洋溢的熱情令費米娜．達薩吃不消，她無法再喜歡世界上的任何人，加上騎騾爬山，睏得要命，又拉肚子，她唯一渴望的是待在一個偏僻安靜的角落哭泣。她有個大兩歲的表姊，名叫伊勒德布蘭妲．桑切茲，跟她一樣有著女王般的傲氣，表姊第一眼看見她，就變成唯一了解她的人，因為她也飽受一段輕狂之愛的煎熬。天黑後，她帶著她到準備好給她們兩人共住的寢室，看見她臀部磨破皮的潰瘍，不明白她是怎麼活下來的。於是她找來母親幫忙，她的母親是個非常甜美的女人，跟丈夫非常相像，簡直像一對雙胞胎。在母親的幫忙下，她替表妹準備坐浴，拿來山金車藥膏紗布減輕她的燒痛感，這時，外頭震耳欲聾的炮聲震得房子地基都動搖了。

午夜時分，訪客都已離去，慶祝會的熱鬧只剩下零星的餘火，伊勒德布蘭妲表姊借給費米娜．達薩一件白棉布睡袍，扶她上床，她躺著柔軟的床單和羽毛枕頭，感覺心頭掠過一股充滿幸福的恐懼感。當寢室終於只剩下她們兩個，她的表姊拉好門栓鎖上門，從床鋪蓆子下抽出一個馬尼拉紙信封，上面烙著國家電報局的標誌封印。費米娜．達薩看見表姊露出詭秘的燦爛笑容，那白色梔子花令人懷想的花香立刻從心底冒出芽來，接著她用牙齒撕開封印，讀著那十一封內容露骨的電報，淚水撲簌簌聚成窪，直到天色破曉。

原來他知道。在踏上旅途之前，羅倫佐．達薩錯在發了電報通知他的舅子這件事，而里西馬可．桑切茲把消息傳給遍布省內許多村莊和大街小巷的眾多複雜的親戚。因此，弗洛雷提諾．阿里薩不只能探查他們整趟旅程的完整路線，還跟各個電報員建立關係綿長的親密情誼，一路追尋費米娜．達薩的下落，直到她在德拉維拉岬角落腳的最後一個村落。他得以用這個管道跟她一直密切保持聯絡，從她到了巴耶杜帕爾後並在那裡待了三個月，直到一年半後終於抵達這趟旅途的終點里奧阿查城，這時羅倫佐．達薩以為女兒已經忘記一切，於是決定返家。或許他沒發現自己不再那樣緊迫盯人，而且他被姻親的稱讚迷得心花怒放，終於，妻子的族人在這麼多年過後，放下當初對他的偏見，敞開心胸接納他成為家族一員。這趟拜訪是遲來的和解，雖然並不是他的初衷。事實上，當初費米娜．桑切茲的家族傾盡全力阻擋她嫁給一個來路不明、聒噪又粗俗的移民，他總是四處飄泊，以販售野騾維生，這種生意太過低檔，無法用什麼正當的手段經營。羅倫佐．達薩賭上一切，因為他追求的對象是出身當地典型家族最讓人嚮往的對象：一群錯綜複雜的人，女人剽悍，男人心腸軟卻容易衝動，他們往往被榮譽感沖昏頭，到了喪失理智的地步。然而，費米娜．桑切茲心意堅定，盲目地死守著遭受阻撓的愛情，不顧家人的反對嫁給了他，她嫁得那樣匆促和神秘，彷彿這麼做不是為了愛情，而是拿神聖的外衣遮掩某個不小心種下的後果。

二十五年過後，羅倫佐・達薩壓根兒沒注意，他介入女兒的戀情只是不幸地重演一遍自己的故事，在同樣一批曾反對他的連襟妯娌面前哀嘆他的不幸，他們當年也在他們的親戚面前這麼做過。然而，他浪費在咳聲嘆氣的時間，反倒讓女兒用來戀愛。因此，當他忙著在連襟妯娌和樂融融的土地上忙著閹割小牛和馴服騾子時，她跟著一群伊勒德布蘭妲・桑切茲派來的表姊妹自由自在地散步，這位最美麗和樂於助人的表姊談著一段沒有未來的愛情，對方是個大她二十歲的男人，有妻子也有子女，而她跟他眉來眼去就覺得心滿意足。

在巴耶杜帕爾多待了一段時間後，他們繼續旅途，走過山脈的分支，穿越了百花盛開的大草原和夢境一般的高原，所有他們抵達的村莊，都跟第一個村莊一樣演奏音樂和燃放鞭炮來迎接他們，還有新的一批合謀的表姊妹幫忙，以及準時收到電報。很快地，費米娜・達薩發現抵達巴耶杜帕爾的那天下午並不是特別的日子，在這個富饒的省分，每個週間的日子都像節慶日一樣熱鬧。訪客天黑了就睡，肚子餓了就吃，因為家家戶戶都敞開大門，裡面總有掛好的吊床，火爐上滾煮著三種燉肉的雜燴鍋，以防有客人比電報捎來的通知提早光臨，而這是司空見慣的事。伊勒德布蘭妲・桑切茲陪著表妹踏上剩餘的旅途，她一路興高采烈地帶領她認識血統的融合和最初的起源。費米娜・達薩重新認識了自己，有生以來，她第一次自信滿滿，她感覺身旁有人陪伴和保護，自由的空氣充滿肺部，她重新找回平靜和活下去的意志。一直到人生的最後幾年，每當她想起這一趟旅行，那懷念之情就會像惡意作祟般，讓記憶一次比一次更加鮮明。

有一晚，當她從每天例行的散步回來，她聽人說起快樂不需要愛情，即使是叛離愛情也能快樂，不禁目瞪口呆。她對這個發現頗感吃驚，因為她的一個表姊妹聽見羅倫佐・達薩跟她父母的對話，她的父親打算撮合女兒跟克雷歐法斯・莫斯克德家千萬財產唯一的繼承人的婚姻。費米娜・達薩認識對方。她曾在廣場上看過他騎著他的完美駿馬繞圈，馬背上的鞍轡極為華麗，就像彌撒祭臺上的裝飾品，他舉止優雅，身手靈活，有著連石頭也嘆息的夢想中睫毛，但是她把他跟記憶中坐在小公園杏樹下的弗洛雷提諾・阿里薩比較，她想起那膝上擺著詩集、可憐、弱不禁風的身形，內心沒有一絲遲疑。

在那段日子，伊勒德布蘭妲・桑切茲去拜訪一個算命師，對她的洞察力大感吃驚，之後沉迷在幻想的世界裡。費米娜・達薩對父親的意圖感到害怕，於是她也前去算命。紙牌算命的結果揭示，她將會有一段長久和幸福的婚姻，不會遇到任何阻礙，這個預言讓她鬆了一口氣，因為她沒想到這樣幸運的命運，不是跟她所愛的男人而是另外一人度過。她像是吃了顆定心丸，相當興奮，決定順從自由意志的指引。就這樣，她跟弗洛雷提諾・阿里薩的電報往返不再只是互訴想法和空泛的承諾，轉而變得有條有理和講究實際，比任何時刻還要密切聯繫。他們訂下日期，確立方式，不假他人意見一起決定了他們的人生，只要兩人重逢，不論身在何方，不管情形如何，就步入婚姻。費米娜・達薩十分認真看待這個誓約，有一晚，當她的父親允許她去豐塞卡參加人生第一場成人舞會，她卻認為未經未婚夫允許而逕自接受邀約是不得體的。那天晚上，正當弗洛雷提諾・阿里薩在夜度旅館跟洛塔里歐・杜固特打牌，有人通知他來了一封緊急電報。

那是來自豐塞卡的電報員，他串連了七個電報站，只為了讓費米娜・達薩得到參加舞會的允許。但是費米娜・達薩並不滿意只收到一句肯定答覆，她希望線路另外一頭操作的人證明他究竟是不是弗洛雷提諾・阿里薩。他不覺得受寵若驚，而是不知所措，於是他補了一句證明身分的句子：告訴她我以花冠女神之名發誓。費米娜・達薩確定這句暗號，於是去參加人生第一場成人舞會直到早上七點，她得匆匆換衣服，以免趕不及參加彌撒。這時，她的衣箱底部的信件和電報，已經累積了比當初父親搶走的還要多的數量，也學了舉手投足是已婚女人該有的模樣。羅倫佐・達薩把女兒行為的改變，當作距離與時間已讓她從青少女的幻想中甦醒，不過從未跟她提起他訂下的婚事。他們父女的關係十分融洽，自從艾絲可拉絲蒂卡姑姑被趕走之後，她一直跟他小心翼翼相處，這讓他們的相處相當自在，任何人都會以為這是出自真情。

在這段日子，弗洛雷提諾・阿里薩在信裡告訴她，他決定為她打撈沉沒的大帆船上的寶藏。沒錯，這是在一個陽光普照的下午興起的念頭，當時大海恍若一片鋁箔，一群中了毒魚草而毒發的魚紛紛浮上水面。空中的飛鳥見著這樣的大屠殺亂成一團，漁夫得拿起船槳嚇跑牠們，以免牠們來搶食這個奇蹟帶來的禁果。從殖民時期就有法令禁止使用毒魚草，儘管只是毒昏水中的魚，但這依舊是加勒比海沿岸的漁夫在光天化日下經常拿來捕魚的伎倆，一直到後來改用炸藥。在費米娜·達薩旅行期間，弗洛雷提諾·阿里薩的其中一個消遣是在防波堤上觀看漁夫把一個個巨大的魚網塞滿小漁船，網子裡都是昏睡的漁獲。同時，有一群孩子在海中游泳，他們就像鯊魚，個個身手矯捷，要求好奇觀看的人把硬幣丟到水底，讓他們撿起來。他們也會游到輪船附近要求同樣的事，在美國和歐洲，已經有人寫過非常多描述他們媲美專家等級的潛水技巧的遊記，弗洛雷提諾·阿里薩一直都認識他們，甚至早在認識愛情之前，但是他從未想過或許他們能把大帆船上的財富打撈上岸。這天下午，他靈光乍現，於是從接下來的那個禮拜日到將近一年過後費米娜·達薩返回為止，他又有了逐夢的另一個動力。

那群游泳小健將中有個叫艾伍克利德斯的孩子，他聽了海中探險的計畫，不到十分鐘就變得跟他一樣興奮。弗洛雷提諾·阿里薩沒跟他透露探險的背後真相，只是跟他徹底查清楚他的潛水和航海的本領。他問他是不是不需要空氣就能下潛到二十公尺深的地方，艾伍克利德斯回答可以。他問他是不是只憑本能，不需要其他工具，在暴風雨來襲時能獨自駕小漁船到外海，艾伍克利德斯回答可以。他問他是不是可以找到背風群島的主島西北方十七海里的正確位置，艾伍克利德斯回答可以。他問他是不是可以在大黑夜靠著辨識星星指引航行，艾伍克利德斯回答可以。他問他是不是願意接受跟幫忙漁夫捕魚同樣的日酬，艾伍克利德斯回答願意，不過遇到禮拜天要多付五塊錢里亞爾幣。他問他是不是知道怎麼躲避鯊魚攻擊，艾伍克利德斯說知道，因為他有嚇跑鯊魚的神奇技巧。他問他是不是可以守口如瓶，即使被綁在宗教裁判所的刑具拷問，艾伍克利德斯說可以，他什麼都說可以，而且知道怎麼把這句可以說得讓人不會懷疑。最後，他給弗洛雷提諾·阿里薩計算花費：租用漁船，租用寬葉短槳，租用一套漁具，以免有人懷疑他的出現是另有企圖。此外，他還得帶糧食，一大罐淡水，一盞油燈，一捆動物油脂蠟燭，和一個獵人使用的號角，讓他可以在遇到緊急狀況時求救。

他大約十二歲，反應敏捷，古靈精怪，話多得講不完，那恰如鰻鱺的頎長身軀生來就能爬過像牛眼窗這樣的地方。他那身皮膚飽受太陽狠狠烤裂，已經讓人無法想像原本的膚色，襯得一雙黃色的眼睛似乎更加晶亮。弗洛雷提諾·阿里薩馬上就認定他是這趟尋找那樣大筆財富探險的完美夥伴，於是他們不再拖延，就在接下來的禮拜日開始行動。

他們在黎明時分帶著齊全的裝備和最好的準備從漁夫港口啟航。艾伍克利德斯幾乎全身赤裸，只穿著那條貫穿的遮羞布，弗洛雷提諾·阿里薩穿著大禮服，暗色帽子，漆皮短靴，脖子別著詩人的領結，還帶著一本書，打算在前往島嶼途中拿來消遣。他從那第一個禮拜日就發現艾伍克利德斯不但是個航海高手，也是個潛水專家，他對大海的本質和海灣裡的廢鐵瞭若指掌。他能鉅細靡遺地指出每具鏽蝕的船殼的故事，他知道每個浮筒的年紀，任何瓦礫堆的來源，西班牙人用來封鎖進入海灣的鐵鍊上每個扣環的號碼。弗洛雷提諾．阿里薩害怕他也知道這趟探險的目的，於是問了他幾個不懷好意的問題，結果發現他對沉船並沒有一絲起疑。

自從弗洛雷提諾．阿里薩在夜度旅館第一次聽到寶藏的故事，他便盡可能地調查了古代大帆船的等級。根據他的研究，不只有聖荷西號安息在海底的珊瑚礁之間。事實上，那是一艘隸屬南美大陸艦隊的旗艦，在一七〇八年五月過後抵達這裡，上一個停泊處是巴拿馬的波托韋洛港的傳奇市集，在那兒載運了部分的財寶：三百箱秘魯和維拉克魯茲的白銀，一百一十箱在孔塔多拉島收集和上了編號的珍珠。在這裡停靠了漫長的一個月，夜以繼日舉辦開放的派對過後，載運了剩下的寶藏，準備用來拯救西班牙皇土脫離貧困：一百一十六箱穆索和索蒙多科的綠寶石，三千萬枚金幣。

南美大陸艦隊涵蓋超過十二艘大小船艦，從這裡的港口啟錨之後，由一支法國艦隊護航，艦隊武裝齊全，然而卻抵擋不了埋伏在海灣口的背風安地列斯群島的英國艦隊，和查理．華格爾指揮官帶領的精準大炮攻擊，保護不了遠征隊。因此，聖荷西號不是唯一沉沒的船隻，儘管並沒有確實的文獻記載有多少船隻不敵炮火，有多少成功逃過英國人的攻擊。不容置疑的是，旗艦是第一批沉沒的船隻之一，所有的船員和死守在後甲板上的指揮官都跟著陣亡，這艘船載著最多的寶藏。

弗洛雷提諾．阿里薩知道這些古代帆船在當代航海圖上的航行路線，他相信他判斷的沉船地點沒錯。他們離開海灣，從小海嘴的兩處堡壘之間前進，四個小時後進入群島的內灣，用手就可撈起水底沉睡的龍蝦。天氣相當溫和，大海是那樣寧靜和清澈，弗洛雷提諾·阿里薩感覺他彷彿自己在水中的倒影。從主島啟航，兩個小時後抵達這片靜止水域的盡頭，也就是沉船的位置。

豔陽高照，一身暗色服裝的弗洛雷提諾·阿里薩被曬得頭昏腦脹，他吩咐艾伍克利德斯試著下潛到二十公尺深的地方，帶回任何找到的東西。海水清澈無比，他可以看見他在水中的一舉一動，他灰暗的身影彷彿鯊魚，混在一群藍色鯊魚之中，那些魚跟他擦身而過，但沒碰到他。接著，他看見他消失在一叢珊瑚裡，正當他想著他已經快沒氣時，聽到了背後傳來他的聲音。艾伍克利德斯站在水底，高舉雙手，海水淹到他的腰部。於是，他們繼續往北方前進，尋找水深的地方，經過了底下一群溫吞的鬼蝠魟，一群膽小的魷魚，一片又一片的黑暗，直到艾伍克利德斯明白他們是在浪費時間。

「如果您不告訴我要找什麼東西，我不知道要怎麼才能找得到。」他對他說。

但是弗洛雷提諾·阿里薩沒跟他說。於是艾伍克利德斯向他提議脫掉衣服，跟他一起下去，儘管只是到布滿珊瑚的水底世界看一眼恍若另一種天空的水面也好。可是弗洛雷提諾·阿里薩總是說天主創造大海只是為了從窗戶凝視，不曾學會游泳。不久之後，午後的天空開始烏雲密布，空氣轉冷而潮溼，天很快暗下來，他們不得不藉著燈塔的指引尋找港口的方向。就在快回到海灣的前不久，他們看著從法國來的客輪從身邊經過，上面所有的燈光都是關閉的，那巨大的白色船身慢慢地離去，留下一股溫熱的燉菜和水煮花椰菜的氣味。

就這樣，他們浪費了三個禮拜日，也許會這麼一直浪費下去，除非弗洛雷提諾·阿里薩願意跟艾伍克利德斯分享他的秘密。這時，這個小男孩修正了他整個尋物計畫，他們沿著帆船的古航道前進，那是一條路線往東而去，距離弗洛雷提諾·阿里薩預估的地點約二十多海里。在尋物滿兩個月之前，一個海上下雨的午後，艾伍克利德斯在水底待了很久，小船偏離很遠，他得游上半個小時才追得到船，因為弗洛雷提諾·阿里薩不知道怎麼用船槳，划近他的位置。當他終於爬上船，他從嘴巴拿出一直待在水底的戰利品，那是一對女人的耳環。

他的描述是如此令人心神嚮往，於是他答應要學游泳，盡可能下潛到那裡，只為了親眼證實他的話。他說，那個地方在水下十八公尺深，有非常多的古老帆船沉睡在珊瑚之間，數量之多數也數不清，分布的位置廣闊，眼睛看不到盡頭。他說，最令人驚訝的是曾有那樣多的船隻殘骸浮出海灣水面，卻沒有一艘像沉在水底的船隻那樣狀態完好。他說，有幾艘輕帆船的船帆甚至完整無缺，而且用肉眼就看得到水底的沉船，彷彿沉下去之後時間跟空間一起跟著靜止，因此在六月九日的禮拜六早上十一點，船依然在沉沒的地點，沐浴在同樣的陽光底下。他淋漓盡致地發揮想像力，說最能輕易辨識的是聖荷西號，船尾的燙金名字還清晰可見，可是那艘船也被英國人的炮火轟炸得最嚴重。他說，他看見船裡面有隻年紀超過三個世紀的章魚，觸角從大炮的炮門鑽出來，但是牠在飯廳裡長得太龐大，想要離開那裡，只能拆掉船隻。他說，他看到指揮官穿著軍服側身浮在變成魚缸的後甲板建築裡，他沒有沉到存放財寶的船窖，是因為肺部的空氣關係。證據就在那邊找到的：一個鑲祖母綠的女人耳環，一個聖母肖像鍊墜，鏈子已經被鹽分腐蝕。

弗洛雷提諾．阿里薩第一次跟費米娜．達薩提到財寶，是在她返鄉前不久寄到豐塞卡的一封信裡。她覺得沉沒大帆船的故事很熟悉，因為曾聽羅倫佐．達薩說過好多次，她的父親浪費了很多時間和金錢，努力想說服一個德國潛水夫公司跟他結盟，一起打撈水底下的財寶。要不是幾個歷史學院的成員說服他，沉沒的大帆船只是某個搶匪總督捏造出來的傳說，目的是私吞西班牙皇土的資金，或許他不會放棄尋寶吧。總之，費米娜．達薩知道那艘大帆船在水深兩百公尺的地方，沒有任何人類能接近那裡，而不是弗洛雷提諾．阿里薩說的二十公尺深地方。但是她太過習慣他氾濫的詩人特質，而且他把尋找大帆船的探險當作他最了不起的成就。然而，當她陸續接到更多信和更難以置信的細節後，信中的語氣是那樣認真，她不得不向伊勒德布蘭妲吐露，她怕她滿腦子幻想的未婚夫喪失了理智。

那段日子，艾伍克利德斯帶了非常多關於他的故事的證物浮出水面，弗洛雷提諾．阿里薩不再滿足於翻找那些散落在珊瑚間的耳環和戒指的小玩意兒，而是把錢砸在大型的行動，打撈半百艘沉船和船上令人瞠目結舌的財富。這時，遲早都會發生的事來臨了，那就是弗洛雷提諾．阿里薩跟母親求救，希望讓他的尋寶計畫往前邁進一大步。她只咬了一下那些珠寶的金屬和逆光檢視那玻璃的寶石，就揭穿有人在利用她兒子天真可欺。艾伍克利德斯跪下來跟弗洛雷提諾・阿里薩發誓他做生意絕不欺騙，可是下個禮拜天他就消失在漁夫的港口，任何地方都不見他的蹤跡。

這個慘痛的遭遇唯一留給弗洛雷提諾・阿里薩的是在燈塔找到愛情的避風港。那是他跟艾伍克利德斯在外海遇到暴風雨的某一天晚上，他搭乘他的小船抵達那裡，之後便經常在下午到那邊跟燈塔看守員聊些看守員所知道的陸地和水中數不盡的奇妙景觀。這是一段友誼的開始，後來儘管世事多變依舊歷久彌新。於是弗洛雷提諾・阿里薩在電力出現之前，學會了如何維持燈塔的光，起先用柴火，後來用油罐。他學會怎麼駕馭光線，利用鏡子增加亮度，好幾次燈塔看守員有事，他便留下來在燈塔上監看夜幕籠罩下的海面。他學會從船隻的聲音和在地平線的燈火大小分辨船隻的類型，和注意在燈塔照明下返回的船隻是否發生什麼狀況。

白天時他的樂趣是另外一種，特別在禮拜天。老城的富人住在總督社區，那邊的海灘上豎立一道水泥牆，隔開女人跟男人的區塊：一邊在燈塔右邊，一邊在燈塔左邊。所以燈塔看守員架設了一個望遠鏡，用來觀看女人的沙灘，一次收一分錢。那些有階層的小姐渾然不知自己被偷窺，爭相穿上能展露自己姣好一面的泳衣、涼鞋和帽子，泳衣的大波浪邊緣像是外出的衣服遮蔽她們的身體，看上去比較沒那麼具吸引力。她們的母親從岸邊監督女兒，頂著大太陽坐在藤製搖椅上，穿著同樣的洋裝，戴著同樣的羽毛帽子，拿著同樣那把參加彌撒時撐的硬紗洋傘，害怕隔壁海灘的男人會在水底引誘她們的女兒。事實上，用望遠鏡根本看不到什麼東西，並沒有比在街上看到的刺激，可是，每逢禮拜天，顧客總是前仆後繼爭著要看望遠鏡，只為了一嘗另一處禁地無味的樂趣。

弗洛雷提諾・阿里薩也是其中一個，不過他不是為了樂趣，而是因為無聊，他跟燈塔看守員變成好朋友並不是這一個額外的好處吸引他。背後真正的原因是，他在費米娜・達薩不在時的冷清日子裡，瘋了似地四處尋找可以取代她的嗜好，最後只在燈塔度過快樂的時光，和替自己的不幸找到最有效的安慰。那裡是他最愛的地方。他愛得癡心，因此花了好幾年的時間說服母親，後來把目標轉向雷歐十二叔父，希望他們幫忙他買下燈塔。在當時，加勒比海地區的燈塔還是私人財產，主人會依據船隻大小，收取進入港口的通行費。弗洛雷提諾・阿里薩想著，這是唯一跟詩詞沾得上邊的正當生意，但是他的母親跟叔父都不這麼想，等到他終於可以靠自己圓夢時，燈塔已經是屬於國家的資產。

然而，他的夢想並不全然無用。從一開始的大帆船傳說，到後來轉移焦點到燈塔，都減輕了費米娜・達薩不在身邊的痛苦，當他不再那麼痛苦時，終於收到了她即將回鄉的消息。事實上，在里奧阿查城多待了一段時間後，羅倫佐・達薩決定啟程返鄉。這段時節颳著十二月的信風，海象並不是太好，唯一敢在這時迎風破浪的船隻，縱使是一艘身經百戰的縱帆船，都可能在黎明時分被逆風吹回啟程的港口。就是這樣，費米娜・達薩過了一個奄奄一息的夜晚，口吐膽汁，她被綁在船艙的單人床上動彈不得，裡面的氣味就像酒館的馬桶那般難聞，不僅是因為狹窄的空間充滿壓迫感，還有臭氣和悶熱。船身的晃動是這麼劇烈，好幾次，她感覺床上的皮帶就像快要斷裂了，甲板上斷斷續續傳來似乎船沉沒的痛苦叫聲，還有她的父親躺在隔壁床上像老虎低吼的打呼聲，湊成了恐怖之夜。這是三年來，她第一次一夜無眠到天亮，卻一刻也沒辦法想到弗洛雷提諾．阿里薩的夜晚，而他卻躺在商店後面房間的吊床上失眠，數著她回來之前恍若永恆的每一分鐘。破曉時，風戛然停止，大海恢復了平靜，費米娜．達薩發現儘管嚴重暈船，她還是睡著了，因為她是聽見船錨的鍊條聲驚醒。這時她掙脫皮帶，從天窗探身出去，幻想能在港口的人潮中找到弗洛雷提諾．阿里薩的身影，但是她看到的卻是被第一道曙光染成金色的棕櫚樹之間的一間間海關倉庫，和里奧阿查城的腐爛木頭碼頭，也就是縱帆船前一晚的啟錨點。

這一天，她就像置身一場夢中，她待在到昨天為止所住的屋子裡，接待已經跟她道別的同一群人，驚愕地發現自己重溫了一次已經歷過的生活片段。同樣的畫面是如此忠實重現，費米娜．達薩光想著接下來的縱帆船之旅也會一模一樣就不禁發抖，光只是回憶，就感覺恐懼席捲而來。然而，唯一能回家的另一個不同的選擇，是沿著山區的羊腸小徑騎上兩個禮拜的騾子，而且情勢要比第一次旅行還要險惡，因為新的內戰在考卡省的安地斯山區爆發，沿著加勒比海的省分蔓延開來。因此，晚上八點，同樣一群鬧烘烘的親戚再一次送她到港口，他們一樣流下道別的眼淚，送上同樣一堆差點在最後一刻塞不進船艙的各式各樣禮物。在啟錨那一刻，家族的男人對著天空齊射幾槍，告別縱帆船，羅倫佐．達薩站在甲板上拿著左輪手槍開了五槍回應他們。費米娜．達薩的焦慮很快地消失無蹤，因為整晚都吹著順風，大海飄來花朵的芬芳，幫助她進入深沉的夢鄉，不需要綁上皮帶來確保安全。她夢見她與弗洛雷提諾．阿里薩重逢，他卻摘下她以往熟悉的臉孔，因為那的確是面具，但是真正的臉孔跟面具一模一樣。她很早起床，對謎團似的夢感到好奇，她撞見父親在船長的小吧臺喝加白蘭地的黑咖啡，他的一隻眼睛因為酒精影響而歪斜，但是看不到一丁點返鄉的躊躇。

他們抵達港口。縱帆船靜靜地滑進公共市集所在的小海灣，那兒錯落停泊著一艘艘帆船，形成了一座迷宮，沖天的臭氣從好幾海里遠的海上就能聞到，破曉時刻空氣彌漫著淡淡的毛毛細雨氣味，但小雨很快地變成一場傾盆大雨。弗洛雷提諾．阿里薩趴在電報室的陽臺上，認出了穿越靈魂海灣的縱帆船，船帆在雨中顯得無精打采，最後船定錨在市集對面的碼頭。他從前一天等到這天早上十一點，當他從一封電報意外得知縱帆船遇到逆風延遲抵達，便從清晨四點回來這裡繼續等待。他目不轉睛地盯著幾艘小船靠岸，上面載著少數幾名不畏風雨依舊決定上岸的旅客。他們大多數人得在半途丟下故障的小船，踩著泥濘抵達碼頭。到了八點，眼看著雨勢似乎沒有停歇的跡象後，一名黑人搬運工渡過淹到腰部的水，涉水迎接在船舷邊的費米娜．達薩，並抱著她回到岸邊，但是她淋成了落湯雞，所以弗洛雷提諾．阿里薩沒認出她來。

她也沒有發現自己在旅途中長大了多少，直到踏進封閉的家，立刻著手繁重的整理工作，讓房子能夠重新住人，幫忙她的是黑人女僕葛拉．普拉西迪亞，她一收到他們返鄉的通知，馬上返回僕人行列。費米娜．達薩已經不是昔日那個受到父親寵愛又嚴格管教的獨生女，而是屋子的女主人，能夠靠著堅毅不撓的愛的力量，拯救這個布滿灰塵和蜘蛛網的帝國。她沒有退縮，而是感覺心底升起一股勇氣，讓她能推著世界轉動。回到家那晚，當他們父女一起在廚房的大桌旁喝熱可可配甜麵包時，她的父親以神聖的儀式，正式將管家的大權移交給她。

「我把妳人生的鑰匙交給妳。」他對她說。

她堅定地接下任務，這時她年滿十七歲，知道她贏來的每一寸自由都是為了愛情。第二天，在一夜難以入眠之後，她打開陽臺的窗戶，再次看見下著悲傷細雨的小公園，斷頭的英雄雕像，和弗洛雷提諾．阿里薩經常拿著詩集坐下來的大理石長椅，她第一次感受到返鄉的不自在。當她想著他時，已經不當他是個虛幻的未婚夫，而是個命中注定的丈夫。她清楚感覺到，她離開時所浪費的時間是多麼沉重，活著是多麼艱辛，以及需要付出多少的愛去愛她的真命天子，她驚訝地發現他竟不在小公園裡。從前，即使遇到下雨天，即使從任何管道都沒有她的任何消息或線索，他都會出現，突然間，她腦中浮現他該不會已經死去的想法，不禁發抖起來。但是她旋即丟開這個不吉利的猜想，因為在最後一段電報熱烈往返的日子裡，他們在面對即將返鄉的日期時，忘記確定一個在她回來後繼續聯絡的方式。

事實上，弗洛雷提諾．阿里薩相信她還沒回來，直到里奧阿查城的電報員跟他確認她搭上了那艘因為逆風而慢了一天抵達的縱帆船。因此，到了週末他暗中窺探她家是否有人活動的跡象，禮拜一天黑時，他看見窗戶內出現到處移動的光線，九點過後，光線到了那間有陽臺的臥室內後熄滅。他輾轉難眠，跟最初陷入情網那幾晚一樣感到一股夾雜噁心的焦慮感。崔絲朵·阿里薩隨著公雞的幾聲初啼起床，詫異地發現兒子在午夜過後去了庭院就沒回來，而找遍屋內外都沒發現他的蹤影。他到防波堤一帶閒晃，迎著逆向吹來的風嘴裡喃喃吟誦詩詞，兩頰淌下喜悅的淚水，一直到天邊初露曙光。早上八點，他坐在教區咖啡館的拱門長廊上，腦子在熬夜後昏昏沉沉，卻感覺一股劇烈顫抖襲來，撕碎五臟六腑，他絞盡腦汁想找出能聯絡費米娜·達薩的方法，向她恭賀返鄉。

是她。她走在大教堂廣場上，身邊跟著提菜籃的葛拉·普拉西迪亞，第一次沒穿學校制服出現。她比當初離開時長得還高，身材更加有線條和緊實，美麗的外表多了份大人的自信。她的辮子又留長了，但不是垂在背後，而是斜放在左邊肩膀，這個改變讓她完全脫離稚氣。弗洛雷提諾·阿里薩愣在座位上，直到那抹只專注前方道路的身影穿越廣場。這股讓他動彈不得的力量，在看到她走到教堂轉角，消失在人聲鼎沸的市場之後，驅使他急忙追在後面而去。

他跟著她，沒讓她看見自己，捕捉著他世間摯愛的日常舉止，優雅氣質，超齡早熟，這也是他第一次看見她自然的模樣。他訝異她能這麼靈巧地穿梭在人群中。她悠遊在混亂的街道上，置身在自己的世界和不同的時空裡，像是在漆黑中的蝙蝠，完全沒撞到任何人，葛拉·普拉西迪亞卻頻頻與人擦撞，手上的菜籃與旁人的混雜在一起，她得用跑的才不會跟丟。她曾經跟艾絲可拉絲蒂卡姑姑來過市場，不過只是買些零散的東西，因為當時是她的父親一手包辦大小採買，不只是家具和食物，連女人的衣物也包括在內。因此，這第一趟的採買對她來說，是她打從小女孩開始就在腦海勾劃的美妙冒險。

她沒理會小販急急向她推銷的永恆愛情藥水，也沒注意躺在門廳地上乞丐的苦苦哀求與他們露出發熱潰爛的傷口，還有跟她兜售訓練過的鱷魚的假印第安人。她這趟採買逛得久又仔細，也沒有預定的方向，耽擱的時間只是為了享受愉悅，不疾不徐地浸潤在事物的靈魂中。她踏進每個販售東西的門廊，在所有的角落發掘能燃起她對生活渴望的物品。她開心地聞著盒中棉布上的香根草的芬芳，拿起印花絲布圍在身上，笑自己的頭上插著髮梳，拿著一把印著花卉圖案的扇子，站在金絲線船來品店的全身鏡前的模樣。她在這間店裡的倉庫，打開一桶浸泡鹽水的鯡魚，不禁想起非常小的時候，在東北邊聖胡安省謝納加市度過的那些夜晚。她在這裡嘗了一條摻混甘草氣味的阿利坎特血腸，買了兩條當禮拜六的早餐，還買了幾片鱈魚和一瓶泡燒酒的紅醋栗。她踏進香料店鋪，只為了聞香氣的樂趣，在手心捏碎鼠尾草和奧勒岡葉，買了一把丁香，一把八角茴香，兩把薑粉和刺柏漿果，當她踏出門口時，滿臉掛著欣喜的眼淚，那是她被卡宴辣椒的蒸汽熏得噴涕連連。在法國藥房裡，她買了路特香皂和安息香香水，在耳後試抹了一點巴黎流行的香水，收到一片抽菸後的除臭嚼片。

她的確玩著採買的遊戲，可是缺的東西，她一定毫不猶豫立刻買下，不讓別人看出她是第一次採買，因為她知道她買東西不只考慮自己，也把他考慮在內，她買了準備做兩人桌布的十二碼亞麻布，和做新婚床單的高級密織棉布，破曉時上面會灑落猶如夜間露水的兩人體液，每樣東西都選最精緻的，好讓兩人在愛的小窩一起享受。她知道該怎麼要求折扣，討價還價時，態度從容，不失尊嚴，得到最好的戰果後拿出金條結帳，店舖老闆把金幣丟在大理石櫃檯上確認真偽，只為了聆聽那掉落時的清脆響聲。

弗洛雷提諾．阿里薩驚嘆地偷窺她，屏息地跟蹤她，好幾次笨拙地撞上女僕的菜籃，對方聽了他的解釋後送上微笑，費米娜．達薩從他身邊經過，距離是那麼貼近，他甚至能聞到微風吹來她的氣味，她沒看見他不是因為無法看見，而是因為抬頭挺胸的走路方式。她在他的眼裡是那麼美麗，那麼迷人，那麼出眾脫俗，他不懂為什麼沒人跟他一樣聽了她踩在街道石磚路上的達達鞋跟聲意亂神迷，或波浪裙襬的沙沙聲心臟失序狂跳，或看著她辮子迎風揚起，雙手在半空飛舞，燦爛的微笑因而為愛瘋狂。他緊抓住她的一顰一笑和她流露的性情，但是不敢靠近，就怕破壞眼前魔幻般的氛圍。然而，當她沒入抄寫員拱廊上的一片喧鬧中，他發現就要失去多年來夢寐以求的機會。

費米娜．達薩跟她的中學同學對抄寫員拱廊都有個荒謬的印象，認為那裡是大家閨秀不該去的墮落禁地。這個拱門長廊面對著一座小廣場，廣場上停著出租馬車和驢子貨車，加上市集，非常擁擠喧鬧。從殖民時期開始，拱廊就冠上這個名字，因為從那時起，拱廊上就坐著愁容滿面的抄寫員，他們穿著毛料背心，半截假袖套，收取微薄的費用，撰寫各式各樣的文件：陳述冤屈或哀求的陳情書，仲裁協議書，祝賀卡或哀悼函，各種年紀的情書。當然，這個喧鬧的市集聲名狼藉，罪魁禍首不是他們，而是近來出現的小販，他們在背地裡販售隨歐洲的走私船隻而來的玩意兒，用途往往匪夷所思，從猥褻的明信片和提振精神的藥膏，到赫赫有名的加泰隆尼亞保險套，上面的鬣蜥棘刺在辦那檔事時會擺動，或者保險套尾端綴著花朵，花瓣會依使用者的意思綻放。費米娜．達薩對這條街不太了解，她鑽進門廊卻沒有自覺走到了哪裡，因為她只是為了找遮蔭處，躲避十一點毒辣的陽光。

她置身在熱鬧中，四周被擦鞋童、鳥販、二手書販、江湖郎中，以及甜點小販所包圍，他們大聲叫賣小女孩愛吃的鳳梨餅乾，瘋子愛吃的椰香餅乾，和米凱拉愛吃的黑糖磚，叫喊壓過了喧嚷聲。但是她無視於四周的嘈雜，目光很快地落在一個紙販身上，他正在展示神奇墨水，如鮮血一般的紅墨水，用來書寫哀悼函中呈現悲傷色澤的墨水，用來在黑暗中讀字的螢光墨水，在火光照明下才會現形的隱形墨水。她想要買下所有的墨水，跟弗洛雷提諾．阿里薩玩遊戲，用絕妙的點子嚇他，但是試了幾種之後，她決定買的是一小瓶金色墨水。之後，她來到一個賣甜食的女商販前，因為她的說話聲壓不過四周的叫喊聲，便用手指指著玻璃罩，每一種各買六個：六份天使頭髮果醬，六塊奶凍，六塊芝麻糖，六塊木薯派，六份起司球，六塊海綿蛋糕，六塊王后奶蛋凍，這種六塊，那種六塊，每一種各買六個，一一放進女僕的菜籃裡，她散發一種迷人的優雅，完全無視於糖漬物上面像烏雲般惱人的蒼蠅，不斷的煩人嘈雜聲，飄散在令人窒息的悶熱中的汗臭。有個神情愉快的黑女人將她從神遊中拉回，她的頭上纏著一條彩色布條，身材圓潤，容貌美麗，遞給她叉在屠刀尖端上的三角鳳梨塊，她接了過來，整塊放進嘴中品嘗，她品嘗時，視線游向擁擠的人群，這時，一陣詫異讓她呆愣在原地。她聽見背後，就在非常貼近耳朵的位置，傳來只有她在一片混亂中聽見的嗓音：

「這裡不是花冠女神該來的地方。」

她回過頭，迎上一對就在兩個手掌距離外的冰冷眼眸，蒼白的臉龐和烙印著恐懼的嘴唇，就像在雞鳴彌撒的混亂人群中第一次那樣靠近她時看到的模樣，不過跟那時不一樣，這次她沒感受到愛情的波濤洶湧，而是跌進厭惡的深淵。剎那間，她發覺她是如何深深地欺騙自己，她害怕地問自己怎麼會這麼殘忍，花這麼久時間在心底醞釀這段幻影般的感情。她腦中只出現這樣的想法：「老天爺，真是可憐的男人！」弗洛雷提諾．阿里薩露出微笑，試著想說些什麼，試著想跟過來，可是她舉起手一揮，將他掃出她的人生。

「拜託，別那樣說。」她對他說。「忘了那件事。」

這天下午，她趁父親正在睡午覺，派了葛拉．普拉西迪亞送了一封只有兩行字的信給他：今天一見到你，我發現我們之間的一切只是幻影而已。女僕也帶走了他的電報、情詩、山茶花標本，並要求他退還她的情書和她寄給他的禮物：艾絲可拉絲蒂卡姑姑的祈禱書，她的植物標本集，聖伯多祿．高華教士袍裁下來的一平方公分大小的布料，聖人肖像鍊墜，她十五歲那年的那條綁著學校制服絲帶蝴蝶結的辮子。接下來幾天，幾乎快崩潰的他寫了一堆絕望的信給她，糾纏著女僕要她把信帶走，但是她遵照明確的指示，只帶回退還的禮物。她的態度是如此堅定，弗洛雷提諾·阿里薩只好退回所有禮物，但他留下辮子，要費米娜·達薩親自來聊聊，才能拿回辮子，哪怕只是一下子也好。他沒能如願。崔絲朵·阿里薩害怕兒子會做出什麼無法挽回的決定，於是放下自尊，要求費米娜·達薩行行好給她五分鐘，費米娜·達薩在自家門廳接待她一會兒，她就站在那兒，不肯請她進門，態度沒有一絲軟化。兩天過後，弗洛雷提諾·阿里薩跟母親大吵一架，從臥室的牆壁拿下一個布滿灰塵的玻璃罩，裡面放著他當聖物陳列的辮子，崔絲朵·阿里薩把辮子裝進金絲線繡邊的天鵝絨盒子裡退還回去。在他們倆漫長一生的多次相遇中，弗洛雷提諾·阿里薩再也沒有機會跟費米娜·達薩單獨見面或者單獨說話，一直到五十一年九個月又四天後，當她在成為寡婦的第一個夜晚，跟她再說一遍他永遠忠誠的誓言和永恆不渝的愛。

3

二十八歲的胡維納爾．烏爾比諾醫生是最令人垂涎的單身漢。他旅居巴黎許久，在那裡攻讀醫藥和外科醫學，返鄉後，可從他一連串目不暇給的動作，看見他連一分鐘都不肯浪費。他比離鄉時還風度翩翩，還有自信，跟他同世代的同伴，沒有一個跟他一樣這麼嚴謹和博學多聞，但是也沒有一個跟他一樣能跳最精湛的流行音樂，或即興表演最精采的鋼琴演奏。他個人的風采和家族大筆的財富，吸引了跟他同階層的女孩，她們在背地裡競爭誰能贏得他的目光，他也陪她們玩徘徊花叢的遊戲，但是他一直潔身自愛，沒有定下來和受到吸引，直到他無法自拔地墜入費米娜．達薩平凡無奇的魅力之網。

他總喜歡說這段愛情是一次錯誤的看診促成的。他不敢相信是這樣發生，更沒想到會是在人生的這段時間發生，這時，他把所有熱情都投注在他的城市，經常不假思索地說，世界上再也沒有其他一模一樣的城市。當他還在巴黎，跟當時交往的女友在某個遲來的秋天牽手散步，他感覺再也沒有比這個在染成一片金黃的午後還要純粹的幸福：空氣彌漫栗子在碳火中燒烤的愉快氣味，手風琴的哀傷音樂，露天廣場上怎麼也親不膩的飢渴戀人，然而，當他把手放在胸口，他會真心地說，對於這一切，他絕對不會拿加勒比海四月的任何時刻來交換。他還太年輕，不懂心底的記憶會抹去不好的回憶和加深美好的回憶，因為如此，我們得以承受人生的過往。但是，當他站在船上的欄杆邊，再一次看見殖民社區坐落在高處的白色輪廓，屋頂上靜止不動的黑美洲鷲，窮人晾曬在陽臺上的衣服，才明白自己的思鄉病有多嚴重，輕易地就掉進鄉愁看似柔情的陷阱。

輪船進入海灣，穿越一層漂浮在海面溺斃動物的屍體，大多數的旅客為了躲避臭味，紛紛返回船艙。這位年輕的醫生步下舷梯，他穿著完美的羊駝毛料西裝、背心和外套，蓄著年輕版的巴斯德鬍鬚，頭髮分隔一條清楚的白色髮線，過人的自制力得以掩飾喉結不是因為悲傷而是恐懼的浮動。碼頭上幾乎一片空蕩蕩，只有幾名沒穿制服的打赤腳士兵看守，他的姊妹跟母親以及他最珍惜的幾個朋友正等著他。他發現儘管他們散發上流社會的氣質，卻個個面容憔悴，談起危機和內戰時，彷彿那是遙不可及和與自己無關的東西，但是每個人的聲音卻都流露著極欲掩飾的顫抖，眼神中的不安戳破了他們的話語。他最感心驚的是他母親，她是個還很年輕的女人，曾經，她的優雅和社交活力主導著生活，如今她穿著寡婦的縐綢，身上包圍著樟腦丸的氣味，像慢火烘烤一般乾枯。她應該是在兒子困惑的表情中瞧見了自己的模樣，因此，她像是防衛一般，搶先一步問他為什麼像是打上一層蠟般容光煥發。

「母親，是因為生活。」他說。「在巴黎，每個人生氣盎然。」

不久之後，他跟著她坐在密閉的車子裡，熱得就要窒息，他再也無法忍受車窗外的殘酷現實。大海像是蒙上一層灰，古老的侯爵宅第就要抵擋不住乞丐增加的人數，露天的水溝散發出的死亡氣味遮去了茉莉花濃烈的芳香。在他眼裡，一切都比他離開時還要渺小、貧困和悲涼，有那麼多飢腸轆轆的老鼠在街上的垃圾堆亂竄，嚇得拉馬車的馬匹撞在一起。從港口到回家的漫長路程，他在總督社區的中心找不到任何值得犯思鄉病的東西。他沮喪不已，轉過頭去，不想母親看見他的模樣，然後默默地流淚。

卡薩杜埃羅侯爵古宅第，也就是烏爾比諾家族的祖屋，並沒有在這一片廢墟中屹立不搖。胡維納爾．烏爾比諾醫生一踏進陰森森的門廳，心立刻碎了一地。他看見內院布滿灰塵的水池，和小山似的灌木叢，沒有鮮花，只有蜥蜴爬竄。他發現通往主要廳堂的銅手扶欄杆寬樓梯，缺了許多大理石地磚，有些已經破裂。他的父親不是名醫，但是一向懸壺濟世，他在六年前那場摧毀整座城市的亞洲型霍亂喪命，他離世後，這棟屋子的靈魂也跟著枯萎。他的母親布蘭卡夫人改以傍晚的九日連禱儀式，取代亡夫著名的詩詞晚會和室內音樂會，永不結束的喪期壓得她喘不過氣來。他的兩位姊妹也壓抑了天生的風趣和喜歡熱鬧的本性，變成修道院的俘虜。

返家的這一晚，胡維納爾．烏爾比諾醫生連一刻也睡不著，他害怕四周的漆黑和死寂，對著聖靈禱唸三回玫瑰經和幾句還記得的祈禱文，希望袪除災禍、苦難和夜裡的各種危險，一隻石鴴從沒關好的門溜進來，每個小時的整點，都在臥室內高歌鳴叫。他痛苦地聽著附近聖牧羊女瘋人院傳出的女病患受幻覺糾纏的尖叫聲，屋內迴盪著濾水器的水滴落水甕的聲響，迷路的石鴴在臥室裡大步遛達的腳步聲，他天生怕黑，怕過世的父親在沉睡的大宅中無影無形的身影。當石鴴在五點鳴叫時，鄰近的公雞也跟著啼叫，胡維納爾．烏爾比諾醫生把自己的身軀和靈魂交給了全能的天主，因為他感受不到自己有勇氣在已化為廢墟的家鄉多生活一天。然而，家人的關懷，禮拜天到鄉野散心，跟他同階層的未婚女孩的極力奉迎，緩和了他對故鄉第一印象的苦澀。慢慢地，他習慣了十月的燠熱，難以忍受的氣味，朋友輕率的見解，那句「等明天就知道了」，和「醫生，不用擔心。」最後他屈服在習慣的魔力之下。他很快地為自己的投降找到簡單的理由。他對自己說，這裡是他的世界，天主替他安排了這個悲傷和壓抑的世界，他屬於這裡。

他做的第一件事是繼承父親的診所。他保留了原本的英國家具，雖然風格死板嚴肅，木頭還會在黎明時分的冰冷空氣中吱吱作響，但是他派人把總督時期的科學著作和浪漫主義醫學的書籍搬到閣樓，在玻璃櫃的架子上擺上法國新學派叢書。他拿下褪色的彩色石印畫，只保留一幅醫生與死神爭奪裸體女病患的畫，和一張歌德字體印刷的希波克拉底誓詞，拿掉的地方，他掛上非常多張在歐洲的不同學校以優秀成績取得的各式各樣的文憑。

他試著在慈悲醫院實行新的觀點，儘管年輕的他滿腔熱血，一切並不如他想像的那麼簡單，在這間古板的醫院裡，還固守著自己的一套迷信想法，比如將病床的床腳放進裝水的鐵罐裡，以防疾病爬上床，或者在手術室得穿上禮服和戴羚羊皮手套，這是因為大家認為優雅是無菌環境的基本條件。他們無法忍受新來的年輕人嘗病人的尿液來確定有沒有糖分，引用沙可和楚索的話，彷彿跟他們是室友，警告牛痘疫苗的致命風險，而且對栓劑這種新發明抱著莫名的信念。他到處與人衝撞：他革新的精神，狂熱的社會責任心，身處於這片小丑盤踞的土地上，卻缺乏幽默感，他這一切令人敬佩的能力，都引起年長同事的疑懼和年輕同事背地裡的嘲弄。

他一心想改善的是城內危險的衛生狀況。他多次向最高行政部門提出申請，希望封閉西班牙人蓋的露天下水道，因為那兒鼠滿為患，在原地另外興建密閉下水道，如此一來殘渣廢物不會排到市場附近的海灣，而是排到遠處的其他垃圾場，如此就能改善一直以來的狀況。殖民時期設備完善的屋舍，都有廁所和化糞池，但是那些擠在沼澤區沿岸棚屋裡的居民，其中三分之二都在露天解決大小兩便的需要。糞便在陽光下曬乾，化為塵土，最後十二月涼爽而幸福的微風吹起，在一片歡樂的聖誕節氣氛中被吸入人體。胡維納爾．烏爾比諾醫生試著在市政府設置強制訓練課程，希望窮人學會蓋自家的化糞池。他努力解決垃圾不斷湧進溼地叢林的問題，那兒從幾個世紀前就變成了腐爛的池塘，他希望一個禮拜至少收兩次垃圾，送到荒地焚燒，最後卻徒勞無功。

他知道飲用水是致命的隱憂。建一座高架渠就像空想，因為有能力推動這個想法的人都有地下蓄水池，儲存累積了幾年的雨水，水面覆蓋著一層厚厚的浮藓。當時最珍貴的家具是雕工精細的木頭濾水器，經過石子淨化的水，夜以繼日地滴進水甕。為了防止有人直接用取水的鋁杯飲水，杯子的邊緣是鋸齒狀，就像一頂可笑的王冠。水在陰暗的陶罐裡看起來清清涼涼，水光粼粼，有股樹林的餘味。但是胡維納爾．烏爾比諾醫生不用這種騙人的淨水器具，因為他知道即便再怎麼小心，甕底依舊是孑孓的聖堂。他在童年的漫長時光，曾經帶著一種不解的訝異凝視那些小蟲，他跟當時的大多數人一樣相信孑孓是一種精靈，一種超自然的生物，從水中靜止的沉積物出來追求女孩，也會為了愛情狠狠地報復。他小時候曾經目睹學校的老師拉薩拉．康德小看這些精靈，家裡因此被搗毀，也在街上看到有人用石頭砸她家的窗戶，一連三天三夜，留下了一堆石頭，和一地小河似的碎玻璃。過了許久以後，他才知道那其實是蚊子的幼蟲，但是知道以後就再也忘不掉，因為他發現除了孑孓，其他有害的昆蟲也都能安全地穿過他們那種天真的石頭濾水器。

很久以來，大家都把城內有那麼多男人罹患疝氣，歸咎於儲水池的水，但是他們並不覺得羞恥，反倒引以為榮，並帶著一種愛國情操的高傲忍受折磨。胡維納爾．烏爾比諾醫生上小學時，總在上學途中看見令人心驚膽跳的畫面，炎熱的午後，那些患疝氣的病人坐在自家門口，拿著扇子對著巨大的陰囊搧風，彷彿有個嬰孩睡在他們腿間。據說，在暴風雨來襲的夜晚，陰囊會發出哀戚的鳥鳴聲，若是有人在旁邊燃燒一根黑美洲鷲的羽毛，便會絞痛起來，讓人生不如死，但是沒有人抱怨這些痛苦，總之，掛著腫大的陰囊是身為男人的光榮。當胡維納爾．烏爾比諾醫生從歐洲回來，他已經非常清楚這是科學的謬誤，不過這樣的信念已變成迷信深植當地人的心中，許多人反對在水中添加礦物質，就怕儲水池不再讓人罹患代表光榮的疝氣。

除了水質不潔，胡維納爾．烏爾比諾醫生還擔心公共市集的衛生狀況，這座市集面向靈魂灣，占地遼闊，來自安地列斯群島的帆船就停靠在海灣內。有位這個時代的傑出旅行家曾把這裡描述為世界上最多樣化的市場之一。事實上，這座市集的物產豐富，貨源充足和熱鬧烘烘，但這或許也是教人不安的地方。因為暴湧的海潮變化多端，海灣會把水溝的垃圾一波波推回陸地，於是，市場就坐在自己的垃圾堆上。鄰近屠宰場的廢棄物也往這裡倒，動物剁下的腦袋，腐爛的內臟，排泄物，曝曬在陽光底下，靜靜地漂浮在一片鮮血染紅的沼澤中。黑美洲鷲、老鼠和狗經常爭奪這些食物，也搶食掛在陋屋屋簷下來自索塔文托的美味鹿肉和閹雞肉，或者地面蓆子上來自阿爾霍納的春天豆莢。胡維納爾．烏爾比諾醫生希望改善這裡的環境衛生，把屠宰場遷到他處，蓋一座有彩繪玻璃圓頂的市場，就像他曾經在巴塞隆納認識的古老市場，那裡供應的食物賞心悅目又乾淨，教人不忍心吞嚥下肚。但是，就連他那些最寬容的顯要朋友都同情起他滿腔癡人說夢的熱情。就是這樣，他們日復一日宣揚對出身的自豪，頌揚這座城市珍貴的歷史功績、文物遺跡、英雄事蹟和千種風情，卻視而不見歲月蛀蝕的痕跡。相反地，胡維納爾．烏爾比諾醫生太愛這座城市，所以才能看清楚它的真實面貌。

「這座城市真是雄偉。」他說。「四百年來，我們一直在摧毀它，卻還沒如願。」

然而，離願望的實現也不遠了。在那場霍亂的大流行裡，第一批暴斃的病患就是倒在市集的水窪中，接下來十一個禮拜，死亡人數創下史上最高紀錄。在此之前，有些聲名顯赫的人物過世後會被葬在教堂的墓石底下，既能避開主教和神職人員，又能與他們為鄰，其他沒那麼富有的人則是葬在修道院的庭院裡。窮人是在殖民時期的墓園下葬，位在一處多風的丘陵，跟城市隔著一條乾涸的河渠，河面有一座帶著遮棚的灰泥橋，和某任有遠見的市長派人雕刻的一塊標語：將踏進此地的人，應放棄所有希望。霍亂爆發後的第二個禮拜，墓園已經不堪負荷，教堂把許多不知姓名的顯貴人士的腐敗骨骸移到公共墓穴，但還是挪不出多餘空間。地窖墓穴沒有封好，冒出來的水氣汙染了教堂的空氣，只能把門關上，一直到三年過後才又重新打開，這時正是費米娜·達薩在雞鳴彌撒第一次近距離看清楚弗洛雷提諾·阿里薩。到了第三個禮拜，聖塔克拉拉修道院的迴廊已經滿是屍體，甚至擺放到白楊木林蔭道上，於是，修道院不得不把兩倍大的果園充作墓園使用。他們在那裡挖掘很深的墓穴，不用棺材，草率地掩埋三層屍體，可是後來卻得放棄，因為填滿屍體的土地變成一塊海綿，腳踩過去，就滲出令人作嘔的血水。於是，掩埋的工作換到「天主之手」繼續進行，那是一座在城外不到六公里遠的牲畜催肥場，後來成為眾所皆知的「大眾墓園」。

那段日子簡直是淒風苦雨，胡維納爾的父親馬可·奧雷里亞諾·烏爾比諾醫生成為當時的民間英雄，也是這場流行病帶走的最知名人士。他遵從政府的決議，親自制定和指揮衛生政策，但是最後卻自行決定介入社會秩序的所有大小事項，在霍亂肆虐最猖獗的時刻，似乎沒有任何比他更高的權力。幾年過後，當胡維納爾·烏爾比諾醫生檢視那段日子的紀事，他證實父親的辦法不夠科學，偏向憐憫，在很多方面來說有悖論據，因此大大加速了疫情的猛烈蔓延。證實了這件事之後，他內心充滿為人子女的同情——晚輩在走過人生的歷練後已經慢慢地變成父親的父親，於是他第一次為自己沒能在父親孤獨犯錯時陪在身邊感到心痛。但是這並未折損他的功績：孜孜不倦和犧牲自我，尤其是他的英勇行為，當這座城市從災難中浴火重生，他得到了許多值得的榮耀，和許多其他沒那麼光榮的戰爭英雄一樣，公平地名留青史。

他的父親沒有機會見證他的榮耀。當他發現自己也染了病，出現曾在其他可憐人身上看過的無可救藥症狀，他連徒勞地反抗都不肯，只是與外界隔絕，不想傳染給任何人。他把自己關在慈悲醫院的一個工具間裡，不理會同事的喊話跟家人的哀求，無視於霍亂病患在人滿為患的走道地板上垂死掙扎的恐怖場景，他寫了一封信給妻子和子女，字裡行間滿溢熱烈的愛，和對曾經活過一遭的感謝，並在信中傾訴自己是多麼熱愛人生。這是一封長達二十頁的訣別信，頁頁催淚，從字跡可以看出病況的惡化，而不需要知道信是誰寫的，也能知道那簽名是耗盡最後一口氣寫上去的。根據他的遺願，死後灰白色的遺體在公共墓園混葬，不讓任何愛他的人看見。

三天後，胡維納爾．烏爾比諾醫生在巴黎接到電報，當時他正在跟朋友吃晚餐，於是他拿起一杯香檳敬他對父親的回憶。他說：「他是個好人。」後來他責怪自己少不更事：他不想哭泣，因此逃避現實。但是，當他在三個禮拜後接到父親的遺書副本時，就接受了事實。突然間，他看見了他出生以來最早認識的男人的真正樣貌，這個男人養育和教育他，三十二年來跟他的母親同床共枕和共享親密關係，然而，很單純地因為生性靦腆，從未在他面前流露一如在這封信中的真情。在此之前，胡維納爾．烏爾比諾醫生跟他的家人以為，死亡是發生在其他人、其他人的父母、其他人的手足，和伴侶身上的事，但不會在自己的親人身上發生。他們過著緩慢的生活，在這樣的步調中看不見衰老、生病或者死亡，而是慢慢地隨著時間消逝，變成過往時代的回憶和雲煙，直到被人遺忘。他的父親的遺書比那封捎來噩耗的電報帶來更大的衝擊，讓他勇敢地認清死亡的真實存在。然而，在他遙遠的某個回憶，或許是九歲那年，或者是十一歲那年，就某方面來說，死亡已經提前透過他的父親捎來訊息。那是個下雨的午後，他們父子倆在家中的辦公室，他拿著彩色粉筆在地板畫雲雀和向日葵，他的父親在窗邊的日光中閱讀，背心沒上扣，襯衫的兩邊袖子套著橡皮筋。倏地，他停止閱讀，拿了一支末端鑲著銀製小手的長柄爪杖抓癢。因為抓不到癢處，他要兒子用指甲替他抓癢，當兒子幫忙時，他有股奇異的感覺，彷彿在接受抓癢的那一刻，感覺不到身體的存在。最後，他的父親帶著悲傷的微笑回過頭看他。

「如果我現在就死了，」他對他說。「等你活到我這個年紀，可能不會記得我了。」

他說這句話沒有特別用意，但是這一刻，死亡天使飄浮在辦公室陰涼的昏暗處，再從窗戶離開，沿路散落了羽毛，但是小男孩並沒有看見。從那之後過了二十多年，胡維納爾．烏爾比諾醫生很快就要來到他的父親那天下午的年紀。他知道自己像他，此刻，除了知道像他，他訝異地發現自己跟他一樣，終將逃不過一死。

霍亂變成他的陰影。除了在某堂次要的課堂上學到的一般常識外，他對這種病一無所知，他覺得難以置信，畢竟不過在三十年前，霍亂在法國造成十四多萬人死亡，巴黎也沒能倖免於難。不過，他為了安撫他的回憶，從父親病逝後，他盡力學習霍亂的各種面貌，當作一種悔罪方式，他投入當時最優秀的傳染病學家和防疫線的建立者亞德里安·普魯斯特門下，而他同時也是偉大小說家的父親。因此，當他回到故鄉，從海上聞到那股市場的惡臭，看見下水道的老鼠，和街道上的水坑赤身裸體打滾的孩童時，他不只明白了災難是怎麼發生的，也確定隨時都有可能再爆發。

果然沒過多久。還沒滿一年，他在慈悲醫院的學生就來要求他義務幫忙治療一個病患，那人全身上下都透著一種奇怪的藍色。胡維納爾·烏爾比諾醫生從門口看見病人，就在他身上認出了敵人。但幸運的是，這個病人是在三天前搭乘古拉索的一艘縱帆船來的，他自行到醫院的巡迴診間求診，看來似乎沒傳染給任何人。無論如何，胡維納爾·烏爾比諾醫生警告了他的同事，讓當局向鄰近的港口發出警報，希望找到和隔離遭到汙染的縱帆船，他得安撫看守堡壘的軍官，因為這位軍官想頒布戒嚴令，立即採取每十五分鐘發射一次大炮的治療法。

「省省那些火藥，留給自由黨派分子來的時候用吧。」他好聲好氣地跟他說。「現在可不是中世紀了。」

四天過後，病患死了，他是被白色顆粒狀嘔吐物噎死的，但接下來幾個禮拜，儘管時時保持警覺，卻都沒有發現任何新增病例。不久，《商業日報》刊出城內有兩個孩子在不同地點染上霍亂死亡的消息。經過查證，其中一個是感染普通的痢疾，但是另一個年約五歲的小女孩似乎真的是死於霍亂。她的父母跟三個手足被帶走，接受單獨隔離，整個社區進行嚴密的醫療監控。那三個孩子的其中一個染上霍亂，但是很快就康復了，一家人在危險過去後返家。三個月內又通報了十一個病例，到了第五個月，令人警戒的情況再一次惡化，但是滿一年時，大家認為傳染病的危機已經解除。每個人都相信，胡維納爾．烏爾比諾醫生嚴格的衛生管控不只是口號，還創造了奇蹟。從那之後，一直到世紀過了一大半，霍亂不只是本城的地方疾病，疫區還包括幾乎整個加勒比海沿岸和馬格達萊納河流域，但已經不會再惡化成傳染病的規模。當局終於認真聽取胡維納爾．烏爾比諾醫生的警告。他們規定霍亂跟黃熱病是醫學院的必修學科，明白需要緊急封閉下水道，在遠離垃圾堆的地點另建一座市集。然而，胡維納爾．烏爾比諾醫生心不在宣揚他的勝利，也沒氣力堅持他的社會使命，這時他感覺自己像折翼的鳥兒，既茫然又失措，因為他對費米娜．達薩的愛猶如閃電瞬間劈下，讓他決定拿一切去交換，忘掉人生的其他東西。

事實上，這段愛情是一次錯誤的看診促成的。他的一個醫生朋友認為他在一位十八歲的女性病患身上，診斷出霍亂在潛伏期的症狀，於是要求胡維納爾．烏爾比諾醫生去幫她看診。他在那天下午就去了，因為他怕傳染病可能蔓延到還是淨土的老城區，在此之前所有的病例都是發生在邊緣社區，病患幾乎都是黑人。結果是讓人驚訝沒錯，但可不讓人討厭。那棟屋子坐落在福音公園的杏樹林樹蔭下，從外觀看來殘缺破爛，一如殖民區的其他屋子，但是裡頭的布置華美，那令人歎為觀止的採光照明讓人以為置身在其他世紀。從屋子的門廳可以直通一個塞維亞風格的庭院，院子四四方方，剛抹上石灰顯得十分潔白，有幾棵開花的橘子樹，鋪磚地板，牆壁也鑲著同樣花色的瓷磚。看不見水在哪兒，但水聲潺潺不斷，挑簷下掛著康乃馨花盆，和拱廊處的鳥籠關著珍禽。其中最稀有的是三隻烏鴉，牠們關在一個非常巨大的鳥籠裡，每當揮動翅膀時，整個院子就會彌漫一種奇特的香氣。用鐵鍊綁著的狗在屋子裡的某個地方突然開始狂吠，牠們聞到味道陌生的氣味全都焦躁不安，但是一個女人的叫聲讓牠們猛然安靜下來，無以計數的貓聽到了怒叱聲，嚇得從各個角落跳出來，躲到了花叢間。這一刻，四周籠罩一種縹緲的靜謐，在鳥兒的鬧烘烘和沖刷石頭的流水聲中，彷彿能聽得見大海哀傷的嘆息。

胡維納爾・烏爾比諾醫生相信天主現身了，他身體發顫，心裡想著像這樣的屋子是不會受到傳染病侵害的。他跟著葛拉・普拉西迪亞沿著拱廊往前走，經過了縫紉室的窗前，當弗洛雷提諾・阿里薩第一次在這裡看見費米娜・達薩時，庭院還是一片殘磚碎瓦，他爬上嶄新的大理石階梯到了二樓，等待通知他能進女病患的臥室。但是葛拉・普拉西迪亞帶了口信出來：

「小姐說您現在不能進去，因為她的父親不在家。」

於是，他根據女僕的指示，在下午五點回來，這一次是羅倫佐・達薩親自替他開門，領著他到女兒的房間。看病時，他就坐在昏暗的角落，雙手環抱前胸，徒勞地想控制紊亂的呼吸。究竟是哪一個比較拘束，是進行令人難為情的觸診的醫生，還是帶著處子的拘謹和穿著絲綢睡袍的女病患，這很難說清楚，但是他們沒有直視彼此的眼睛，他用冷漠的語氣問話，她則用顫抖的聲音回答，兩個人都心懸於那個坐在暗處的男人。最後，胡維納爾．烏爾比諾醫生要求女病患坐起，小心翼翼地將她的睡袍褪到腰間：那對完美的乳房高高聳立，乳尖嬌弱稚嫩，但卻像是發亮的火光在陰暗的臥房裡一閃而逝，因為她急忙舉起雙手抱住遮掩。醫生面不改色，他沒看她的臉，拿開了她的手，直接把耳朵貼在她的皮膚上聽診，先是胸部，接著是背部。

胡維納爾．烏爾比諾醫生總是說，他在剛認識這位將廝守到他溘逝那天的女人時，內心沒有一絲悸動。他記得那件天藍色的蕾絲滾邊睡袍，那雙熱烈的眼眸，披散在肩膀的長髮，但是他滿腦子只想著殖民區爆發傳染病，一點也沒注意到她是個正值花樣年華的青春少女，只專注在找到她可能染上瘟疫的最細微病徵。她更是挑明：她認為這位常聽人講起專門研究霍亂的年輕醫生，是個無法愛任何人只愛自己的書呆子。檢查的結果是食物引起的腸胃感染，只需要在家治療三天。羅倫佐．達薩得知女兒確定沒染上霍亂，總算放下了心中大石頭，他送胡維納爾．烏爾比諾醫生到馬車的踏腳板旁，付給他一枚黃金披索的看診費，他認為這對一個替富人看病的醫生來說已是過分慷慨，但是跟他道別時仍不吝嗇地給予了他的感激之情。他讚嘆醫生的姓氏光環，而且毫不掩飾他的態度，甚至還願意做任何事只為再見到他，不過是在比較不那麼正式的場合。

這件事本應到此為止。然而，隔一週的禮拜二，胡維納爾．烏爾比諾醫生在不恰當的下午三點鐘不請自來，而且沒有事先通知。費米娜．達薩在縫紉室跟兩位女性朋友一起上油畫課，他穿著完美無瑕的白色大禮服，戴著同樣是白色的大禮帽，出現在窗邊，打手勢要她靠過去。她把畫框放在椅子上，把裙子拉高到腳踝，以免荷葉邊的裙襬拖地，接著踮腳走到窗戶旁。她戴著一條髮帶，上面附著的小飾物垂在額頭上，那閃閃發亮的寶石跟她冷淡的雙眸有著同樣的顏色，她全身上下散發一股清新的氣息。醫生發現，她連在家作畫也打扮得像去參加舞會。他站在窗外幫她量脈搏，要她吐出舌頭，拿起一支鋁製的壓舌棒檢查她的喉嚨，他看了她的眼皮內面，每一次都露出滿意的表情。他不像上次看診那樣拘束，她卻相反，因為她不懂為什麼會有這次臨時的檢查，醫生不是說過，除非有新狀況，否則他不會再來。而且：她永遠都不想再看到他。檢查結束後，醫生把壓舌棒收進裝滿器具和藥罐的小手提箱，然後砰的一聲關上。

「您就像一朵剛剛綻放的玫瑰。」

「謝謝。」

「該感謝的是天主。」他說，然後失當地引用了聖多瑪斯的話：「記住，一切美好的事物，不論來自哪裡，都是源於聖靈。您喜歡音樂嗎？」

他帶著討喜的微笑問了這個問題，像是隨口問問，但她沒回答。

「為什麼這麼問？」她反問。

「音樂非常有益健康。」他說。

他是真的這麼相信，她很快就會知道，而且下半輩子將一直惦記在心，音樂這個話題是他用來交朋友的魔法藥，但這一刻她把這句話當作玩笑。此外，當他們在窗邊交談時，她那兩個假裝在作畫的女性朋友發出像老鼠的嘻笑聲，拿起畫框遮住臉，費米娜．達薩看了茫然失措。她氣瘋了，用力地關上窗戶。醫生愣在紗織花邊窗簾前，他試著想找到回大門口的路，卻搞錯方向，慌亂中，他撞上了香水烏鴉的籠子。烏鴉發出震耳欲聾的尖叫聲，害怕地揮動翅膀，於是醫生身上的衣服沾染了一股女人的香味。羅倫佐．達薩如雷般的聲音讓他留在原地不動。

「醫生，請在那裡等我。」

他從樓上看到一切經過，一邊扣扣子一邊走下樓梯，他的臉看起來腫脹，臉色泛青，由於剛剛的午覺睡得並不安穩，兩頰的連鬢鬍還是凌亂的。醫生試著掩飾他的困窘。

「我已經跟您的女兒說，她非常健康，就像朵玫瑰。」

「她確實像玫瑰。」羅倫佐．達薩說。「可是太多刺。」

他沒跟胡維納爾．烏爾比諾醫生寒暄，而是從他身邊走過去。他推開縫紉室窗戶的兩扇門板，用粗魯的口氣命令女兒：

「過來跟醫生道歉。」

醫生試著阻止，但是羅倫佐．達薩不理他。他繼續堅持：「快一點！」她看著朋友，暗暗地乞求她們理解，接著回答父親她不需要道歉，因為她只是關上窗戶，不讓陽光繼續照射進來。烏爾比諾醫生贊同她的理由，但是羅倫佐．達薩依然要她服從命令。於是，費米娜·達薩頂著一張氣得發白的臉，回到窗邊，她伸出右腳，用指尖撩起裙襬，對著醫生誇張地一鞠躬。

「大爺，容我獻上最畢恭畢敬的道歉。」

胡維納爾·烏爾比諾醫生愉快地附和她，他拿下大禮帽，模仿火槍手的滑稽動作，但是沒博得預期中的一笑。羅倫佐·達薩邀他到辦公室喝杯賠罪的咖啡，他開心地接受了，讓大家相信他的內心真的沒有一點不滿的疙瘩。

其實胡維納爾·烏爾比諾醫生根本不喝咖啡，除非在禁食期間會喝一杯。他也不飲酒，除了在隆重場合配著餐點來一杯，但是他不但喝完羅倫佐·達薩邀請的咖啡，還歡喜地多喝了杯茴香酒。接著他不顧自己還有幾個訪診，又喝了一杯咖啡和酒，然後再各一杯。起先，他專注聽著羅倫佐·達薩繼續替女兒道歉，他形容她是個聰明端莊的女孩，配得上這裡或任何地方的白馬王子，只是唯一的缺點是像騾子一樣的固執脾氣。但是第二杯下肚後，他彷彿聽見了庭院盡頭傳來費米娜·達薩的聲音，於是心思開始隨她遠去，跟著她在夜幕初臨的屋子裡，點亮走廊上的燈，拿著殺蟲劑到每個臥室熏蒸，掀開火爐上的湯鍋，那是這一晚她要跟父親一起喝的湯品，他們倆會坐在餐桌邊，沒抬頭，沒喝湯，不想打破賭氣的氛圍，直到他不得不讓步，要求女兒原諒他今天下午的嚴厲。

烏爾比諾醫生非常了解女人，他知道除非他離開，否則費米娜·達薩不會來辦公室，但無論如何，他逗留到很晚，因為在這天下午的冒犯過後，他感覺自尊心受傷，無法心平氣和下來。羅倫佐．達薩已差不多喝醉，他似乎沒發現醫生心不在焉，只是忙著控制自己不聽使喚的舌頭。他一邊把話說得像放連珠炮，一邊咀嚼已經熄滅的雪茄菸絲，大聲地咳嗽，使勁吐痰，費力地在旋轉椅上調整舒服的坐姿，椅子的彈簧發出動物發情的呻吟聲。他的客人每喝一杯，他就敬三杯，只在發現已經看不清楚彼此時，才稍作停頓，站起來點燈。胡維納爾．烏爾比諾醫生就著剛點亮的燈光，看見他的一隻眼睛跟魚眼一樣歪斜，他的話對不上嘴唇的動作，心想自己喝太多產生幻覺。這時，他起身，感覺這身體似乎不是自己的，而這個其他人的身體還坐在自己剛剛坐的椅子上，他得費好大的勁兒，才沒失去理智。

下午七點多，他踏出辦公室，由羅倫佐．達薩走在前面帶路。這晚是滿月。茴香酒作祟的緣故，他感覺院子恍若仙境，身體輕飄飄像是悠游在水族箱的底部，罩著布的鳥籠像是沉睡的幽魂，沐浴在初綻的橘子花溫暖的香氣裡。縫紉室的窗戶是敞開的，工作桌上點著一盞燈，一幅幅尚未完成的油畫擺在畫架上，彷彿正在畫展上展出。「妳不在這裡，是上哪兒去了？」胡維納爾．烏爾比諾醫生經過時說，可是費米娜．達薩沒聽見，也不可能聽見，因為她正關在臥室裡氣憤地哭泣，她趴在床上，等父親到來，準備向他索討下午羞辱她的代價。醫生癡想著能跟她道別，不過羅倫佐．達薩並沒有提議。他想念她的脈搏，像貓一樣的舌頭，柔軟的扁桃腺，但一想到她再也不想見他，也不肯給他機會試試，他就感到洩氣。當羅倫佐．達薩抵達門廳，清醒的烏鴉在罩布下發出淒厲的叫聲。「牠們會啄出你的眼睛。」醫生想著她大聲地說，羅倫佐・達薩回過頭問他說了什麼。

「不是我說的。」他說。「是茴香酒。」

羅倫佐・達薩送他到馬車旁，要他收下第二次看診的一枚黃金披索，可是他拒絕了。他對車夫下達正確指令，載他到還得看診的兩個病患的家，接著不需任何幫忙，爬上了車。但是，當車子奔馳在石磚地上，他開始因為顛簸不舒服，於是他下令車夫更改方向。他看著在車子鏡中的自己半晌，看見他的倒影也繼續想著費米娜・達薩。他聳聳肩。最後他打了一個嗝，頭垂在胸前睡著了，夢裡他聽見了敲響的喪鐘。他首先聽到的是大教堂傳來的鐘響，接著是所有教堂，一聲接著一聲，甚至聽見了聖胡利安學校那破陶瓷片一般的鐘聲。

「該死。」他在睡夢中嘟囔。「有人過世了。」

他的母親跟兩位姊妹正在大飯廳用晚餐，她們坐在宴客用餐桌旁喝牛奶咖啡配乳酪麵包，看見他出現在門口，端一張痛苦的臉，身上散發烏鴉般像是妓女身上的香水味，整個人狼狽不堪。鄰近大教堂的主鐘聲，在他們屋子寬廣的蓄水池中迴盪。他的母親擔心地問他上哪兒去了，因為大家到處找他，要他去給伊格那西歐・瑪利亞將軍看病，這位哈拉茲・德拉維茲侯爵的最後一個孫子就在這天下午因為腦溢血病逝：喪鐘是為他而敲的。胡維納爾・烏爾比諾醫生聽著母親說話，但沒把話聽進去，他抓著門框，轉過身想回臥室，但是吐得亂七八糟，面朝下摔在呈星狀散開的茴香酒嘔吐物中。

「聖母瑪利亞。」他的母親驚叫。「你應該是遇到什麼怪事，才會這副模樣回到家。」

然而，最怪的事還在後頭。當整座城市一走出伊格那西歐・瑪利亞將軍過世的哀痛，著名的音樂家羅密歐・魯西奇便舉辦了一系列莫札特奏鳴曲演奏會，胡維納爾・烏爾比諾醫生利用他的來訪，派人把音樂學校的鋼琴搬上騾車，給費米娜・達薩送去一首令人難忘的小夜曲。鋼琴的旋律剛響起，她就醒了過來，不必從陽臺的紗織花邊窗簾探頭看，她就知道是哪個傢伙安排了這樣獨一無二的禮讚。她只惋惜自己不像其他年輕姑娘那樣有膽量，把夜壺倒空在討厭的追求者頭上。相反地，羅倫佐・達薩趕緊換好衣服，最後還邀穿著音樂會禮服的胡維納爾・烏爾比諾醫生和鋼琴師進入訪客廳，請他們來一杯上等白蘭地，感謝他們獻上的小夜曲。

費米娜・達薩很快就發現父親試圖軟化她的心。小夜曲的隔天，他隨口對她說：「想想看，妳的媽媽若是知道有個烏爾比諾・德拉卡耶家族的人追求妳，會有什麼感覺。」她斷然地回答：「她會躺在棺材裡再死一次。」跟她一起學油畫的女性朋友告訴她，胡維納爾・烏爾比諾邀了羅倫佐・達薩到社交俱樂部共進晚餐，這個舉動違反了規定，因此遭到嚴重警告。一直到這時，她才知道父親好幾次申請加入社交俱樂部，可是沒有一次成功，因為太多反對的聲音，讓他無法再試一次。但是羅倫佐・達薩把這些羞辱都吞忍下肚，繼續想各種方法跟胡維納爾・烏爾比諾假裝巧遇，卻沒發現是胡維納爾・烏爾比諾想盡辦法讓他遇到自己。有時，他們會在辦公室一聊好幾個小時，這時屋內彷彿時光靜止，因為只要他不離開，費米娜．達薩就會暫停一切日常生活。教區咖啡館是個理想的中途港口。羅倫佐．達薩就在這裡教胡維納爾．烏爾比諾初階的棋藝，醫生是個非常認真的學生，後來下棋變成他無可救藥的癖好，一直糾纏他到他嚥下最後一口氣的那天。

有一晚，就在鋼琴小夜曲獨奏不久過後，羅倫佐．達薩在門廳發現一封火漆封印的信件，是寄給他的女兒的，蠟章上蓋著醫生的姓名首字母。他在經過費米娜．達薩的臥室前，把信從門底下塞進去，而她不懂信怎麼會送進她的房內，因為她不敢相信父親的態度轉變這麼多，把追求者的信送來給她。她把信放在夜桌上，不知道該怎麼處理，就這樣沒拆放了好幾天，直到一個雨天下午，費米娜．達薩夢見胡維納爾．烏爾比諾到家中來，送她那根拿來檢查她喉嚨的壓舌棒。夢中的壓舌棒不是鋁製的，而是一種美味的金屬，她曾在其他夢中愉快地嘗過，所以，他把壓舌棒折成大小兩段，把比較小的那一段給了她。

醒來後，她打開那封信。信的內容精短簡潔，胡維納爾．烏爾比諾只求她能答應他徵得她的父親同意再來拜訪她。她欣賞他的乾淨俐落和認真的態度，突然間，她刻意累積這麼多天的怒氣平息了下來。她把信收進衣箱底一個不再使用的首飾箱裡，但是她想起曾在同樣的盒子裡收藏了弗洛雷提諾．阿里薩的香水情書，便羞恥得直發抖，把信拿出來換地方放。這時，她想到最端莊的方法是當作沒收過信，便把信放進燈裡燒掉，凝視一滴滴蠟淚在火焰中熔解化成藍色的細泡。她嘆口氣：「可憐的男人。」驀地，她發現這是她在一年多一點的時間內第二次說這句話，剎那間她想起了弗洛雷提諾．阿里薩，訝異地發現他已經離她的人生那樣遙遠：可憐的男人。

到了十月，另外三封信隨著最後幾場雨來到，跟著第一封一起寄來的還有一小盒弗拉維戈尼修道院的紫羅蘭香皂。其中兩封是胡維納爾．烏爾比諾醫生的車夫在她家的大門口遞交，醫生還從車窗對著葛拉．普拉西迪亞打招呼，為的就是清楚表明那是他的信，再者不讓人跟他說信沒收到。此外，這兩封信都封上印章蠟，寫著費米娜．達薩已經能認出的潦草字跡：醫生的字跡。基本上，兩封信說的都跟第一封一樣，帶著同樣的謙順，但在規矩的背後已經透露出一種焦急，那是在弗洛雷提諾．阿里薩小心謹慎的情書中所看不見的。費米娜．達薩一收到這兩封分兩個禮拜送到的信，立刻拆開來看，她無法跟自己解釋，為什麼她在準備燒信的那一刻，會改變主意。但是她從沒想過要回信。

十月的第三封信是從大門底下塞進來的，跟前兩封完全不一樣。這次，筆跡非常像是小孩寫的一般幼稚，顯然是用左手寫的，但是費米娜．達薩沒注意，直到內容顯示這是無恥的匿名信。寫這封信的人相信費米娜．達薩向胡維納爾．烏爾比諾醫生灌迷魂湯，並從這個假設推出惡毒的結論。這封信以威脅作為結尾：如果費米娜．達薩不放棄高攀城內最令人垂涎的男人，就等著鬧醜聞。

這真是嚴重不公平，她自覺是受害者，不過她的反應不是報復，而是完全相反：她想找出這封匿名信的主人，盡可能用最恰當的解釋，說服對方這是個誤會，因為她深信自己無論如何都不會被胡維納爾・烏爾比諾的阿諛奉承打動。接下來幾天，她接到其他兩封沒有簽名的信，跟第一封一樣背離事實，而且三封似乎都不是出自同一個人的手，她要不是某樁陰謀的受害者，就是外面流傳著有關她的秘密戀情的假傳聞，程度遠比想像的嚴重。她焦躁不安，想著一切都是胡維納爾・烏爾比諾輕率的舉動引起的後果。她想，或許他表裡不一，或許他在出診時一時嘴快，誇耀了自己想像出來的成功追求，他那個階層非常多這樣的例子。她想寫信責備他玷汙她的名聲，但旋即打消念頭，因為或許這就稱了他的意。她試著向那些來縫紉室學畫的女性朋友打聽，但她們只聽過那次小夜曲獨奏的舉動，而且都是正面的評價。她滿懷怒氣，無所適從，備感羞辱。她已經不想像一開始那樣，想找到這位隱匿的敵人，說服對方這是個誤會，現在她只想拿起園藝剪刀將對方搗成肉泥。她夜不成眠，仔細分析匿名信的表達方式，幻想能找到帶來安慰的蛛絲馬跡。而這只是個癡想：費米娜・達薩無從了解烏爾比諾・德拉卡耶家族的內心世界，她有辦法能防範他們精明的詭計，卻無從抵抗惡意的攻擊。

她是這麼相信著，尤其在收到沒附上信件的黑色娃娃的驚嚇過後，她更感到苦澀，但是她可以輕易想像東西來自哪裡：只可能是胡維納爾・烏爾比諾送來的。從上面的原始標籤看來，娃娃是在馬提尼克島買的，穿著精緻洋裝，一頭黃金細絲鬈髮，躺下時眼睛會閉上。費米娜・達薩覺得娃娃有趣極了，於是她收起顧慮，白天讓娃娃躺在她的枕頭上。晚上習慣帶著它一起睡覺。然而，過了一段時間後，她發現娃娃似乎長大了：它穿來這裡的那套美麗衣裳已經短到露出大腿，鞋子被雙腳撐破。費米娜．達薩聽人說過非洲巫術，但沒有一個像這個如此駭人。另一方面，她無法想像胡維納爾．烏爾比諾是做得出這種殘忍勾當的男人。她沒猜錯：送來娃娃的人不是車夫，而是一個不知打哪兒冒出來的賣蝦小販，沒有人想得出理由。費米娜．達薩試著想解開謎團，有那麼一瞬間，她想著弗洛雷提諾．阿里薩，她怕他那陰鬱的氣質，可是人生將會教她這是錯的。這個謎團從未解開，每當想起，她總會怕得打哆嗦，即使後來嫁人許久，生兒育女，甚至相信自己是被命運選中的最幸福的女人。

烏爾比諾醫生的最後一搏，是請來法蘭卡．德拉魯斯修女幫忙，這位聖母奉獻日中學的校長無法拒絕他的請求，因為他的家族從她的教會在美洲落地生根以來就一直贊助到現在。早上九點，她在一位見習修女的陪同下登門，兩人不得不逗弄烏鴉半個小時，等著費米娜．達薩沐浴完畢。校長是個外表陽剛的德國女人，她的語調冰冷，目光鋒利，與她那童稚般的喜好格格不入。費米娜．達薩在這世界上最討厭的就是她跟所有關於她的一切，只要想起她的假慈悲，她就滿腹怨恨，像是肚子裡有毒蠍爬過。她從浴室門口就認出她來，突然間一幕幕回憶湧了上來，那些在學校忍受的折磨，每天參加彌撒時難以忍受的睏意，對考試的恐懼，見習修女的任勞任怨，因為心靈空虛而整個毀掉的生活。相反地，法蘭卡．德拉魯斯修女愉快地跟她打招呼，似乎給人真誠的印象。修女很驚訝她長大這麼多，人也成熟了，並稱讚她持家的智慧，庭院的好品味，和橘子花的暖香。她下令見習修女在原地等候，不要靠近烏鴉，因為一個疏忽就會被牠們啄掉眼睛，接著她想找個遠一點的地方，坐下來跟費米娜．達薩單獨談談。而費米娜．達薩邀她到客廳。

這是一場匆促和不愉快的拜訪。法蘭卡．德拉魯斯修女沒浪費時間琢磨開場白，直接向費米娜．達薩提出復學的光榮機會。她被退學的原因不但可以從紀錄刪除，教會也會忘記這件事，這樣一來，她可以完成學業，拿到中學的文科文憑。費米娜．達薩一頭霧水，想知道原因何在。

「這應該是一個值得擁有一切之人的請求，他唯一的希望是讓妳快樂。」修女說。「妳知道他是誰嗎？」

於是她明白了。她問自己，派一位因為一封天真的情書而改變她人生的女人來當愛情使者有用嗎？但是她不敢說出口。她反而說沒錯，她知道這個人是誰，她也知道這個人無權干涉她的生活。

「他唯一的要求是能跟妳談個五分鐘。」修女說。「我相信妳的父親會同意的。」

費米娜．達薩想到這次的拜訪父親也有份，怒火越燒越熾烈。

「我生病時，見過他兩次。」她說。「現在已經沒有見他的理由了。」

「任何聰明的女人都知道，這個男人是全能天主的禮贈啊。」修女說。

她繼續滔滔不絕說著他的美德，他的虔誠，他救苦救難的奉獻精神。她一邊說，一邊從袖子裡掏出一串綴著一個基督象牙雕像的念珠，拿在費米娜．達薩的眼前搖晃。那是一件家族聖物，已有上百年歷史，是由西恩納的一名金銀匠雕刻，曾經受過教宗克勉四世的祝福。

「這是妳的了。」她說。

費米娜·達薩感覺血管裡的血液轟隆隆奔竄，於是她鼓起了勇氣。

「我不懂您怎麼會做這種事。」她說。「您明明認為愛情是罪過。」

法蘭卡·德拉魯斯修女假裝沒聽到她的提醒，可是她的眼睛亮了起來。她繼續拿著那串念珠在她的眼前搖晃。

「妳最好聽我的話。」她說。「否則在我之後，來的可能是大主教，等到他親自出馬，事情可就不一樣了。」

「就讓他來吧。」費米娜·達薩說。

法蘭卡·德拉魯斯修女把黃金念珠藏進袖子裡。接著她從另外一隻袖子拿出一條破爛的手帕，揉成一團，緊緊地握在拳頭裡，她用飄渺的眼神看著費米娜·達薩，露出同情的微笑。

「可憐的孩子。」她嘆氣。「妳還在想著那個男人。」

費米娜·達薩目不轉睛地盯著修女，咀嚼著無禮的話，她沒說出口，只是默默咀嚼，直到萬分欣喜地看見那雙男人般的眼睛充滿淚水。法蘭卡·德拉魯斯修女拿起那團手帕擦乾眼淚，然後站起來。

「妳的父親說得對，妳根本是一頭騾子。」她說。

大主教沒來。因此，若不是伊勒德布蘭妲·桑切茲來跟表妹過聖誕節，這個騷擾應該在這天結束，而兩個女孩的人生就此改變。清晨五點，他們在里奧阿查城來的縱帆船上迎接她的到來，她一臉容光煥發下船，充滿女人嬌媚氣息，在海上度過糟糕的一晚後，她此刻興奮不已，不同於四周一群飽受暈船折磨而奄奄一息的旅客。她帶來一簍簍的活火雞，和一些在自家肥沃的田地種植的水果，她希望在作客期間，人人都能填飽肚子。她的父親里西馬可．桑切茲要她問他們家是否需要復活節的樂師，因為他可以派出最棒的樂師，並保證之後要將煙火用船運來。他還說，他要到三月才能來接女兒，所以她有大把時間可以享受這裡的生活。

兩個表姊妹一刻也沒浪費。那天下午，她們脫光衣服一起泡水，在水池中幫彼此洗澡。她們互抹香皂，捉虱卵，互比臀部、堅挺的乳房，從對方眼中看見自己，觀察從上一次裸身相見以來，時光無情的腳步是如何改變她們的身體。伊勒德布蘭妲．桑切茲身材高壯，有著古銅色肌膚，但是跟黑白混血兒一樣全身都是短短的鬈曲毛髮，就像金屬鋼絲。費米娜．達薩則是相反，她裸露的肌膚十分蒼白，體型修長，皮膚柔細，毛髮是平直的。葛拉．普拉西迪亞替她們在臥室裡鋪了兩張一樣的床，但是她們有時會睡同一張，關了燈，聊天到天亮。她們會抽攔路強盜的那種長雪茄，是伊勒德布蘭妲藏在衣箱的內層帶來的，抽完後，她們得燒幾張亞美尼亞香紙，來淨化留在臥室裡的像茅草屋的沉悶氣味。費米娜．達薩第一次抽菸是在巴耶杜帕爾，然後把習慣帶到了豐塞卡、里奧阿查城，在那裡，十個表姊妹關在一個房間裡大談男人和偷偷抽菸。她學會了倒抽香菸，點燃的那頭放進嘴巴，在打仗的夜晚，男人都是這麼抽菸，以免香菸的火光暴露他們的位置。可是她從沒一個人抽菸。伊勒德布蘭妲借住她家的這段日子，她每晚睡覺前都抽菸，她正是從這時起染上菸癮，不過總是偷偷摸摸，後來甚至背著丈夫和孩子，這不僅僅是因為女人當眾抽菸不雅觀，也因為抽菸就是要秘密進行才有樂趣。

伊勒德布蘭妲的來訪，也是父母刻意安排她遠離不可能的戀情，雖然他們讓女兒信以為是去幫費米娜．達薩決定好的對象。伊勒德布蘭妲很高興地答應這趟旅行，想跟當初的表妹一樣好好嘲弄一番所謂的遺忘，而且她跟豐塞卡的電報員串通好，盡可能以非常保密的方式發出她的電文。因此，當她得知費米娜．達薩已經拋棄弗洛雷提諾．阿里薩，不禁感到幻滅。此外，伊勒德布蘭妲抱持一種全面的愛情觀，她認為，發生在一個人身上的遭遇會影響整個世界的愛情。然而，她沒放棄計畫。她拿出令費米娜．達薩膽戰心驚的勇氣，獨自一個人前往電報室，希望請弗洛雷提諾．阿里薩協助。

她沒認出他，沒有一個人符合她從費米娜．達薩那兒對他想像的模樣。第一眼看到他，她很難相信表妹怎麼會迷戀這樣一個幾乎引不起注意的職員，他的氣質像是被毒打一頓的狗，服裝像是落難的猶太教教士，正經八百的舉止根本無法打動任何人的心。不過她旋即改變第一印象，因為弗洛雷提諾．阿里薩盡心盡力服務她，甚至不知道她是誰：他一直都沒能知道。沒有人像他這麼了解她的要求，所以他不跟她要求身分證明，也不向她要求住址。他的辦法很簡單：每個禮拜三下午來電報室，他會把回文交到她的手中，就這樣而已。另一方面，當他讀了伊勒德布蘭妲寫好帶去的電文，他問她接不接受建議，她答應了。首先弗洛雷提諾·阿里薩修正其中幾行，先刪掉再重寫，最後沒空間再改，他撕掉那張紙，重寫了一份完全不同的電文，她覺得讀來十分感動。離開電報室時，她差點掉下眼淚。

「他長得醜，還有一副悲慘模樣。」她對費米娜·達薩說。「可是充滿了愛。」

最引起伊勒德布蘭妲注意的是表妹過著孤單的生活。她對費米娜·達薩說，她覺得她像個二十歲的老處女。她習慣分居各地的龐大家族，沒有人知道屋子裡究竟住了幾個人，或者每一次會有誰來一起吃飯，伊勒德布蘭妲無法想像跟她同年紀的女孩過著像在修道院裡的私生活。就是這樣：她從早上六點起床，到晚上熄滅寢室的燈，都是在浪費光陰。她的生活都是倚賴外面的步調。首先，在最後幾聲雞鳴過後，賣牛奶的小販會拉起門環叩門叫醒她。再來，輪到女魚販帶著一箱躺在海藻上奄奄一息的鯛魚來敲門，還有華麗裝扮的帕連格婦女，她們帶來了瑪麗亞下區的蔬菜和聖哈辛托的水果。接下來一整天，所有人輪番來敲門：乞丐，賣彩券的女孩，慈善修女，帶一大堆工具的磨刀匠，收購瓶子的，收購碎金子的，收購報紙的，假吉普賽女人，她們宣稱能用紙牌、掌紋、咖啡殘渣和澡盆水來算命。葛拉·普拉西迪亞整個禮拜都忙著開門和關門，跟他們說不需要，叫他們改天再來，或者從陽臺生氣地對他們大罵：「混帳，別再來打擾，我們已經買齊東西，什麼都不缺。」她代替了艾絲可拉絲蒂卡姑姑，那股熱情和逗趣模樣，讓費米娜·達薩將她和姑姑混淆，甚至喜歡上她。她的奴性很重。只要有空，她就會到工作間把白色衣物燙得完美無瑕，跟薰衣草一起收進衣櫃，她不只把剛洗好的衣服燙好和摺齊，連那些久沒穿而變舊的衣服也一併這麼處理。她對費米娜的母親費米娜·桑切茲的衣服也一樣小心維護，儘管她已經在十四年前去世。但是家裡作主的是費米娜·達薩。她下令該吃什麼，該買什麼，該怎麼處理每件事，她就是以這個方式決定屋子裡其實不需要作決定的生活。每當她洗完鳥籠，給鳥兒補充飼料，照顧不需要照顧的花朵過後，她就不知道該做什麼。自從被學校退學後，她經常從午覺睡到隔天才醒來。至於油畫課，不過是比較有趣的打發時間方式罷了。

自從艾絲可拉絲蒂卡姑姑被掃地出門後，她跟父親的關係就變得冷淡，不過父女倆找到不會打擾對方的生活方式。當她起床時，他已經去談生意。他很少不回家用午餐，但幾乎沒吃什麼，只要教區咖啡館的餐酒和小菜也就夠了。他也不吃晚餐：他們會把他的份裝在一個盤子，再用另一個盤子蓋上，留在餐桌上，不過他們知道他會等到隔天的早餐加熱再吃。他一個禮拜給女兒一次家用，他把花費算得精準，女兒則是審慎花用，不過若是碰上意外支出，他都樂意對她有求必應。他從沒跟她計較過半毛錢，也沒跟她要花費明細，但是她像是上宗教裁判所那樣，乖乖地繳交出去。他從不跟女兒提他的生意性質和狀況，也從沒帶她去看看他在港口的辦公室，那裡是禁止端莊淑女去的地方，即使在父母的陪伴下也不適宜。在當時，內戰沒那麼嚴重，羅倫佐·達薩在晚上十點的宵禁開始以後才會回家。回家前，他一直待在教區咖啡館玩任何能玩的遊戲，因為他是精通各類場所遊戲的高手。他回到家時總是神志清楚，沒吵醒女兒，雖然他每天早上醒來就是喝第一杯茴香酒，白天一直咀嚼熄滅的雪茄菸頭，再陸續喝上幾杯。然而，有一晚，費米娜．達薩感覺他走進屋內。她聽見樓梯傳來他喝醉酒的踉蹌腳步聲，他來到二樓走廊粗重的喘息聲，和他舉起手掌拍在臥室門上的聲音。她給他開門，看著他歪斜的眼睛和說話口齒不清，第一次感到害怕。

「我們完蛋了。」他說。「完全完蛋了，妳很快就會知道。」

他只說這樣，之後不曾再提起，也沒發生什麼事情證實他說的是不是真的，但那晚過後，費米娜．達薩發現自己在這個世界上非常孤單。她生活在一個社會的邊緣。她昔日的中學同學生活在一個禁止她進入的天堂裡，尤其是她遭到不光彩的退學之後。但是她也不是左鄰右舍的鄰居，因為他們不知道她的過去，只記得她是那個穿著聖母奉獻日中學制服的女學生。她父親的世界充滿走私販、碼頭工人，藏身在眾所皆知的庇護所的教區咖啡館戰爭犯，都是些孤獨的男人。最近這一年，她藉著油畫課暫時逃離拘禁的生活，得以稍微喘一口氣，因為老師希望集體上課，會把其他的女學生帶來縫紉室。但是這些女學生來自各個社會階層，家世背景不明，對費米娜．達薩來說，她們就像借來的朋友，友誼在每次上完課就跟著結束。伊勒德布蘭妲想要打開大門，讓屋子通風，帶來她的父親的樂師、鞭炮和煙火高塔，舉辦嘉年華舞會，一掃表妹委靡的精神，但她很快發現這是徒勞無功。原因很簡單：沒有人能邀請。

無論如何，是她把表妹帶進真正的生活。下午的油畫課結束後，她就要表妹帶她出門認識這座城市。費米娜．達薩讓她看從前跟艾絲可拉絲蒂卡姑姑每天走的那條路，弗洛雷提諾．阿里薩在小公園假裝讀書等她的那個靠背長椅，他跟蹤她的那幾條巷道，藏情書的地點，曾經是宗教裁判所監獄的令人毛骨悚然的建築，如今這裡在整修過後已經成為她恨之入骨的聖母奉獻日中學。她們爬上窮人墓園山丘，弗洛雷提諾．阿里薩曾在這裡依據風向拉奏小提琴，讓她能在床上聆聽，她們從這裡俯瞰整座歷史悠久的城市，殘破的屋頂和損壞的牆壁，淹沒在茂密的灌木叢間的堡壘廢墟，錯落在海灣裡的一串島嶼，沼澤附近的破爛棚屋，和一望無際的加勒比海。

平安夜，她們到大教堂參加雞鳴彌撒。費米娜站在當初能清楚聆聽弗洛雷提諾．阿里薩偷偷為她拉奏音樂的位置，讓她的表姊看，就在如同今夜的某個夜晚她跟他第一次近距離見面的正確位置，當時他那雙眸子充滿驚恐。她們大膽結伴前往抄寫員拱廊，買點心，在販售神奇紙張的商店逗留玩樂，費米娜．達薩對表姊指出，她第一次猛然發現她的愛情不過處在泡沫幻影的地方。她自己沒發現，她從住家到學校的每個步伐，城內的每個地點，她剛揮別的過去每一刻，若沒有弗洛雷提諾．阿里薩，是不會存在。伊勒德布蘭妲點醒她，但是她不肯承認，因為無論是好是壞，她絕不承認弗洛雷提諾．阿里薩是她人生唯一的波瀾。

在這段日子，城裡來了一個比利時攝影師，他在抄寫員拱廊樓上開了一間工作室，所有付得起費用的人都趁機想拍張肖像照。費米娜和伊勒德布蘭妲是最先拍照的一批客人。她們挖空了費米娜．桑切茲的衣櫃，瓜分了最鮮豔奪目的衣服、洋傘、節慶穿的鞋子、帽子，打扮成半個世紀前的貴婦。葛拉．普拉西迪亞幫她們穿上束身胸衣，教她們怎麼穿著克里諾林金屬裙襯走動，戴手套，扣好高跟短靴。伊勒德布蘭妲挑了一頂寬邊帽，上面插著的鴕鳥羽毛垂到後背。費米娜戴上比較現代感的帽子，上面綴著彩色石膏水果和硬襯布花朵。最後，她們看著鏡中的自己，像極了祖母那些銀版照片上的模樣，於是自嘲一番，然後再笑得半死，開開心心地出門去拍人生中最重要的照片。葛拉．普拉西迪亞從陽臺上，望著她們撐著洋傘穿過公園，盡力踩著高跟鞋，用盡全身力氣推著裙襯前進，就好像嬰孩坐在學步車裡面，她祝福她們，希望天主保佑她們順利拍好照片。

比利時攝影師的工作室前萬頭攢動，因為貝尼．山德諾正在拍照，近日，他在巴拿馬拿到了拳擊賽冠軍。他穿著拳擊褲，戴著手套，頭上頂著榮冠，要替他照相不容易，因為他得保持攻擊的姿勢長達一分鐘，盡可能放緩呼吸，可是他一擺出防守姿勢，他的崇拜者就爆出歡呼聲，最後他再也忍不住衝動，展示幾招拳擊術，取悅他們一番。輪到她們表姊妹時，天空已經烏雲密布，似乎隨時會下雨，但是她們還是任人塗上玉米粉，靠在一根石膏柱子上，她們就這樣保持不動，姿勢那樣自然，甚至超過了需要的時間。那是張定格在永恆的照片。當伊勒德布蘭妲活到將近百歲，在她的瑪利亞之花莊園過世後，他們在她的臥室鎖上的衣櫃裡發現那張照片，就藏在整疊飄著香味的床單之間，放在一起的還有一封被歲月抹去字跡的信，上面的思緒已變成化石。費米娜．達薩把她的那一張放在家族相簿的首頁許多年，後來不知道是在何時怎麼從相簿不翼而飛，後來經過一連串不可思議的巧合，到了弗洛雷提諾．阿里薩手中，那時兩人都已經過了六十歲。

當費米娜和伊勒德布蘭妲離開比利時攝影師的工作室時，抄寫員拱廊對面的廣場上都是人潮，連陽臺上都擠滿了人。她們忘了臉上還塗著玉米粉，嘴脣擦了巧克力色的香膏，服裝既不合流行，也不屬於這個時代。她們走在街道上時，受到一陣嘲弄的噓聲。她們遮遮掩掩，想躲開大家的訕笑，就在這時，幾隻泛著金色光澤的栗色馬匹拉著馬車，在人群中開路駛過來。噓聲戛然停止，帶著敵意的群眾也散去。伊勒德布蘭妲永遠都沒忘記，第一眼看到那個男人的印象，他踩在踏腳板上，頭戴大禮帽，身穿錦緞背心，舉止斯文，睜著一雙溫柔的眼睛，散發一股震懾全場的威嚴。

伊勒德布蘭妲從沒看過他，但馬上認出他來。費米娜．達薩跟她提過他，不過是意外提到，不帶任何特別意思，因為前一個月的某天下午，她看見馬車就停在卡薩杜埃羅侯爵古宅第的門廳口，不願意從那邊經過。她告訴她馬車的主人是誰，解釋她的反感從何而來，不過隻字不提他的追求。伊勒德布蘭妲忘了他。但是當她看見他出現在馬車門邊，一隻腳踏在地上，一隻腳踩在踏腳板上，就像故事一般的出場，她就不懂為什麼表妹那麼討厭他。

「請兩位上車吧。」胡維納爾．烏爾比諾醫生對她們說。「我送妳們去要去的地方。」

費米娜．達薩面露遲疑，但是伊勒德布蘭妲答應了。胡維納爾．烏爾比諾醫生站到地上，伸出手幫忙她上車，但幾乎沒碰到她的身體。費米娜別無選擇，只得跟在後面爬上去，一張臉羞得發燙。

她們家只在三個街區外。表姊妹沒注意胡維納爾·烏爾比諾醫生是不是交代了車夫什麼，不過應該是如此，因為過了半個多小時，馬車才到目的地。她們坐在主座，他面對她們坐著，背對馬車行駛的方向。費米娜轉過頭凝視窗外，整個人放空。伊勒德布蘭妲正好相反，她非常開心，烏爾比諾醫生看見她開心，更是開心了。當馬車一往前跑，她就聞到座位天然皮革的溫暖氣味，鋪設軟墊的馬車內給人隱蔽感，她說留下來住在這樣美好的地方也不錯。很快地，他們開始嬉笑，像老朋友一樣談天說笑，聊到玩起簡單的黑話智力遊戲，在每個音節插進一個說好的音節。他們假裝費米娜聽不懂，其實，他們不但知道她懂，還仔細聽著，所以他們才玩下去的。過了半晌，他們笑夠了以後，伊勒德布蘭妲老實說她再也受不了那雙短靴的折磨。

「很簡單哪。」烏爾比諾醫生說。「我們來比看看誰先脫掉。」

他開始解開靴子的帶子，伊勒德布蘭妲接受挑戰。這對她來說可不容易，身上胸衣的支架阻撓她彎腰，可是烏爾比諾醫生故意放慢動作，直到她從裙子底下拿出那雙短靴，像是從池塘釣到兩條魚，放聲大笑，並宣布她的勝利。這時，兩人看向費米娜，看見她恍若黃鸝的美麗輪廓，在火紅的晚霞襯托下清晰地勾勒出來。她為了三件事相當生氣：她不該忍受這樣的狀況，伊勒德布蘭妲舉止放蕩，她確定馬車無故繞圈子，拖延抵達時間。可是伊勒德布蘭妲就像脫韁野馬。

「現在我發現，」她說。「讓我覺得礙手礙腳的不是靴子，而是這個金屬鳥籠。」

烏爾比諾醫生知道她指的是克里諾林裙襯，趕緊抓住機會。「很簡單哪。」他說。「脫掉它。」他像個魔術師，一個快動作從口袋掏出手帕，蒙住自己的眼睛。

「我不看。」他說。

蒙住眼睛的那條手帕，襯得他在圓潤下巴留的黑鬍子和兩端細長的八字鬍間的嘴唇格外純潔，伊勒德布蘭妲感覺一陣恐懼襲來。她看了費米娜一眼，這次沒看到她生氣，而是她怕她真的脫掉裙子。伊勒德布蘭妲表情轉為正經，比手畫腳問她：「該怎麼辦？」費米娜．達薩同樣比手畫腳回答，如果她們不直接回家，她就要從行駛中的馬車跳出去。

「我還在等。」醫生說。

「您可以看了。」伊勒德布蘭妲說。

胡維納爾．烏爾比諾醫生摘下手帕後，發現她像變了一個人，於是明白遊戲結束了，而且結束得很糟糕。他做個手勢，車夫掉頭馬車，駛進福音公園，這時路燈管理員正在點一盞盞的路燈。所有的教堂都在誦唸三鐘經，伊勒德布蘭妲急忙下車，想到自己惹表妹不開心，覺得有些驚慌，她隨意握手，告別了醫生。費米娜也跟著握手，但是當她想抽回戴著緞面手套的手時，烏爾比諾醫生卻緊緊抓住她的中指。

「我在等您的回答。」他說。

於是，費米娜再使點力一抽，那隻空蕩蕩的手套便掛在醫生的手中，但她不期待能把手套討回來。她沒吃晚飯就倒頭睡覺。伊勒德布蘭妲則是當作什麼事也沒發生，在廚房跟葛拉・普拉西迪亞吃過晚餐後，進到臥室，用那與生俱來的幽默談起這天下午的意外插曲。她不諱言她對烏爾比諾醫生一見傾心，喜歡他的高雅氣質與和藹可親，費米娜沒作任何評語，但是已經放下不快的心情。突然間，伊勒德布蘭妲吐露心聲：當胡維納爾・烏爾比諾醫生蒙上眼睛，她看見粉紅的嘴脣露出閃亮的完美牙齒，心底湧起一股忍不住想要吻遍他的渴望。費米娜・達薩轉過身去面對牆壁，不帶任何冒犯地結束這個談話，應該說，她面露微笑說出一句真心真意的話。

「妳真賤！」她說。

她睡得非常不安穩，在夢中到處都看見胡維納爾・烏爾比諾醫生，看見他笑，唱歌，蒙著眼睛，齒間迸出藍色的火花，講著沒有規則的黑話嘲弄她，乘坐一輛不同的馬車爬上窮人的墓園。她筋疲力竭醒來，這時離天亮還有一大段時間，她就這麼醒著，閉著眼睛想著人生還有無數個年要活。之後，趁伊勒德布蘭妲洗澡時，她飛快地寫了一封信，飛快地摺好，飛快地塞進信封，趕在伊勒德布蘭妲出來以前，差葛拉・普拉西迪亞把信送去給胡維納爾・烏爾比諾醫生。那是一封非常有她風格的信，字不多也不少，信裡僅回答：好吧，醫生，要他跟她的父親談。

當弗洛雷提諾・阿里薩得知費米娜・達薩將要嫁給一個有錢的醫生，這個人出身名門，在歐洲受過教育，年紀輕輕便已獲得不凡的名聲，他就再也無法從委靡的狀態中振作起來。當崔絲朵・阿里薩發現兒子不說話也不吃飯，每晚在床上傷心欲絕地哭到天明，便想盡一切辦法安慰他，一個禮拜後，終於讓他肯再開口吃飯。於是她去找雷歐十二·洛亞薩談話，也就是三兄弟唯一還活著的那個，她沒有多作解釋，只是哀求他給姪子一份工作，要他在航運公司幹什麼差事都行，只要是在馬格達萊納河涇地某個偏遠的港口，在那裡信件跟電報到不了，也見不到任何人，無法得知來自這座墮落城市的消息。這位叔父考慮哥哥的遺孀的感受，最後沒能給他工作，因為嫂嫂單是知道丈夫有私生子這件事都無法忍受，不過替他在萊瓦鎮找了一個電報員的職位，那是一座如夢似幻的城市，離本城要二十天路程，地理位置比窗戶街還高將近三千公尺。

弗洛雷提諾·阿里薩對那次的療傷之旅一直印象模糊。每當他試著回憶時，都像隔著他的悲慘遭遇的迷霧，一如發生在那個時代的所有事情。當他接到派任的電報時，一點都沒有考慮接受，但是洛塔里歐·杜固特用他德國人的論點說服他，說他在公共行政部門的前途無量。他說：「電報員是明星職業。」他送給他一雙兔皮內裡的手套，一頂草原上戴的軟帽，和一件曾經在巴伐利亞高原上撐過冰冷的一月的絨毛領大衣。雷歐十二叔父送他父親曾穿過的兩套毛料西裝和幾雙雨靴，還給他一張搭下一班輪船的艙房船票。崔絲朵·阿里薩把衣服都改小，變成兒子能穿的尺寸，他的體格沒父親壯碩，身高也比德國人矮小許多，她還買了羊毛襪和衛生褲，好讓他能全副武裝抵抗高原上的寒冷氣候。弗洛雷提諾·阿里薩身心受創，帶著麻木的態度幫忙準備旅行，像個死人籌備著自己光榮的喪禮。他沒告訴任何人即將遠行，也沒跟任何人道別，他守口如瓶，一如當初只向母親透露壓抑在心中的秘密愛戀，但是就在出發的前夕，他賭上一條命，故意最後一次犯失心瘋。他在大半夜穿上隆重的禮服，到費米娜・達薩房間的陽臺下表演小提琴獨奏，拉著為她譜的愛情華爾滋曲，這是一首只有他們兩個才知道的曲子，也是那備受阻撓的三年的象徵。他邊拉邊低聲吟唱，淚水浸溼了小提琴，他滿心激昂，才剛拉響幾個節拍，街道上的狗就開始吠叫，接著全城的狗兒也跟著叫起來，但慢慢地，牠們安靜下來，陶醉在音樂之中，華爾滋結束後，籠罩一股超乎自然的靜謐。陽臺沒打開，也沒人探身看街上發生什麼事，連巡夜人也沒跟以往一樣拿著油燈前來向拉奏小夜曲的人敲詐。對弗洛雷提諾・阿里薩來說，這像是一道讓他放鬆的符咒，他把小提琴收進琴盒，頭也不回地沿著死寂的街道離去，他感覺並不是明天要離開，而是早在許多年前已經抱著一去不回的決心離開。

加勒比海航運公司有三艘一樣的船，為了紀念創辦人，他們將他搭乘的那艘重新命名：皮歐・金托・洛亞薩號。這艘船就像一棟漂浮在水上的屋子，一共兩層木頭建築，蓋在寬敞和平坦的鐵殼船身上面，吃水最多五十呎深，因此能盡量應付變化多端的河床。最老的一批船是在世紀中葉時在辛辛那提製造，這種傳奇款式是依據俄亥俄河跟密西西比河的水上交通訂做，兩側都有螺旋槳，靠木柴燃料的鍋爐推動。就像這些老船一樣，加勒比海航運公司的船的蒸汽機和廚房是設在底層甲板上，幾乎靠近水面，大型雞籠也在這裡，船員的吊床掛在同樣地方，高高低低交叉掛了好幾層。在頂層甲板上有駕駛室，船長和高級船員的艙房，一間交誼廳，和一間飯廳，身分高貴的旅客起碼會接受一次邀請，到這兒來用晚餐跟打牌。中層甲板有兩排共六間的頭等艙，中間隔著一條走道，走道也當公用飯廳使用，在船頭有間客廳，面對著河面，設置了雕花木頭欄杆和鐵柱，到了夜晚，普通的旅客會在這兒掛上他們的吊床。但是這些船跟老船不同的是，船身兩側並沒有螺旋槳推進器，只倚賴船尾巨大的平行舵槳，而且就在旅客甲板上那臭氣沖天的廁所下方。七月的某個星期日早上七點，弗洛雷提諾·阿里薩登上了船，但他沒像那些第一次旅行的人一樣本能想出來探索輪船。日落時分，當船隻經過卡拉馬爾，他到船尾去解尿，從廁所的孔洞瞥見巨大的槳片在腳下攪動，激起的泡沫發出火山般的巨響和熱燙的蒸汽，他才回神到自己目前的處境。

他從未出門旅行。他帶著一只白鐵行李箱，裡頭裝著高原穿的衣物，幾本加上厚紙板書套的插圖小說，和幾本背得滾瓜爛熟的愛情詩集，小說是他從買來的月刊拆下來裝訂成冊的，而詩集已經翻到快要解體。他把小提琴留在家中，因為那把琴跟他不幸的愛情深深地結合在一起，不過他的母親逼他帶上鋪蓋捲，這是非常普遍和實用的睡覺必需品，包括了一個枕頭，一條床單，一個合金尿壺，和一頂針織蚊帳，用一張蓆子把所有的東西包起來，再用兩條龍舌蘭繩子捆好，遇到緊急意外時，可以掛起吊床使用。弗洛雷提諾·阿里薩不想帶，他認為艙房已經有攤開的床，這些東西根本派不上用場，但是他從上船的第一晚就不由得再次感激母親的先見之明。原來，最後一刻，省長親自陪著一個身穿大禮服的旅客登船，他在當天凌晨才剛搭一艘從歐洲來的船隻抵達。他想要跟妻子和女兒立刻繼續旅程，他們還帶了一個穿制服的僕人和七個費盡千辛萬苦才從樓梯勉強搬上去的金邊行李箱。船長是個身材魁梧的古拉索人，他為了安置幾位臨時上船的旅客，試著喚起船上土生白人的愛國情操。他操著一口混合帕皮阿門托語的西班牙語，向弗洛雷提諾·阿里薩解釋穿大禮服的男人是新上任的英國特命全權大使，正要前往共和國的首都，並提醒是那個國家提供關鍵物資，幫助他們脫離西班牙的統治獨立，因此，只要能讓如此尊貴的一家人在這個國家感覺比在祖國受到尊重，任何犧牲都微不足道。當然，弗洛雷提諾·阿里薩就讓出了他的艙房。

一開始，他不覺得可惜，因為在一年的這個時期，河水量相當充沛，最初兩晚，輪船並沒有顛簸的狀況。每天下午五點的晚餐過後，船員會發給旅客帆布摺疊床，每個人找地方打開床，把鋪蓋捲鋪在上面，再掛好針織蚊帳。有吊床的人就到客廳把吊床掛好，沒有的人就裹著整個旅途只換過兩次的桌布睡在飯廳的桌上。大多數夜裡，弗洛雷提諾·阿里薩輾轉難眠，恍惚間，他在河面涼爽的微風中聽見費米娜·達薩的聲音，藉著對她的回憶排遣他的孤獨。黑夜裡，船隻像是龐大的動物大步前進，呼吸聲參雜了她的歌聲，就這樣，一直到天邊出現最初幾道泛紅的晨光，剎那間，新的一天在荒涼的牧草地和霧氣籠罩的沼澤上空綻放。這時，他感覺這趟旅行再一次證明了母親的智慧，於是他打起精神，要藉著遺忘繼續人生。

然而，過了平靜無波的三天，輪船遇上了出乎意料的沙洲和暗藏的漩渦，前進開始顯得困難。河水變得混濁，進入一片巨大樹木交錯的熱帶雨林後，河道越來越窄，偶爾只看見茅草屋和一堆堆給船上鍋爐燒的柴火。鸚鵡和長尾猴躲在看不見的地方大聲啼叫和吵鬧，似乎讓正午變得更加悶熱。但是到了夜晚，船不得不綁在岸邊，這時，單單連活著這件事都難以忍受。除了悶熱和蚊子，還有曬在欄杆上的醃肉發出的惡臭。大多數的旅客，尤其是歐洲人，紛紛離開彌漫垃圾臭味的艙房，到甲板上打發夜晚時光，他們來回走動，拿著手帕驅趕各種蚊蟲，同樣的那條手帕也拿來不停擦汗，天亮後，他們個個筋疲力竭，身上因為蚊蟲叮咬而腫脹。

此外，這一年除了自由黨派分子和保守黨派分子之間斷斷續續的內戰外，還爆發一次衝突，船長為了船上的秩序和旅客的安全，採取非常嚴格的預防措施。他禁止當時旅途中最受歡迎的娛樂，那就是射擊爬上大片沙地上曬太陽的短吻鱷，為的是避免任何誤會跟挑釁。之後，一些旅客在一場爭吵中分為敵對兩派，他便沒收每個人的武器，保證會在抵達終點時如數歸還。他鐵面無私，即使是面對英國大使也不為所動，旅程隔天，這個英國人就在天亮後穿著獵裝出現，他拿著一把精密的卡賓槍和一把雙管獵槍，準備獵殺老虎。當船過了特內里費的港口後，管制變得更加嚴格，在那個港口，他們遇到一艘升起代表瘟疫的黃色旗幟的船。船長沒有關於那個警告標誌的進一步消息，因為那艘船並沒有回應他發出的信號。但是就在同一天，他遇到另外一艘載著牲畜前往牙買加的船，對方告訴他，那艘插著瘟疫旗幟的船上有兩名霍亂病患，這個傳染病在他們接下來要航經的河流沿岸肆虐。於是他禁止旅客下船，包括接下來的幾個港口，和靠岸補充柴火的荒蕪人煙區域。就這樣，在接下來的旅程到目的地港口，一共整整六天時間，旅客染上了監獄的陋習。比如，心思不正地觀看一盒荷蘭色情明信片，這盒明信片在大家手中傳來傳去，卻沒人知道從何而來，不過每個老船員都心知肚明，那不過是船長傳說中的一樣收藏而已。但是這種漫無目的消遣最終只是加深大家的煩悶。

弗洛雷提諾・阿里薩忍受著旅途的艱困，就是同樣這種堅強的意志使母親傷心落淚，朋友氣急敗壞。他沒跟任何人打交道。他坐在欄杆前打發時間，觀賞大片沙地上曬太陽的短吻鱷，牠們一動也不動，張著嘴巴捕捉蝴蝶，一群受到驚嚇的蒼鷺突然從沼澤間飛起，海牛用巨大的乳房哺育幼崽，而牠那像女人的哭聲嚇得旅客目瞪口呆。他曾在一天內，看見河面漂浮著三具屍體，每一具都腫脹發綠，上面停著好幾隻黑美洲鷲。最先漂來的是兩具男屍，其中一具沒有頭，後來漂來的是一具年紀很小的小女孩屍體，那彷彿女妖美杜莎的頭髮在船的航跡中載浮載沉。他永遠都不知道他們是死於霍亂還是內戰，因為這是不可能知道的事，但是那股令人作嘔的濃濃臭味卻永遠地汙染了他記憶裡對費米娜・達薩的回憶。

一直都是這樣：只要發生事件，不論是好是壞，多少都跟她有關。夜裡，當他們把船綁在岸邊，大多數的旅客會到甲板上不停地走動，他則坐在飯廳的瓦斯燈下，翻閱幾乎已熟背在心的插畫小說，只有這裡的燈會一直點到天亮。當他把現實生活中認識的人取代小說中的虛構人物，經過不斷重讀小說的劇情會再一次重拾最初的魔力，而他總是讓自己和費米娜・達薩扮演難成眷屬的男女主角。有些夜晚，他會寫些心碎的信給她，最後把信紙撕成碎片扔進河中，讓滾滾的河水把信息帶去給她。他就這樣度過最難熬的時間，有時他會化身害羞的王子或愛情騎士，有時回到自己飽受摧殘的皮囊，和被遺忘的情人角色，直到微風開始吹拂，就到欄杆邊的安樂椅坐下來打盹兒。

有一晚，他比平常還早闔上書，心不在焉地往廁所走去，空蕩蕩的飯廳中卻有一扇門打開，擋住了他的去路，一隻手像老鷹的爪子抓住他的襯衫袖子，把他關進一間艙房。對方是個女人，他不知道她的年紀，只在漆黑中感覺對方一絲不掛，皮膚覆蓋熱燙的汗水，呼吸紊亂，她將他推倒在床上，鬆開他的腰帶，解開他褲子的鈕扣，整個人跨坐在他的身上，不光彩地奪去他的童貞。兩人掙扎著，墜落無底深淵，空氣彌漫著蝦子聚集的海濱沼澤氣味。之後，她躺在他的身上半晌，無聲無息地喘氣，最後消失在黑暗中。

「現在，走吧，然後忘掉這件事。」她對他說。「這件事從沒發生過。」

這個突襲迅速而成功，不可能只是一時無聊的瘋狂舉動，而是花費時間計畫的結果，甚至仔細地琢磨了細節。弗洛雷提諾·阿里薩得出這個確定的結論後，一方面受寵若驚，一方面心焦氣躁，他在情欲攀抵峰頂時，感覺到他不敢相信的新發現，他甚至不願是真的，那就是世俗的激情竟能取代他對費米娜·達薩的夢幻愛情。於是，他鍥而不捨地想找出那位侵犯他的性愛大師，或許他能從她獵豹的本能找到解藥，治癒他的不幸。但是並沒有如願。相反地，他越是深入調查，越是離真相更遠。

突擊是發生在最後的那間艙房，可是跟倒數第二間有一扇門相通，因此，可以當作一間四張床鋪的家庭房。投宿在那裡的是兩名年輕女子，一名風韻猶存的婦人，還有一個只有幾個月大的嬰孩。她們是在巴蘭科德洛瓦登船，這個港口是蒙波斯的貨物集中地和旅客搭船的地點，因為，那個城市的河水變化無常，已經不在蒸汽輪船的路線上。弗洛雷提諾・阿里薩會注意她們，純粹是她們帶著一個大鳥籠，孩子就睡在裡面。

她們盛裝打扮，彷彿登上的是正流行的遠洋輪船，絲質的裙子底下還穿著裙襯，戴著一圈輪狀縐領和寬邊帽，帽子上面綴著硬襯布花，那兩名年輕女人一天換好幾次整套的衣服，因此，當其他旅客在酷熱中窒息時，她們似乎置身在替自己打造的春天時光裡。她們三個精於使用洋傘和羽毛扇，但是就跟當代所有的蒙波斯女人一樣，難以摸清楚她們的意圖。弗洛雷提諾・阿里薩連她們之間的關係都搞不清楚，不過毫無疑問，她們是一家人。一開始，他以為婦人可能是其他兩位的母親，但後來發現她年紀沒大到當她們的母親，此外，她戴半孝，其他兩位卻沒有。他不認為她們其中一個敢在其他人睡在隔壁床時做出那種事，唯一合理的猜測是她逮到一個恰巧的時機，或者那個時機是經過安排，她當時是一個人在艙房。他查證其中兩個有時會出去透氣，在外面待到很晚，第三個留下來照顧孩子，但是有一晚特別燠熱，她們三個帶著孩子一塊出去，孩子睡在藤編鳥籠裡，還用一頂紗帳罩住。

儘管線索一團亂，弗洛雷提諾・阿里薩依然馬上推翻三人中年紀最長的婦人是突襲主謀的可能性，接著也排除年紀最小也最漂亮和大膽的那位。他這麼做並沒有可靠的理由，只是因為在緊張不安地監視她們三個過後，他想要把心底一股怪異的渴望當真，那就是希望曇花一現的情人會是那位關在籠子裡的孩子的母親。這個推測深深吸引他，於是他開始對她朝思暮想，不再那麼思念費米娜・達薩，一點也不理會那位母親近來只以孩子為生活中心。她頂多二十五歲，身材纖細，一頭金髮，一雙葡萄牙血統的眼睛，讓她看來顯得更遙不可及，男人只求分到一絲她對孩子傾注的溫柔，也會心滿意足。從早餐到晚上睡覺，她都在大廳裡照顧孩子，其他兩個女人則是玩跳棋，每次哄他入睡，她就會把鳥籠掛在天花板，離欄杆比較通風的位置。但是，她也沒因為孩子睡了而放鬆，她會一邊搖鳥籠，一邊低聲唱著情歌，思緒飛到天外，遠離乏味的旅途。弗洛雷提諾．阿里薩想像著她的表情遲早會洩漏線索。他毫不掩飾，視線越過假裝正在閱讀的書，藉著那條垂掛在她薄麻上衣上的盒式項鍊墜的節奏起伏，觀察她的呼吸變化，飯廳裡，他會刻意換位子，面對她坐著，行為大膽無禮。但是，他始終沒發現任何蛛絲馬跡，證明她跟他共享這個秘密。他唯一從她身上查到的，是比她年紀小的那位女伴喊了她不帶姓氏的芳名：羅莎爾芭。

到了第八天，船吃力地航行在一段狹窄的地帶，河水湍急，兩邊是大理石岩壁，午餐後，船停靠在納雷港。有幾個旅客在這裡下船，繼續旅程前往安蒂奧基亞省內地，這個省是受到最近內戰影響最嚴重的省分之一。港口一共有六間棕櫚屋和一間鋅皮木頭倉庫，聽說反叛分子計畫前來打劫船隻，於是，好幾支打赤腳的軍隊駐守在這裡保護，但是他們的武器裝備極為簡陋。屋子的後面矗立高聳雲天的相連山峰，山崖上鑿刻著一條馬蹄形小徑。大家在船上都睡得不安穩，但是那晚沒發生打劫，天亮後，港口搖身變成星期日市集，印第安原住民來這裡兜售他們的象牙果護身符和愛情藥水，還有一群群牲口隊，就要踏上六天的旅程，前往中央山脈的蘭花雨林。

弗洛雷提諾．阿里薩看著黑人背著從船卸下的貨物來解悶，他看見一箱箱的中國瓷器，要送到恩維加多給未出嫁女孩的一架架三角鋼琴，這時，他才在上岸的旅客中瞥見羅莎爾芭的身影，但已經太晚。他看見她們側坐在坐騎上，穿著騎士靴和拿著熱帶色彩的洋傘，於是，他踏出過去幾天都提不起勇氣去做的一步：跟羅莎爾芭揮手道別，那三名女子同樣以揮手回應，那種親切讓他心痛，後悔太晚做出大膽行動。他凝視她們從倉庫後面繞過去，跟在後面的騾子馱著衣箱、帽盒，和小孩的鳥籠，不久，他看見騾子像是一排螞蟻搬運工，爬上攀在山崖上的小路，從此消失在他的人生裡。這時，他感覺自己孤零零地處在世界上，這幾天來一直在旁虎視眈眈的費米娜・達薩的回憶，對他伸來致命的一擊。

他知道她會辦個轟動的婚禮，而他這個最愛她的人，這不得不永遠一直愛她的人，卻連為她殉情的權利都沒有。他原本靠著哭泣宣洩的妒意，此刻占據了他的靈魂。他乞求天主，在費米娜・達薩斗膽為愛宣誓，願意服從一個只是娶她為妻來當社交花瓶的男人時，一道伸張正義的閃電能劈中她，他陶醉地想像新娘的另一個版本，只屬於他，不屬於任何人，她仰躺在教堂的幕石上，四周圍繞著沾染死亡露珠的橘子花，而頭紗像是泡沫傾瀉而下，散落在主祭臺前方的十四個大理石石棺上。然而，當這種復仇的想像消失之後，他立刻後悔自己這麼惡毒，於是他看見費米娜・達薩站起來，毫髮無傷，雖然已經屬於別人，卻還活著，因為他無法想像這個世界沒有她的存在。他再也睡不著，偶爾坐下來吃點東西，是因為看見費米娜・達薩的幻影坐在桌邊，或者相反，他不認為她值得自己為她禁食。有時，他安慰自己，相信費米娜・達薩在醉人的婚禮宴會上，在蜜月最激情的夜晚，至少會有一刻，無論如何一定有那麼一刻，她的腦海會浮現那位遭到嘲弄、羞辱、唾棄的男友，幸福將會消失無蹤。

就在抵達卡拉科利的港口前夕，也就是旅程即將結束之際，船長舉辦了一個傳統的歡送會，他的船員組成管弦樂隊獻上演出，還從駕駛室燃放色彩繽紛的煙火。大不列顛特命全權大使拿出堪稱典範的毅力，通過沿途艱辛的考驗，既然不能拿獵槍，便改用相機捕捉動物的身影，而且他每天晚上都身著禮服到飯廳，但在最後的歡送會上，他穿上麥克塔維什宗族的蘇格蘭服飾出現，自在地吹起風笛，教所有想學他們民族舞蹈的人跳舞，天色破曉之前，大家不得不幾乎是用拖的把他帶回艙房。弗洛雷提諾·阿里薩痛苦而沮喪，他躲到甲板比較偏僻的角落，連狂歡會的喧鬧都聽不到，他披上洛塔里歐·杜固特的大衣，試著抵抗從骨頭發出來的冰冷。他早上五點就醒來，像個死囚在刑決的當天清晨醒來，而他唯一做的事，就是每一分鐘都在揣想費米娜·達薩婚禮中的每個細節。後來，當他返鄉，才發現自己根本搞錯日期，一切也不如若他的胡思亂想，他甚至很有自知之明地取笑了自己的癡夢。

但無論如何，那個禮拜六他的情緒激昂沸騰，最後，再一次陷入瘋狂的想像，恍惚間，似乎看見那對新婚夫妻偷偷從一扇假門溜走，去恣意享受他們的新婚之夜。有人看見他燒得打哆嗦，便去告訴船長，船長丟下歡送會，帶著船醫去找他，生怕他染上霍亂，謹慎起見，醫生要他到船上的隔離室，並開給他大量的鎮靜劑。然而，到了第二天，當卡拉科利港口的礁岩出現在遠處，他的燒退了，精神異常興奮，因為鎮靜劑發揮冷卻情緒的效用，讓他毅然決然地下定決心，管他什麼前途無量的電報員工作，他卻要搭原船返回他在窗戶街的老家。

由於在上一班船讓出艙房給維多利亞女王的代表，當他要求搭船回去時並不是件難事。船長也試圖用電報員是屬於未來科學的行業為理由苦勸，他甚至告訴他，目前正在研發可以裝在船上的電報系統。可是他聽不進任何理由，最後，船長只好帶他返航，但不是因為艙房的人情債，而是他很清楚他跟加勒比海航運公司的關係。

順流而下花不到六天時間，凌晨時分，當船駛進梅西德塞斯湖，弗洛雷提諾・阿里薩看見了一排捕魚的獨木舟的燈火在輪船激起的波浪中蕩漾時，終於有一種回到家的感覺。當他們停泊在迷失孩童灣，天色還沒亮，這裡離海灣還有約五十公里，在疏通和使用舊時的西班牙人航道之前，曾是蒸汽輪船的最後一站停靠港。船上的旅客得等到清晨六點，才能搭上租用的接駁小艇，載他們前往目的地。但是弗洛雷提諾・阿里薩實在太迫不及待，便提早一大段時間搭乘郵務小艇先走一步，因為郵局的員工認出他是同事。下船之前，他忍不住做了一個對他來說具象徵意義的動作：把鋪蓋捲丟進水中，目送這個東西穿越那些看不見的漁夫的火把之間，直到漂離潟湖，消失在大海裡。他相信有生之年不會再需要用到。永遠不會，因為他永遠都不要離開費米娜・達薩居住的城市。

天色破曉時，海灣平靜無波。弗洛雷提諾・阿里薩的視線越過繚繞的霧氣，看見被晨曦染成金色的大教堂圓頂，看見屋頂上的一座座鴿舍，順著鴿舍而去，找到了卡薩杜埃羅侯爵古宅第的陽臺，他猜，他的悲劇女主角還依偎在心滿意足的丈夫的肩膀上打盹。他想到這兒便心碎不已，但他非但沒有壓抑這種感覺，反而苦中作樂。太陽開始曬熱，郵務小艇駛進一艘艘停泊的帆船之間，像是進入了一座迷宮，空氣中彌漫著公共市集的數不清的氣味，夾雜水底的腐臭味，混成了一種惡臭。來自里奧阿查城的縱帆船剛剛抵達，幾組搬運工站在淹到腰部的水中，接住下船的旅客，並背著他們到岸邊。弗洛雷提諾．阿里薩一馬當先，從郵務小艇跳上岸，從這一刻開始，他不再聞到海灣的惡臭，城內只剩下費米娜．達薩的獨特氣味。一切聞起來都是她的氣味。

他沒有返回電報室工作。他唯一感興趣的似乎只有連載的愛情小說和大眾圖書館的書，他的母親繼續買給他，他則是躺在吊床上反覆閱讀，直到背得滾瓜爛熟。他甚至沒問小提琴在哪兒。他重新聯絡比較親近的朋友，有時他們會一起打撞球，或者在大教堂廣場拱門長廊上的露天咖啡館談天說地，但是他不曾再去禮拜六的舞會，沒有她，他覺得跳舞索然無味。

從那次半途而廢的旅程回來的同一天早上，他聽說費米娜．達薩正在歐洲度蜜月的消息，心頭一驚，篤定她將會永遠定居在那裡，如果不是住上一輩子，也可能會是很多年。這樣確定的想法讓他燃起想要遺忘她的希望。他想著羅莎爾芭，當其他回憶開始沉澱下來的同時，對她的回憶開始熾烈燃燒。就是在這段時期，他開始蓄起兩端抹膠的八字鬍，往後餘生不曾剃掉，他像變了個人，而想要用新愛取代舊愛的想法，讓他走上出其不意的幾條路。慢慢地，費米娜．達薩的氣味不再無所不在，也不再那麼濃烈，最後只殘留在白色的梔子花上。

他就像無根的浮萍，不知道該從哪裡繼續人生，內戰時期的某個夜晚，有名的拿撒勒寡婦驚慌失措地逃到他家，因為在叛軍將軍李加多・塔依坦・歐培索圍城期間，她的家被炮火擊中倒塌。崔絲朵・阿里薩抓緊這個天外飛來的機會，藉口她的臥室沒有多餘空間，要她去兒子那裡，但其實是希望另一段愛情能治癒令他無法活下去的舊愛創傷。自從那次在船上被羅莎爾芭奪去童貞，弗洛雷提諾・阿里薩不曾再有過肉體關係，像這樣急難降臨的夜晚，他自然認為該把床讓給寡婦，自己睡吊床。但是寡婦已經替他作出決定。她坐在床邊，弗洛雷提諾・阿里薩則躺在床上不知該做什麼，她開始談起三年前丈夫過世時的難忍悲痛，與此同時，她慢慢地剝掉衣物，把寡婦的黑縐綢扔到半空，甚至摘下了婚戒。她脫掉綴著串珠的塔夫綢上衣，丟到房間角落的安樂椅上，把胸衣往後丟到床的另外一側，一把扯掉及地的長裙和荷葉邊外裙，綢緞束腰吊襪帶，和守喪的黑襪子，衣物散落一地，直到她僅存的哀痛覆蓋了整個房間。她是這麼開心地寬衣解帶，甚至刻意停下來幾次，突襲軍隊的隆隆炮聲，撼動整座城市地基，彷彿正替她的每個動作歡慶。弗洛雷提諾・阿里薩想幫她解開胸罩的鉤扣，但她動作靈巧，搶先他一步，因為她努力經營了五年的婚姻生活，早已學會如何獨自完成在床上恩愛的每個環節，連前戲都不用人幫忙。最後，她脫下蕾絲內褲，像游泳的一個快動作滑水那樣，將內褲從雙腿褪下去，最後一絲不掛。

她二十八歲，生過三個孩子，但是那胴體還保持著婚前的魅力。弗洛雷提諾・

阿里薩永遠都不了解，那一身悔罪服是怎麼掩蓋住這匹狂野的小母馬的本性，她情欲高漲，剝光他的衣服，她在丈夫面前從不敢這樣，以免他會以為自己是個蕩婦，她懷著過了五年忠誠婚姻生活的驚愕和迷惘，試圖抓住個機會，想一次滿足在嚴格的守喪期間的禁欲。她打從娘胎出來到這一晚之前，從沒跟丈夫以外的人上床。

她沒讓內疚破壞興致。而是相反。炮彈飛過屋頂，發出聲響，她被吵得無法入眠，繼續回憶丈夫的種種美好，她並不責怪他的不忠，只怪他不是在她身邊嚥下最後一口氣，但是她深深相信，如今丈夫躺在一口用十二根三吋釘子釘牢的棺材裡，埋在地底下兩公尺深的地方，要比以往都還屬於她，於是才終於感覺釋懷。

「我很幸福。」她說。「因為現在我非常清楚他不在家的時候，是在哪裡。」

這一晚，她一口氣脫掉喪服，省去換穿灰色花衣裳的緩衝期，突然間生活充滿情歌和金剛鸚鵡或蝴蝶印花的花稍洋裝，並且開始獻出肉體給跟她索求的人。圍城六十三天後，李加多．塔依坦將軍的軍隊吃了敗仗，她重建被炮火炸毀的屋子，在防波堤上蓋了一座美麗的看海露臺，每當暴風雨來臨的季節，可以望見驚濤拍岸。她稱這是她的愛的小窩，這個名字並沒有任何嘲弄意味，在這裡，她只在想要的時候，用想要的方式，接待對她口味的人，不收分文，因為她認為是自己從這些男人身上得到好處。非常少數幾次，只要不是黃金，她會接受禮物，她分寸拿捏得如此妥當，沒有人能掌握她行為不檢的確切證據。只有一次，她差點鬧出公開的醜聞，那次，謠傳大主教丹堤．德魯那不是誤食一盤菇類送命，而是故意吃下的，因為她以自刎相逼，要他不要再褻瀆聖靈，繼續糾纏不清。沒人問過她那是不是真的，她自己從沒提過，也沒因此改變她的生活。她曾經捧腹大笑說自己是全省唯一自由的女人。

即使在百般繁忙的時候，拿撒勒寡婦也從不拒絕跟弗洛雷提諾．阿里薩的偶爾約會，她不抱任何愛上他或被他愛上的冀求，不過她總是希望找到類似愛情卻沒有愛情煩惱的其他東西。有時候，是他到她家，這時他們喜歡在看海露臺上，被海水泡沫淋得全身溼透，凝視黎明時刻世界在地平線的那頭甦醒。他使出渾身解數，想傳授她那些從夜度旅館偷窺孔看過的取悅男人的花招，以及在那些玩樂的夜晚，洛塔里歐．杜固特吹捧的理論公式。他慫恿她讓別人欣賞他們享受魚水之歡，改變那些傳教士一般的傳統體位，換成海上腳踏車，或者烤雞，或者被肢解的天使，當他們在吊床上嘗試發明不同的招數，吊床的掛繩卻斷裂，害他們險些斷送性命。這些指導根本是白費力氣。其實，她是個不畏困難的學徒，只是在學習性愛方面，缺乏最起碼的一丁點天分。她永遠都不了解在床上保持冷靜的樂趣，從未有過靈感乍現的瞬間，她的高潮總是來錯時間，而且像是做做樣子，這是枯燥無味的交歡。弗洛雷提諾．阿里薩一直以為自己是她唯一的男人，她也樂於見他這麼以為，直到許久過後，她很不幸地說了夢話。慢慢地，他拼湊出一張她睡夢的航海圖，穿梭在她隱密私生活的無數島嶼之間。就這樣，他發現她無意嫁給他，但是離不開他，因為她無比感恩他引出她墮落的一面。她曾多次對他說：

「我珍愛你，因為是你讓我變成娼妓。」

從另一方面來說，她並不是沒有道理。弗洛雷提諾·阿里薩奪去了她在傳統婚姻中保持的貞潔，這要比掠奪童貞或引誘寡婦失節還要嚴重。他還教她，只要能讓愛情保鮮，所有在床上做的事都不算違背道德。從那之後，有些東西變成她繼續人生的理由：她相信一個人來到世界上能享受的性愛次數有限，不把握的話，不管是因為自己還是他人，是自願還是被迫，都會白白錯失。她的優點是對他言聽計從。然而，弗洛雷提諾·阿里薩自認比任何人了解她，所以不明白為什麼她這樣一個女人，沒有什麼內涵，而且在床上不斷聊著丈夫死去帶來的痛苦，會這麼受到歡迎。他想到的唯一解釋，不可否認，是拿撒勒寡婦的溫柔足以彌補床上功夫的不佳。漸漸地，他們比較少見面，她擴展了她的領域，他探索著自己的領域，試著想在其他破碎的心找到抒解舊日傷痕的慰藉，最後他們毫無痛苦地忘記彼此。

這是弗洛雷提諾·阿里薩第一個床上戀情。但是他非但沒像母親期盼的那樣，跟寡婦固定下來，雙方反而都利用了這個機會盡情探索人生。弗洛雷提諾·阿里薩發明了一些不可思議的方法，儘管他氣質陰鬱，骨瘦如柴，而且穿著打扮像是另一個時代的老先生，卻有兩個有利的優勢。一個是他眼光精準，儘管在人群之中，他還是能立刻認出哪個女人正在等待像他這樣的男人，儘管如此，他在獻殷勤時仍是萬般謹慎，因為再也沒有比被拒絕還要難堪和備感羞辱的事。他的另一個優勢是，她們會馬上認定他是渴望愛情的孤獨者，是淪落街頭的窮人，猶如被棒打的狗一般卑微，這使她們毫無條件臣服在他的腳下，別無所求，不期待從他身上得到什麼，只求幫助他，讓良心得到平靜。這是他僅有的武器，他帶著武器出征，打了絕對保密的歷史性戰役，他以一種公證人的嚴謹，在筆記本上寫上鎖碼的紀錄，混在眾多筆記本中，一眼就能從上面的標題認出：她們。他的第一筆紀錄是拿撒勒寡婦。五十年過後，當費米娜·達薩從婚姻的枷鎖解脫之後，他已經累積了二十五本筆記本，一共六百二十二筆維持長久的愛情紀錄，不包括數不清的短暫冒險，因為那些都不值得仁慈地記上去。

跟拿撒勒寡婦瘋狂地愛戀六個月之後，弗洛雷提諾·阿里薩相信自己已走出費米娜·達薩帶來的痛苦。他不只相信，還在她蜜月旅行的將近兩年期間，跟崔絲朵·阿里薩談過幾次，他就這麼相信，享受那無邊無際的自由，直到一個災難降臨的禮拜天，他在毫無心理準備之下，突然間看見她，當時她剛望完大禮彌撒，挽著丈夫的手，身邊圍繞著新世界的人，他們對她既是好奇又是讚賞。那些名門貴婦曾瞧不起她，嘲笑她是個外地來的無名小卒，如今她們降服於她的魅力，希望她能成為她們的一分子。她帶著充分的準備，扮演起上流社會的醫生太太，因此，弗洛雷提諾·阿里薩猶豫了半晌，才認出她來。她已經變了一個人：成人的穿著打扮，高跟短靴，插著某種東方鳥類的彩色羽毛的面紗帽，她身上的一切是不同而從容的，彷彿天生一直是如此。他發現她從未像此刻這般美麗和青春洋溢，卻也離他更加遙遠，他不懂究竟是怎麼一回事，直到瞥見她絲質長袍下的肚子曲線：她已經懷孕六個月。然而，他印象最深刻的，是她跟夫婿組成一對人人稱羨的神仙眷侶，兩人在這個世界如魚得水，彷彿超越了現實的困難障礙。弗洛雷提諾·阿里薩既不吃醋也不生氣，他只是深深地瞧不起自己。他自覺可憐、醜陋、卑微，不只配不上她，更配不上地表上的任何女人。

就這樣，她回來了。她回來了，但絲毫不後悔人生發生了天翻地覆的變化。恰好相反：在熬過艱苦的前幾年後，更不覺得後悔了。她到新婚之夜仍帶著些許的懵懂，因此這是值得讚賞的。她是在那趟到表姊伊勒德布蘭妲居住的省分的旅行中，才開始褪去天真。在巴耶杜帕爾，終於明白為什麼公雞會追著母雞跑，目睹驢子粗野地交合，看見小牛出生，聽到表姊妹自然而然地談論家族內有哪幾對夫妻還享受性愛，哪幾對儘管還住在一起，卻在什麼時候已經不這麼做了。她是在這段時間開始獨自享受性愛，她有種怪異的感覺，好似本能一直以來都知道這種事，起先她是在床上，總是屏住呼吸，以免被同住在一個臥室的其他六位表姊妹發現，之後是放鬆地躺在浴室的地板上，用兩隻手，披頭散髮，還抽著剛嘗試的腳夫抽的那種細雪茄。她總是帶著內疚這麼做，一直到婚後才放下這種感覺，而且總是絕對保密，而她的表姊妹卻會誇耀一天幾次達到高潮，甚至會說用哪種方式和強烈的程度。然而，儘管受到這種最初的儀式的引誘，她仍繼續相信失去童貞是一種血淋淋的獻祭。

因此，對她來說，那場上個世紀末最吸引目光的婚宴，是災難降臨的前夕。她深深擔憂蜜月旅行，遠遠超過了這樁婚姻引起的社交醜聞，在那幾年，像醫生那樣的美男子不超過兩個。自從在大教堂的大禮彌撒發布結婚公告後，費米娜．達薩又開始收到匿名信，有些甚至以死威脅，但是她只是隨便看過，因為她所有的恐懼都著眼在那即將發生的強暴。儘管她是無心，這麼做卻是處理匿名信的正確方法，從歷史上的嘲弄來看，這個階層的人早已習慣在面對木已成舟的現實前低頭。於是，隨著婚禮變成既成的事實，那些針對她的敵意也就紛紛消失了。她注意到這件事，是發現那些跟在身旁獻殷勤的女人，那些被關節炎和妒恨折磨得發青和憔悴的臉，慢慢有了轉變，有一天，她們想通自己的詭計無效後，便在沒有事先通知的情況下，突然帶著烹飪食譜和祝福的禮物，出現在福音公園，彷彿是來到自己的家。崔絲朵·阿里薩認識那個世界，但只有那麼一次，她感到切身之痛，因為她知道她的顧客每逢隆重節慶的前夕，會上門來央求她拿出她們的罐子，把典當的珠寶借她們，只要二十四個小時，而且願意支付額外的利息。罐子裡的珠寶全借光了，這已經是很久沒發生的盛況，那些姓氏長長一串的貴婦走出她們陰暗的聖殿，戴上借來的自身珠寶，珠光寶氣地現身在這個世紀最盛大的婚禮上，婚禮的至高榮耀是請來拉法耶爾·奴涅茲博士主婚，他曾當過三任共和國總統，是個哲學家、詩人和國歌作詞者，這些都已記載在當時最新的百科全書。費米娜·達薩挽著父親的手，走到大教堂主祭臺，這天他那身禮服給人受敬重的錯覺。在光榮的聖三主日這一天早上十一點，她站在大教堂的主祭臺前，在一場三位主教主持的彌撒中永遠地嫁作人婦，一點也不曾憐憫地想起弗洛雷提諾·阿里薩，此刻他正在那艘無法載他到遺忘之地的輪船甲板上，燒得神志不清，就要為她死去。她從婚禮開始到婚宴結束，臉上始終掛著似乎被化妝品固定的微笑，有些人把這個僵硬的表情認定是勝利的諷刺微笑，但其實那只是新婚處女想要掩飾內心恐懼的差勁技巧罷了。

幸運的是，一些出乎意料的狀況，加上夫婿的體貼，讓她在前三晚毫無痛苦地度過了。真是天主保佑。受到加勒比海的惡劣天氣影響，法國大西洋海運公司的船隻航線被打亂，原本是三天後的船班卻宣布要在二十四小時內提前啟航，因此，跟六個月前原訂的路線不同，不是在婚禮隔天出發前往拉羅歇爾，而是在婚禮當晚。每個人都以為改船期是婚禮多重的可愛驚喜之一，因為婚宴變成在燈火通明的遠洋輪船上舉辦，而且直到午夜過後才落幕，現場還有來自維也納的管弦樂隊，他們將在這趟旅程中首次演奏小約翰·史特勞斯最新創作的華爾滋舞曲。因此，當幾個喝香檳喝到醉醺醺的伴郎都不停問著服務生，是不是有空的艙房能讓他們繼續一路狂歡到巴黎時，便被他們憂心忡忡的妻子拖上岸。最後下船的幾個人，在港口的酒吧前看見羅倫佐·達薩坐在大街地上，那身禮服已經撕爛。他聲嘶力竭地痛哭，像是阿拉伯人為死去的親人哭泣一樣，他坐的地方有一窪腐臭的水，可能就是他的眼淚積成的。

不管是海象惡劣的第一晚，或是航程接下來風平浪靜的幾晚，或是往後漫長的婚姻生活，都沒發生費米娜·達薩害怕的殘暴場面。儘管輪船很大，船艙相當豪華，上船的第一晚卻像重演了搭乘里奧阿查城的縱帆船的恐怖經驗，她的丈夫拾起細心的醫生角色，他整夜安慰她，一刻都沒合眼，這是一個太過出色的醫生所知道唯一能減緩暈船的方式。第三天，在過了瓜伊拉港口之後，暴風雨平息下來，這時他們相處了那麼多時間，聊了那麼多事情，已經感覺像是老朋友。第四晚，當兩人回到各自的日常生活步調後，胡維納爾·烏爾比諾醫生驚訝地發現，他的年輕妻子竟然睡前不禱告。她向他坦白：修女的雙面行為，讓她排斥表面上的儀式，但是她的信仰是完整的，而且她學會了默默保持信仰。她說：「我比較想跟天主直接溝通。」他理解她的理由，從此兩人各自照自己的方式信仰同樣的宗教。他們的訂婚時間很短，在那個時代來說非常不合禮數，因為烏爾比諾醫生每天黃昏會去她家看她，而且沒有人在一旁監看。她不許他在主教祝福之前碰她，連摸手指頭都不行，而他從沒那樣試過。第一天風平浪靜的晚上，他們一起躺在床上，但是都還穿著衣服，他開始伸手愛撫，動作非常小心，當他建議換睡衣時，她覺得理所當然。她去浴室換衣服，進去之前，關掉艙房的燈，當她換好睡袍出來時，她拿了布塞住門縫，想在伸手不見五指的漆黑中回到床邊。當她這麼做時，還心情愉快地說：

「你打算做什麼？醫生？這可是我第一次跟一個陌生人睡覺。」

胡維納爾．烏爾比諾醫生感覺她鑽到他的身邊，像個受到驚嚇的小動物，在一張兩個人躺在上面很難不碰到對方的床上，試著盡可能離遠一點。他牽起她怕得抽搐的冰冷小手，跟她手指相扣，幾乎是在她耳畔低聲呢喃他那些其他的海上旅行回憶。她的身體再一次變得僵硬，因為回到床上後，她發現他已經趁她在浴室時把衣服全都脫光，於是她又開始恐懼起下一步。但是這個下一步拖了好幾個小時，因為烏爾比諾醫生繼續非常緩慢地述說回憶，為的是一寸一寸得到她的身體的信任。他跟她談巴黎，談在巴黎發生的愛情，談巴黎的情侶會在大街上，在公車上，在夏季燠熱的空氣中，咖啡廳鮮花圍繞的露天廣場上，聽著手風琴哀怨的音樂親吻，他們也在塞納河畔的碼頭上做愛，不會有人來打擾。他在黑暗中邊聊，邊伸出手指撫摸她頸子的曲線，她手臂上的細毛，和她閃躲的肚子，當他感覺她的緊繃退去，才第一次試著想掀起她的睡袍，但是她那股天生的衝動阻止了他。她說：「我知道該怎麼做。」於是，她自己脫掉睡袍，然後就僵在原地，要不是稀疏的光線勾勒出她在黑暗中的輪廓，烏爾比諾醫生恐怕會以為她已經不在那裡。

過了半晌，他再一次抓住她的手，這次他感覺手變暖了，也放鬆許多，但是覆蓋著細小的汗珠，還是溼的。他們再一次安靜下來，一動也不動，他正在尋找踏出第一步的好時機，而她正在等他，卻不知道他會從哪裡開始，這時房間隨著她越來越急促的呼吸變得更漆黑。突然間，他鬆開她，往前一跳：他伸出舌頭開始舔溼中指，用指腹出其不意地輕輕劃過她的乳尖，她感覺電流通過，彷彿他碰觸的是她的一根神經。她很高興四周一片漆黑，否則他一定會看到她熱辣辣的臉頰，顫抖竄遍了全身直抵髮根。「不要緊張。」他用非常冷靜的語調對她說。「別忘記，我看過的。」他感覺她笑了，她的聲音在黑暗中聽來甜美而陌生。

「我當然記得。」她說。「我的氣還沒消呢。」

這時，他知道兩人已經往前跨出一步，於是他再次牽起她那寬而軟綿的手，撒落點點細碎的吻，沿著節骨分明的手背，敏感修長的手指，透明的指甲，到汗溼的掌心上訴說她命運的掌紋。她不知道自己的手是怎麼摸上了他的胸膛，碰到一個不確定是什麼的東西。他對她說：「這是修道士的肩衣。」她撫摸那片胸膛上的細毛，接著五根手指頭抓住茂密的草叢，想要連根拔起。「再用力一點。」他說。她加重力氣，但是拿捏在不會傷害他的範圍，接著她的手去尋找他那被黑暗吞沒的手。但是，他不想跟她手指相扣，而是抓住她的手腕，用一種無形的力量帶著她的手往正確的方向探向他的身體，直到她感覺到某種赤條條的野獸的滾燙氣息，雖然看不到形體，卻知道牠挺立在那裡。她沒抽回手，也沒僵在他鬆開她的手的位置，這不但出乎他的想像，也是她無法想像的，她把身體和靈魂交給聖母瑪利亞，咬緊牙根，就怕自己忍不住嘲笑自己的瘋狂，她開始透過觸摸來辨識她昂首挺立的敵人，認識牠的大小，那根莖的力量，那延伸出去的兩翼，她害怕牠的傲然，卻也同情牠的孤獨，她深深感到好奇，一寸寸地去熟悉牠，如果她的丈夫不是一個專業醫生的話，別人恐怕會錯以為她在愛撫。他使盡最後一絲力氣，讓他的命根子忍住那要命的探索，直到她像個孩子般淘氣地鬆開牠，彷彿把牠扔進垃圾堆裡。

「我從來不懂這是怎麼樣的東西。」

這時他搬出他那套教學方法，向她認真地解釋，然後帶著她的手觸摸他提到的地方，她讓他牽著手，就像個乖乖的模範生。就在恰當的時間點，他提議點燈比較容易解釋這些東西。正當他打算點燈時，她擋住他的手臂並說：「我用手看比較清楚。」其實她希望點燈，不過應該要她來做，而且絕不能是下命令的，最後也如她所願了。燈突然點亮後，他看見她像胎兒般蜷縮成一團，身上蓋著被單。但他也看見她毫不扭捏，再一次抓起引她好奇的野獸，拽到右邊又拽到左邊，帶著已經超越科學家的興趣仔細觀察，最後她下結論：「怎麼會這麼醜，比女人的還要醜。」他同意這一點，而且他還指出其他比醜陋還要嚴重的不便。他說：「這個東西就像長子，人為他工作一輩子，為他犧牲一切，在面對現實的那一刻，卻我行我素。」她繼續檢視，問這個是做什麼的，那個是做什麼的，當她認為懂得差不多了，就雙手捧起牠掂掂重量，她證實連重量也微不足道，於是帶著鄙視的表情放開，讓牠跌落。

「而且，我覺得牠有很多不必要的東西。」

他目瞪口呆。他的畢業論文原本是這個提案：簡化人類器官的好處。他認為人的器官已經過時，有很多沒用或重複的功能，對於人類歷史上的其他時代可能不可缺少，對我們的時代來說可以不需要。沒錯，可以簡化一點，這樣一來也就不會那麼脆弱。他下結論：「當然，這是天主才能做的事，但無論如何，就讓牠維持在既有的理論範圍吧。」她開心地笑了，那模樣是那麼自然，他便趁機抱住她，第一次吻上她的嘴唇。她回應了他，他繼續在她的臉頰、鼻子、眼皮印下非常輕柔的吻，同時把手伸進床單底下，輕輕地愛撫那覆蓋著平直毛髮的飽滿陰部：如同日本女人的陰部。她沒有拉開他的手，但是她的手處在防備狀態，以免他再前進一步。

「我們不要再上醫學課了。」她說。

「不。」他說。「這堂要上的是性愛課。」

於是他掀開她身上的被單，而她非但沒有反抗，還兩腳猛然一踢，把床單踢離床鋪，因為她已經熱得快受不了了。她的身體凹凸有致，皮膚有彈性，遠比穿上衣服還要真實許多，而且身上散發一種山野動物的氣味，讓人能從世界上的所有女人中辨識出她來。她在光線下顯得柔弱無助，雙頰因為血液突然間沸騰而燒紅，她唯一想到的掩飾方法，是抱住她的男人的脖子，深深地吻他，非常用力，直到耗盡所有可以呼吸的空氣。

他很清楚自己不愛她。他娶她是喜歡她的高傲，她的嚴肅，她的堅毅，也因為他自己的一絲虛榮心，但是她在第一次吻他的那瞬間，就有把握沒有任何障礙能阻擋他們譜出一段完美的愛情。在這個第一晚，他們無所不聊到天明，唯獨沒聊到愛情，往後也不曾聊起。但是最後，他們兩個都是對的。

天色發亮時，兩人都睡著了，但是她還是處女身，不過並沒有太久。事實上，隔天晚上，當他在加勒比海的滿天星斗的夜空下，教她跳維也納圓舞曲之後，他跟在她後面去了浴室，當他回到艙房時，發現她一絲不掛地在床上等他。她採取主動，把自己獻給他，不再感到恐懼和痛苦，只有在外海上冒險的興奮，床單上沒有血淋淋的儀式，只有留在上面象徵榮譽的玫瑰。彷彿奇蹟一般，兩人做得很順利，而且夜以繼日地做，在接下來的旅程中越來越有默契，當抵達拉羅歇爾時，他們已經對彼此相當熟悉，像是一對老情人。

他們停留在歐洲，落腳在巴黎，也到鄰近國家短程旅行。在這段期間，他們天天在床上歡愛，冬季的禮拜天甚至超過一次，待在床上親吻和愛撫，直到午飯時間。他是個精力充沛的男人，而且經過良好訓練，她的個性則是容不了人占便宜，因此，他們在床上共享主導權。火熱恩愛三個月過後，他明白他們其中一個不孕，所以兩人到他曾經實習的硝石庫慈善醫院，接受一連串嚴格的檢查。這是個非常難熬但毫無成果的努力。然而，奇蹟就在出乎意料和沒有仰賴科學的幫忙下降臨。當他們返鄉時，費米娜．達薩已經懷孕六個月，她相信自己是世界上最幸福的女人。他們期待已久的兒子就在水瓶座的月份平安誕生，他們替他取了死於霍亂的祖父的名字，來紀念他。

很難說清楚，究竟是歐洲還是愛情讓他們變得不同，因為這兩件事同時發生。兩種都有影響，而且仔細探究，不只是改變他們，還改變每個人，就像弗洛雷提諾．阿里薩在那個災難降臨的禮拜天，當他看見返鄉兩個禮拜的費米娜．達薩在望完彌撒出來時的發現。他們返鄉時，帶回了新的生活觀念，一籮筐的世界新知，準備好要引領風潮。他獻出文學、音樂，尤其是他最在行的科學最新成果。他訂了《費加洛報》，以免跟現實世界脫節，也訂了《兩個世界評論》，以免跟詩詞脫節。而且，他還跟他在巴黎的書商約好，把最多人閱讀的作家作品寄給他，比如安那托爾．佛朗士和皮耶．羅逖，以及他最喜歡的作家作品，比如雷．德．古爾蒙和保羅．布爾熱，但是無論如何都不要寄左拉的作品，因為他認為儘管左拉為屈里弗斯事件勇敢地發聲，作品依舊讓人難以忍受。這位書商還保證會把李柯第出版社目錄中最吸引人的樂譜寄給他，尤其是室內樂，這樣一來，他就能保住父親做為城內音樂推廣人士的好名聲。

一向不看重流行的費米娜．達薩帶著六個行李箱回來，裡面裝滿不同時代的衣服，因為她並沒有看上那些名牌。她曾經在寒冬去杜樂麗花園，參加傲視高級訂製時裝的設計師沃斯的新系列發表，唯一的收穫卻是染上支氣管炎，臥床五天。她認為拉菲耶爾的設計比較沒那麼浮誇和狂傲，但她最聰明的決定是橫掃二手商店裡她最喜歡的衣服，儘管丈夫驚恐地發誓說那都是死人的衣服。同時，她帶回來一堆沒有牌子的義大利鞋子，因為她並沒有那麼愛菲利那些著名的誇張造型鞋子，也帶回來一把杜浦伊洋傘，紅得像地獄之火，給了我們容易大驚小怪的社會新聞記者可以好好發揮的題材。她只買了一頂赫布斯夫人的帽子，裝了一個衣箱的假櫻桃串，盡可能搜刮到的毛氈花束，鴕鳥羽毛、孔雀羽冠和亞洲公雞的尾巴羽毛，整隻的雉雞、蜂鳥和各種數不清的異國珍禽標本，有正在飛的，啼叫的，奄奄一息的：所有的這些東西在過去二十年都拿來裝飾帽子，好讓同樣的帽子變換不同樣貌。她帶回了一套來自世界不同國家的扇子，每一把都有所不同，適用在各種場合。在春天的風還沒吹散巴黎慈善集市燒成的灰燼之前，她去了那裡的香水舖，從眾多的香水中挑出一瓶迷人的香水，但是只用過那麼一次，因為她認不出噴上香水的自己。她也帶回一個化妝盒，那是誘惑市場的新玩意兒，她是第一個會帶化妝盒參加節慶的女人，在當時，僅是在公共場所簡單補妝，都被視為不得體的動作。

此外，他們帶回三段難以磨滅的回憶：巴黎那場《霍夫曼的故事》盛況空前的首演，聖馬可廣場對面發生的恐怖大火燒毀了所有威尼斯的貢多拉船，他們就在旅館的窗前心痛地目睹事發經過，以及在一場一月的初雪，與奧斯卡・王爾德有過匆匆的一面之緣。在這些跟其他眾多的回憶中，胡維納爾・烏爾比諾醫生保留了一段他惋惜永遠都沒跟妻子分享的回憶，因為那是發生在他巴黎的學生時代。這個回憶有關維克多．雨果，除了作品外，他還享有感人的聲譽，因為據說他曾經說過，哥倫比亞的憲法不是為人類組成的國家制定的，而是為天使的國家，但是沒有人真的親耳聽他說過。從那之後，他對雨果特別崇拜，到巴黎來的眾多同胞，大部分的人都渴望見到他。其中有六個學生，胡維納爾．烏爾比諾醫生是其中之一，他們在雨果位於德艾勞大街的住家對面，在聽說他一定會去卻從來沒出現過的咖啡館，站崗一段時間，最後他們以黑河憲法天使之名，寫信向他請求私人會面。他們從沒收到回信。某一天，當胡維納爾．烏爾比諾偶然經過盧森堡花園前面，竟看見雨果被一個年輕女人攙扶，從參議院出來。他看上去老態龍鍾，步伐沉重，他的鬍子跟頭髮不像照片裡那樣充滿光澤，身上穿的大衣似乎屬於其他體型比較魁梧的人。他不想莽撞地打招呼，破壞這份回憶，他只要這一幕一輩子都覺得近乎不真實的畫面，就已經足夠。當他婚後回到巴黎，希望以比較正式的方式見面時，雨果卻已經過世。

或許胡維納爾和費米娜共享的其中一段回憶還能充當安慰，那是個下雪的午後，有一小群人冒著暴風雪聚集在卡布辛大道上的一間小書店前，引起他們的好奇，原來是奧斯卡．王爾德在裡面。最後，他走出店外，果真風度翩翩，但或許他自己太過注意這一點，那群人圍著他，請求他在書上簽名。胡維納爾醫生停下腳步，只是想看看他，可是他那個性衝動的妻子想穿越街道，因為手邊沒書，她想請他在她認為唯一恰當的地方簽名：她的一隻修長、光滑和柔軟的羚羊皮手套，手套的顏色跟剛嫁作人婦的她膚色是一樣的。她相信像他那樣高雅的男人會欣賞這樣的要求。她的丈夫斷然反對，當她仍不顧他的理由想試試看的時候，他簡直羞得無地自容。

「如果妳真要穿過這條街道，」他對她說。「等妳回來時，會發現我已經死了。」

這是她的天性。結婚還沒滿一年，她就跟小時候在那荒涼的聖胡安省謝納加市一樣，到哪兒都是那樣隨興，彷彿天生就知道怎麼做，而且她善於跟陌生人打交道，這一點讓丈夫目瞪口呆，她還有一個不可思議的天賦，不論在哪裡，她都能用西班牙語跟來自任何地方的人溝通。「想賣東西，當然要懂語言。」她笑著嘲弄。「如果只是想買東西，每個人都會設法聽懂妳要什麼。」儘管巴黎總是陰雨綿綿，很難想像有人能像她這麼迅速和開心地融入當地的日常生活，甚至學會從回憶去喜歡它。然而，她返回家鄉時，已經被堆積過多的經驗壓得喘不過氣來，加上旅途困頓，和因為懷孕而昏昏沉沉，當有人在港口問起她覺得歐洲的種種美好是如何時，她用加勒比海黑話，把那麼多個月幸福的生活用四個字總結：

「虛有其表。」

4

那天，當弗洛雷提諾．阿里薩在大教堂的門廊上看見懷有六個月身孕的費米娜．達薩，以及她正在稱職地扮演著貴夫人的新角色時，便狠狠地下定決心，要賺到配得上她的名聲和財富。他甚至根本不去考慮她已經嫁人，這是不恰當的，因為他同時決定胡維納爾．烏爾比諾醫生得死，彷彿這件事是由他來定奪。他不知道該是何時，該用什麼方法，但是他認為這是勢必會發生的事件，並著手計畫，他決心不要著急，不要衝動，即使要等到天荒地老。

他從頭開始。他沒有事先通知，就出現在加勒比海航運公司的董事長和總經理叔父雷歐十二的辦公室，並表示願意恭候他的差遣。叔父十分不滿他白白糟蹋了在萊瓦鎮的前途光明的電報員工作，但還是相信了他的解釋，那就是人生下來永遠不會維持不變，而是會隨著人生一次次不斷地被迫重生。此外，哥哥的遺孀已經在前一年帶著入骨的怨恨過世，身後沒有留下繼承人。於是他給了這個飄泊在外的姪子一份工作。

這個決定相當有雷歐十二．洛亞薩典型的風格。在他無情商人的軀殼裡面，藏著一個瘋狂的天才，因此能讓瓜希拉沙漠冒出甘泉，也可以讓他在名人顯貴的隆重葬禮上，用令人肝腸寸斷的歌聲唱出〈在這寂靜的墓中〉，讓淚水氾濫。他有著一頭鬈髮，如同牧羊神的肥厚嘴脣，只差一把豎琴和一頂桂冠，看起來就會跟基督教傳說中縱火者尼祿一模一樣。平日他得管理他的那些輪船，儘管破舊不堪，卻逃過命運的劫難，至今還在水上服務，此外還得處理每天最迫切的航運問題，剩餘的時間全花在增加他的抒情曲目。他最喜歡做的事莫過於在葬禮上唱歌。他有一副搖櫓工的嗓子，沒受過什麼正規的訓練，卻有令人驚豔的音域。曾有人告訴他，恩里科·卡魯索能用聲音的力量打破花瓶，於是他花了幾年時間仿效他，甚至想打破窗戶玻璃。他的朋友到世界各地旅行時，特意找了些質地比較輕薄的花瓶給他，並為他舉辦同樂會，希望他最終能實現夢想。他從沒成功。然而，在他洪亮的聲音裡藏著一絲柔情，能讓聽眾心碎，完全不輸偉大的卡魯索震碎水晶雙耳瓶，這一點讓他在葬禮備受敬重。他只有一次失誤，那一次他以為唱〈在榮光中醒來〉是個好點子，這是一首來自路易斯安那州的輓歌，美麗而教人寒毛直豎，但是神父請他別唱，因為他不容許路德教派的歌曲侵入他的教堂。

就這樣，他在一片唱歌劇和那不勒斯小夜曲的歡呼聲中，憑藉創作的天賦和做生意的不屈不撓精神，變成內河航運業黃金時期的名人。他跟他的兩個已故兄長一樣是白手起家，儘管身上烙著私生子的印記，始終沒有認祖歸宗，仍然達成自己的夢想。他們是當時人稱的「出身卑賤的貴族」，他們的聖殿是商業俱樂部。然而，當雷歐十二叔父擁有了能夠過著像羅馬皇帝一樣生活的財富時，他卻為了方便工作，依然住在老城區，生活十分節儉，住在一間相當簡陋的屋子裡，從沒拿掉大家加在他身上的、有失公平的吝嗇稱號。但是他唯一的奢侈也很簡單：一間面海的屋子，離辦公室不遠，沒有什麼家具，只有六張手工藝板凳，一個木頭濾水器，和一張掛在露臺的吊床，禮拜天，他會躺在這裡想事情。當有人稱他是富人時，他比任何人都還要準確地定義自己。

「不是富人。」他說。「我是個有錢的窮人，這是不一樣的。」

他這種怪異的性子，曾有人在一場演說中稱讚是一種頭腦清楚的瘋狂，因為如此，他在弗洛雷提諾·阿里薩身上瞬間看到在這之前跟之後都沒人看到的東西。從他以二十七歲一無所成的年紀，拖著可憐兮兮的外表，第一天出現在辦公室請求給他一份工作開始，他就以嚴格的軍隊管理制度來考驗他，那足以折煞意志最堅強的人。可是他沒嚇跑他。雷歐十二叔父從沒懷疑，姪子的剛強，不是來自他想生存下去，也不是他遺傳了父親苛刻的冷漠，而是追求愛情的野心，在這個或其他世界沒有任何阻礙能加以擊退。

前幾年非常難熬，他被任命為董事長的抄寫員，這似乎是為他量身打造的職位。雷歐十二叔父的昔日音樂老師洛塔里歐·杜固特建議他任命姪子擔任抄寫的工作，因為他大量閱讀文學，一刻也不覺得累，儘管所讀的優秀作品沒有比糟糕的作品來得多。雷歐十二叔父並沒有理會他指出姪子閱讀的品味差，因為洛塔里歐·杜固特也曾說他是他歌唱得最差的學生，然而，連墓園的墓碑都為他的歌聲落淚。無論如何，德國人講對了一件他沒留意的事，那就是弗洛雷提諾·阿里薩寫任何東西都帶著澎湃的情感，連公文都寫得像情書。儘管努力避免，他寫的貨物清單都帶著韻腳，而例行的商業書信欠缺威信，帶種抒情的味道。有一天，叔父出現在辦公室，親自拿來一個他甚至沒勇氣簽上自己姓名的郵包，然後給他最後一次拯救靈魂的機會。

「如果你沒辦法寫好商業書信，就只能去碼頭撿垃圾了。」他對他說。

弗洛雷提諾．阿里薩接受了挑戰。他傾盡全力，學習簡單的世俗商業用文，模仿公證文件的範文，一如從前那樣勤奮地模仿流行詩詩人。在這段時期，他在閒暇時間會去抄寫員拱廊，幫忙那些大字不識的戀人撰寫帶著香味的情書，抒發在海關用文無用武之地的滿心情話。但是六個月後，不管他多麼努力，還是沒能扭斷心中那隻頑固不冥的天鵝的脖子。因此，當雷歐十二叔父第二次反駁他時，他認輸了，但是帶著些許傲氣。

「我只對愛情感興趣。」

「糟糕的是，」叔父對他說。「沒有河運，就沒有愛情。」

他做到了他撂下的威脅，派他去碼頭撿垃圾，但是跟他保證，如果表現良好，會一步步將他升上來，直到他找到適合自己的位置。情況就是這樣。他沒被任何一種工作擊敗，不管多麼艱難或卑賤，他沒有因為薪水微薄而感到沮喪，在面對上司的傲慢無禮時，也不曾片刻失去基本的冷靜沉著。但是他並非如外表那般天真無知：凡擋在他的人生道路上的人，都嘗到那錯誤的決定所帶來的苦果，因為在他軟弱的外表下，任何事都做得出來。正如雷歐十二叔父的預見和期望，他摸透了公司的全部秘密，三十年來，憑著奉獻的精神和努力不懈，經歷各種職位的考驗。他在每一種工作上都展現了令人敬佩的能力，他研究這一片與詩詞結構類似的神秘網絡的每根細線，但終究沒贏得他渴望的勳章，那就是寫出一封合格的商業書信：一封就好。他並非刻意，但在不知不覺中以他的人生證明了父親的理論，他的父親到嚥下最後一口氣時仍在說，沒有人比詩人還要具備價值的判斷力，具備石匠的固執，具備經理的精明和危險。雷歐十二叔父經常在心情輕鬆的時刻，跟他談起他的父親，給他一種父親不像企業家而是夢想家的印象。

叔父告訴他，皮歐．金托．洛亞薩把辦公室變成不只是工作的地方，還另做其他比較歡樂的用途，他總是在禮拜天藉口要接船或是派船，離開家來到這裡。而且：他派人在設置倉庫的院子裡裝了一個不再使用的小吊鍋和汽笛，要人依照航行的暗號鳴笛，以免他的妻子正等著聽節笛音。雷歐十二叔父算了算，很有把握弗洛雷提諾．阿里薩是在一個悶熱的禮拜日下午，在一間沒關好的辦公室桌上懷上的，當時他父親的妻子還在家等著聽永遠不曾啟航的輪船。當她發覺這件事時，木已成舟，無法跟丈夫討回公道，因為他已經過世。她比他多活了很多年，飽受膝下無子的痛苦折磨，她在禱告中向天主祈求永遠詛咒那個私生子。

弗洛雷提諾．阿里薩對這種形象的父親感到震驚。他的母親跟他提起他時，總像在談一個志不在從商的偉大男人，他最終會從事河運生意，是因為他的大哥跟內河航運先驅，德國海軍準將胡安．貝爾納多．埃爾博特有著相當密切的合作關係。他們兄弟都是私生子，母親是同一人，做為廚娘的她跟不同的男人生下他們，兄弟繼承了母親的姓氏，名字是依照聖徒祭日表隨機選出的教宗名字，只有雷歐十二叔父被取了他出生當時在位的教皇名字。崔絲朵·阿里薩的兒子則是跳過上一代的教宗，直接繼承了他們外公的名字弗洛雷提諾。

弗洛雷提諾一直留著父親的一本筆記，裡面寫的是愛情詩，有幾首以崔絲朵·阿里薩為靈感，每一頁都畫上破碎的心當作裝飾。他對兩件事感到驚訝。一是父親的筆跡跟他的一模一樣，而他是從一本課本的眾多字體中，挑選最喜歡的一種學來的。另一件事情是，他發現他的父親早在他出生的許久之前，便寫下一句屬於他的格言：我對死亡唯一感到的痛苦，是並非為愛而死。

他也看過父親僅有的兩張照片。一張是在聖達菲拍的，他看起來非常年輕，像是他第一次見到父親的那個年紀，他裹著一件大衣，彷彿變成一頭熊，靠在一個雕像被截斷只剩綁腿的底座旁。站在他身邊的小不點是戴著船長帽的雷歐十二叔父。另外一張照片是他的父親跟一群游擊隊員，不知道是在那麼多內戰中的哪一場，他拿著最長的獵槍，從畫面就能感受到從八字鬍飄出煙硝味。他跟其他兩個兄弟一樣，是自由黨派分子，也是共濟會成員，然而，他卻希望兒子進神學院。弗洛雷提諾·阿里薩不覺得他們父子如大家說的那樣相像，但是雷歐十二叔父說，皮歐·金托寫的文件也被指責帶著抒情味道。總之，相片中的父親跟他不像，回憶中的父親跟真實的不一樣，母親描繪的父親經過愛情美化，雷歐十二叔父口中的父親因為殘忍的戲謔而變樣。然而，多年以後，弗洛雷提諾·阿里薩終於找到了相似處，當他站在鏡子前面梳頭時，才恍然大悟當一個人開始感覺自己變老，是因為他開始變得像父親。

他想不起父親曾出現在窗戶街。他想，他知道父親曾有一段時間在那裡過夜，當時他跟崔絲朵·阿里薩剛開始交往，但是自從兒子生下後，就不曾再去找她。對我們來說，洗禮證書不管過了多少年時間都是證明身分的有效工具，弗洛雷提諾·阿里薩的證書是在聖托里比奧的教區教堂發出，只記錄他是一個名叫崔絲朵·阿里薩的單身私生女的私生子。上面沒有父親的名字，然而，他在暗中照顧兒子的所需，直到在世的最後一天。弗洛雷提諾·阿里薩的社會地位，讓他進不了神學院，也讓他在最腥風血雨的內戰時期逃過兵役，因為他是一個單身母親的獨生子。

他曾經在每個禮拜五的放學後，坐在加勒比海航運公司的辦公室對面，讀著手中的動物繪本，那本書經過那樣多次翻閱已經脫頁剝落。他的父親沒有看他，直接走進辦公室，臉上的表情一如祭壇上的傳福音者約翰，身上的毛料禮服，應該就是後來崔絲朵·阿里薩修改給他的那一套。許多個小時之後，他走了出來，小心避開車夫的視線，交給兒子一個禮拜的費用。他們沒交談，不是因為做父親的沒試過，而是兒子怕他。有一天，他比平常等得還久，父親拿給他幾枚硬幣，對他說：

「拿去，以後別再來了。」

這是他最後一次見到父親。但是隨著時間過去，他知道了比父親小十歲的雷歐十二叔父繼續送錢給崔絲朵·阿里薩，當皮歐·金托·洛亞薩因為誤診的結腸炎過世後，叔父開始負責照顧他的母親，他的父親並沒有留下隻字片語，也沒替獨生子做出有利的安排：一個在外頭生的兒子。

弗洛雷提諾．阿里薩在加勒比海航運公司當抄寫員發生的悲劇，是他因為無法停止思念費米娜．達薩，也從沒學會寫東西時不想她，所以無法擺脫抒情味道。之後，當他調到其他工作，內心的愛多到氾濫，不知道如何是好時，便去抄寫員拱廊，免費替那些大字不識的情侶寫情書，把愛送給了他們。下班後，他就去那裡。他慢條斯理地脫下禮服，戴上防止弄髒襯衫的袖套，解開背心的鈕扣，讓自己好好思考，有時他會留到非常晚，寫些瘋狂的情書，鼓勵無助的人。偶爾，他會遇到與兒子發生摩擦的可憐母親，不放棄索討退休金給付的戰爭老兵，一個被偷東西卻想向政府抱怨的人，不過弗洛雷提諾．阿里薩再怎麼努力也無法使他們滿意，因為他寫的都是令人動容的情書。他對新來的客人甚至不問問題，因為他光看他們的眼白，就能知道他們處境，替他們寫下一頁又一頁大膽的情書，他有一套包準不會出錯的寫情書公式，那就是想著費米娜．達薩，只要想著她就行了。第一個月過後，他得製作預約表，以免自己被戀人的哀愁淹沒。

他對那段日子最愉快的回憶，是一個非常害羞的女孩，幾乎只是個小女孩，她發著抖求他寫一封回信，她剛剛收到一封無法拒絕的信，弗洛雷提諾．阿里薩認出那封信是他前一天下午寫的。他根據女孩的年紀和情感，模仿她的筆跡，換了一種不同的方式寫回信，他知道該怎麼依照每個人的個性，為每種場合換不同的寫法。他替女孩寫信時，想像著如果費米娜．達薩喜歡他，就如同這個柔弱無依的女孩一樣喜歡她的追求者，可能會回給他怎麼樣的信。當然，兩天過後，他又得按照第一封的筆跡、風格和愛意的類型回信，就這樣，他跟自己展開一場熱烈的通信。不到一個月，他們倆個別來跟他道謝，因為他在男方的信中求婚，在女方的回信中熱烈答應：他們要結婚了。

他們一直到生下第一個孩子，才在一次偶然的談話中發現兩人的情書都是出自同一位抄寫員之手，於是他們第一次一起前往拱廊，想請他當孩子的教父。弗洛雷提諾．阿里薩看到他的夢想成真，整個人欣喜若狂，於是他從百忙中設法擠出時間寫成一本《戀人指南》，比起目前在拱廊上以一本二十分錢販售和早已被城內半數的人熟背的那本，內容還要豐富，而且更富有詩意。他把跟費米娜．達薩所有可能會遇到的狀況整理在一起，再按每一種狀況寫了非常多封範本，以及他認為可能的寫信和回信的選擇。最後他一共寫了幾千封信，集結成三大冊，每冊都跟科瓦魯維亞斯字典一樣厚重，可是城內沒有一間出版社願意冒險出版，最後只能擺在家中閣樓，跟從前的其他文稿放在一起，因為崔絲朵．阿里薩斷然拒絕挖出她的罐子，把一輩子的積蓄浪費在一個瘋狂的出版夢想上。多年後，當弗洛雷提諾．阿里薩自己有錢能出書時，卻不得不花費一番力氣認清那些情書早已過時的事實。

當他在加勒比海航運公司剛剛開始了新工作，並且忙著在抄寫員拱廊免費寫情書後，弗洛雷提諾．阿里薩年輕時的朋友相信，他們正在慢慢地失去他，而且再也無法回頭。事情是這樣沒錯。當他從那趟河上旅行回來以後，還會跟他們一些人見面，希望減輕對費米娜·達薩的思念，他跟他們打撞球，參加他們最近幾次的舞會，偶爾成為女孩們爭奪的對象，去做所有他覺得有益的事，希望回到從前的自己。之後，當雷歐十二叔父雇用他當員工後，他會跟辦公室的同事在商業俱樂部打骨牌，而當他開始跟他們只談公事，不再講公司全名而只提縮寫時，就成為了他們所接納的一分子。他連吃飯的習慣都改變了。原本他對食事並不在意，也毫無規律，後來他每天吃同樣的食物，而且力求簡單，直到他人生的最後一天：早餐喝一大杯黑咖啡，午餐吃一塊煮魚配白米飯，睡前喝一杯牛奶咖啡配一塊乳酪。他不論在何時，在哪裡，在什麼場合，都喝著黑咖啡，每天能喝上三十杯的量：他喜歡親自泡那跟原油顏色一樣的飲料，手邊隨時都放著一個保溫瓶。他變了一個人，即使他展現了堅定的意志和努力不懈，想當回那個在愛情上摔了致命一跤前的自己。

事實是他不可能再回到從前。他人生的唯一目標是挽回費米娜·達薩，他信心滿滿，認為得到她是遲早的事，他說服崔絲朵·阿里薩繼續翻新房子，如果奇蹟降臨，就能隨時迎接她進門。崔絲朵·阿里薩的反應跟出版那本《戀人指南》截然不同，她想得更遠：她用現金買下房子，開始全面翻修。他們把臥室改成會客廳，在二樓蓋了一間夫妻房，和另一間給將生下的孩子的房間，兩間都相當寬敞和採光充足，至於從前那間的香菸工廠變成了一座寬闊的花園，種滿各式各樣的玫瑰，都是弗洛雷提諾·阿里薩在天亮的空閒時間親手栽種的。唯一沒有整修的是雜貨舖，當作是感念過去的見證。他們讓店鋪後方永遠維持原貌，弗洛雷提諾．阿里薩曾經睡過的吊床繼續掛在那裡，書桌上堆滿亂七八糟的書本，但是他已經搬到二樓要當夫妻房的房間去了。這是屋內最寬敞和涼爽的一間房，房內有露臺，夜裡坐在這裡相當舒適，海風徐徐，玫瑰花叢飄來花香，但是也符合弗洛雷提諾．阿里薩苦修的精神。塗上石灰的牆壁既單調又粗糙，房裡的家具只有一張囚犯床，一張夜桌，上面擺著一根插在瓶口的蠟燭，一個舊式衣櫃，和一個放上臉盆和水壺的木架。

翻修工作持續將近三年，同樣這段時間，城市也快速地進行重建，這是因為河運和轉運貿易來到了鼎盛時期，同樣因為這兩個因素，也曾經在殖民時期撐起城市的繁榮，讓它成為兩個世紀期間的美洲門戶。但是崔絲朵．阿里薩也在同樣時間出現不治之症的最初病徵。她的老客戶每回來店裡，似乎都越來越蒼老，越來越脆弱，越來越難以捉摸，她服務她們大半輩子，卻認不出她們來，甚至把某些顧客的事跟其他顧客的事混在一起。這對經營這一行是個嚴重的失誤，因為為了保護雙方的名譽，她跟顧客都不簽字據，只以口頭保證。起先，她以為自己快聾了，但很快地，她發現她的記憶像漏水一樣地溜走了。因此，她出清典當的生意，罐子裡的積蓄已足以支付房子的整修和添購家具，還剩下許多件城內最貴重的古董珠寶，但原主人已沒有能力贖回。

這時，弗洛雷提諾．阿里薩同時身兼太多工作，但是他一直沒有停止獵豔行動。跟拿撒勒寡婦那場難以捉摸的經驗，替他打開了街頭愛情的大門，有好幾年時間，他一直捕獵那些夜間落單的小鳥兒。還癡妄能減輕費米娜．達薩帶來的痛苦。到了後來，已經分不清他那些絕望的性愛癖好，到底是意識上的需要，還是只是身體的惡癖。慢慢地，他不再去夜度旅館，這是因為他的興趣已轉移方向，也因為他不想要那邊認識他的人，看見他不再是從前那種溫訓和有教養的模樣。然而，他遇到三次緊急狀況，只能使出他還沒出生前的那種簡單的古老招數：將那些害怕被認出的女性朋友假扮成男人，帶她們一起進旅館，一副要狂歡一整夜的傲慢模樣。不乏有人發現，至少兩次，他跟著那所謂的男同伴不是去酒吧，而是進房間，於是弗洛雷提諾·阿里薩已經敗壞的名聲，再次遭受狠狠打擊。最後他不再去那裡，偶爾幾次前去，不是為了重溫舊夢，原因恰巧相反：在過度縱欲後，想找一個地方存精養神。

這也難怪。下午五點一離開辦公室後，他馬上就像老鷹捉小雞那樣物色對象。起先，他對於夜間能找到的獵物就已滿足。不論是公園中的女僕，市場上的黑女人，沙灘上的淑女，來自紐奧良貨船上的美國女人，都照單全收。他帶她們到防波堤去，太陽下山後，城內半數的人都在那裡做過同樣的那檔事。他會帶她們到能去的地方，有時連不能去的地方也去，不少次，他得急急忙忙地鑽進幽暗的門廳，想辦法躲在門後做能做的事。

後來他邁入暮年，當一切都已平息下來以後，他一直懷念著燈塔，那裡是他幸福的避風港，是一個能夠快樂的好地方，尤其是入夜之後，他想著，他在那個時代的歡愛片段，曾隨著每一次燈光的轉圈，傳送到航海者那裡去。因此，他繼續去那裡，比起去其他地方次數還要頻繁，他的燈塔看守員朋友開心地接待他，他那張憨厚的臉是最謹慎的偽裝，能夠安撫那些心驚膽跳的鳥兒。燈塔下方有一棟緊挨著暗礁的屋子，在震耳欲聾的浪濤聲中搖搖晃晃，在那兒歡愛總是特別刺激，因為有種遭遇海難的錯覺。但是弗洛雷提諾．阿里薩從待在燈塔的第一晚起，就比較喜歡那裡，因為從那裡可以眺望整座城市，和海上一排的漁火，甚至是遠處的沼澤。

在這個時代，他對女人的外表和她們與歡愛的資質之間的關係，得出簡單的理論。他不信任外表性感的女人，她們看似能將鱷魚活剝生吞，其實在床上卻通常最被動。他喜歡的是相反的類型：那種在街上不會有人花力氣回頭注視的乾癟小青蛙，她們脫掉衣服後看似什麼都不剩，手一摸上去，骨頭就發出吱吱響聲，給人可憐兮兮的印象，然而，卻能讓最愛吹噓的男人甘拜下風。他把這些還不成熟的觀察記錄下來，想要替《戀人指南》加寫實用的篇外章，不過這個計畫也跟前一次一樣落空，因為奧仙西亞．桑坦德用她那老狗的智慧將他裡裡外外教訓一番，將他的腦袋換個方向，讓他重生，把他集結經驗得出的理論摔得粉碎，教會他關於歡愛唯一該學的是，別想教會其他人什麼是人生。

奧仙西亞．桑坦德有過一段二十年的普通婚姻，生了三個孩子，孩子們也都結婚生子，因此她自誇是城內最悠哉的祖母。他一直不清楚到底是她拋棄丈夫，還是她的丈夫拋棄她，或者他們同時拋棄對方，丈夫搬去跟他的老相好住，她感覺自己自由了，便在大白天大方地打開大門迎接羅森多．德拉羅沙，他是河輪的船長，她過去曾在夜裡開後門讓他進來非常多次。正是這位羅森多想都沒想，就把弗洛雷提諾．阿里薩帶去她家。

他帶他去吃午餐。他還帶了一瓶自家釀製的燒酒，和最上等的做菜材料，打算煮一鍋美味至極的燉菜，只有用放養的母雞、帶骨牛肉、豬圈的豬，和河邊村莊種的葉菜類和根莖類蔬菜，才煮得出這一道菜。然而，弗洛雷提諾．阿里薩一開始對美味佳餚和風韻猶存的女主人，反而不如對美麗的房屋來得感興趣。他喜歡這棟屋子，屋內採光充足，通風涼爽，有四扇面海的大窗戶，可以將古城的全貌盡收眼底。他喜歡大廳擺設的大量精美物品，給那裡添了神秘卻又嚴肅的氣氛，那些各式各樣的手工藝品，是羅森多．德拉羅沙船長從每趟旅程帶回來的，多到再也沒有空間擺設。面海的露臺上，有隻馬來西亞的鳳頭鸚鵡站在自己專屬的圓環腳架上，那一身如夢似幻的白色羽毛，和若有所思的安靜，給人許多想像空間：這是弗洛雷提諾．阿里薩見過最美麗的動物。

羅森多．德拉羅沙船長對賓客的興致感到開心，他詳盡地告訴他每件物品的故事。他一邊解釋，一邊小口地啜飲燒酒，一刻也停不下來。他有著像水泥打造的強壯外表：魁梧的體格，除了頭部，整個身體布滿毛髮，粗厚的八字鬍，至於那像絞盤轉動的絕無僅有的嗓音只屬於他，而且他還非常體貼入微。但是沒有任何身體能夠擋得住他那種喝法。還沒在餐桌坐下，他已經喝掉半瓶燒酒，整個人趴倒在裝盛杯子和酒瓶的托盤上，發出長長的一聲巨響。奧仙西亞．桑坦德請求弗洛雷提諾．阿里薩幫忙，把那具像鯨魚擱淺般一動也不動的身軀拖到床上，和幫忙睡著的他脫掉衣服。之後，他們感激彼此的命運交錯在一起，擦出了激勵的火花，他們在隔壁房間剝光彼此的衣服，沒有商量，沒有暗示，沒有提議，往後七年多的時間，只要船長出航，他們就會繼續剝光對方的衣服。他們不怕被發現的風險，因為船長是個優秀的航海員，輪船一定會在抵達港口時鳴笛，即使是清晨也不例外，先是長長的三聲用以通知妻子和九名子女，接著是短促和哀傷的兩聲用來通知情人。

奧仙西亞·桑坦德年約五十歲，外表就看得出來，但是她對愛有一種獨特的本能，沒有任何傳統或科學的理論阻擋得了。弗洛雷提諾·阿里薩會從航線判斷何時能去找她，他總是想去就去，沒有事先通知，不論是白天或晚上，而沒有一次她不是在等他。她替他開門時，都像母親養育她到七歲時的模樣：全身光溜溜，只在頭上綁著薄紗蝴蝶結。她在讓他進門前，要他先脫掉衣服，因為她一直認為家裡有個穿衣服的男人會招來厄運。這是奧仙西亞·桑坦德跟羅森多·德拉羅沙船長經常意見相左的地方，因為他的忌諱是光著身體抽菸會走霉運，有時他比較願意拖延歡愛的時刻，而不願捻熄那非抽不可的古巴雪茄。相反地，弗洛雷提諾·阿里薩非常樂意享受赤身裸體，一關上門，她沒給他打招呼或摘掉帽子和眼鏡的時間，就開始愉快地一邊脫掉他的衣服，一邊親他，一邊迎接他撒落的吻，從下而上解開他的鈕扣，先是褲襠的鈕扣，每親一下就解開一顆，接著是褲頭的扣子，最後是背心和襯衫，最後讓他像條被開膛剖腹的魚。接著，她要他坐在客廳，脫掉他的靴子，拉起褲腳丟開褲子，同時將他的衛生褲脫到腳踝，最後解開腿肚的鬆緊帶，脫掉他的襪子。這時，弗洛雷提諾·

阿里薩停止親她，也不讓她親他，準備進行這個儀式的這一刻，他唯一該做的事情是：鬆開背心扣眼的鏈錶，摘下眼鏡，把兩樣東西收進靴子裡，確保不會忘記帶走。當他在別人家裡脫衣服時，總是對這一點很小心，從沒失誤。

一放好東西，她就立刻往剛剛剝光他衣服的沙發上撲上去，沒有多給一丁點時間，只有偶爾幾次，他們是在床上。她鑽到他的身體下面，將他整個人占為己有，接著沉浸在自己的世界裡，閉著眼睛在一片漆黑中探索，往前到這裡，再往後倒退，修正她看不見的方向，另闢其他比較刺激的途徑，其他前進的方式，以免淹沒在下腹流出的黏液沼澤中，她呢喃母語中的黑話，恍若發出牛蠅的嗡嗡聲，自問自答著只有她知道和渴望的那個東西，究竟在黑暗中的哪個地方，之後她不等人，就在全然的勝利中獨自迎接那喜悅的爆炸，墜落她的深淵。弗洛雷提諾·阿里薩筋疲力竭，支離破碎，漂浮在兩人流下的一窪汗水中，感覺自己像是被用來享樂的工具。他說：「我對妳來說，只不過是多出的那一個人。」她淫蕩地哈哈大笑，並說：「剛好相反，你對我來說，是缺少的那一個人。」他感覺她貪婪而吝嗇，想一個人獨占一切，於是一股驕傲上來了，他帶著絕不再來的決心離開她家。但是，很快地他會無故在睡夢中醒來，清楚地感覺到半夜的孤獨是多麼可怕，而跟奧仙西亞·桑坦德那種全心投入的歡愛回憶跟以往一樣提醒他：他厭惡卻又渴望那個幸福的陷阱，但是要逃出那裡是不可能的。

他們認識兩年後的某個禮拜天，當他一抵達，她做的第一件事不是脫他的衣服，而是摘掉他的眼鏡，好好地吻了他，於是弗洛雷提諾．阿里薩明白她已經開始喜歡上他。儘管他從第一天開始就在她家感到自在，也把她的屋子當作自己的一樣喜愛，每一次去卻從沒待超過兩個小時，也從沒留在那裡睡覺，只有一次曾吃過飯，因為那次她是正式邀請他。事實上，他每次去都只有一個目的，總是只帶一朵孤單的玫瑰當作禮物，然後消失無蹤，直到下一次無法預知的約會到來。但是她摘下他的眼鏡好好吻他的那個禮拜天，一方面是因為這個理由，一方面是因為他們在平靜的歡愛過後睡著了，竟赤裸裸地躺在船長的巨大床上度過了一個下午。午覺醒來，弗洛雷提諾．阿里薩還記得鳳頭鸚鵡的尖叫聲，牠那刺耳銅管樂器的聲音跟美麗的外表真是天差地別。但是在悶熱的房間裡，四周一片靜悄悄，從臥室的窗戶可以看見古城的輪廓，午後的陽光灑在城市的背面，將圓頂染成金黃色，那延伸到牙買加的燒紅海面。奧仙西亞．桑坦德那隻蠢蠢欲動的手又伸了過去，摸索躺在身邊的野獸，但是弗洛雷提諾．阿里薩撥開她的手。他說：「現在不要，我感覺不太對勁兒，像是有人在看我們。」她開心地笑了，笑聲再次驚動鳳頭鸚鵡。她說：「這種藉口連約拿的老婆都不會相信。」當然，她也不相信，但是她認為這是個不錯的說法，於是兩人又安靜地愛撫許久，沒再歡愛。下午五點，太陽還高掛在天空，她跳下床，一如往常地光著身體，頭上綁上蝴蝶結，想到廚房去找點東西喝。可是她還沒踏出臥室一步，就發出了驚恐的叫聲。

她不敢相信自己的眼睛。屋內只剩下幾盞吊燈。其他的東西，包括簽名的家具、印度地毯、雕像、緙織壁毯，以及數不清的貴重寶石和金屬小物，所有把她的屋子裝點成城內最迷人的屋子的物品，所有的一切，連那隻神聖的鳳頭鸚鵡在內，全都消失無蹤。有人從面海露臺搬走財物，但是沒驚動他們歡愛。這裡只剩下空蕩蕩的客廳、四面敞開的窗戶，和盡頭牆壁上一句用油漆寫下的話：這就是只顧滿足肉欲的下場。羅森多・德拉羅沙船長始終不明白奧仙西亞・桑坦德為什麼不去通報搶劫，不去聯絡那些銷售贓物的商販，甚至不准別人再提起她的不幸。

弗洛雷提諾・阿里薩還是繼續去那棟被洗劫一空的屋子看她，屋內的家具只剩下三張小偷忘在廚房裡的皮革板凳，和他們待的房間裡的東西。但是他不再像從前那麼頻繁去看她，原因不是屋子遭竊，也並非像她猜測且還當面問他的那樣，而是在新世紀初開通的公共騾車的新奇交通工具，對他來說是個能大量捕捉漏網的小鳥兒的絕佳地點。他一天搭四次，兩次去辦公室，兩次回家，他在車上有時是真的閱讀，但多數時間都是假裝閱讀，至少他能先做接觸，為之後的約會鋪路。後來，雷歐十二叔父派了騾車給他使用，那是一輛兩頭棕色騾子拉的車，騾子背上披掛的金色鞍轡，跟拉法葉爾・努涅斯總統座車的騾子一樣，他卻懷念起搭公共騾車，那可是他像鷹獵者出門且成果最豐碩的時光。他說得沒錯：對偷歡來說，最強大的敵人莫過於門口停著一輛車等著。因此，他幾乎把騾車藏在家裡，徒步出門獵愛，省得車輪在地上留下痕跡。所以，他非常懷念那個老舊的車子和全身掉毛的瘦弱騾子，在車子裡，只要眼睛一瞟，就能知道偷歡的對象在哪裡。然而，在那麼多動人的回憶中，他永遠忘不了一隻柔弱無依的小鳥兒，他不知道她的名字，他們不過一起度過了半個狂熱的夜晚，但足以讓他後半輩子都對那個嘉年華會的無知和混亂心酸不已。

他會在騾車上注意她，是因為她夾雜在吵鬧的狂歡人群中卻冷靜沉著。她應該不超過二十歲，若不是假扮殘疾，看起來不像正在參加嘉年華會：她有一頭亮金色的長直髮，自然地披散在肩上，身上穿著一件沒有任何裝飾的普通亞麻長袍。她對街上嘈雜的音樂、一把把拋出的米麩粉，每當騾車經過，車上的遊客就往人群潑灑的顏料，完全無動於衷，而在那瘋狂的三天，騾子身上用玉米粉塗成白色，戴著裝飾花朵的帽子。弗洛雷提諾．阿里薩趁著一片混亂，邀請她去吃冰淇淋。她看著他，臉上沒有一絲驚訝。她說：「我很樂意接受，不過我警告您，我是個瘋子。」他對這句玩笑話一笑置之，帶她去冰淇淋店的陽臺看彩車遊行。接著他穿上租來的斗篷，兩人鑽進海關廣場上的舞會，像是剛交往的戀人一起享樂，她的冷漠隨著夜晚的喧鬧開始轉向另一個極端：她像個專業舞者那樣跳舞，舞姿在狂歡的人群中充滿想像力和大膽，散發媚惑的力量。

「你不知道你跟我糾纏在一起會惹上什麼麻煩。」她在嘉年華會的熱烈氣氛中大叫並笑得半死。「我是瘋人院裡的瘋子。」

對弗洛雷提諾．阿里薩來說，這一晚彷彿回到青少年時期的天真放肆，當時的他還不識愛情挫敗的滋味。但是他知道這樣輕易得來的快樂不會長久，這是他從教訓學來而不是從經驗得知。於是，嘉年華會的高潮，總是在頒發最佳角色扮演獎項之後消退，他趁著還沒發生之前，向女孩提議去燈塔看日出。她開心地接受了，但希望等到頒獎之後。

弗洛雷提諾・阿里薩確信，他能逃過死劫，要多虧這個拖延。其實，當女孩終於向他示意可以去燈塔時，聖牧羊女瘋人院的兩名警衛和一名護士撲到她的身上。他們從她下午三點逃離瘋人院後，就一直在找她，不只他們找人，連所有的警力都加入協尋。她為了想出來嘉年華會跳舞，從園丁那兒搶了一把砍刀，砍下了一名守衛的腦袋，嚴重殺傷了另外兩名。但是沒人想到她就在大街上跳舞，而不是躲在眾多的民房之一，他們全搜遍了，連地下蓄水池也沒放過。

要帶走她可不容易。她拿著藏在胸衣裡的園藝剪刀自衛，他們動用六個大男人才替她穿上緊束衣，與此同時，群眾擠在海關廣場上興奮地拍手哄笑，以為這場血腥的逮捕行動是眾多的嘉年華表演之一。弗洛雷提諾・阿里薩感覺心都碎了，他從聖灰禮拜三開始就徘徊在聖牧羊女瘋人院的街道上，手裡拿著一盒要送她的英國巧克力，希望能湊巧碰到她從鐵柵欄後面探頭。但是他一直沒看到她。過了幾個月，當他從公共騾車下車，有個跟父親在一起的小女孩，向他要他手裡那盒巧克力的其中幾顆。父親責罵了小女孩，並且向弗洛雷提諾・阿里薩道歉，但是他把整盒巧克力送給她，心想著他能藉著這個舉動解脫所有的愁苦，他拍了一下那個父親的肩膀，安撫他說：

「這些巧克力糖原本是給一段已經滅頂的愛情。」他說。

命運像是要補償他似的，弗洛雷提諾・阿里薩也在公共騾車上認識了蕾歐娜・

卡西亞尼，她是他真正的真命天女，只是他或者她從來都沒發現，兩人也從未有過肌膚之親。當時是他搭下午五點的車班回家，在還沒看到她之前，就感覺到她的存在：她投射過來的那道視線像是實體的，彷彿一根手指頭觸碰了他。他抬起頭，看向她，她坐在另外一頭，但是在其他乘客之間十分顯眼。她沒移開視線。相反地，她迎上他的眼睛，那種厚顏無恥，使得他不得不這麼想：她是個黑女人，年輕又漂亮，但毫無疑問是個妓女。他放棄了她，因為他認為付錢買愛是最不堪的事：他絕不會這麼做。

弗洛雷提諾．阿里薩在公共騾車的終點站「車子廣場」下車，快步鑽進猶如迷宮一般的商業區，因為母親正在等他六點回家，當他準備往另外一頭的人群走去，他聽見石磚路上傳來女人踩著高跟鞋的雀躍腳步聲，他回過頭想確認心裡已經有底的事：是她。她的打扮一如版畫中的女奴，穿著一件荷葉邊裙子，在經過街道上的水坑時，得用跳舞般的動作拉高，露肩的大領口上衣，一圈色彩繽紛的項鍊，和頭上纏著白色頭巾。他在夜度旅館見過這種女人。她們通常到下午六點只吃過早餐，因此唯一的謀生辦法只有把身體當尖刀，像個搶匪在人行道上攔截第一個遇到的男人，把刀架在他的脖子上問：要性愛還是要性命。弗洛雷提諾．阿里薩想做最後確認，因此他改變方向，鑽進空無一人的燈心草街，她卻跟了上來，越離越近。於是他停下腳步，回過頭，雙手拄著雨傘，在人行道上擋住她的去路。她就站在他的面前。

「小姐，妳搞錯對象了。」他說。「我不會答應的。」

「你當然會。」她說。「你的臉是這麼說的。」

弗洛雷提諾·阿里薩記得小時候曾聽他的家庭醫生，也就是他的教父，對他的便秘習慣說了一句話：「世界上的人分成兩種，大便順暢跟不順暢的人。」他的醫生根據這個信條，發展了一套對於性格的理論，他認為要比占星術來得準。但是，弗洛雷提諾·阿里薩依據他的人生教訓，換一種方式提出這個理論：「世界上的人分成兩種，偷歡跟不偷歡的人。」他不信任不偷歡的人：當他們出軌時，會以為這是非常稀奇的事，誇耀他們的情事，彷彿是他們剛剛發明出來的。相反地，經常偷歡的人只為了這個目的而活著。他們自我感覺良好，守口如瓶，因為他們知道低調才能保住一命。他們從不談論他們的戰績，不信任任何人，他們假裝漠不關心，甚至得到性無能、性冷感，甚至是娘娘腔的封號，這就是弗洛雷提諾·阿里薩的例子。但是他們很高興給人錯誤印象，因為這種誤會能保護他們。他們是神秘的共濟會組織，全世界的成員都能認出彼此來，不需要共同的語言。因此，弗洛雷提諾·阿里薩對女人的回答毫不意外：她是他們的一員，所以很清楚知道他明白她心中所想。

這是他這一生的錯誤，往後他的良心在每一天的每個小時都會想著這件事，直到他人生的最後一天。她想跟他乞求的不是愛，更不是要他付錢買愛，而是任何一份在加勒比海航運公司不計較報酬的工作。弗洛雷提諾·阿里薩對他的行為很感羞愧，因此，帶她去見人事長官，對方替她安排一份在行政部門非常卑微的工作，她卻以認真、謙卑和奉獻的精神做了三年。

加勒比海航運公司的辦公室位在河岸碼頭的對面，這裡跟海灣另外一頭的遠洋輪船海港截然不同，跟靈魂灣的市集停泊碼頭也不一樣。辦公室是一棟木造建築，兩片斜面的鋅皮屋頂，正面只有一個用柱子支撐的長陽臺，四面有好幾扇裝上鐵絲網的窗子，從窗戶能看到碼頭上的所有船隻，彷彿欣賞的是一幅掛在牆壁上的畫。當德國先驅蓋這棟建築時，將鋅皮屋頂漆成紅色，木板牆壁漆成亮白色，因此整棟建築給人像是一艘河輪的感覺。之後，屋子被漆成整棟都是藍色，當弗洛雷提諾・阿里薩進公司工作時，這棟建築已經淪為覆蓋灰塵的簡陋棚屋，沒有特定的顏色，生鏽的屋頂上滿是層層疊疊的新舊補釘。建築物的後面有一個硝土院子，四周用雞舍的鐵絲網圍起來，有兩座剛蓋不久的倉庫，盡頭有封死的下水道，骯髒而且發出惡臭，半個世紀以來的河運垃圾都堵在那裡腐爛：各種老舊船隻的殘骸，從早期由前任總統西蒙・玻利瓦主持下水儀式的那種單根煙囪輪船，到最近比較新式的艙房已裝設風扇的輪船。其中大多數的零件都被拆下來重新利用在其他輪船上。但是有許多艘外表的狀態看似良好，彷彿只要刷上油漆就能下水航行，不用嚇跑鬣蜥，或砍下增添船隻悲傷氣息的大黃花的茂密枝葉。

建築物的二樓是行政部門，只是小小的辦公室，但是舒適而且設備齊全，就像是船上的艙房，因為當初蓋的人並不是城市的建築師，而是造船工程師。走廊盡頭是雷歐十二叔父的辦公室，他就像是個普通員工，辦公室也跟其他員工並無太大不同，唯一不一樣的是辦公桌上的玻璃花瓶，每天早上都會插上散發芬芳的任何鮮花。一樓是旅客服務部門，有一間擺著簡陋長凳的候船室，一個販售船票和託運行李的櫃檯。

最後是混亂的總務部門，從名字就能看出這個部門功能不明，所有公司其他部門無法解決的問題都會送到這裡來，最後無疾而終。那天，當雷歐十二叔父親自到這裡視察，想看看總務部門能做些什麼，蕾歐娜．卡西亞尼就坐在一張小課桌後面，淹沒在一大堆玉米袋和無解的文件之間。他對整個服務處的員工問話三個小時，做理論假設，確實調查過一遍，然後他痛苦地回到辦公室，確定不但無法為那麼多問題找到解決辦法，還出現無法解決的不同新問題。

隔天，當弗洛雷提諾．阿里薩踏進他的辦公室後，發現一份蕾歐娜．卡西亞尼的備忘錄，她哀求他務必研究一番，如果覺得適當，請轉交給他的叔父。她是前一天下午唯一在整場視察中都沒開口的人。她明白自己只是個靠施捨得到工作的員工，但是她在備忘錄中表述，她沒有發言並不是因為怠慢，而是基於對部門主管的尊重。她的建議簡單得讓人驚訝。雷歐十二叔父提議徹底重整總務部門，可是蕾歐娜．卡西亞尼持相反看法，她的邏輯很簡單，那就是總務部門根本不存在：那裡只是垃圾桶，聚集其他部門所有棘手但是無關緊要的問題。總之，解決辦法就是裁掉總務部門，把問題丟回原本的部門解決。

雷歐十二叔父壓根兒不曉得蕾歐娜．卡西亞尼究竟是誰，也記不得在前一天下午的會議上見過這個人，但是他讀完備忘錄後，把她叫來辦公室，關上門，跟她談了兩個小時。他們什麼都談，但是都是淺談，這是他用來認識人的方法。她在備忘錄所說的是普通常識，她的解決辦法確實能收到想要的效果。但是雷歐十二叔父在意的不是這個：他在意的是她。引起他注意的，是她在小學畢業後，只到過製帽學校繼續學習。此外，她在沒有老師的指導下，用速成法在家自學英語，以及從三個月前開始到夜校上打字課，那是一門有大好前程的新職業，正如同以前的電報員，和更早之前的蒸汽機一樣。

當她走出辦公室時，雷歐十二叔父已經開始叫她往後都一直這麼叫的名字：同名的蕾歐娜。他決定依照蕾歐娜·卡西亞尼的建議，徹底砍除處境尷尬的部門，把問題發回原部門處理，然後替她設了一個沒有職稱也沒有特別功用的職位，事實上就是當他的個人助理。這天下午，在毫不留情地埋葬總務部門後，雷歐十二叔父問弗洛雷提諾·阿里薩，他是在哪兒找到蕾歐娜·卡西亞尼，於是他據實以報。

「那麼，回去搭公共騾車，把你找到的所有跟她一樣的人帶來給我。」叔父說。「再多兩、三個這樣的人，我們就能把你的大帆船打撈上來了。」

弗洛雷提諾·阿里薩以為這是雷歐十二叔父一貫的玩笑話，但是第二天，那輛六個月前就派給他的騾車沒出現，現在公司取消派車，為的是要他繼續到公共騾車上尋找隱沒的天才。至於蕾歐娜·卡西亞尼，她很快就拋開最初的疑慮，開始展露在前三年所有小心翼翼隱藏的本領。在接下來的另外三年，她掌控了一切，在繼續下去的四年，她幾乎已爬到總秘書職位，只是她拒絕接受，因為那個職位只比弗洛雷提諾·阿里薩低一階。在此之前，她一直聽命於他，也希望一直這樣下去，雖然事實不同：弗洛雷提諾·阿里薩並沒有發現其實是他一直聽從她的命令。事實就是這樣：他只是去完成她在執行委員會的建議，讓他得以破除敵人在暗處布下的陷阱，在工作中扶搖直上。

蕾歐娜·卡西亞尼有著操弄機密的驚人本領，總是知道該在正確的時間出現在適當的地方。她充滿活力，個性安靜，散發一種知性的甜美氣息。但在逼不得已的時刻，一定會忍住內心的痛楚，拿出鐵面無私的那一面。然而，她不曾為自己這樣做。她唯一的目標是不計代價清除障礙，就算要見血也在所不惜，好讓弗洛雷提諾·阿里薩平步青雲，升到他希望卻沒評估是否勝任的職位。當然，她在無法控制的權力欲望撩撥下也會去做，但她有意識這麼做，其實是為了報恩。她的決心屹立不搖，連弗洛雷提諾·阿里薩都迷失在她的操弄之間，曾有那麼不幸的一次，他試圖擋她的路，因為他以為她擋了他的路。蕾歐娜·卡西亞尼向他表明立場。

「您別弄錯。」她說。「只要您希望，我可以退出這一切，但是請考慮清楚。」

事實上，弗洛雷提諾·阿里薩連考慮都不考慮，這一刻他盡可能仔細想了一下，便向她繳械投降。其實，在這間永遠風雨飄搖的公司的骯髒鬥爭中，在得不到平靜的獵豔挫敗中，在對費米娜·達薩已經越來越模糊的幻想中，弗洛雷提諾·阿里薩面對這個勇敢的黑女人，和她在一幕幕激烈的爭奪中沾染的惡名和招惹的愛情，雖看似無動於衷，內心卻未曾有過一刻平靜。她是那樣不顧一切，許多次他暗自傷心，她根本不是他在初識的那天下午以為的模樣，不然他早就拋開了他的原則，或者付金粒也要與她共度春宵。因為蕾歐娜·卡西亞尼依然跟那天下午在公共騾車上一樣，穿著不受控的叛逃女奴的打扮，戴著她瘋狂的頭巾、骨頭耳環跟手環、厚重的項鍊，和每根手指都戴著假寶石戒指：她是街頭的蕩婦。幸運的是歲月並沒有在她的外表留下太多痕跡。她正值成熟的金色年華，她的女人味挑逗人心，她熱情的非洲女人體態越來越豐滿。近十年時間，弗洛雷提諾・阿里薩不曾對她有所暗示，以這個嚴厲的處罰，來償付他最初犯下的錯，而她什麼都幫他，唯獨不幫這件事。

有一晚，弗洛雷提諾・阿里薩工作到很晚，自從母親過世後，他經常這麼做，正當他要下班時，看見蕾歐娜・卡西亞尼的辦公室還點著燈。他沒敲門，開了門就進去，看見她果然在裡面：她一個人坐在辦公桌前，神情專注而嚴肅，臉上的那副新眼鏡，讓她看起來多了學者的味道。弗洛雷提諾・阿里薩既高興又惶恐，他發現辦公室裡只有他們兩個，碼頭上空無一人，城市沉醉在夢鄉裡，漆黑的夜在海面上無止盡地綿延下去，一艘再過一個小時才會抵港的船隻傳來一聲悲鳴。弗洛雷提諾・阿里薩雙手拄著雨傘，一如那天在燈心草街擋去她的路一樣，只是他現在這麼做，是不想她發現他的膝蓋正在發抖。

「告訴我，我親愛的母獅子。」他說。「我們何時能更進一步？」

她鎮定地摘下眼鏡，臉上沒有絲毫訝異，而是露出讓他目眩的燦爛笑容。她從未用你來稱呼過他。

「唉，弗洛雷提諾・阿里薩。」她對他說。「我坐在這裡十年了，就是等你來開口問我這句話。」

已經太遲：機會曾出現在那輛公共騾車上，曾一直在她坐的那張椅子上，可是現在已經永遠消失。事實上，她曾偷偷為他做過多少齷齪事，為他忍受多少骯髒事，她的人生已經走在他的前面，遠遠超過他比她大二十歲的優勢：她為了他而變老。她非常愛他，因此不願意欺騙他，而是想要繼續愛著他，雖然得用殘忍的方式讓他知道。

「不。」她對他說。「這會讓我感覺像跟一個從未有過的兒子上床。」

弗洛雷提諾．阿里薩頓時語塞，最後的拒絕竟不是由他說的。他認為當女人說不時，其實是在下最後的決定前，希望對方繼續堅持下去，可是對她來說並不是這樣：他不能再冒險犯第二次錯誤。他很識相地離開，甚至帶著些許好不容易裝出的優雅。從這一晚起，他們之間所有的曖昧都煙消雲散，不帶任何遺憾，弗洛雷提諾．阿里薩終於明白，跟女人是可以當朋友，不一定得要上床。

弗洛雷提諾．阿里薩只想跟蕾歐娜．卡西亞尼分享有關費米娜．達薩的秘密。少數幾個知道秘密的人因為不可抗力因素，已經一一淡忘這件事。毫無疑問，其中三人把秘密帶進墳墓：他的母親在過世前許久就已經把這件事從記憶中抹去；葛拉．普拉西迪亞侍奉年紀可以做她女兒的女主子到最後，並以高齡去世，而令人難忘的艾絲可拉絲蒂卡，是她把他這輩子第一次收到的情書藏在祈禱書中帶給他，這麼多年過去了，她不可能還活著。至於羅倫佐．達薩，他不確定他是不是還活著，他或許為了避免女兒被退學，曾將秘密告訴法蘭卡．德拉魯斯修女，但不太可能會說出去。還有在伊勒德布蘭妲．桑切茲居住的遙遠省分的十一個電報員，當時他們發電報，是知道他們全名和正確的住址，最後還有伊勒德布蘭姐．桑切茲和她那一群難以馴服的表姊妹。

弗洛雷提諾．阿里薩不知道的是，他應該把胡維納爾．烏爾比諾醫生算在內。伊勒德布蘭妲．桑切茲在頻繁來訪的最初幾年，有一回把秘密告訴了他。不過她是在一個非常不恰當的時間點偶然提起，以為烏爾比諾醫生會左耳聽完右耳出，但他其實完全沒聽進去。當時，伊勒德布蘭妲提起幾個被埋沒的詩人，她認為他們有很大機會在花賽詩會贏得比賽，其中一個是弗洛雷提諾．阿里薩。胡維納爾．烏爾比諾醫生費了好一番工夫還是想不起他是誰，雖是多此一舉，但是她還是告訴他那是費米娜．達薩在婚前唯一交往過的男朋友，並沒有任何惡意。她說她知道那算是一段感人的純真戀情，但很快便無疾而終。烏爾比諾醫生沒看她便回答：「我不知道那個傢伙是詩人。」並在當下就把他從記憶中抹除，因為職業的關係，他已經習慣基於道德而遺忘。

弗洛雷提諾．阿里薩發現，除了他的母親，其他知道秘密的人都屬於費米娜．達薩的世界。在他的世界只有他自己知道秘密，他孤獨一個人背負著重得讓他喘不過氣來的包袱，有時他需要跟人分享，但是到當時為止還沒有一個值得他非常信任的人。蕾歐娜．卡西亞尼是唯一可能的人選，只欠方式跟機會。在夏季炎熱的午後，當他正想著這件事，胡維納爾．烏爾比諾醫生從陡峭的樓梯爬上加勒比海航運公司的辦公室，他每爬一階，就停下來休息一下，好撐過下午三點的燠熱，最後他喘著氣出現在弗洛雷提諾．阿里薩的辦公室，汗如雨下，連褲子都溼透了，他用僅剩的一口氣說：「我相信颶風就要來了。」弗洛雷提諾．阿里薩看過他找雷歐十二叔父很多次，可是到這一刻才真正意識到這個討厭的傢伙跟他的人生有所牽連。

在當時，胡維納爾．烏爾比諾醫生剛跨過他工作上的阻礙，他像個叫化子，手拿帽子，挨家挨戶找人贊助他推動的藝術活動。其中一個慷慨的長期資助人一直是雷歐十二叔父，這個時間點，他正坐在辦公桌的旋轉椅上，準備睡個每天例行的十分鐘午覺，由於隔壁就是雷歐十二叔父的辦公室，所以弗洛雷提諾．阿里薩請他待在他的辦公室稍等，就某方面來說，這裡也充當前廳。

他們在不同場合見過面，但從沒像現在這樣面對面，弗洛雷提諾．阿里薩再一次感覺自卑和噁心。這十分鐘恍若永恆，期間他站起來三次，希望叔父能提早醒來，也喝光了一整瓶黑咖啡。烏爾比諾醫生連一杯都不喝。他說：「咖啡是毒品。」接著繼續講這個話題，然後換一個，不在乎對方沒在聽他說話。弗洛雷提諾．阿里薩不能忍受他天生不凡的氣質，能言善道，用字精準，身上隱約的樟腦氣味，個人魅力，輕鬆而優雅的舉止，連最瑣碎的話講來也頭頭是道。突然間，醫生突兀地換了話題：

「你喜歡音樂嗎？」

弗洛雷提諾．阿里薩嚇一跳。他的確會參加城內舉辦的一些音樂會跟欣賞歌劇，但是他不認為有能力評論或做一番深度討論。他鍾愛的是流行音樂，尤其是傷感的華爾滋，毫無疑問，這跟他在青少年時期創作的作品，或者跟他那些秘密詩句有所關聯。他只要聽過一遍，在接下來幾個夜晚，就連天主也無法阻止那旋律在他的腦海縈繞不去。但是這不是一個正經的回答，對於一個專家提出的嚴肅問題，並不恰當。

「我喜歡葛戴爾。」他說。

烏爾比諾醫生聽懂他的意思。「我知道了。」他說。「他的歌正流行。」接著重提他數不清的新計畫，跟以往一樣，那些計畫沒有政府補助還是得進行。他對弗洛雷提諾．阿里薩說現在能來演出的節目素質低落，實在令人沮喪，又說上個世紀的作品是多麼出色美妙。就這樣，他花了一年時間販售預售票，希望把柯爾托，卡薩爾斯，提鮑鋼琴三重奏樂團請到喜劇劇院表演，政府單位卻沒有半個人知道他們是誰，就在同樣那個月，拉蒙．卡拉爾特的警探劇團，馬諾洛．德拉普雷沙先生的輕歌劇和說唱劇團，山塔內拉斯劇團和那妙不可言、擅長模仿的變身小丑在舞臺上的一道閃光瞬間換裝秀，自稱從前是女神劇院芭蕾舞伶的丹妮絲．達拉妮，連令人憎惡的巴斯克野人烏爾蘇斯貼身和鬥牛搏鬥，門票全都銷售一空。然而，這沒什麼好抱怨的，因為當歐洲人再一次以野蠻的戰爭做了壞榜樣，我們則是在半個世紀中經歷九次內戰過後，才開始走向和平，仔細一算，九次的內戰應該只能算是一次：都是同樣的戰爭。弗洛雷提諾．阿里薩對他這場演說聽得入迷，他特別注意的是可能會重新舉辦花賽詩會，這是胡維納爾．烏爾比諾醫生發起最久也最引起注目的活動。弗洛雷提諾．阿里薩不得不咬著舌頭，以免脫口而出他每年都參加那個年度競賽，這個盛會引起夙負盛名的詩人注意，不僅僅是國內，還有來自和加勒比海國家。

他們的談話一開始，悶熱的空氣就突然變得涼爽，一場狂風暴雨震得每一扇門窗砰砰響，辦公室連同地基都發出嘎吱響聲，就像一艘漂流的船隻。胡維納爾．烏爾比諾醫生似乎渾然不覺。他隨便舉了個關於六月的颶風一向狂暴的例子，話鋒就突然間一轉，莫名地聊起他的妻子。他不只把妻子視作最熱情的合作夥伴，更是他提倡的活動的靈魂核心。「少了她，我就什麼都不是。」弗洛雷提諾・阿里薩面無表情地聽他說話，並點頭表示贊同，他什麼都不敢說，就怕聲音露餡。然而，再多聽兩三句，他就足以明白，胡維納爾・烏爾比諾醫生雖然忙著實現他的承諾，卻還有餘裕來愛慕他的妻子，而且不輸他的狂熱，他對這個事實感到震驚。但是他不能隨心反應，因為這時他的心調皮地要了個只有心做得出來的賤招：心告訴他，他跟這個永遠為敵的男人，都是同一個命運的受害者，很不湊巧地愛上同一人：他們是套著同一個牛軛的一對牲畜。弗洛雷提諾・阿里薩等了二十七年，在這永無止盡的等待中，他一想到這個令人敬重的男人得死去，他才能得到幸福，就忍不住感到椎心之痛。

颶風終於遠去，但是短短十五分鐘內，強風肆虐了沼澤區的社區，在大半個城市造成災情。胡維納爾・烏爾比諾醫生再一次很滿意雷歐十二叔父的慷慨，他沒等到雨過天青就離開，還不小心帶走弗洛雷提諾・阿里薩借他撐到車邊的私人雨傘。但弗洛雷提諾・阿里薩並不在意。他反而很開心想著，當費米娜・達薩知道那把傘的主人是誰時，會作何感想。正當他還沉浸在剛才會面的種種，情緒還沒平靜下來時，蕾歐娜・卡西亞尼經過他的辦公室，他見機不可失，想直接向她吐露秘密，就好像戳破膿下不讓他活下去的癤子：錯過現在就不可能再有機會了。他從問她對胡維納爾・烏爾比諾醫生的印象開始。她幾乎不假思索回答他：「他做了很多事，或許太多了，但我想沒有人知道他的腦袋究竟在想什麼。」接著，她想了一下，用壯碩的黑女人的巨大尖牙咬碎橡皮擦，最後聳聳肩，結束這個與她無關的話題。

「或許正是因為如此吧，他做這麼多事，是為了不用去想。」

弗洛雷提諾．阿里薩試著留住她。

「我難過的是，他非死不可。」他說。

「每個人都難逃一死。」她說。

「沒錯，可是他比每個人都該死。」

她壓根兒不懂他的意思：她再次聳聳肩，沒說什麼話就離開了。這時弗洛雷提諾．阿里薩明白，在未來的某個晚上，當他跟費米娜．達薩幸福地躺在床上，他會告訴她，他這輩子都沒對任何人說過他的秘密愛情，包括唯一有權利知道的人在內。不，他永遠都不該說，即使是對蕾歐娜．卡西亞尼，並不是因為他不想為她打開將這件事仔細收藏了大半輩子的寶盒，而是他在這一刻才發現他遺失了鑰匙。

然而，這不是這天下午最讓他失魂落魄的事。他懷念他的年輕歲月，參加花賽詩會的時光，每年的四月十五日，它引起的迴響傳遍了整個安地斯山群島。他曾是詩會的主角，但幾乎在每一場都是秘密的主角。他從詩賽開辦以來參加過好幾場，連最差的名次也從沒排上。但他不在乎，因為他參賽志不在得獎，而是這個比賽有另一點吸引他：是費米娜．達薩在第一屆負責打開火漆封印的信封，宣布得獎名單，從那時起，他便決定接下來的每一年都要參加。

在第一屆比賽的晚上，弗洛雷提諾·阿里薩隱身在前排座位的昏暗中，領子上的扣眼插著的鮮豔山茶花，正隨著他強烈的渴望起伏，他看著費米娜·達薩在古老的國家劇院舞臺上，打開三個火漆封印的信封。他問自己，如果她知道他是金蘭花的得獎者，內心會有什麼感想。他有把握她認得他的字跡，而就在那一刻，她會不由得想起在小公園的杏樹下刺繡的那些下午，信封裡乾枯的梔子花香味，在凌晨風中奏起的那首秘密的《花冠女神》華爾滋。但這件事並未發生。更糟糕的是，這個眾人垂涎的國家詩詞金蘭花獎頒給了一個中國移民。這個前所未聞的決定，引起了大眾的震驚，並質疑比賽的嚴肅性。可是評分是公正的，評審委員一致認定那首十四行詩是十分優秀的作品。

沒有人相信得獎的中國人是詩的作者。在興建接通兩個海洋的鐵路期間，他為了逃離席捲巴拿馬的黃熱病災難，在世紀末來到這裡，跟他一起來的還有許多同胞，他們留在這裡直到過世那天，用中文過活，用中文繁衍子孫，他們長得很像，沒有人能分辨他們的不同。起先，他們不過十多人。其中有些人帶著他們的妻子和兒女以及養來吃的狗，可是短短幾年內，他們和入境卻沒在海關留下紀錄的新中國移民，已經住滿港口郊區的四條大街。其中有些年輕人急急忙忙地就變成令人敬重的族長，沒有人能理解他們怎麼有時間變老。大家依照直覺把他們分成兩種人：好中國人跟壞中國人。壞中國人是在港口經營破爛小餐館的那批人，在那裡，他們不是跟國王一樣大吃大喝，就是突然間坐在桌子前暴斃，面前擺著一盤向日葵鼠肉，有人懷疑那些小餐館不過是個掩飾拐賣婦女和走私各種東西的地方。好中國人是經營洗衣店的那批，他們繼承了神聖的祖傳秘方，交還給客人的襯衫就像新的一樣，剛燙過的領子跟袖口就跟聖餐餅一樣平整。在花賽詩會打敗其他七十二名充分準備的參賽者的那個男人，就是其中一位好中國人。

當費米娜．達薩迷惑地唸出誰是得獎者時，沒有人聽得懂那個名字。不僅是因為那是個相當獨特的名字，而是根本沒有人知道中國人到底叫哪種名字。不過，不用想太久，因為那位得獎的中國人已經從包廂裡面走出來，臉上露出當中國人提早回家時的那種完美微笑。他相當有信心自己會奪冠，為了領獎，還特地穿上春節時穿的黃色絲質襯衫。他接下十八開的金蘭花，就在一群無法置信的觀眾如雷四起的奚落聲中，幸福地親吻獎品。他面不改色。他冷靜地站在舞臺的中央等待，那模樣就像他們的神明的使徒，而他們的神明不及我們萬能的天主那麼充滿戲劇性。他等到四周安靜下來，開始朗讀得獎詩作。沒有人聽得懂。但是當臺下的噓聲再一次平息下來，面無表情的費米娜．達薩以意味深長的沙啞嗓音重新朗讀那首詩，開頭第一句就震驚全場。那是一首正統的高踏派的十四行詩，完美至極，整首詩貫穿一股欣喜之情，顯示是出自大師之手的作品。唯一可能的解釋是，某個大師級詩人想出這種玩笑，用以嘲弄花賽詩會，而這個中國人挺身相助，並抱著將這個秘密帶進墳墓的決心。我們的傳統報紙《商業日報》試圖挽回市民名譽，刊登一篇有深度或者說艱澀的文章，著眼在中國人在加勒比海地區的悠久歷史和文化影響，以及他們有權利參加花賽詩會。從開門見山的標題就能窺見，寫這篇文章的人毫不懷疑十四行詩的作者就是自稱作者的人：所有的中國人都是詩人。如果真有什麼陰謀的話，籌劃陰謀的人早抱著秘密躺在墳墓裡，屍骨化成了灰。至於得獎的中國人活到東方人的高壽，死前從未交代相關的隻字片語，最後跟著金蘭花一起下葬，但他的遺憾是在世時從未得到唯一渴望的東西，那就是詩人的信譽。他去世後，報紙追憶那次已遭遺忘的花賽詩會事件，重新刊登那首十四行詩，並配上豐腴的少女拿著象徵豐饒的黃金羊角的現代主義插畫，而守護詩歌的眾神趁機把一切歸回原位：新一世代的人認為那首十四行詩糟糕透頂，他們都相信真的是已故的中國人寫了那首詩。

弗洛雷提諾．阿里薩一直把那次鬧劇的回憶，跟當時坐在他旁邊的一個豐滿的陌生女人連在一起。他從典禮一開始就注意她，接著因為不安地等待，就把她忘了。他會注意她，是因為她那珍珠母白色的肌膚，身上的幸福胖芳香，以及如同女高音一樣碩大的胸部上插著一朵假木蘭花。她穿著一襲黑色天鵝絨洋裝，非常緊身，那雙渴望和熱情的眼睛跟洋裝一樣黑，頭髮更是濃黑，用一支吉普賽女郎的髮簪固定在腦後。她戴著一對垂掛耳環，一條同樣風格的項鍊，幾根手指戴著同樣的戒指，全部飾品都鑲著閃亮的黃銅釘，她還用筆在右邊臉頰點了一顆痣。她在最後一片混亂的掌聲中，瞥了弗洛雷提諾．阿里薩一眼，臉上流露真心的痛苦。

「相信我，我真的為您深感難過。」

弗洛雷提諾．阿里薩非常感動，但不是因為他的確值得同情，而是相當訝異有人知道他的秘密。她向他解釋：「我是從你衣領上的花隨著信封打開而抖動的樣子發現的。」她給他看手中的絨毛木蘭花，並敞開心胸對他說。

「所以我拿下了我的花。」她說。

她差點就要為落選哭了出來，可是弗洛雷提諾．阿里薩拿出他夜間狩獵者的本能，轉換了她的心情。

「我們找個地方一起哭吧。」他對她說。

他送她回家。到了她家門口，差不多接近午夜時分，街道上空無一人，他可以說服她邀他喝杯白蘭地，然後一起看看她提到的剪貼簿，重新瀏覽十多年來的公共事件剪報和照片。這已經是老招數了，不過這次他不需要主動，因為，她在他們從國家劇院回來的路上先提到了她的那些剪貼簿。他們進入她家。弗洛雷提諾．阿里薩在客廳觀察，先看到的是，唯一的臥室的門是敞開的，床相當寬敞和豪華，上面鋪著錦緞床罩，床頭裝飾著黃銅樹枝。這一幕讓他驚慌失措。她應該是發現了，所以她穿過客廳，拉上了臥室的門。她邀他在一張印花布長沙發坐下來，沙發上有一隻貓正在睡覺，接著她把她收集的剪貼簿放在客廳中央的桌子上。弗洛雷提諾．阿里薩不疾不徐地翻閱，思索著接下來的步驟，沒注意正在看什麼，而突然間，他抬起頭，看見她眼睛噙著眼淚。他勸她好好哭一場，不要怕羞，哭是最好的宣洩辦法，但是他建議她先鬆開胸衣再哭。他向前幫她，因為那件緊緊裹著的胸衣是用一條交叉的線綁緊的。最後，他沒完成這件差事，因為胸衣最後被撐得鬆開來，那對巨大的乳房終於能自在呼吸。

即使是在最輕易得手的場合，弗洛雷提諾·阿里薩依然會在第一次感到驚慌，他鼓起勇氣伸出手指在她的脖子上輕輕愛撫，而她發出一聲像被寵壞的小女孩般的呻吟，弓起身體，繼續哭著。這時，他湊上去親同樣的部位，非常輕柔，就像剛才手指的愛撫，但是他沒辦法再吻一次，因為她轉過身，整個飢渴、發熱的壯碩身軀向他靠過去，兩人抱著倒在地板上打滾。沙發上的那隻貓驚醒了，牠發出尖叫，跳到他們身上。他們就像忙亂的新手，摸索著對方，努力尋找彼此，他們翻倒在脫頁的剪貼簿上，身上還穿著衣服，汗水淋漓，而且他們還得注意躲開憤怒的貓爪，無法全神貫注正在做的事。但是隔天晚上春宵，他們帶著還滲著鮮血的傷痕繼續做，在接下來的幾年也是如此。

當他發現開始愛上她時，她已經在女人年紀的巔峰期，而他快滿三十歲。她名叫莎拉·諾列加，年輕時候曾以一本講述窮人愛情的詩集在比賽中得冠，享有片刻的風光，不過詩集從未出版。她是公立學校的禮節與公民教育老師，靠薪水養活自己，住在格斯瑪尼社區雜居的戀人巷一間租來的房子裡。她曾經有過幾位逢場作戲的情人，不過沒有一個有結婚打算，因為要這個時代和環境的男人跟誰上床就得娶誰，並不是一件容易的事。不過她也不再抱著那種幻想，因為十八歲那年，她曾經愛得如癡如狂的正式未婚夫就在大喜之日前一週逃婚，丟下她變成眾人看笑話的新娘。或者就像當時的人說的，她是被穿過的破鞋。然而，那個第一次的經驗雖然殘酷而短暫，卻沒讓她覺得苦澀，而是盲目相信，不管走不走進婚姻，有沒有天主的祝福或法律的保障，如果床上沒有男人，就不值得活下去。弗洛雷提諾．阿里薩最喜歡她的一點，是她在歡愛時刻總要吸吮奶嘴來達到忘我的高潮。後來他們累積了一串能在市場上找到的各種尺寸、形狀和顏色的奶嘴，莎拉．諾列加把奶嘴串掛在床頭，這樣一來，就能在急迫的時刻抓到它們。

儘管她跟他一樣自由，或者她並不反對公開他們的關係，弗洛雷提諾．阿里薩卻從一開始就把這段交往籌劃成一場秘密冒險。他總是在夜深人靜時從小門溜進去，快天亮時再躡手躡腳地逃走。他們非常清楚，在像那樣人數眾多的合租屋子裡，鄰居總是比表面上還要清楚發生什麼事。這是個簡單的交往模式，弗洛雷提諾．阿里薩在餘生，都是這樣對待所有交往的女人。他從未犯錯，不管是跟她還是其他女人，從未陷對方於不忠。這可一點也不誇張：只要一次留下連累的線索或書寫的證據，就可能賠上一條命。事實上，他一直以費米娜．達薩永遠的丈夫自居，不忠，但是不能背信棄義，他不斷地努力掙脫束縛，卻又不讓背叛帶給她痛苦。

這樣的保密行為只可能來自錯誤的觀念。崔絲朵．阿里薩一直到死前都相信，這個兒子是因為愛誕生，在愛的環境長大，在年輕時的初戀滑一跤後，從此對各種形式的愛免疫。然而，他身邊有許多沒那麼和善的人，他們跟他非常親近，了解他神秘的個性，和他對待神秘氣息的服飾和怪異洗潔劑的癖好，他們一致懷疑他不是對愛免疫，而是對女人。弗洛雷提諾．阿里薩明白他們的猜疑，卻從未去消除。莎拉．諾列加也不在乎。她和那些他愛過的無數個女人，以及並不愛他但是取悅他以及對他很滿意的女人，都接受他的真實模樣：一個過客男人。

最後，他任何時間都可能出現在她家，尤其是星期日的早晨，那通常是最平靜的時間。她會放下手邊任何事，將整個身體奉獻給他，在那張隨時為他準備好的華麗床鋪上，努力取悅他，不過她不許在床上有任何儀式性的歡愛。弗洛雷提諾．阿里薩不明白，這樣一個經驗不多的獨身女人，怎麼會這麼了解男人的事，也不懂她是怎麼駕馭她那像海豚一般的身軀，動作那麼靈巧，那麼柔軟，彷彿是在水中悠游。她辯解，重要的是愛是一種與生俱來的天分。她說：「要不天生就懂，要不一輩子都不會懂。」弗洛雷提諾．阿里薩嫉妒得直發抖，他心想，或許她比表面假裝的還要有經驗，但是他把嫉妒全吞下肚，因為就像他對所有女人說過，他也對她說，他是她們唯一的情人。在其他許許多多的事當中，他最不喜歡的是忍受那隻憤怒的貓在床上，莎拉．諾列加把牠的爪子磨鈍了，以免他們在歡愛時，被牠用利爪撕碎。

然而，就像喜歡在床上調情直到筋疲力竭，她也喜歡崇拜詩歌到身心俱疲。她對她那個時代多愁善感的詩歌倒背如流，這種新發表的詩歌會在街頭以一本兩分錢的小冊子販售，她還將最喜愛的詩歌用大頭針釘在牆上，以便隨時大聲朗讀。她把禮節與公民教育的課程內容，改成十一音節雙行詩版本，一如用在正字法的雙行詩一樣，但是並沒有獲得官方通過。有時，當她朗誦詩歌的興致一爆發，會一邊歡愛一邊大聲吟詩，這時弗洛雷提諾．阿里薩不得不把奶嘴用力塞進她的嘴巴，就像把奶嘴塞給孩子那樣要他們別哭。

當他們最濃情蜜意的時候，弗洛雷提諾·阿里薩曾問過自己哪一種狀況算是愛，是凌亂的床鋪，還是平靜的禮拜天下午，莎拉·諾列加用一句簡單的回答安撫他，那就是裸體所做的事就是愛。她說：「靈魂層面的愛是上半身的愛，肉體層面的愛是下半身的愛。」莎拉·諾列加覺得這句話的定義很好，可以寫成一首有關兩種不同面貌的愛情詩，兩個人合寫了詩，她拿去參加第五屆的花賽詩會，相信沒有人以這樣一首高原創性的詩參賽。但是她再次落敗。

弗洛雷提諾·阿里薩送氣憤難平的她回家。不知為什麼，她相信費米娜·達薩跟她有仇，一手策劃陰謀，不讓她的詩作得獎。弗洛雷提諾·阿里薩沒注意聽她的話。他從頒獎之後，心情就很低落，因為他已經很久沒看到費米娜·達薩，這一晚他覺得她的變化很深刻：他從第一眼就注意到她散發出母性的味道。這對他來說不是新消息，他知道她有個已經上小學的兒子。然而，在這之前她的母性並沒有像這一晚這麼明顯，包括她的腰圍，她走路有點氣喘吁吁，以及當她唸出得獎名單，聲音流露滄桑。

他試著搜尋他的回憶，趁莎拉·諾列加準備一些吃的東西時，翻閱歷年花賽詩會的剪貼簿。他瀏覽雜誌彩圖，拱廊上販售的已經發黃的紀念明信片，而這就像回顧了他彷彿騙局的虛假人生。在此之前，他一直靠著假象活著，那就是世界在改變，習慣、流行在改變，一切都在改變，唯獨她沒有變。但這一晚，他第一次有意識地看見費米娜·達薩的人生時光是如何流逝，他的人生又是如何流逝，但是他唯一做的事只有枯等。他從未跟任何人談過她，因為他知道說出那個名字，會被人發現嘴唇刷白。

但是這一晚，正當他一如在那樣多其他煩悶的禮拜日夜晚翻閱剪貼簿時，莎拉・諾列加不經意說了一句令他血液凍結的話。

「那個女人是婊子。」

她經過他身邊，看見費米娜・達薩在化妝舞會上扮成黑豹的一張照片，吐出了這句話，不需要指名道姓，弗洛雷提諾・阿里薩就知道她說的是誰。他害怕會聽見揪心一輩子的話，連忙小心翼翼地辯護。他告訴她，他只遠遠看過費米娜・達薩，從未正式打過招呼，不知道她的私生活，但對方看來確實像個令人敬仰的女人，白手起家，靠自己的功勞備受讚揚。

「她依靠的是嫁給自己不愛的男人與利益結合的婚姻。」莎拉・諾列加打斷他的話。「那是婊子最下賤的招數。」

弗洛雷提諾・阿里薩的母親在安慰他的不幸戀情時，也這麼跟他說過，儘管口氣沒那麼粗魯，但在道德觀點上一樣嚴厲。他茫然到了極點，找不到恰當的話來反駁莎拉・諾列加的無情批評，於是他試圖逃避話題。但是莎拉・諾列加不肯罷休，非得要發洩完對費米娜・達薩的不滿。因為某個她也無法解釋的直覺，她相信是這個女人主導了一場不讓她得獎的陰謀。她實在沒有理由這麼相信：她們素不相識，從未見過面，費米娜・達薩即使知道比賽內幕，卻跟評分沒有關聯。莎拉・諾列加用斬釘截鐵的語氣說：「我們女人都是占卜師。」接著，結束這場爭論。

從這一刻起，弗洛雷提諾・阿里薩看待她的眼光變得不同。她也隨著歲月改變了。她豐腴的外表悄悄地枯萎了，她的愛慢慢地化為淚水，她的眼皮開始出現過往痛苦留下的痕跡。她已是昨日之花。此外，她在挫敗的怒火中，沒有留意自己喝下多少白蘭地。她不像平日的自己：當他們吃著加熱的椰漿飯時，她試著計算兩人在那首落敗的詩上各貢獻多少，每一人該分到多少片金蘭花花瓣。這不是他們第一次做這種毫無意義的比較來自娛，但是他利用這個機會，安撫剛被剝開的傷口，他們陷在一場瑣碎的爭辯，最後翻出將近五年對愛情差距的積怨。

就在離午夜十二點還有十分鐘時，莎拉．諾列加爬上椅子，打算替擺鐘上發條，卻不由自主地調了時間，或許想藉此告訴他沒說出口的話，他應該離開了。這一刻，弗洛雷提諾．阿里薩迫切渴望斬斷這段沒有愛情的關係，試著尋找主動出擊的機會：這是他一直以來的做法。他乞求天主，讓莎拉．諾列加留他在床上過夜，好讓他能對她說結束了，他們之間已經全部結束，她上好發條後，他要她在他身邊坐下來，但是她卻坐在訪客安樂椅，保持一段距離。弗洛雷提諾．阿里薩向她伸出沾溼白蘭地的食指想讓她吸吮，這是她以往喜歡的前戲之一。她卻避開了。

「現在不行。」她說。「我在等人。」

自從遭到費米娜．達薩拒絕後，弗洛雷提諾．阿里薩就學會一直掌握最後的決定權。如果場面不是這麼僵，他或許會努力挽回莎拉．諾列加，這個夜晚勢必會以他們在床上翻滾畫下句點，因為他相信一個女人一旦跟男人上床，只要他懂得憐惜她，每次想要的時候，她就不會拒絕他的要求。因為這麼相信，他能忍受一切，不去在意愛情中最齷齪的交易，只要不把最後的決定權交給女人。但是這一晚，他備感羞辱，於是他灌下白蘭地，盡可能表現他的憤恨，然後不告而別。他們從此再也不曾見面。

與莎拉・諾列加的交往，可說是弗洛雷提諾・阿里薩最持久和穩定的一段關係，儘管他在那五年裡不只有這段關係。當他明白跟她在一起的感覺很好，尤其是在床上，但是她卻永遠不可能取代費米娜・達薩，他便又開始在夜晚獨自出去獵豔，並設法分配好他的時間跟精力。然而，像是發生奇蹟一樣，莎拉・諾列加曾在某一段時間減輕他的痛苦。至少他不需要見到費米娜・達薩，就能活下去，不像從前，他總會隨時放下手邊的事，在外面漫無目的地尋找她的蹤跡，毫無方向地徘徊在最意想不到的街道上，在她不可能出現的幻想地點，只要見不到她，心中的焦慮就無法平息。跟莎拉・諾列加分手之後，他沉睡的思念又回來騷擾他，他再一次感覺像回到小公園的那些下午和永無止盡地閱讀，但是這一次情況更嚴重，胡維納爾・烏爾比諾醫生非死不可這件事，已是迫在眉睫。

他從許久以前就知道，他注定能讓寡婦快樂，寡婦也能讓他快樂，他不覺得這有什麼好顧慮。相反地，他已經準備好。弗洛雷提諾・阿里薩在多次的獵豔中深入認識她們之後，最後明白，世界上到處都是快樂的寡婦。他看過她們在丈夫的遺體前悲痛得幾乎發瘋，苦苦哀求讓她們陪葬，她們不想在失去丈夫後，獨自面對未來的命運，但隨著她們逐漸跟現實妥協，接受自己的新處境，她們就會重新綻放生命力，從灰燼中重生。一開始，她們像是暗處的寄生蟲，活在空蕩蕩的大屋裡，把女僕視為密友，躺在床上不想起來，多年來，活在不事生產的囚籠裡，不知道能做些什麼事。她們把過多的時間花在替亡夫的衣服縫上以前沒時間補的鈕扣，將襯衫一再整燙，替領口和袖口上石蠟，好永遠保持完美。她們繼續在浴室放著丈夫的香皂，在床上放繡上他們姓名首字母的枕套，在桌上繼續擺上他們的餐盤和餐具，以免他們突然死而復生回家，像他們生前經常沒事先通知就做的那樣。但是在那段孤獨日子裡，她們慢慢發現自己重新掌握自由意志，之前，她們放棄娘家姓氏和原本的身分，以換取一種安全感，而那種安全感只不過是當女友時的眾多幻想之一。只有她們自己清楚，她們如癡如狂愛著的男人到底帶來多重的負擔，或許他也愛她們，可是她們得照顧他到他們嚥下最後一口氣那天，餵他們吃飯，替他們換髒尿布，使出母親的花招逗他們開心，減輕他每天早上出門面對現實世界的恐懼。然而，當她們看著他們步出家門，懷抱著妻子要他們吞噬世界的決心，她們反而恐懼丈夫可能回不了家。這就是人生。如果說真有愛情的話，那是不一樣的東西，是另一種人生。

在孤獨的療傷期間，那些寡婦反而會發現，誠實的生活方式是聽從身體的聲音，肚子餓的時候才吃飯，愛的時候不用說謊，不用假裝睡著來逃避正牌丈夫的無禮，終於享有自己的一張床，躺在上面時再也不用爭另一半的被單，另一半的空氣，另一半的夜晚，甚至身體能盡情夢見自己的夢，然後獨自醒來。弗洛雷提諾·阿里薩在那些秘密獵豔的凌晨，總遇見她們從五點的彌撒結束後出來，她們一身黑色喪服打扮，肩上停著命運的烏鴉。一看見他出現在破曉的晨光中，她們便會踩著像小鳥兒般細碎短促的步伐，穿越街道，變換人行道，因為只要靠近男人，就會玷汙她們的名譽。然而，他相信，一個悲痛欲絕的寡婦內心，要比任何女人更可能埋藏著幸福的種子。

從拿撒勒寡婦之後，他這一生又遇過許許多多的寡婦，讓他得以窺見已婚婦女如何在丈夫過世後過著幸福的生活。在此之前，這只是個單純的幻想，然而多虧她們把這個幻想變成唾手可得的機會。他想不出費米娜．達薩不當寡婦的理由，她會在經歷人生之後，準備好接受他，不要想著丈夫的死而感到內疚，下定決心跟他一起找到雙重幸福，抱著一種能把活著的每一秒鐘變成奇蹟的平凡之愛，以及一種只屬於她的愛，一種不受死亡束縛能感染出去的愛。

這時，費米娜．達薩的新世界剛從地平線那端隱約浮現，在那裡，除了厄運，一切都在預測之中，如果他曾想過她距離他的那些白日夢有多麼遙遠，或許就不會這麼一頭熱。在那個年代，身為富人有很多好處，當然，也有很多不便，但是世界上過半數的人都渴望成為富人，好似那是最有可能得到永生的機會。費米娜．達薩以乍現的成熟，拒絕了弗洛雷提諾．阿里薩，隨即又因為同情心作祟而感到痛苦，但是她從未懷疑自己的決定是正確的。在當時，她無法解釋到底是哪個未知的理由，驅使她作出那樣有遠見的決定，但許多年後，就在她即將邁入遲暮之年，不知怎麼地，她在一次湊巧提到弗洛雷提諾．阿里薩的談話中，突然發現了原因。所有參加社交聚會的人都知道他是正值輝煌時期的加勒比海航運公司的接班人，所有人都確認跟他見過面，甚至跟他打過交道，可是沒有一個想得起來他的模樣。就是在這一刻，費米娜．達薩恍然大悟讓她無法愛上他的箇中原因。她說：「他不像是人，倒像是影子。」就是這樣：他是某個沒有人認識的人的影子。但是，當她在抗拒完全不同類型的胡維納爾．烏爾比諾醫生的猛烈追求時，內心充滿內疚，痛苦不堪：這是她唯一無法忍受的感覺。每次當她感覺心頭充滿內疚，就需要找人幫她減輕罪惡感，才能控制一股席捲而來的恐懼。她從非常小開始，當在廚房打破盤子，當有人跌倒，當自己被一扇門夾到手指頭，都會驚慌失措地轉過身對離身邊最近的大人說：「都是你的錯。」其實她不在乎誰是肇事者，相不相信自己清白：她只要口頭上表示清白就夠了。

還好胡維納爾．烏爾比諾醫生即時發現，這個明顯的缺點是如何嚴重危害家庭的和諧，他只要一發現跡象，就會連忙跟妻子說：「不要擔心，親愛的，是我的錯。」因為，他最怕妻子突如其來的果斷決定，他確信這些決定都是來自罪惡感。然而，拒絕弗洛雷提諾．阿里薩所帶來的慌亂，無法用一句安慰就能解決。有好幾個月的時間，費米娜．達薩依然會在早晨打開陽臺，老是想念在荒涼的小公園裡窺探她的那縷幽魂。她凝視屬於他的那棵樹，不再那麼不顯眼的那張靠背長椅，他曾坐在那裡一邊閱讀一邊想她，為她痛苦，然後她不得不關上窗，加上一聲嘆息：「可憐的男人。」當想要彌補過去卻為時已晚，她甚至相當失望他不像她以為的那麼有毅力，她曾經不止一次感到遲來的渴望，希望收到一封永遠不會寄到的信。但是當她得面對嫁給胡維納爾．烏爾比諾醫生的決定時，她發現，她拒絕弗洛雷提諾．阿里薩，但也沒有喜歡醫生的理由，於是心生莫大恐慌。事實上，她對醫生或對另一個都只有那麼一點喜歡而已，而且她不太認識他，他的情書不如另一個來得熱情，也沒做出太多證明他下定決心的感人舉動。其實，胡維納爾．烏爾比諾醫生的追求從來不是以愛來表達，至少令人好奇的是，像他這樣一位天主教戰士，只給她世俗的好處：安全、秩序、快樂，這些東西加起來，或許很像愛情，幾乎就是愛情。但其實並不是，這些疑慮加深她的疑惑，因為她也不認為愛情是她的生活最需要的東西。

總而言之，她對胡維納爾．烏爾比諾醫生主要的反感，來自於他跟羅倫佐．達薩渴望為女兒挑選的乘龍快婿類型相當接近。她無法不把他看成是父親計謀的棋子，即使他真的不是，費米娜．達薩卻在看見他第二次不請自來，到她家看病時，就認定了他的嫌疑。她在跟表姊伊勒德布蘭妲談過後更加迷惘。她的表姊也是個受害者，因此頗能認同弗洛雷提諾．阿里薩，忘了羅倫佐．達薩要她來，是要她替胡維納爾．烏爾比諾醫生說好話。天知道費米娜．達薩費了多大的勁兒，才忍住沒陪她去電報室見弗洛雷提諾．阿里薩。她也希望再見他一面，跟他對質和消除她的疑惑，跟他單獨一談，徹底認識他，確定她衝動的決定不會驅使她匆促作出另一個更嚴重的決定，那就是在她跟父親的衝突中認輸。但是她在人生最關鍵的一刻投降了，她沒去注意追求者的風姿瀟灑，他傳說的財富，他年少得志，或者他那樣多貨真價實的功績，她只是不知所措，害怕機會溜走，和她即將滿二十一歲，那是她偷偷在心底許下對命運低頭的年齡界線。她只用了那麼一分鐘，就按照天主和人類的準則作出決定，至死不渝。於是一切疑惑頓時消散，她不帶悔恨，跟隨理智的指示，去做最得體的事：忍著眼淚，拿起海綿擦去對弗洛雷提諾．阿里薩的回憶，擦得一乾二淨，讓記憶裡他曾經占據的空間長出一片罌粟花海。她唯一允許自己做的是一聲比平常還要深刻的嘆息，也是最後一聲嘆息：「可憐的男人！」

然而，最可怕的疑惑，卻是在蜜月旅行回來後不久浮現。他們剛打開行李箱，拆箱家具，和拿出她為扮演卡薩杜埃羅侯爵古宅女主人和夫人帶回來的十一盒東西，她已經發現她身陷在一棟錯誤的屋子裡，更糟糕的是丈夫並非她想像的模樣，差點沒昏死過去。她花了六年才逃出來。那是她人生最慘澹的六年，她對婆婆布蘭卡夫人的苛刻和兩位小姑的愚昧感到絕望，如果說她們兩個沒在修道院的囚房裡活活枯萎，那是因為囚房早已在她們的內心。

烏爾比諾醫生基於照顧家族的義務，對她的哀求充耳不聞，他相信天主的智慧和妻子無限的適應本領，能讓一切步上正軌。他心疼母親的頹喪，從前她對生活充滿喜悅，活著的渴望甚至影響滿心懷疑的人。沒錯：從前那個美麗、聰明的女人，有著與眾不同的感性，四十年來一直是她所屬的社交圈的靈魂和焦點。喪夫之痛讓她悲痛到極點，連她都不相信她還是從前的自己，她變得懶散和尖酸，與大家為敵。她的頹靡，唯一可能的解釋是怨恨，正如她所說，她的丈夫為一群黑人犧牲，而他唯一該要的犧牲是為她活下去。無論如何，費米娜．達薩幸福的婚姻只有蜜月旅行那段日子，而唯一可以幫忙她阻止觸礁的人，卻在母親的威權下嚇得縮手。她把困在死亡陷阱的處境全歸咎給丈夫，不是她的兩位蠢笨的小姑或半瘋的婆婆。她懷疑她嫁的男人，在摘下他專業權威人士和世俗迷人的外表後，其實是一個無可救藥的軟弱男人：一個在社會上靠姓氏的分量而表面風光的可憐傢伙。

她把心思放在照顧剛出生的兒子。當兒子離開她的身體時，她感覺如釋重負，彷彿擺脫某個不屬於她的東西，而她也感到驚慌，因為當產婆抱給她看從她肚子出來的小牛犢時，她發現她對那身全身黏附胎脂和鮮血和脖子纏著臍帶的活生生小東西，沒有一絲感動。但是她在古宅的孤獨生活中學會認識他，熟悉彼此，她驚喜地發現，對子女的愛並非來自他們是自己的孩子，而是從養育的過程培養。最後，她除了兒子，在這個不幸的家再也無法忍受任何東西或任何人。家中的一切讓她消沉，屋內的寂靜，如同墓園的花園，那些時間彷彿止步的沒有窗戶的巨大寢室。她感覺在無止盡的夜裡快被鄰近瘋人院傳來的瘋女人尖叫聲逼瘋。她對家裡每天像辦宴會似地擺桌的習慣感到羞恥，鋪上刺繡桌巾，擺置成套的餐具和類似喪禮用的燭臺，只為了讓五個人在晚餐時間喝牛奶咖啡配乳酪麵包。她痛恨傍晚的玫瑰經，餐桌上的矯揉做作，對她的批評，如使用餐具的方式，像街上女人那種不可思議的闊步走路，像馬戲團裡的穿著，甚至是她像鄉下人對待丈夫的方式，和不懂得給兒子餵奶時拿披巾蓋住胸部。當她開始邀人來喝下午五點的下午茶，一切按照英國的最新流行，招待英式餅乾和花瓣果醬，布蘭卡夫人卻反對在她家喝那種退燒的草藥茶，而不是起司熱巧克力和木薯麵包圈。她連做夢都擺脫不了她的責罵。有一天早上，當費米娜．達薩說著自己夢見一個陌生人，那個人一絲不掛地走在古宅裡的每間廳堂，撒下一把把的灰燼，布蘭卡夫人厲聲打斷她的話：

「正經的女人不能做這種夢。」

除了住在夫家沒有歸屬感，還有兩件更不幸的事。一是每天的菜色幾乎都包含各種煮法的茄子，布蘭卡夫人出於對亡夫的敬重，拒絕變換菜色，費米娜．達薩則是拒吃。她從小就討厭茄子，甚至在嘗過前就討厭，她總覺得那是毒藥的顏色。只是這一次，她不管如何都得承認，生活已經出現好的變化，五歲時，她也在餐桌上說過那句話，於是父親逼她吃下一鍋六人份的燉茄子。她以為自己會死，先是吐出嚼爛的茄子，接著他們想治好她，又強迫她喝下一大碗蓖麻油。這兩樣東西混在一起，不只是味道，也是因為對毒藥的恐懼，在她的記憶裡變成一種瀉藥，每到卡薩杜埃羅侯爵古宅令她痛恨的午餐時間，她就得轉開臉，以免想起蓖麻油冰冷的噁心感。

另一件不幸的事是豎琴。有一天，布蘭卡夫人說：「我不相信不會彈鋼琴的女人是良家婦女。」她顯然是故意這麼說的。她的這個命令，連她的兒子都試著反對，因為他最美好的童年時光都是在上鋼琴課中度過，儘管長大後他曾感激這件事。他無法想像妻子也受同樣的苦，她已經二十五歲，而且很有自己的個性。他唯一勸得動母親的是把鋼琴換成豎琴，理由很天真，那就是豎琴是天使的樂器。因此，他們從維也納運來一架華麗的豎琴，外表像是黃金打造，響起來也像黃金的聲音，後來成為市立博物館最珍貴的古物之一，直到後來一場大火吞噬館內的一切文物。費米娜．達薩接受了這個奢侈的處罰，當作是阻止婚姻觸礁的最後一次犧牲。她開始跟一位他們特意從蒙波斯請來的頂尖大師學琴，然而他卻在抵達的十五天後過世，接下來幾年，她跟著一位神學院最好的音樂家學琴，而他那掘墓人的氣質妨礙了她彈奏的琴音。

她對自己的順從感到驚訝。即使在她跟丈夫把從前來談情說愛的時間用來無聲爭吵時，她內心深處依舊不肯承認，她比自己想像的還快地陷在新世界的一堆常規和偏見中無法動彈。起先，她經常說一句話來確信自己在規矩中還是自由的：「吹涼風的日子，扇子去見鬼吧。」但之後，她相當看重她努力爭取來的特權，害怕丟臉和嘲弄，準備好要忍受一切，包括羞辱在內，她只希望天主終能憐憫布蘭卡夫人，成全她在禱告中不厭其煩地求死的心願。

烏爾比諾醫生找了冠冕堂皇的理由解釋他的軟弱，甚至沒問自己這樣的理由是否違背他的信仰。他不承認跟妻子的爭吵是來自家中令人窒息的氛圍，而是婚姻的本質：婚姻是因為天主無盡的恩典而存在的荒謬發明。要兩個素不相識的人，完全沒有血緣關係，個性相異，文化不同，甚至性別也不同，在經過承諾後突然一起生活，睡在同一張床上，共享兩種或許注定分歧的命運，這是完全不合科學的。他說：「婚姻的問題在每晚夫妻親熱之後消失無蹤，然後在每天的早餐前再次出現。」他說他們的婚姻更嚴重，來自兩個敵對的階層，而且發生在一座依舊夢想著重返總督時代的城市。唯一可能把他們黏在一起的灰漿，如果真的存在的話，是愛情這種不可能和反覆無常的東西，以他們為例，他們結婚時還沒有愛情，正當他們要發明這個東西時，命運唯一做的卻是迫使他們面對現實。

這是他們在豎琴時期的生活狀態。那些偶遇甜蜜的片刻已成過往，原本他們儘管爭吵，儘管得吃有毒的茄子，儘管家中有他那兩位愚癡姊妹和可惡的母親，當她在他洗澡時踏進浴室，他仍有足夠的愛要求她抹香皂。她會願意帶著在歐洲那段時間剩下的愛的餘屑去幫忙，然後慢慢地兩人沉浸在回憶中，背叛自己，不自覺地鬆懈下來，無聲地渴求彼此，最後在地板上愛得難分難捨，全身沾滿芳香的泡沫，聽著女僕在洗衣間談論他們：「他們生不出其他孩子，是因為不做那檔事。」偶爾，當他們從瘋狂的節慶回家，懷念的感覺又躲在門後襲擊他們，於是美好的感覺爆炸開來，一切又回到以前，在短短的五分鐘，他們再次變回蜜月時期那對甚至不拉上門襟的愛侶。

可是，除了這些寥寥可數的狀況，到了上床時間，他們總有一位比另一人還累。她會逗留在浴室裡捲紙菸，獨自一個人抽菸，重拾在娘家還是自由之身的年輕時代的自慰習慣，成為自己身體的唯一主人。她總是推說頭痛，或者天氣太熱；總是假裝睡著，或者月事又來了，月事，每次都是月事來了。次數之多，讓烏爾比諾醫生為了發洩他難言的苦，膽敢在課堂上說，結婚十年後，女人變成每個禮拜來三次月事。

雪上加霜的是，費米娜．達薩還得在最糟糕透頂的一年，面對人生遲早非得面對的事：她父親那些從未講明的神秘生意。省長在辦公室約談胡維納爾．烏爾比諾醫生，將他的岳父的踰矩行為告知他，最後以一句話作為總結：「不論是天條或人類法令，那個傢伙都觸犯過。」他仗著女婿的權勢做出一些甚為不堪的勾當，難以不去想像女婿和妻子不知內情。胡維納爾．烏爾比諾醫生知道唯一要保護的是自己的名聲，那是他僅剩還站得住腳的東西，因此他運用所有的權力，以他的話作為擔保，順利掩蓋這起醜聞。於是，羅倫佐．達薩搭乘第一艘能搭上的船離開這個國家，永遠不再回來。他返回了故鄉，一如偶爾會做的那些為一解鄉愁的小旅行，而背後有件事倒是真的：很久以來，他每次搭上回祖國的船隻，就只是為了喝一杯儲水槽的水，那泉水來自他的小村落故鄉。他沒有妥協就離開，他堅持清白，而且試著說服女婿一切都是政治陰謀，而他只是個受害者。他離開的時候，為他的小女孩哭泣，那是他從費米娜．達薩出嫁後開始叫她的小名，他也為外孫哭泣，為這片土地哭泣，他在這裡致富，得到自由，有所成就，靠著他那些不清不楚的生意，把女兒變成高貴的夫人。他老了也病了，可是活得比他任何一個受害者希望的還要來得久。後來，當費米娜．達薩收到他過世的消息，忍不住嘆一口氣，感到如釋重負，她沒替父親戴孝，以避免有人問起，但是不知道為什麼，當她關在浴室裡抽菸時，她總懷著無聲的憤怒哭泣，哭了好幾個月，那是為父親哭泣。

他們兩人最離譜的是，在不幸的那些年，總是在公共場合裝作再幸福也不過。事實上，那是他們大獲全勝的幾年，壓倒四伏的敵意，擊退看他們不順眼的人：他們的與眾不同，新派作風，違逆傳統秩序。然而，對費米娜．達薩來說，這是最輕而易舉的事。她在認識上流社會之前，曾存有相當多的疑惑，結果不就只是一套體制，包含傳承的規矩、庸俗的禮節、事先預定的話語，他們就是靠著這套體制維持他們的社會，避免自相殘殺。在這個輕浮而瑣碎的天堂，主要的特徵是恐懼未知的事物。她用一種簡單的方式下了定義：「社交生活的要點是要學習控制恐懼，夫妻生活的要點是學會控制厭惡。」她是突然醒悟這一點的，當時她穿著新娘禮服，拖著彷彿無盡綿延的曳地裙襬，踏進社交俱樂部的寬闊交誼廳，大量的鮮花冒出混在一起的熱氣，裡面空氣稀薄，縈繞著華爾滋優美的旋律，男人汗流浹背，女人身體發顫，他們凝視她，還不知道該怎麼消除這個外來世界闖進來顛倒眾生的威脅。她剛滿二十一歲，除了上學外，幾乎足不出戶，但是她只用視線掃一圈，就明白她的對手並非滿懷恨意，而是害怕和手足無措。她不打算再嚇他們，而是親切地幫助他們認識她。每個人都跟她想像的一樣，正如城市，她認為城市沒有好與壞，好與壞是自己打從心裡認定的。在巴黎那時，儘管天氣總是陰雨綿綿，儘管店家都吝嗇貪婪，儘管車夫都粗鄙不堪，每當她回憶時，總是認為那是世界上最美麗的城市，這無關它是否真的美麗，而是她把這座城市對那段她最快樂的日子連結在一起。至於烏爾比諾醫生，他會用同樣的手段反過來對付反對他的人，只是他會聰明運用，而且經過慎重的算計。每一件事一定有他們的蹤跡：城市散步道，花賽詩會，藝文活動，慈善摸彩，愛國行動，首趟熱氣球旅行。他們全部參加，永遠率先發起，和一馬當先。沒有人能想像，在他們最不幸的那些年，還有誰比他們快樂，還有哪對夫妻比他們和睦。

費米娜・達薩把父親留下的屋子當作逃避令人窒息的古宅的避風港。每當離開大眾視線，她就會偷偷回到福音公園，在那裡接待新朋友，幾位中學的同窗，或者油畫課的女伴：作為一種不忠的替代品。她會平靜地過上幾個小時單身母親的生活，和僅剩的兒時回憶相處。她再次購買香水烏鴉，撿回街上的貓，交給葛拉．普拉西迪亞照顧，女僕已經年老，而且因為風溼病動作不便，但是仍抱有心力想整頓屋子。她重新打開縫紉室，弗洛雷提諾．阿里薩在這裡第一次見到她，胡維納爾．烏爾比諾醫生也在這裡要她伸出舌頭，試著窺探她的心，她把縫紉室當作過往回憶的聖殿。有個冬天午後，當她趁暴風雨來襲前，打算關上陽臺時，卻看見弗洛雷提諾．阿里薩坐在小公園杏樹下的靠背長椅上，穿著他父親那件改小的西裝，腿上擱著一本翻開的書，但是她看到的不是幾次巧遇他時看到的模樣，而是留在她記憶裡的那個年紀的他。她怕那個幻影是死亡預兆，感到難過不已。她大膽地對自己說，或許跟他在一起會比較快樂，只有跟他住在這棟她滿懷著愛為他整修的房子，一如他也為她整修他的房子，這個簡單的想像讓她嚇了一大跳，她得以發現她的不幸已經到了極點。於是，她使盡最後的力氣，逼迫丈夫不准逃避，跟她討論，跟她面對面，跟她吵架，兩個人一起為失去的樂園痛哭，直到聽見最後幾聲雞鳴，晨曦照進古宅的紗織花邊窗簾，朝陽升起，她的丈夫因為講了太多話而皮膚浮腫，沒有睡覺而筋疲力竭，一顆心在傷心哭過之後變得堅強，他綁緊短靴的鞋帶，扣緊腰帶，拿出他身為男人僅剩的一切，告訴她，沒問題，親愛的，他們要找回失落在歐洲的愛情：明天出發，永不回來。他的決心是如此堅定，因此他跟他的資產管理人財富銀行達成約定，立刻出清分散在各式各樣的生意、投資、教會債券和長期證券的龐大家族財富，只有他清楚家產並非傳說中那樣無法估計：只剛剛好讓人衣食無憂。無論如何，他把家產全換成刻上印記的黃金，準備慢慢地轉往他在國外的銀行，直到他跟妻子在這個無情的國家連一寸可以下葬的土地都不剩為止。

事實上，弗洛雷提諾·阿里薩還活著，跟她以為的恰恰相反。他就在法國遠洋輪船的碼頭上，看著她跟著先生和兒子搭乘金色四輪馬車抵達，步下馬車，一如他那樣多次在公眾場合看見他們的情景：完美無瑕。他們把兒子帶在身邊，那孩子彬彬有禮，已經看得出他長大後是什麼模樣；後來的確沒錯。胡維納爾·烏爾比諾醫生拿起帽子，愉快地跟弗洛雷提諾·阿里薩打招呼：「我們要遠征法蘭德斯。」費米娜·達薩向他點頭致意，而弗洛雷提諾·阿里薩脫下帽子，微微敬禮，她盯著他，對他那提前禿頭的不幸沒有表示半點同情。他就如同她看到的，是某個她不認識的人的影子。

這時的弗洛雷提諾·阿里薩也不是在人生最平順的時刻。他的工作一天比一天繁重，對於獵豔感到厭倦，還有日子的死寂，再加上崔絲朵·阿里薩的人生已經到了盡頭，她不記得任何事，記憶幾乎只剩一片空白。有時，當她轉過頭，看見他跟往常一樣坐在扶手椅上閱讀，甚至會驚訝地問他：「你是誰的兒子？」他總是回答她事實，但是她馬上又打斷他。

「那麼，兒子，告訴我一件事。」她問他。「我是誰？」

她胖了很多，幾乎無法再移動，整天待在早就沒東西可賣的雜貨舖裡消磨時光，她隨著第一聲雞鳴起床，接著就待在那裡，直到隔天凌晨，因為她只睡短短幾個小時。她會在頭上戴上花圈，塗口紅，往臉上和手臂擦白粉，然後會問身邊的人，她看起來如何。鄰居都知道她只等著聽同樣的答案：「看起來像小蟑螂馬汀內茲。」這是她從一個兒童故事借來這個角色，唯有聽到這個回答才會滿意。她會一直搖擺身軀，拿一把粉紅色羽毛大扇子搧風，直到再重複同樣動作：戴上紙花圈頭冠，眼皮塗上麝香，嘴唇搽上口紅，臉上塗一層白色顏料。然後再問身旁的人：「我看起來如何？」當她變成鄰里的笑柄王后時，弗洛雷提諾・阿里薩找一天晚上拆掉舊時雜貨舖的櫃檯和抽屜櫃子，關閉臨街大門，再依照母親的描述，將原本的空間改成小蟑螂馬汀內茲的臥室，自此，她再也沒問人她是誰。

他聽從雷歐十二叔父的建議，找了一個老婦人來照顧母親，但是這位可憐的老太太睡著的時間永遠比清醒還久，有時她似乎也忘記自己是誰。因此，弗洛雷提諾・阿里薩在下班後就回家，陪著母親直到她上床睡覺。他不再去商業俱樂部打骨牌，也隔了很久都不再去看以前經常見面的幾個女性老友，因為自從那次跟奧琳琵亞・蘇雷塔的恐怖交往後，他的內心深處的某個東西改變了。

那是個意外。當時正逢那種往往留下遍地滿目瘡痍的十月的暴風雨肆虐，弗洛雷提諾・阿里薩剛送雷歐十二叔父回家，他從馬車看見一個嬌小靈敏的女孩，她穿著一襲薄紗荷葉邊洋裝，看起來像是一件新娘禮服。他看見她驚恐地從這一頭跑到那一頭，狂風吹跑了她的小傘，捲向空中，飛往大海。他把她救上車子，調離回家方向，改送女孩回家，她的家是一間面海的古老小教堂改建，是當初特意為了適應大海的環境而蓋，從街道就能看見院子裡擠滿一間間鴿舍。她在路上告訴他，她新婚不到一年，丈夫是個在市場販售雜貨的小販，弗洛雷提諾·阿里薩曾在公司的船上看過他許多次，那人把裝著要販售的各種雜物的箱子搬下船，還有一個裝著一大群鴿子的藤編鳥籠，像那種搭乘河輪時母親用來帶剛出世的嬰兒的籠子。奧琳琵亞·蘇雷塔似乎是來自黃蜂家族，不僅是她的翹臀和小巧的胸部，而是她整個人給人的感覺：像鐵絲的黃頭髮，臉上的曬斑，一雙眼距比正常還寬一些的靈活圓眼睛，那細膩嗓音只用來講理和聊有趣的事。弗洛雷提諾·阿里薩不覺得她有魅力，而是滑稽，送她回到她跟丈夫和公公以及其他家人同住的屋子後，他很快地就把她給忘了。

幾天過後，弗洛雷提諾·阿里薩在港口看到她的丈夫，這一次他正在搬貨上船，而不是卸貨，輪船啟航後，他非常清楚聽見耳邊響起惡魔的聲音。這天下午，他送雷歐十二叔父回家後，假裝恰巧經過奧琳琵亞·蘇雷塔的家，他從圍牆外看見她正在餵鬧成一團的鴿子，他從車上朝著圍牆對她大喊：「鴿子一隻多少錢？」她認出他來，於是用愉快的聲音回答：「鴿子不賣。」他問她：「那麼要怎樣才能得到一隻？」她繼續撒飼料給鴿子吃，並回答：「遇到在暴風雨中迷路的養鴿女，用馬車送她回家。」於是，弗洛雷提諾·阿里薩那晚帶著奧琳琵亞·蘇雷塔的謝禮回家：一隻腳拴金屬環的信鴿。

隔天下午，一樣是餵食時間，美麗的養鴿女看見贈送的鴿子返回，以為牠逃跑了。可是當她抓起鴿子檢查，發現金屬環上捲了一張紙條：一份求愛的宣言。這是弗洛雷提諾·阿里薩第一次留下書寫的證據，而且不是唯一的一次，不過他非常謹慎，沒留下簽名。隔天禮拜三下午，正當他要進入屋內時，街上有個孩子交給他一個鳥籠，籠子裡關著同樣那隻鴿子，此外還有一條口信，養鴿太太囑咐他把鳥籠關好以免再飛走，這是她最後一次歸還鴿子。他不知道該怎麼解讀這條口信，是鴿子在路上遺失了信，是養鴿女裝瘋賣傻，還是交還鴿子是要他再寄信。然而，如果是最後的狀況，照理說她在歸還鴿子時，應該會附上回信。

禮拜六早上，弗洛雷提諾．阿里薩在百般思考後，再一次透過飛鴿傳送一封沒簽名的信。這一次他沒等到隔天。到了下午，同一個孩子再交還他另一個鳥籠，和一條口信說再把又逃走的鴿子還給他，前天還給他是基於禮貌，這一次還給他是遺憾，但是下次再逃走的話，不會再還給他。崔絲朵．阿里薩逗弄鴿子到很晚，她把鴿子從鳥籠拿出來，抱在懷裡，試著唱兒歌哄牠睡，突然間，她發現金屬環有張小紙條，上面只有一行字：我不接受匿名信。弗洛雷提諾．阿里薩讀完後欣喜若狂，彷彿回到第一場冒險的高潮，他滿心焦躁，這一晚幾乎沒睡。隔天一大早，他在上班前再一次放飛鴿子，寄出一封清楚署名的求愛信，而且還在金屬環別上一朵從他花園裡採下的最新鮮、嬌豔欲滴和芳香的玫瑰。

事情沒有那麼容易。經過三個月的窮追猛打，她還是同樣一句回覆：「我不是那種女人。」但是她還是一直收信，或者赴弗洛雷提諾．阿里薩巧妙安排的假裝巧遇。他變了一個人：原本的他從不露臉，總是貪求愛情卻又吝於給予，從不付出卻索求一切，從不讓人在心底留下足跡，如今這個守在暗處的獵人卻現身街上，寄出一堆簽名信，送出討歡心的禮物，毫不謹慎地徘徊在養鴿女的住家附近，甚至有兩次她的丈夫並未出遠門，也沒到市場。這是他從開始獵豔以來，唯一一次感覺一支愛情的箭射中自己。

從第一次見面的六個月後，他們終於約在一艘河輪上的艙房見面，船隻停靠在河岸碼頭，正在等待重新上漆。奧琳琵亞．蘇雷塔是個熱情的養鴿女，她的愛令人愉悅，她喜歡光裸身體好幾個小時，慢慢地享受滿載愛的休息，這種休息對她來說就像愛情。他們所在的艙房已經拆除，油漆工作進行一半，松節油的氣味很適合跟愉快的下午時光烙印在記憶裡。突然間，弗洛雷提諾．阿里薩心血來潮，拿起床邊的一桶紅色油漆，用食指沾上顏料，在美麗的養鴿女郎的下腹部畫上一個往下指的血紅色箭頭，然後在肚子上寫了一行字：這下面是我的。那天晚上，奧琳琵亞．蘇雷塔忘了身上那行字，在丈夫面前脫掉衣服，她的丈夫不發一語，呼吸節奏沒變，靜悄悄地，他到浴室去拿來一把刮鬍刀，趁她穿上睡袍時，劃破她的喉嚨。

一直到好多天過後，當在逃的養鴿女丈夫落網，對報紙解釋犯案動機和方式，弗洛雷提諾．阿里薩才知道這起兇殺案。接下來許多年，他一直害怕地想著那些簽名的求愛信，計算殺人犯服刑幾年，因為船上生意的關係，對方對他非常熟識，但是比起費米娜．達薩發現他不忠的悲哀，他倒不怕被割斷喉嚨或鬧出公開的醜聞。就在等待的那幾年，照顧崔絲朵．阿里薩的老婦人因為一場不符合季節的暴雨，比預定時間在市場上多耽擱了一會兒，等到她到達時，發現她已經斷氣。她坐在搖椅上，跟平常一樣畫了一張花臉，張著一對靈活的眼睛，嘴角掛著調皮的微笑，因此，她的照顧者一直到兩個小時後才發現她已經離世。但是她在過世前，把埋在床下罐子裡的黃金和寶石分送給附近的孩子，告訴他們那是可以吃的糖果，有幾件最為貴重的首飾最終沒能找回來。弗洛雷提諾・阿里薩將她葬在古老的天主之手莊園，當時大家都還知道那兒又叫霍亂墓園，並在墳頭種上一叢玫瑰。

弗洛雷提諾・阿里薩去了墓園幾次，就發現奧琳琵亞・蘇雷塔葬在不遠處，沒有墓碑，但是有人用手指在墓穴的水泥未乾前寫上姓名和日期，他害怕地想那一定是死者丈夫的殘酷嘲弄。當母親墳頭上的玫瑰花叢盛開時，只要四下無人，他就會摘下一朵放在女孩的墳上，之後他種下從玫瑰花叢剪下的分支。兩叢玫瑰生氣勃勃，越長越密，弗洛雷提諾・阿里薩不得不帶著剪刀和其他園藝的鐵製工具來修剪整理。但後來茂密的程度超過他的能力範圍：幾年時間，兩叢玫瑰花已經像野草往其他墳墓蔓延而去，自此，這座瘟疫慈善墓園改名叫玫瑰墓園，直到某位缺乏大眾智慧的市長上任，一夜之間鏟平玫瑰花叢，在入口的拱門掛上一個共和黨的招牌，上面寫著：大眾墓園。

母親過世後，弗洛雷提諾・阿里薩再一次陷入荒謬的困境：上班，嚴格執行和舊日情人輪流約會，到商業俱樂部打骨牌，讀同樣的愛情刊物，禮拜天上墓園。這種僵化的規律生活令人鄙夷和害怕，但是可以保護他不受歲月干擾。然而，一個十二月的禮拜天，當園藝剪刀再也抵擋不住墳墓的玫瑰花叢，他看見燕子停在架設不久的電線杆纜線上，才猛然驚覺母親死後已經過了那麼多年，奧琳琵亞·蘇雷塔遭殺害後也過了那麼多年，以及遙遠的某個十二月下午，費米娜·達薩寄給他一封信回答願意，她會永遠愛他，更是不知過了多少年。在此之前，他假裝歲月的腳步從不曾在自己身上駐足，只在其他人身上留下痕跡。差不多在一個禮拜前，他在街上遇見幫忙寫情書而結婚的其中一對戀人，竟然認不出他們的大兒子，也就是他的教子。最後他用一般的誇張動作化解困窘：「老天，你都長這麼大了！」當他的身體已經開始出現警訊，他卻依然故我，因為他雖然外表看似體弱多病，卻有鐵打的身體。崔絲朵·阿里薩經常說：「我兒子唯一得過的病是霍亂。」她顯然在記憶崩壞的許久之前，就已經搞混霍亂跟相思病。但無論如何，她的確錯了，她的兒子暗地裡得過六次淋病，儘管醫生說不是六次，而是一次，只是每次治療失敗後一再復發。此外，他還得過一次腹股溝淋巴結腫大，四次菜花，和六次溼疹，但不論是他還是其他男人都不認為這些是病，而是戰利品。

剛滿四十歲，他就因為身體不同部位的莫名疼痛而求助醫生。經過多次檢查後，醫生對他說：「是年紀問題。」於是他跟往常一樣回家，沒問這一切是不是跟他自己有關。因為他的過去唯一可作為參考的是他跟費米娜·達薩的那段短暫戀情，只有跟她有關的東西，才能變成他的人生帳目。因此，他看見燕子停在電纜線上的那個下午，他從最遙遠的回憶回顧了他的過去，他的街頭獵愛，他為了爬上領導階層而跨越的數不清障礙，和他為了得到費米娜·達薩並成為她的伴侶所作出的殘忍決定，這個重於一切、無法阻擋的目標，最後引起無數的事件，而一直到走到這一步，他才發現人生大半時光都已流逝。他感覺一股冷顫從心底竄上來，眼前發黑，不得不鬆開園藝工具，靠著墓園的圍牆，以免被衰老伸來第一利爪擊倒。

「混帳！」他害怕地自言自語。「都已經過了三十年了！」

的確沒錯。當然，對費米娜·達薩來說也過了三十年，但那是她人生最舒適快活的歲月。在卡薩杜埃羅侯爵古宅的那些可怕日子，已經丟進記憶的垃圾桶裡。她住在拉曼戈住宅區新家，成為掌握自己命運的主人，如果說不得不重新挑選伴侶的話，她還是會重新喜歡上從世上所有男人中挑出來的丈夫，她有個傳承家族傳統的兒子在醫藥學校讀書，和一個她年輕時簡直是同一個模子刻出來的女兒，有時她甚至會錯以為自己有分身。除了那次為了擺脫一直以來的恐懼而預定一去不回的痛苦旅行，她又回去歐洲三次。

天主應該終於聽到某個人的禱告，抵達巴黎的第二年，費米娜·達薩跟胡維納爾·烏爾比諾醫生剛在殘磚碎瓦堆中尋找殘餘的愛情，一封半夜傳來的電報使他們驚醒，布蘭卡·德·烏爾比諾夫人病危，另一封通知過世的電報緊接而來。他們立刻啟程回國。費米娜·達薩穿著一件喪服長袍下船，寬鬆的衣服已經遮掩不了她的身形。事實上，她再一次懷孕了，一首民謠順應這個消息誕生，歌詞讓人刺耳，但不到惡意攻擊地步，副歌在這一年風行一時：美人兒在巴黎到底有什麼法寶，每次回鄉都是大腹便便。儘管歌詞粗俗，胡維納爾·烏爾比諾醫生一直到許多年以後，依然在社交俱樂部的慶典上點這首歌，展現他的胸襟寬宏。

那棟高貴的卡薩杜埃羅侯爵古宅的歷史跟家徽都不可考，首先屋子以恰當的價格賣給市府財政局，之後有個荷蘭的研究員在那裡進行挖掘工作，試圖證明那裡是不是哥倫布真正的墳墓：這是第五座墳墓，於是以大賺一筆的價格，轉賣給中央政府。烏爾比諾醫生的姊妹住進撒勒斯修道院，沒有經過宣誓直接過著隱居生活，而費米娜・達薩繼續住在父親的老房子，直到拉曼戈住宅區的別墅落成。她踩著堅定的腳步走進新家，變成發號施令的女主人，帶著她在蜜月旅行買回來的英國家具，以及在那趟重修舊好的旅行中再添購的家具，從第一天入住，她就開始到安地列斯群島來的縱帆船上購買各種珍禽異獸，來填滿整棟屋子。入住時刻，她帶著回心轉意的丈夫，教養良好的兒子，和返鄉後四個月生下的女兒，女兒取名為歐菲莉亞。烏爾比諾醫生知道妻子不可能再回到當初蜜月旅行的模樣，因為她已經把他想要的愛和人生最精華的時光奉獻給子女，但是他學會享受生活和滿足於愛的殘屑。費米娜・達薩極度嚮往的家庭和諧，就在最出其不意的一刻出現，那是在一場晚宴上端上來的一道不知名美味菜色。她先是吃下一大盤，但因為太合胃口，又點了同樣一盤，然後惋惜得顧及假惺惺的禮節，無法再點第三盤，這時，她發現自己吃下的竟是滿滿兩盤的茄子泥，而且顯然非常享受。她大方地認輸了：從此之後，拉曼戈住宅區別墅的餐桌上出現各種烹調方式的茄子，幾乎跟在卡薩杜埃羅侯爵古宅一樣常見，而且獲得大家青睞，後來烏爾比諾醫生在晚年空閒時刻經常高興地說，他想再生一個女兒，替她取家裡每個人都喜歡的名字：茄子．烏爾比諾。

於是費米娜．達薩明白，私生活跟公眾生活完全相反，是變化無常而且無法預測的。她無法確實分別大人與小孩，但最後幾經分析，她比較喜歡小孩，因為他們的觀點比較真實。邁入成年後，她所有的夢想全數破滅，她不開心地看見她並沒有變成那個在福音小公園年輕時夢想的樣子，而是變成她甚至不敢自己面對的貴婦女僕。在社交上，她成為最受喜愛，最討人喜歡，同時也最膽小的女人，但是在持家時，她嚴厲要求自己，不輕易原諒疏忽。她總是覺得自己過著向丈夫借來的人生：她是一個廣大的幸福帝國的唯一女王，但是帝國是他為自己而打造。她知道他愛她勝過一切，勝過愛世界上的任何人，但這是他的私心，是為了要服務他的帝國。

如果要說她覺得哪件事痛苦，那就是每日三餐對她來說就像無期徒刑。因為不但得準時開桌，還得要是他想吃的菜色，卻又不能問他。如果她比照家中依循眾多無用的儀式，真的問了，他甚至沒從報紙後方抬起頭就回答：「隨便。」他是認真回答，而且神色愉快，因為他自以為沒有比他更好說話的丈夫。可是到了吃飯時間可不能隨隨便便，要正好是他想吃的東西，不能有一絲差錯：牛肉嘗起來不能有牛肉味，魚嘗起來不能有魚味，豬肉嘗起來不能有疥瘡味，雞肉嘗起來不能帶雞毛味。即使不是蘆筍產季，她也得到處不計價格買到，好讓他能開心聞到尿液散發芳香。她不怪他，她只怪生活。但是他是生活中難以伺候的主角。他只要一感覺不對，就會推開桌上的盤子，並說：「這盤菜沒有愛的味道。」他的話給人很多想像。有一次，他只不過嘗了一小口甘菊茶，就退了回去並說：「這個可怕的東西喝起來有窗戶的味道。」她跟女僕們都大吃一驚，因為沒有人知道煮沸的窗戶是什麼味道，但是她們嘗了那壺茶，試著釐清他的話，還的確能了解：喝起來真的有窗戶的味道。

他是個完美的丈夫：從不撿拾地上的東西，也不關燈，或關門。當早晨還一片昏暗，他發現衣服少了一顆鈕扣，她會聽到他說：「男人需要兩個妻子，一個用來愛，一個叫她縫扣子。」每一天，他在喝下第一口咖啡，或第一匙熱湯時，總要發出悲痛欲絕的哀號，不過大家已經司空見慣，接著他會埋怨：「如果哪天我離開這個家，你們就會知道因為我受夠了老是燙傷嘴巴。」他說，每當他服用瀉藥而不能吃東西的日子，家中就會準備最美味別致的午餐，他堅信這是妻子的背叛，最後他決定在他清腸胃的日子，妻子也得一起跟進。

她對他的誤解實在厭煩，於是趁著生日到來，跟他要求一樣獨一無二的禮物：分擔她的一天家務。他欣然接受，從天一亮就接管整個家。他準備了一頓豐盛的早餐，卻忘記她不愛吃荷包蛋，不喝牛奶咖啡。接著他下令準備邀請八位賓客的生日午宴，和整理屋子，他非常努力想做得比她稱職，然而，還沒正午就棄械投降，臉上毫無愧色。他從一開始就對每樣東西放在哪裡毫無概念，尤其是廚房裡的東西，女僕們也加入了遊戲，放手讓他為了找東西把到處都翻遍。到了早上十點，他還沒決定午餐要吃什麼，因為打掃工作還沒完成，臥室還沒整理，浴室還沒清理，忘記補上衛生紙、換床單、派車夫去接孩子，以及搞混女僕的工作：他下令廚娘整理床鋪，指派女傭煮飯。到了十一點，就在賓客快抵達的前一刻，屋裡依舊一團亂，費米娜．達薩笑得半死，重新接掌家務，不過她不是帶著期望的勝利神情，而是感到驚訝，同情丈夫對家務手足無措。他為自己的受創嘆氣，用老是掛在嘴邊的一句話說：「至少我管家不會像妳來治病那麼差。」不過，這是個有用的教訓，不只是對他而已。隨著時間的腳步過去，他們倆從不同的路徑得到相當有智慧的結論，那就是他們不可能換其他方式一起生活，或者換其他方式相愛：這個世界沒有比愛情還困難的課題。

正當費米娜．達薩忙著過她的新生活，她在不同公開場合見過弗洛雷提諾．阿里薩，他的職位爬得越高，她越常看到他，不過她已經學會用非常自然的態度看他，甚至不止一次因為分心，忘記跟他打招呼。她常聽人提起他，他在加勒比海航運公司小心翼翼和勢如破竹的升遷，已經成為商場上經常聽見的話題。她看見他的舉止變優雅，些許神秘的距離感取代了昔日的扭捏，體重稍微增加後好看多了，沒有太多歲月痕跡的外表很適合他，而且他知道怎麼體面地打理他不忍卒睹的禿頭。唯一永遠不會跟著時間改善的是他那身哀戚的服裝、不合時代的禮服、始終如一的帽子、他母親雜貨舖賣的那種詩人緞帶領帶，和那把不吉利的雨傘。費米娜．達薩慢慢習慣以不同的角度來看他，最後不再將他跟當年坐在福音公園，在吹著枯黃樹葉的強風中，為她嘆息的憂鬱少年聯想在一起。總而言之，她從不冷眼看他，總是非常開心聽人提起他的好消息，因為這些消息慢慢地減輕了她的罪惡感。

然而，就在她相信已經完全將他從記憶抹除後，他卻又變成她回憶的幽魂，從最出其不意的地方冒出來。這是年老的最初徵兆，每當聽到下雨前的雷聲，她就感覺她的生活發生了某種無法挽回的改變。十月的每天下午三點，一聲孤獨響雷準時降下，迴盪在比利亞努埃瓦山區，帶給她無法治癒的傷口，往日回憶一年比一年還要清晰。新的回憶沒幾天就消失在記憶裡，那些在伊勒德布蘭妲家鄉省分的傳奇旅行，卻逐漸變得鮮活起來，彷彿昨日才剛發生，懷念之情將回憶變得不可思議地清晰。她想起位在山區的馬瑙雷，記得城內只有一條筆直而綠意盎然的街道，記得象徵吉兆的鳥兒，記得那間可怕的屋子，她曾在那兒醒來，睡衣被佩特拉．莫拉雷斯止不住的淚水浸溼，那是許多年前在她睡的床上為愛殉情的女人。她想起當時的番石榴滋味，跟如今的大不相同，她想起預示著雨就要降下的密集雷聲，跟之後的雨聲混在一起，她想起在聖胡安德爾塞薩爾那些天空同藍黃玉一樣藍的下午，她跟著一群鬧烘烘的表姊妹出門散步，接近電報室時，她緊閉嘴巴，害怕一顆心會緊張地蹦了出來。她設法賣掉了父親的屋子，因為再也無法忍受青春年少時期的回憶所帶來的痛苦，無法忍受從陽臺望出去的荒涼小公園，無法忍受梔子花在炎熱的夜晚發出神秘幽香，無法忍受那個決定她的命運的二月下午，和那張舊時貴夫人照片帶給她的驚恐，而不管她對那段日子回憶到何方，總會牽動她對弗洛雷提諾．阿里薩的回憶。然而，她總是非常清楚，這些回憶不是愛情，也不是悔恨，而是一個讓她淚如雨下的痛苦影子。不知不覺，她跌進了同情弗洛雷提諾．阿里薩的陷阱，一如他那些眾多毫無準備的受害者。

她緊緊倚靠丈夫。正巧他在這段日子也相當需要她，因為他不幸比她大上十歲，正一個人步履蹣跚地走在老年的迷霧中，更不幸的是他是個男人，而且比她脆弱。到了最後，他們變得如此熟悉彼此，在結婚快三十年時刻，已經像是分割兩半的個體，經常因為猜出彼此還沒講出的想法，或者其中一個會搶了另一個要在大眾面前說的話而鬧出笑話，因此感到不自在。他們一起避開了日常生活的誤解，突如其來的怨懟，彼此之間的蠢話，夫妻之間的默契得到了榮耀的光芒。在這段日子，他們懂得好好相愛，不急也不過多，兩人更能清楚他們一起克服了逆境，並感激得到難以置信的勝利。當然，人生還會給他們其他艱難的考驗，不過已經不重要：他們已經抵達對岸。

5

隨著慶祝新世紀來臨，城內推出新的節目和舉辦一系列公眾活動，其中最值得紀念的是首趟熱氣球旅行，這是胡維納爾．烏爾比諾醫生不斷推動創舉的成果。整個城市半數的人都聚集在阿爾沙納勒的沙灘上，讚嘆那漆成國旗顏色的塔夫綢製作的巨大氣球，將載著第一批郵件往東北直線飛行，前往大約一百六十五公里外的聖胡安省謝納加市。胡維納爾．烏爾比諾醫生和他的妻子曾在巴黎世界博覽會見識熱氣球飛行的感動，此刻他們是搭上藤編氣球吊籃的先鋒，同行的還有負責飛行的工程師和六位受邀的顯要人士。熱氣球上的郵件，有一封是省府高層給聖胡安省謝納加市的信，信中提到這是第一趟空運信件，極具歷史意義。《商業日報》的一位記者問胡維納爾．烏爾比諾醫生，萬一不幸在這趟旅行罹難，他想留下什麼遺言，而他不假思索便脫口而出一個招來眾多抨擊的回答。

「在我看來，」他說。「十九世紀對全世界來說已經過去，只有我們不這麼覺得。」

熱氣球開始升空，群眾真心誠意地唱起國歌，弗洛雷提諾．阿里薩夾雜在一片混亂中，十分贊同某個人說女人不該參加那種冒險行動，更別說費米娜．達薩已是那把年紀。但無論如何，熱氣球旅行並非那麼危險。或者說，至少不是危險，而是沉悶。熱氣球在藍得不可思議的天空中飛行，整趟旅程非常愉快，最後順利抵達目的地。他們飛得很穩，很低，他們乘著順風，先是飛過峰頂積雪的山脈，接著飛過無邊無際的大沼澤區。

他們經過卡塔赫納，像天主一樣從天空俯瞰這座非常古老的英雄城市的遺跡，這是一座世界上最美的城市，曾經抵抗了英國人各種策略的圍攻，以及長達三個世紀的海盜欺凌，居民卻因為一場霍亂，驚恐地棄城，他們看見完好無缺的城牆，雜草叢生的街道上，遭到九重葛吞噬的防禦建築，大理石宅第和黃金祭壇，上面祭祀因霍亂喪命的總督，他們的屍體就在身上穿的盔甲裡腐爛。

他們飛過特洛哈斯德卡塔卡的水上住宅，每棟屋子都漆上瘋狂的顏色，畜欄裡飼養供食用的鬣蜥，湖邊的花園長著成串的鳳仙花和百合水仙。幾百個光溜溜的孩子在一片喧鬧聲中，歡天喜地從屋子的窗戶、屋頂和獨木舟跳入水中，他們駕駛獨木舟的本領教人驚嘆，一個個就像鯉魚潛進水底，撈起成捆的衣物，罐裝蠟燭樹的咳嗽糖漿，救濟食品，這些都是戴著羽毛帽子的美麗女子從氣球吊籃上扔下來給他們的。

他們飛過猶如海洋陰暗的香蕉園，那股靜謐就像致命的熱氣上升到他們四周，費米娜．達薩想起三歲那年，或者可能是四歲，她牽著母親的手在陰森森的森林裡散步，那個時候的母親一襲薄紗洋裝，戴著輕羅紗帽，手拿著一把白色洋傘，在其他同樣打扮的女人之間幾乎就像個小女孩。拿著望遠鏡眺望世界的熱氣球工程師說：「看起來像死了一樣。」他把望遠鏡拿給胡維納爾．烏爾比諾醫生，他看見耕地間有幾輛牛車，火車鐵軌，冰凍的溝渠，視線所及的地方都散落人類的屍體。有人說霍亂正在肆虐大沼澤區一帶的村莊。烏爾比諾醫生一邊說，一邊繼續拿望遠鏡細瞧。

「那應該是非常特殊的霍亂。」他說。「每個死者的脖子都中了仁慈的一槍。」

不久，他們飛過漂浮泡沫的海洋，然後安全降落在一片廣闊的熱燙的沙灘上，含鹽分地面乾得裂開來，就像正在燃燒一樣燙人。一群官員在這裡等他們，唯一的防護只有每天使用的傘，還有一群小學學童跟隨國歌搖著小面國旗，選美佳麗頭戴金色的紙后冠，手中抱著烤焦的花束，還有來自繁榮的蓋拉小鎮請來的樂團，這是當時加勒比海沿岸最好的一個樂團，而費米娜．達薩最想要的是再看看她出生的小村莊，和她最遙遠的記憶比較一番，但因為瘟疫的危險，誰都不能到那裡去。胡維納爾．烏爾比諾醫生遞交了那封具有歷史意義的信，後來信件遭到誤放，下落不明，而一行人差點在演講中因為燠熱窒息。最後，因為工程師無法讓氣球再升空，大家只好用騾子送他們到老村的碼頭，那裡是沼澤與大海的會合口。費米娜．達薩確定她在很小的時候，曾經跟母親搭乘一輛兩頭牛拉的車經過這裡。長大後，她曾幾次跟父親提起這個回憶，但是他到過世為止一直堅認她不可能記得這件事。

「那趟旅行我記得非常清楚，妳說的絲毫沒錯。」他對她說。「但是那至少是在妳出生前五年的事。」

三天後，熱氣球探險隊伍回到出發的港口，大家把他們當英雄一樣迎接，他們遇上一個暴風雨來襲的夜晚，個個筋疲力竭。當然，弗洛雷提諾．阿里薩擠在人群中，他在費米娜．達薩的臉上看見驚恐的痕跡。然而，這天下午，當他再次看見她出現在也是她丈夫贊助的自行車展覽會場上時，臉上的疲憊已經一掃而空。她騎上了一輛獨特的自行車，像極了馬戲團的表演道具，前輪非常高，她就坐在上面，後輪非常小，似乎難以支撐。她穿著一條花邊燈籠褲，引起年長婦女議論紛紛，紳士目瞪口呆，但是大家都對她的騎車技術由衷佩服。

這一幅畫面，跟其他這麼多年來的那麼多畫面，總在弗洛雷提諾．阿里薩想要回憶時，從他的腦海浮現，再以同樣方式消失，留下他千瘡百孔的心。但是一幅幅畫面變成他的人生路上的標記，因為他不只親身體驗了時間的殘酷，也在每次遇見費米娜．達薩時，在她身上發現細微的改變。

有一天晚上，他踏進一間殖民時期的高檔餐廳「桑丘大爺的餐桌」，跟往常一樣，每當單獨一個人來吃下午茶時，總是選擇比較偏遠的角落桌位。突然間，他在盡頭的一面大鏡子中瞥見費米娜．達薩的身影，她跟丈夫坐在一起，同桌還有兩對夫婦，從他的角度可以欣賞她迷人的神采。她看起來楚楚可憐，優雅地主導談話，笑聲恍若煙火綻放，在枝形水晶吊燈下，她的美更加耀眼：愛麗絲再一次穿越魔鏡。

弗洛雷提諾．阿里薩屏氣凝神，盡情地欣賞她，凝視她吃飯，淺嘗酒飲，跟第四代的桑丘大爺說笑，整整一個多小時，從他孤單的桌子跟她共度她人生的片刻，他在屬於她的私密世界禁區走來走去，沒有被看見。接著，他又喝了四杯咖啡想多待點時間，直到看見她離開餐廳，隱身在那群人中。他們從他身邊經過，靠得那樣近，他甚至能從她同伴的香水味之間，辨識出她的氣味。

從那一晚起，跟接下來將近一年時間，他鍥而不捨地纏著餐廳老闆，送他任何他想要的東西，或許是金錢或者好處，他生活中渴望的東西，為的是要他割愛那面鏡子。這不是一件容易的事，因為老桑丘先生相信鏡子的傳說，他那面出自威尼斯木匠的精美雕花木框鏡子，跟一面屬於瑪麗．安東妮的鏡子是一對的，而另外那面鏡子已經消失無蹤，這兩件鏡子可是獨一無二的寶物。後來他終於讓步，弗洛雷提諾．阿里薩把鏡子掛在他家，卻不是因為鏡框的精美雕刻，而是鏡中的空間，他心愛的人曾在那裡待了兩個小時之久。

每當他看見費米娜．達薩，她總是挽著丈夫的手臂，兩人在他們的世界裡完美和諧地配合，那猶如暹羅貓的流暢動作，只有在他們跟他打招呼時才出現落差。事實上，胡維納爾．烏爾比諾醫生總是跟他熱情握手，偶爾還會輕拍他肩膀一下。她恰恰相反，對他待以禮節，從未做過任何讓他遐想她是不是想起單身時代過往的舉動。他們活在兩個不同的世界，可是就算他再怎麼努力想拉近距離，她總是又往反方向踏去。很久以後，他才敢大膽地想，她的冷漠不過是抵抗恐懼的盔甲。弗洛雷提諾．阿里薩在第一艘在當地造船廠生產的河輪的命名儀式上，突然想到這一點，而這也是他第一次以副董事長的身分代替雷歐十二叔父出席的正式場合。這種巧合讓這個儀式顯得特別隆重，凡是城內重量級的人物都出席了。

弗洛雷提諾·阿里薩在河輪的主廳忙著招待賓客，空氣中還彌漫一股新鮮的油漆味和熔化的焦油味，接著碼頭爆出一陣熱烈的掌聲，樂隊演奏凱旋曲。他看見美麗的夢中情人挽著丈夫的手臂出現，不得不努力壓抑一股從小到大再熟悉也不過的顫慄感，她容光煥發，散發成熟女人味，彷彿舊時代的王后走在制服衛兵隊伍之間，窗戶撒下大量的彩帶和新鮮花瓣。他們夫婦舉起手回應歡呼聲，但她是如此光彩奪目，從腳下的高跟鞋，到脖子上的狐狸尾巴圍巾和頭上的鐘形帽，都是耀眼的金色打扮，在人群中特別引人注目。

弗洛雷提諾·阿里薩和省府高層人士站在船橋上等候他們，四周響著震耳欲聾的音樂、煙火爆炸聲，河輪響起三次刺耳的鳴笛聲，噴出的蒸汽浸溼了碼頭。胡維納爾·烏爾比諾以他一貫的從容自在，向迎接的隊伍打招呼，讓每個人都以為他對自己特別熱情：首先是穿上華麗制服的河輪船長，接著是大主教，接下來是省長和他的夫人以及市長跟他的夫人，之後是剛上任來自安地斯山區的要塞軍事長。在政府高層之後是弗洛雷提諾·阿里薩，他身穿深色毛料西裝，在高官雲集的場合幾乎渺小地看不見。費米娜·達薩跟軍事長打完招呼後，面對弗洛雷提諾·阿里薩伸出的手，似乎面露猶豫。軍事長打算介紹他們兩個認識，問她是否認識他。她沒回答認不認識，而是露出社交場合的那種微笑，對弗洛雷提諾·阿里薩伸出了手。這樣的情景過去發生過兩次，而勢必還會再發生，弗洛雷提諾·阿里薩總以為這個行為跟費米娜·達薩的個性有關。但是這天下午，他發揮無限的幻想本領，問自己這樣刻意的冷漠莫非是為了掩飾內心颳起愛情風暴的一種伎倆？

這個猜想重新點燃了他的愛戀。他再一次在費米娜．達薩的別墅附近徘徊，抱著和許多年前在福音小公園的同樣渴望，不過，他的意圖不是要她看見他，而只是希望看見她，知道她還在這個世界上。只是此刻想不引起注意很難。拉曼戈住宅區坐落在一個頗為荒涼的小島上，隔著一條綠波蕩漾的運河跟歷史古城相望，島上布滿一口可梅，是殖民時期戀人在禮拜日的躲藏地點。近幾年，他們拆掉西班牙人蓋的老石橋，另蓋了一座混凝土橋，橋上裝了電燈泡，成為公共騾車的新路線。起先，拉曼戈住宅區的居民不得不忍受興建計畫缺失的折磨，得睡在離全城第一座發電廠旁邊，那震動聲就像持續不斷的地震。即使像胡維納爾．烏爾比諾醫生這麼有權勢的人，都無法要他們把發電廠遷移到其他不會擾人的地方，直到他與萬能的天主受過考驗的關係派上用場，情況轉向對他有利。一天晚上，發電廠發生恐怖爆炸，鍋爐飛過新建屋舍的屋頂，從空中穿越大半城市，搗毀聖胡利安古老修道院的最大長廊。那棟老舊建築已在那年年初荒廢，可是鍋爐仍奪走四條囚犯性命，他們那天晚上剛從本地監獄逃出來，剛好躲藏在修道院的禮拜堂裡。

當這個平靜的社區鍍金變成高級社區後，因為有成對美滿的傳統婚姻出現，於是就不再是個適合受阻戀情的地方。夏季時，街道上灰塵飛揚，到了冬季，泥濘一片，一年到頭寂靜冷清，寥寥可數的幾棟屋子隱身在茂密的花園之間，家家戶戶都有馬賽克瓷磚露臺，而不是昔日那種架在半空的陽臺，這是刻意要嚇阻偷情。幸好那個時代風行午後租用馬車兜風，那是一匹馬拉的舊式敞篷馬車，終點是一處山丘，從那裡可以欣賞十月絕美的暮色，要比從燈塔觀看還要美不勝收，還可以看見鯊魚悄悄地窺視神學院沙灘，每逢禮拜四，當白色巨大遠洋輪船航行在港口的運河上時，似乎一伸手就觸摸得到。弗洛雷提諾·阿里薩總在一天忙碌的工作後租用一輛馬車，不過即使是炎熱的月份，他也沒有拉上敞篷，而是躲在座位最裡邊，隱身在陰影中，他總是一個人，隨意下令行駛方向，以免車夫胡亂猜測。其實，他唯一感興趣的地點，是那座半掩在茂密的香蕉樹林和芒果樹林之間的粉色大理石女神神廟，那外觀不幸地就像路易斯安那州棉花田間的那些田園大宅的複製品。費米娜·達薩的一雙兒女會在下午接近五點時回家。弗洛雷提諾·阿里薩看著他們搭乘自家車子回家，然後看見胡維納爾·烏爾比諾醫生例行出門看診，但是在附近徘徊快一年，卻看不到期盼的徵兆出現。

有一天下午，他不顧六月的第一場暴雨已經來襲，偏要獨自去兜風不可，馬卻在爛泥堆裡滑一跤，摔倒在地。弗洛雷提諾·阿里薩驚恐發現他們正在費米娜·達薩的別墅對面，於是他哀求車夫，絲毫沒考慮他的氣急敗壞可能會洩漏蛛絲馬跡。

「拜託，不要停在這裡。」他對他大喊。「要停哪裡都可以，就是這裡不行。」

車夫不懂他為什麼這麼著急，他試著扶馬站起來，沒卸下車轅，結果車軸卻斷裂。弗洛雷提諾·阿里薩下車，忍受屈辱，站在滂沱大雨中，直到其他乘坐馬車的人路過，伸出援手送他回家。當他還在等待時，烏爾比諾家的一名女僕看見他渾身溼透，踏在淹到膝蓋的爛泥裡，便拿了一把傘給他，要他去露臺躲雨。弗洛雷提諾·阿里薩即使做最大膽的癡想，也從沒想過自己這麼幸運，但是這天下午他寧願死去，也不願讓費米娜．達薩看見他狼狽的模樣。

當胡維納爾．烏爾比諾跟他的家人住在老城裡時，禮拜天總會從家裡徒步走到大教堂參加八點鐘的彌撒，那是一個社交意義更勝於宗教意義的場合。後來搬了家，他們仍繼續搭馬車參加彌撒，持續了很多年，有時還會參與朋友在公園的棕櫚樹下舉辦的茶會。但是自從拉曼戈住宅區蓋了一座神學院會堂，坐擁私人沙灘和自己的墓園後，他們就不再去大教堂，除非是非常隆重的場合。弗洛雷提諾．阿里薩沒注意這個改變，浪費了好幾個禮拜天，坐在教區咖啡館的露天廣場上，觀察三場彌撒結束後的人潮。後來他發現自己的錯誤，便改去幾年前開始受歡迎的新教堂，在那裡，他看見胡維納爾．烏爾比諾醫生和他的孩子準時在八月的四個禮拜天早上八點出現，可是卻不見費米娜．達薩的蹤影。其中一個禮拜日，他去參觀緊鄰的墓園，拉曼戈住宅區居民正在這裡蓋他們的豪華墳墓，而他的心猛然一跳，因為他發現木棉樹的樹蔭處，有一座已完工的最豪華墳墓，有哥德式彩繪玻璃和大理石天使雕像，跟幾面全家人以金色字體刻上的墓碑。當然，其中一面是費米娜．達薩．德．烏爾比諾．德拉卡耶夫人，接下來是她的丈夫，上面刻著同樣一句墓誌銘：「共同安息主懷」。

那一年直到歲暮，費米娜．達薩都沒參加任何城內活動或出席社交場合，就連聖誕節活動也不見蹤影，往年她跟丈夫總是聚光燈下的主角。但是最引人注目的是她也缺席了歌劇季的開幕儀式。中場休息時刻，弗洛雷提諾．阿里薩非常驚訝有一群人正在談論她，但是沒指名道姓。他們說，有人看見她在六月的某個半夜，搭上一艘冠達郵輪公司開往巴拿馬的遠洋輪船，她戴著黑面紗，以免讓人看見她被難堪的疾病吞噬的憔悴面容。有人問，到底是哪一種如此可怕的病敢纏上像她那樣集權力於一身的女人，得到的回答卻相當尖酸刻薄：

「像她這樣高貴的夫人只可能得肺結核。」

弗洛雷提諾．阿里薩知道他的土地上的富人不生小病。要不是突然暴斃，而且總發生在盛大節慶前夕，喪禮取代了慶祝活動，要不就是罹患惡性痼疾，最後隱私眾所皆知。到巴拿馬隱居幾乎是富人的人生中不得不接受的苦行。他們把性命交給天主，住進醫院基督復臨論者醫院，那是一棟坐落在偏遠的達連隘口的巨大白色棚屋，總是下著彷彿史前時代的傾盆大雨，在那裡，病人忘了倒數人生僅剩的日子，關在窗戶垂著粗麻布的寂寥房間裡，沒有人確切知道空氣中彌漫的殺菌劑氣味，是意謂健康還是死亡。若是康復，他們會帶著滿手琳琅滿目的禮物回鄉，分送出去，然而忐忑不安，原諒自己沒對還活著這件事低調一點。有些人帶著劃過肚皮的醜陋傷疤回來，那彷彿是鞋匠用麻線縫上去的，他們在迎接探訪時，掀起襯衫把傷疤給大家看，跟其他因為太過快樂而死於窒息的人的傷疤比較，然後他們的餘生就在麻醉劑的效用發作時，數了又數他們看到的天使。不過，沒有人知道那些最終沒有回鄉的人看到了什麼，而其中最教人悲傷的是那些死在肺結核病患樓閣的人，與其說他們死於病痛，倒不如說是死於下雨的哀愁。

如果要弗洛雷提諾·阿里薩選擇，他不知道他究竟希望費米娜·達薩是哪一種處境。但他最想要的其實是真相，即使難以承受也好，而他再怎麼努力也找不到真相。他不知道有誰能告訴他，或至少找到一點線索，來確認真相是什麼。在他所掌控的河輪世界裡，沒有什麼保得住的神秘，或什麼守得住的秘密。然而，從沒人聽說過什麼戴黑面紗的女人。在這座城市裡，大小事都藏不住，甚至很多事在還沒發生前就已傳得眾人皆知，尤其是富人的事，卻沒人知道她的消息。但也沒有人解釋費米娜·達薩為什麼人間蒸發。弗洛雷提諾·阿里薩繼續在拉曼戈住宅區徘徊，毫無崇敬之心地到神學院的會堂望彌撒，參加其他時候覺得了然無趣的市民活動，但隨著時間過去，傳言變得越來越真實。烏爾比諾家除了少了母親外，似乎一切正常。

他在多方探聽下，獲知了他所不知道的其他消息，或者說他不是特意探聽，卻得知羅倫佐·達薩在他出生的坎塔布里亞的一個小村莊過世。他回想起多年來曾看過他在教區咖啡館氣氛熱烈的棋賽中廝殺，他的聲音在過度說話後變得沙啞，而且隨著一腳踩進可悲的年老流沙，他的身形變得更臃腫，個性變得更火爆，自從上個世紀那頓不愉快的茴香酒早餐後，他們再也不曾交談，但是弗洛雷提諾·阿里薩肯定，羅倫佐·達薩跟他一樣想起這件事依舊滿腔怨恨，即使他後來成功讓女兒締結豪門婚姻，而這也是他活著的唯一心願。不過，他的心意堅決，非得要確定費米娜·達薩的健康的狀況不可，於是他回到教區咖啡館，希望從她父親身上打聽到蛛絲馬跡，那個時候，咖啡館裡正在舉辦赫利米·德聖塔姆孤軍抵抗四十二個敵手的比賽。他就是這樣得知羅倫佐．達薩的死訊，他打從心底感到高興，即使他知道這個高興的代價是這輩子不會知道真相。最後，他承認那個收容罹患不治症病患醫院的傳言接近事實，而他只能用一句俗諺來安慰自己：生病的女人，是長壽的女人。在那段意志消沉的日子，他只能安慰自己，若是費米娜．達薩真的死了，他無論如何一定會聽到消息，不用再去探聽了。

後來他沒聽到消息。因為費米娜．達薩還健康活著，她就住在表姊伊勒德布蘭妲．桑切茲遺世獨立的莊園，離瑪利亞之花小村莊約三公里的地方。她是在經過丈夫同意後悄悄離開，在此之前，他們這麼多年來的穩定婚姻經歷了唯一的嚴重危機，兩人像青少年那樣吵成一團。他們很驚訝會在上了年紀的平靜時期發生這種事，他們原以為婚姻路上已經沒有任何阻礙，兒女長大成人且教養良好，未來能夠學會毫無苦惱地接受老年生活。面對這樣的意外，他們不想像加勒比海一帶會用的自然方法，靠咆哮、眼淚和找人協調來解決，而是用歐洲國家那套智慧，但吵到最後，結果既不是用這邊的方法，也沒用那邊的方法，而是陷入了幼稚的僵局，哪個方法都解決不了。後來她決定離家，不知道為什麼，也不知道要做什麼，她只是怒火中燒，而他因為罪惡感作祟，也沒辦法勸動她。

費米娜．達薩確實在半夜搭船，她極為低調，臉上戴著一條守喪的面紗，但搭的不是冠達郵輪公司前往巴拿馬的遠洋輪船，而是一艘定期往聖胡安省謝納加市的小船，那裡是她出生和住到青春期的城市，她的思鄉情懷隨著歲月越來越難以忍受。她不聽丈夫的話，也不管當時出遠門的習慣，她只帶著家裡在僕人間長大的十五歲教女在身邊，但是她將行程通報了沿途搭乘的船隻的船長和每個港口的官員。當她莽撞地作出決定後，便向子女宣布她要去他們的伊勒德布蘭妲表姨那裡避暑三個月，但她其實是決定留在那裡。胡維納爾．烏爾比諾醫生非常熟悉她頑固的性格，他傷心不已，因為犯下大錯，也只能卑微地接受這個來自天主的懲罰。但是當船隻的燈光還沒消失在黑夜裡，兩人已經開始後悔他們的軟弱。

他們靠著形式上的書信往返保持聯絡，信裡談的是兒女的近況和其他家中事務，將近兩年過去了，因為驕傲作梗，無論哪一方都沒能找到回頭的路。到了第二年，兩個孩子在學校放假時去瑪利亞之花小村莊度假，費米娜．達薩盡其所能，表現出她對新生活相當滿意。至少這是胡維納爾．烏爾比諾醫生從孩子的信裡得出的結論。此外，在那段日子，里奧阿查城的主教正在巡迴布道，他撐著華蓋，騎著他知名的白騾子，騾子背上披掛金色繡邊鞍韉。跟在他後面的是偏鄉的信徒，手風琴樂師，販售食物和護身符的流動攤販，整整三天，那座莊園擠滿身障和罹患絕症的民眾，事實上，他們不是來聽主教充滿智慧的布道或請求大赦，而是希望從騾子身上得到運氣，據說那頭騾子會背著主人行奇蹟。這位主教當年還是名普通神父時，和烏爾比諾．德拉卡耶一家熟識，有一天中午，他從布道會場脫身，來到伊勒德布蘭妲的莊園共進午餐。用餐時間，他只聊了些世俗的事，餐後，他把費米娜．達薩帶開，想要聽她懺悔。她拒絕了，她用溫柔但是堅定的方式，清楚表明她沒什麼需要懺悔的事。她明白自己不是故意這麼說，但她感覺她的回答會傳到該傳達的地方。

胡維納爾．烏爾比諾醫生經常有些厚臉皮地說，他的人生會有那苦澀的兩年，並不是他的錯，而是妻子的壞習慣造成，她總是愛聞家人脫下的衣服，聞她自己脫下的衣服，從味道決定該不該拿去洗，就算衣服乍看是乾淨的。她從小就養成這個習慣，卻從不知道這麼明顯，而她的丈夫在新婚之夜就發現了。他也發現她一天至少三次關在浴室抽菸，但是他沒特別注意這件事，因為跟他同階層的女性經常聚在一起談男人跟抽菸，甚至還會喝一瓶兩塊錢瓜蒂爾的燒酒，直到像水泥匠那樣爛醉如泥躺平在地板上，但在他看來，她只要拿到衣服就聞的習慣不只不恰當，而且有害健康。她把他的意見當玩笑，一如也這麼處理所有她不想爭吵的話題，她說，天主把黃鸝那樣靈敏的鼻子裝在她的臉上，不只是為了裝飾用。有天早上，當她步行去買東西，家中僕人亂成一團，驚動鄰居，因為他們在家裡任何角落都找不到她三歲的兒子。當她回家時，家裡籠罩在恐懼氣氛中，她像追蹤氣味的獒犬繞了兩三圈，就在一個衣櫃裡找到睡著的兒子，根本沒人想到他會躲在那裡。當她的丈夫目瞪口呆地問她怎麼找到兒子的，她回答：

「因為有股大便的味道。」

事實上，她的嗅覺不但在洗衣服或找孩子時派上用場，還引導她在生活中找到秩序，尤其是社交生活。胡維納爾．烏爾比諾醫生從婚後生活觀察到這一點，尤其是剛結婚的時候，她是個外來者，闖進一個從三百年前就醞釀著要對抗她的環境，然而，她卻能在滿是嶙峋尖銳的珊瑚礁之間悠游，沒有擦撞任何人，這種掌控世界的本領，只可能是一種超自然的本能。這種令人畏懼的能力，可能源自千年的智慧，或一副鐵石心腸，而終究招致了不幸，那是某個糟糕的禮拜天，就在望彌撒前，費米娜・達薩照平常習慣，聞著丈夫在前一天下午穿過的衣服，心中浮現了困惑，似乎床上的丈夫變成了不同男人。

她先聞外套和背心，同時拿下袖眼的懷錶，掏出筆、皮夾和口袋裡幾枚硬幣，把所有物品放在梳妝臺上，接著她聞摺邊襯衫，拿掉領帶夾、袖口的黃玉袖扣和假領的黃金扣子，然後她聞褲子，掏出有十一支鑰匙的鑰匙圈和一支珍珠母貝握柄的小摺刀，最後她聞了聞內褲和襪子，以及繡上他的姓名花押字首的手帕。此刻她沒有一絲懷疑：每一件衣物都有一種她在多年來共同生活中從沒聞過的味道，一種難以確定的味道，既不是花香也不是香水，而是自然的人類氣味。她什麼都沒說，而且並不是每天都聞到同樣味道，但是當她聞丈夫的衣物，已經不再是判定要不要清洗時，而是出自一種逐漸啃噬著她內心的難忍焦慮。

費米娜・達薩不知道丈夫的衣服是在例行作息的哪個時段沾上那股味道。不可能是早上授課到午餐前，因為她猜想沒有哪個神志清醒的女人會在這段時間跟他匆促纏綿一番，更不可能是去找她，因為對方可能還要打掃屋內，整理床鋪，上市場，準備午餐，或許還要擔心學校提早把腦袋被石頭砸傷的孩子送回家，卻發現母親什麼事都沒做，早上十一點鐘一絲不掛地在房間裡，更糟的是有個醫生趴在她身上。另外，她知道醫生只在晚上行房，偏好在一片漆黑中，最晚也會在鳥兒開始輕聲鳴叫的早餐時間之前。據他說，過了那個時間後，衣服脫掉再穿上就會耗時費工，無法享受溫存。因此，衣服只可能在出診時沾上味道，或者趁下棋或看電影的夜晚偷來的片刻。最後這項猜測難以證實，因為她太過驕傲，不像她大多數的女性朋友會監視丈夫，或者派人幫她去做。從出門看診時段來調查偷情比較適合，也比較容易監視，因為胡維納爾．烏爾比諾醫生有一本詳細記錄病患的名冊，包括他們支付的酬金在內，從第一次出診，到最後拿十字架說祝福靈魂的話送他們離開世界為止，全都能查得到。

三個禮拜過後，費米娜．達薩好幾天沒在衣服上聞到的那股味道，又在最出其不意的時刻突然出現了，接下來好幾天味道都非常強烈，儘管其中一天是家族聚會的禮拜天，她一整天都緊緊跟在他身邊，片刻不離。有一天下午，她違背她的作風和意願，來到丈夫的辦公室，彷彿是另一個人正在做她永遠不會做的事，她拿著一支精緻的孟加拉放大鏡，仔細分析最近幾個月錯綜複雜的看診紀錄。這是她第一次獨自進來這間充斥消毒劑氣味的辦公室，裡面滿是不知名動物皮革裝訂的書籍，模糊的學校合影，榮譽文憑，以及多年下來收集的星盤和珍奇匕首。這裡一直是丈夫的秘密殿堂，也是他私生活的一部分，因為這不包含在愛情裡面，所以她沒有辦法進入，她來過的幾次都是由他陪著，而且是為了馬上解決的小事。她自覺沒有權利進來，更別說是進行她認為不光明的調查。但是她進來了。她想要找出真相，心中的渴望跟被發現的恐懼一樣強烈，一陣無法控制的強風推著她，這陣風比她天生的傲氣，甚至是自尊還要強烈：一種蝕骨的折磨。

她查不出什麼所以然，因為除了共同的朋友外，她丈夫的病人也屬於他工作世界的一部分，這些身分不明的人不是從長相，而是從身體的病痛來認識，不是從眼睛顏色或他的心事，而是從肝臟大小，舌頭的舌苔，尿液的結晶物，夜晚發燒的幻覺。他們信任她的丈夫，想靠他活下去，事實上卻為他活著，最後化為一句他在醫療檔案下面親手寫的話：安息吧，天主在天堂的門口等你。兩個小時後，費米娜．達薩無功而返，感覺自己一時昏了頭，做出了骯髒的事。

在想像的添油加醋下，她發覺丈夫變了。她覺得他態度閃爍，在餐桌或床上毫無胃口，暴躁易怒，或語帶諷刺，他在家時不再是以前那個冷靜的男人，而是一頭關在囚籠裡的獅子。自從他們結婚以來，她第一次監視他的晚歸，甚至到以分鐘來控制的地步，而且她對他說謊，想套出真相，可是之後又為內心的矛盾痛苦不已。有一晚，她從幻覺中驚醒過來，發現丈夫在黑夜裡用仇恨的目光盯著她看。她曾在青少女時期有過同樣令人毛骨悚然的經驗，那時她看見弗洛雷提諾．阿里薩站在床腳，只是他的表情洋溢著愛，而不是恨意。此外，這一次不是幻覺，她的丈夫在凌晨兩點醒來，支起上半身注視她睡覺，但是當她問他為什麼這麼做，他卻否認這件事。他躺回枕頭並說：

「是妳在做夢吧。」

那晚之後，費米娜．達薩又遇到類似的事，她不知道現實是從哪裡結束，幻覺是從哪邊開始，但她清楚知道自己快瘋了。最後，她發現丈夫竟然沒在禮拜四的基督聖體節領聖禮，在最後幾週的禮拜日也都沒領，而且他找不到時間參加這年的靈修。當她問丈夫，他的精神生活為什麼會有這些不尋常的改變時，她聽到的也只是模稜兩可的回答。這是個關鍵線索，因為他從八歲那年第一次領聖禮起，從未錯過這麼重大的節日，於是，她發現丈夫不但觸犯嚴重的罪過，還執意繼續下去，甚至不去找神父懺悔。她從未想像過有一天會為與愛情完全相反的東西苦惱，但她現在深陷其中，而唯一保命的辦法，是放把火燒掉侵蝕她內心的蛇窟。她真的這麼做了。有一天下午，她趁丈夫完成午覺後的每日閱讀時，到露臺上補襪子的後腳跟。突然間，她放下手中工作，把眼鏡往額頭一推，用嗅不出一絲嚴厲的語氣問他：

「醫生。」

他還沉浸在《企鵝島》的餘味中，那是當前全世界都在閱讀的小說，他用法語回答她一聲「嗯」，可是沒回過神。她不放棄。

「看著我的臉。」

他應她的要求，戴著老花眼鏡，像在霧裡看她，但是不用摘下眼鏡，也能感覺她目光灼灼。

「怎麼了？」他問。

「你應該比我清楚。」她說。

她沒再多說什麼。她再次戴好眼鏡，繼續補襪子。這時，胡維納爾・烏爾比諾醫生並不知道他長期的焦慮已經消失。這一刻與他想像的不同，不是內心猛然一震，而是平靜突然降臨。他鬆了一口氣，反正遲早會發生，那還不如早點發生：芭芭拉．林區的幽魂終於進入這個家。

胡維納爾．烏爾比諾醫生是在四個月前認識她，當時他正在慈悲醫院的巡迴診間等換班，而見到她的那瞬間，他發現他的命運發生了某個不可挽救的改變。她是個黑白混血兒，身材高挑，氣質優雅，骨架寬大，皮膚是蜜糖顏色，也像蜜糖一般柔軟，那天早上，她穿著一件紅底白點連身裙，和一頂同顏色的帽子，帽簷非常寬，陰影甚至遮住了眼睛。她似乎比任何人都要有女人味。胡維納爾．烏爾比諾醫生不負責巡診，但只要有空，總會過來這裡叮嚀他的高年級學生，正確診斷就是最好的藥物。因此，他決定留在場觀看突然出現的黑白混血女郎的看診，並小心翼翼不讓門生發現他有任何不自然的表情，他幾乎沒看她，但是把她的身分資料清楚記在腦海裡。那天下午，就在結束最後的出診後，他要馬車前往女郎在看診時給的住址，而她確實在那邊的露臺上乘涼。

那是一棟安地列斯群島的典型屋子，連同鋅皮屋頂在內，整個都漆成黃色，窗戶垂著粗麻布，門廊上吊著一盆盆康乃馨和羊齒植物，屋子坐落於馬拉克里安沙沼澤區，蓋在木樁上頭。屋簷下掛著一個籠子，有隻黃鸝正在鳴叫。對面的人行道上是一間小學，這個時間學童蜂擁而出，車夫不得不拉緊韁繩，要馬兒不要驚慌。真是幸運，因為芭芭拉．林區小姐及時認出醫生。她用老朋友的手勢向他打招呼，邀他喝杯咖啡，等放學的混亂平息下來再離開，他欣然接受，並有違自己的習慣，聆聽她聊她自己，而這正是這天早上他唯一感興趣的話題，也是在接下來幾個月，唯一在他腦海縈繞不去，一刻也不放過他的事。他新婚不久時，曾有個朋友當他的妻子面前說，他遲早會遇到一場瘋狂的愛戀，危害婚姻的穩固。他自認十分了解自己，認為他的道德觀根深柢固，對他的預言一笑置之。很好，他現在碰上了。

芭芭拉・林區小姐是神學博士，是受人敬重的新教牧師強納森・林區的獨生女，牧師皮膚黝黑，身材乾癟，總是騎著騾子到沼澤區的貧窮村落傳布他眾多的神其中一位所說的話，胡維納爾・烏爾比諾醫生得用小寫記下神的名字，好跟他的天主區隔。她講了一口流利的西班牙語，句法偶爾出錯，這樣時常吃螺絲反而增添她的可愛。她到十二月就要滿二十八歲，剛跟另外一位牧師離婚，那是她父親的門生，他們維持了兩年不愉快的婚姻，讓她從此不想再重蹈覆轍。她說：「我唯一的愛人是我的黃鸝。」但是烏爾比諾醫生太過老實，沒聽懂她這句話的弦外之音。他反而疑惑地問自己，一切這麼順利該不是天主的圈套，要他以後加倍奉還，但他隨即把這個想法丟到腦後，當自己因為困惑而胡亂詮釋天意。

道別時刻，他隨口提了今天早上的看診，內心明白病人都會想談他們的病痛，於是她大方地說起她的病，而他保證隔天四點會準時再來，幫她做詳細一點的檢查。她嚇了一跳，她知道她無法支付像他這個階層的醫生看診費用，但他要她放心：「我們這一行的都是設法讓富人為窮人付錢。」接著他在口袋的筆記本寫下：禮拜六下午四點，芭芭拉·林區小姐，馬拉克里安沙沼澤區。幾個月後，費米娜·達薩讀到這個檔案厚厚一疊的診斷細節和治療過程，還有病情的發展。這個名字引起她的注意，她馬上想到她是紐奧良的水果船上某個墮落的藝術家，但是住址卻讓她想到應該是來自牙買加才對，當然，是個黑人，於是她認為這不會是丈夫的類型，便乾脆地放棄這個可能。

禮拜六那天，胡維納爾·烏爾比諾醫生提早十分鐘赴約，芭芭拉·林區小姐還沒換裝，無法迎接他。當年他在巴黎參加口試，都沒這樣緊張過。芭芭拉·林區小姐躺在亞麻床單上，穿著一件絲質襯裙，美得不可方物。她全身碩大而結實：美人魚般的大腿，慢火烘烤的膚色，令人驚嘆的乳房，晶瑩剔透的完美牙齒，整個身體散發健康的氣息，那也就是費米娜·達薩在丈夫的衣服上聞到的人類味道。她去看巡診，是因為罹患一種她戲稱為扭曲的絞痛病，烏爾比諾醫生認為不該輕忽這個病徵。因此，他觸摸她的內臟位置，檢查的動作倒像是存心而不是認真，他驚訝地發現這個不可思議的女人體內和外表都一樣美麗，於是理智慢慢斷線，任憑自己沉溺在美妙的觸感，他已經不是加勒比海沿岸醫術最精湛的醫生，而是天主創造的凡人，正可憐地深受本能失序的折磨。他在嚴謹的職業生涯中，只發生過那麼一次類似的意外，而那天是他深感恥辱的一天，因為那位女病患生氣地撥開他的手，從床上坐起來，對他說：「您想要的事或許會發生，可是不會是在這樣的狀況下。」林區小姐完全不同，她放任他的一雙手遊走，當她確信醫生腦子想的不是治病時，便說：

「我想這件事從道德觀來說是不被允許的。」

他滿身大汗，像是穿著衣服爬出水塘，他擦乾雙手，接著拿毛巾擦臉。

「道德觀，」他說。「把我們醫生當成木頭。」

她對他伸出感激的手。

「我是這麼認為，但這不意謂您不能做。」她說。「想像一下，我只是個可憐的黑女人，卻受到一個名聲響亮的男人關注。」

「我時時刻刻都在想您。」他說。

這是個震撼的告白，也令人憐憫。但是她一陣爽朗的笑聲照亮整間臥室，讓他解脫所有罪惡。

「醫生，我從在醫院看到您那刻起，就知道了。」她說。「我是黑女人，但可不是傻子。」

事情沒有那麼順利。林區小姐想要保住她的清譽，想要安全感和愛情，這些得照順序來，她認為自己值得擁有。她給胡維納爾．烏爾比諾醫生引誘她的機會，但是即使只有她一個人在家，也不讓他進她的臥室。她最多只允許他繼續觸診跟聽診，要怎麼踐踏道德觀都可以，就是不能脫掉她的衣服。至於他，他放不掉已經咬到的肉餌，幾乎天天纏著她不放。由於各種實際層面的理由，他跟林區小姐的關係幾乎不可能發展下去，但是他太過軟弱，狠不下心來及時止步，即使最後他還是得這麼做，繼續他的生活。這是他的弱點。

受人敬重的林區先生沒有一定作息時間，他隨時會騎騾子出門，一邊垂掛著聖經和宣傳福音的小冊子，另一邊是食物，總是在最意料不到的時間回家。另一個不便的是對面的小學，學童在朗讀課文時，眼睛會看著窗外的街道，看得最清楚的是對面人行道旁的屋子，屋子的門窗從早上六點就完全打開，他們看見林區小姐把鳥籠掛在屋簷下，讓黃鸝跟著朗讀聲學習。他們看見她纏著彩色頭巾，用她那加勒比海清亮的嗓音一邊跟著朗讀，一邊處理家務，之後，他們還會看見她坐在門廊上，唱著下午的英文讚美詩。

他們得挑選一個孩子們不在的日子，而那只有兩個機會：十二點到兩點的午餐時間，這時連校長都在吃飯，或者接近黃昏時刻，那時他們都放學回家了。第二個時間一定比較理想，但是那時醫生已經結束出診，只剩下幾分鐘不到的時間，就要回家吃晚飯。第三個問題，對他來說也是最嚴重的問題，那就是他的身分地位。他不可能不搭車去她家，那是一輛眾所皆知的馬車，而且得停在門口。他可以學學社交俱樂部的那些朋友跟馬夫串通，但是這不符合他的行事作風。當他拜訪林區小姐的次數明顯太過頻繁，穿著制服的自家車夫竟然大膽問他，是否該晚一點回來接他，以免馬車停在門口太久。烏爾比諾醫生硬生生打斷他的話，反應跟平時截然不同。

「自從我認識你，這還是我第一次聽見你說了不該說的話。」他對他說。「好吧，我就當作你沒說過。」

這根本無解。在這座城市裡，當醫生的馬車停在屋子門口，想隱瞞生了什麼病是不可能的事。有時，在距離許可的範圍，醫生會改用步行過去，或搭乘租用馬車，以避免任何惡意或言之過早的揣測。然而，這種伎倆不太管用，因為處方一到藥房就會洩漏真相，因此，烏爾比諾醫生會同時開假藥跟真藥，確保病患能保密病情，和保有安詳死去的神聖權利。他也可以找不同的光明正大的理由，替自己辯解為什麼馬車會出現在林區小姐的家門口，但是維持不了多久，更不可能像他希望那樣維持一輩子。

世界對他來說變成一座地獄。最初的瘋狂得到滿足以後，兩人都意識到風險，而胡維納爾．烏爾比諾醫生從未下定決心面對醜聞，他在愛得如癡如狂的時刻，曾承諾一切，但是所有的事都發生之後，一切承諾便往後拖延。然而，當跟她在一起的渴望越來越強烈，失去她的恐懼也越來越深，因此，他們的幽會一次比一次匆促和困難。他滿腦子只想著這件事。他忍受著難耐的焦慮，等待下午到來，除了跟她的約會，其他的事都拋到腦後，可是每當車子接近馬拉克里安沙沼澤區，他卻又向天主乞求在最後一刻發生意外，讓他不得不掉頭離去。他是如此忐忑不安，有時，甚至很高興從街角看到受人敬重的林區先生頂著那顆棉花頭在露臺上閱讀，他的女兒則在客廳向社區的孩童傳授教義和朗讀聖經。這時他會愉快地回家，不再繼續挑戰運氣，但接下來又會被渴望折磨地快發瘋，因為一整天都會像每天下午的五點。

因此，當停在門口的馬車終於太過引人注目，他們的偷歡變得難以繼續，三個月後，一切只能說荒謬絕倫了。林區小姐一看到情人便慌忙進門，什麼都沒說，就鑽進臥室。等他來的那天，她總會特意換上寬大的裙子，那是一條美麗的牙買加裙子，荷葉邊綴著紅色花朵，但是裙子裡沒穿內褲，什麼都沒穿，以為這樣方便能幫他克服恐懼。但是他卻糟蹋了她想取悅他的所有努力。他滿身大汗，喘著氣跟她到臥室，腳步倉皇，把所有的東西都扔到地上，手杖、手提箱、巴拿馬帽，他將褲子褪到膝蓋，慌亂地歡愛起來，但是因為怕麻煩，他沒解開外套扣子，黃金鏈錶放在背心裡，沒脫掉鞋子，惦念著要在宣洩欲望後盡早離開。而輪到她孤獨穿越她的隧道時，卻被迫禁欲，因為他已重新扣上鈕扣，一副筋疲力竭的模樣，彷彿剛剛是在生死交叉線上交歡，事實上，他不過是完成愛情儀式中肉體征戰的部分。但是他精確掌握他的準則：控制在例行治療的注射一針的時間內進行。然後他羞於自己的軟弱，抱著想死的心情回到家，咒罵自己沒有勇氣請求費米娜·達薩脫下他的褲子，讓他坐在火盆上。他沒吃晚飯，茫然地禱告，他躺上床，假裝繼續午覺後的閱讀，與此同時，他的妻子在屋內忙裡忙外，要在睡覺前將一切恢復秩序。他拿著書打瞌睡，無可避免地，又慢慢地陷入林區小姐的叢林溼地，她平臥在那兒的樹林氣息，她令人醉仙欲死的床鋪，於是他的腦袋再也容不下其他東西，只想著明天下午五點，她會在床上等他，在那件令人瘋狂的牙買加裙子底下什麼都沒有，只有她幽暗的蔓草山丘：地獄輪迴。

他從幾年前就開始發現身體大不如前。他認得這些症狀。他曾在書上讀到，曾在真實生活中目睹，從未生過重病的病患在上年紀之後，突然開始出現一些症狀，而且符合醫藥書上的描述，然而結果不過是他們的幻覺。硝石庫慈善醫院的兒童臨床科的老師建議他攻讀兒科，因為這是最誠實的一門專業，兒童生病是真的生病，他們跟醫生溝通時，是確實描述症狀，不只是感受。相反地，大人從某個年紀開始，不是有症狀沒生病，不然就是更糟糕的情況：生重病，但卻是其他小病的症狀。這時他會用安慰劑來治療，給病人時間，直到他們在迷茫的年老中學會跟他們的毛病相處，最終加以忘記。胡維納爾・烏爾比諾醫生從沒想過，像他這個年紀的醫生，自以為看過一切，卻無法克服其實沒病卻感覺生病的焦慮。或者更糟的是：真的生病，卻基於對科學的偏見，不承認自己生病。到了四十歲，他曾在講臺上半認真半開玩笑地說：「我這輩子唯一需要的是有人能了解我。」但是當他迷失在林區小姐的迷宮中，已經不認為那是一句玩笑話。

他的體內堆積了所有他上年紀的病患真實或想像出來的症狀。他可以清楚感覺肝臟的形狀，甚至不用碰觸就能說出大小。他可以感覺腎臟發出貓咪沉睡時的咕噥聲，他可以感覺膽囊中金黃色汁液的光澤，他可以感覺血液在血管裡奔騰的響聲。有時，他在凌晨像條呼吸不到空氣的魚般清醒過來。他的心積滿了水。他感覺心在瞬間漏跳一拍，心跳變慢，就像那些學校的行軍隊伍，一次又一次跟不上，最後他感覺心跳恢復，因為天主是偉大的。但是他沒使用給那種讓病患分散注意力的處方，而是被恐懼蒙蔽眼睛。沒錯：即使是在五十八歲這一年，他依然需要有個人了解他。因此，他去求助費米娜・達薩，這個世界上最愛他和他最愛的人，從她那兒獲得良心的平靜。

不過，這發生在她打斷他下午的閱讀，在要他直視她的臉之後，而他第一個想到的是，他的地獄輪迴已經曝光。然而，他不懂她是怎麼知道的，因為他難以想像費米娜．達薩單憑嗅覺就能揭穿真相。不管如何，許久以來，這座城市從來不是藏匿秘密的好地方。在第一批家用電話裝設不久之後，幾樁似乎穩固的婚姻卻因為幾通匿名電話告密而破裂，嚇得很多家庭暫停電話服務，或者拒裝電話好幾年。烏爾比諾醫生知道妻子懂得自重，不會相信一通匿名電話的告密，而且他也無法想像有誰膽敢用真實姓名告密。然而，他怕的是傳統的那套方法：陌生人從門縫下塞進一張紙條，或許這是有效的辦法，因為不但能確實隱藏寄信人跟收信人的身分，也因為這種流傳已久的方法，難免會讓人聯想這是來自萬能的上帝的旨意。

在他們家，從來不知道什麼叫嫉妒：三十多年來的平靜婚姻生活中，烏爾比諾醫生曾多次在公開場合誇耀他就像瑞典火柴，只在自己的盒子擦燃，在此之前確實是這樣沒錯。但是他不知道像妻子這麼驕傲的女人，自尊心這麼強，性格這麼倔強，在證實另一半出軌後，會有什麼反應。因此，在應她要求直視她的臉之後，他只想再次垂下眼睛，掩飾他的慌亂，繼續假裝徜徉在書中阿爾卡島上的甜美蜿蜒的溪流間，直到想出該怎麼辦。至於費米娜．達薩，她也沒多講什麼。當她補好襪子，便把東西隨意丟進縫紉室，交代廚房準備晚餐，然後就回臥室。

這時他下定決心，下午五點不再去林區小姐家。那些永恆不渝的愛情誓言，那為她一人建造的秘密小屋，讓他去拜訪而不用擔心受怕的幻想，那些從容享受直到死亡的幸福，所有他在愛得熾熱如火時作的承諾永遠一筆勾銷。林區小姐從他那裡拿到的最後一樣東西，是車夫送來的一個祖母綠冠狀髮飾，他交給她時不發一語，連個口信或字條都沒有，東西裝在一個小盒子裡，外面包著藥房的包裝紙，車夫還以為那是救急藥物。他餘生不曾再見過她，就連在街上巧遇都沒有，只有天主知道，他這樣壯士斷腕有多麼痛苦，他躲在廁所裡流下多少苦澀的眼淚，好熬過內心的創傷。下午五點，他沒跟她在一起，而是在懺悔神父面前徹底悔悟，到了禮拜天，他雖然帶著破碎的心領取聖禮，但是靈魂終於得到平靜。

分手那晚，當他脫下衣服準備睡覺，又再次對費米娜．達薩嘀咕他清晨無法入眠，突如其來的疼痛，黃昏時想哭的欲望，至於斷絕秘密愛情帶來的種種痛苦，他也當成年老的不幸症狀一併說出來。他非得要找人吐苦水，以免悶死，以免說出真相，總之，他就在愛的家庭儀式中祭祀了他的發洩。她專注聆聽他的話，但是沒看他，也沒回應，並把他脫下的衣服一件件接過來。她聞著每件衣服，沒讓表情洩漏出任何怒氣，然後她把衣服捲起來，丟進放髒衣服的藤簍。她沒聞到味道，但這不代表任何意義：不是明天的話，就是改天。在臥室的小祭壇前跪下來禱告前，他細數完他的空虛，接著又補上一聲悲傷而真心的嘆息：「我覺得我快死了。」她眼睛眨也不眨地回答他：

「也好。」她說。「這樣一來，我們兩個都能得到平靜。」

幾年前，他也曾在一場重病中提過可能會死，當時她用同樣粗暴的語氣回應。烏爾比諾醫生把這個反應歸為女人與生俱來的無情，因為這個特質，地球還繼續繞著太陽轉動，他不知道的是，她的脾氣是為了掩飾恐懼。那時她最怕莫過於失去他。

這一晚恰恰相反，她打從心底用力希望他會死。烏爾比諾醫生意識到這個願望有多麼強烈，嚇了一跳。之後，他發現她在黑暗中慢慢地啜泣，咬著枕頭不想讓他聽見。他對她的舉動感到不解，因為他知道妻子不論是身體還是心靈的痛苦，都不曾輕易掉淚。她只有可能是因為氣不過而哭了，尤其當原因來自她的過錯，她會越哭越生氣，因為她無法原諒自己竟軟弱地哭了。他不敢安慰她，他知道這就像安慰一頭身中長標槍的母老虎，他也沒有勇氣老實告訴她，讓她哭的原因已經在今天下午消失，而且是徹底從他的記憶裡永遠地根除。

他因為疲倦瞇了幾分鐘。當他醒來，她已點亮那盞黯淡的油燈，眼睛是睜開的，不過停止了哭泣。在他睡著時，她的身上發生了某種確定的改變：那些多年來累積在她的年齡背後的沉積物，因為妒火滾沸而浮現，讓她瞬間變老。他驚訝地看著她突然冒出的皺紋，乾癟的嘴唇，斑白的頭髮，他冒險勸她試著睡覺：已經凌晨兩點多。她回答他，沒看他，但聲音裡的怒氣已經消失無蹤，語氣接近溫柔。

「我有權利知道她是誰。」她說。

於是，他將經過全盤托出，感覺終於把全世界的重量從身上卸下，因為他相信她知道真相，只是要拼湊細節。事實當然不是這樣，因此就在他述說時，她又哭了起來，不是像一開始的嚶嚶啜泣，而是鹹鹹的淚水滑落臉頰，掉在睡袍上燃燒起來，焚燒她的人生，因為他並沒有像她那樣戰戰兢兢地期待，抵死不認，生氣受到毀謗，大聲叫罵這個該死的社會恣意妄為地踐踏他人的榮譽，即使面對他出軌的最具破壞性的證據也面不改色：就像個男人的反應。之後，當他告訴她，他這天下午去見他的懺悔神父，她怕自己就要氣瞎眼睛。她當年讀中學時就認定教堂的人缺少受天主啟發的美德。而對於這個認知上的落差，他們為了家庭和諧，向來都會避開。然而她的丈夫竟讓懺悔神父干涉他人的隱私，不只是他，還包括她的隱私，這實在是太過分了。

「這就像你在跟拱廊上的耍蛇人告解。」她說。

對她來說，一切都完了。她有把握，丈夫在完成悔罪之前，她的榮譽已經變成眾人咀嚼的八卦，這帶給她的羞辱感，還遠比出軌引起的羞恥、憤怒和不平來得難以忍受。而且最混帳，更罪該萬死的是，對象是個黑女人。他糾正她：「是黑白混血女人。」但是這一刻所有精準的細節都是多餘的：她已經做出結論。

「一樣下賤。」她說。「只是我到現在才知道，那是黑女人的味道。」

這件事發生在某個禮拜一。而禮拜五晚上七點，費米娜．達薩搭上一艘定期往聖胡安省謝納加市的小船，只帶著一個行李箱，由教女陪伴，臉上蒙著面紗，為的是防人問起，也防人向丈夫探聽。胡維納爾．烏爾比諾醫生沒現身在港口，這是兩人的協議，他們在那晚之後討論了三天，在這個累人的討論中，他們決定她要去表姊伊勒德布蘭妲．桑切茲位在瑪利亞之花小村莊的莊園，她需要充足的時間思考並作最後的決定。他們的兒女不知道原因，以為這是一趟他們拖延多次的旅行。烏爾比諾醫生把一切打理妥當，讓他那個無法信任的小世界無法做惡意的猜測，他做到滴水不漏，因此，如果說弗洛雷提諾．阿里薩找不到任何費米娜．達薩失蹤的線索，是因為真的沒有線索，而不是他沒有調查的途徑。做丈夫的相信，妻子一旦氣消後就會馬上回家。但是她卻篤定自己的憤怒一輩子都消不了。

然而，她很快就會明白，這個激烈的決定不只是怨恨或思鄉的結果。蜜月旅行後，她曾經多次回到歐洲，儘管要在海上待上十天，她卻能從容地樂在旅途。她見識過這個世界，學會用另一種方式來生活和思考，但是除了那次並不順利的熱氣球之旅，她從未回去聖胡安省謝納加市。對她來說，回到表姊伊勒德布蘭妲所在的省分，就算太遲，仍是一種贖罪。這是很久之前就有的念頭，不是婚姻觸礁才作的決定。因此，單是想要找回對青少女時期的眷戀，就足以安慰她遭遇的不幸。

她帶著教女在聖胡安省謝納加市下船，把所有警告都丟到腦後，倚靠萬分謹慎的性格，重新認識故鄉。她聽從建議去找要塞軍事長，對方邀她在火車出發前搭乘官方馬車兜風，那輛火車要前往聖佩德羅．亞歷山卓勒，她想親自去那邊證實她聽過的傳說，那就是解放者西蒙．波利瓦嚥下最後一口氣的床是否就像小孩的床一樣小。終於，費米娜．達薩再次見到她廣闊的村莊，和下午兩點荒蕪人煙的情景。她再次見到就像一片沙灘的街道，到處都是覆蓋一層苔蘚的坑洞，見到葡萄牙人蓋的宅第，門廊上刻著他們的盾牌徽章，窗戶裝著銅製百葉窗，陰暗的客廳不斷迴盪著毫無熱情的練琴聲，遲鈍而悲傷，當年，她新婚的母親也曾教過富家千金彈奏一樣的鋼琴練習曲。她看見廣場空無一人，熱燙的石子地上連一棵樹都沒有，只有成排的敞篷喪葬馬車，馬匹站著睡著了，以及前往聖佩德羅．亞歷山卓勒的黃色火車，而在大教堂的轉角處，她看見一棟最氣派、最漂亮的大宅，屋子有一條青綠色拱形石頭長廊和一扇修道院式大門，而許多年後，阿爾瓦洛將會在那扇窗戶內的臥室出生，到那時她的記憶已經無法記住這件事。她想著艾絲可拉絲蒂卡姑姑，她還繼續不抱希望地翻天覆地找人，她想著自己，接著思緒飄到弗洛雷提諾・阿里薩身上，想起他那身文人打扮，他在小公園的杏樹下閱讀的詩集，偶爾幾次憶起不愉快的中學時光，也會勾起有關他的回憶。繞了非常多圈，她還是認不出老家，她以為的地點只有一個養豬場，繞過街角是一條坐落妓院的街道，來自全世界的妓女都到拱廊上睡午覺，以免錯過她們的郵件。這不是她的故鄉。

從兜風的一開始，費米娜・達薩便戴上面紗，遮住半張臉，這裡已經沒人認識她，所以她不是害怕被認出，而是從火車站到墓園，到處都是在太陽曝曬下的腫脹屍體。要塞軍事長告訴她：「這是因為霍亂。」她知道是霍亂，因為她看見曬焦的屍體嘴角殘留白色凝塊，但是她注意到並不像熱氣球飛行那時，他們腦袋後面沒有慈悲的一槍。

「沒錯。」軍事長說。「天主也會改善祂的方法。」

從聖胡安省謝納加市到聖佩德羅・亞歷山卓勒古老的製糖廠，只有五十公里路程，但是搭黃色火車卻耗上一天時間，因為司機是旅客的朋友，總是不時應他們要求停車，讓他們到香蕉公司的高爾夫球草坪上走，舒展雙腿，男人還在河裡泡水，河水從山區奔流而下，清澈冰涼，當他們肚子餓，也會下車到牧場上向放養的乳牛擠奶來喝。費米娜．達薩簡直嚇壞了，當她抵達終點，只剩一點時間讚嘆解放者在臨終前掛起吊床的巨大羅望子樹，以及證實那張床是否正如傳說，不但對集榮耀於一身的男人來說太小，連個瘦小的青少年來躺也嫌不足。然而，一個自恃萬事通的旅客說那張床是假文物，事實上，國父是被扔在地板上等死。自離家以來，費米娜．達薩對於路上所見所聞都大感失望，於是在剩下的旅程中，她不但難以回味曾經念念不忘的前一次旅行，還避免經過她懷念的那些村落。如此一來，她能保護回憶，也能保護自己遠離幻滅。她聽見小巷傳出手風琴樂聲，鬥雞場的喊叫聲，和可能是戰鬥或狂歡的鳴槍聲，只想逃離掃興的感覺，最後她別無他法，只能快點穿越村莊，戴上面紗，繼續遙想它在記憶裡的模樣。

在多方逃避過往之後，她在一天晚上抵達表姊伊勒德布蘭妲的莊園，當她看見在門口等她的表姊後，差點昏了過去：她就像在真相鏡子裡看見自己。她身形臃腫，老態畢露，身邊圍繞叛逆的子女，但不是跟她仍不抱希望愛著的男人所生，而是跟一個靠著優渥的退休金過活的軍人，當年她是抱著怨恨下嫁給他，而對方瘋狂愛著她。但是在飽受歲月蹂躪的身軀裡，她還是那個她。到了莊園幾天後，費米娜．達薩從震驚中恢復，也尋回美好的回憶，但是她足不出莊園，除非禮拜天帶著她昔日那些難管教的表姊妹的兒孫參加彌撒，男孩做騎士打扮騎著駿馬，如花似玉的女孩仔細裝扮，一如她們母親年輕時的模樣，她們站在牛車上齊聲合唱，直到抵達山谷盡頭的布道教堂。她只去過瑪利亞之花村莊，她在之前的旅行沒去過那裡，因為她想自己應該不會喜歡，但是認識之後，卻迷上了那裡，而她的不幸，或者說這個村莊的不幸，在於她後來回想卻覺得不真實，並只記得村莊在認識之前的想像面貌。

胡維納爾．烏爾比諾醫生在接到里奧阿查城主教的消息後，決心去找妻子。對於妻子遲遲不歸，他的結論是，她不是不想回來，而是放不下她的驕傲。因此，他跟伊勒德布蘭妲通完幾封信，沒通知妻子就上路，因為他在信中得知妻子已經反過來想家：此刻她只想念自己的家。早上十一點，費米娜．達薩正在廚房煮茄子鑲肉，她聽見工人的歡呼，馬的嘶鳴，和朝天射擊的槍聲，之後，門廳傳來堅定的腳步聲和男人說話聲：

「要把握良辰吉日。」

她開心得要死。她沒時間多想，隨便洗了洗手，嘟囔一聲：「謝謝，我的天主，謝謝，你真好。」她想著自己還沒洗澡，都是伊勒德布蘭妲要她煮這道該死的茄子鑲肉，卻沒告訴她是誰要來吃午餐，她想著自己變得又老又醜，臉被太陽曬得脫皮，想著他看見她的模樣，恐怕會後悔過來接她，該死。但是她盡可能在圍裙上擦乾雙手，整理儀表，拿出自出娘胎以來所有與生俱來的傲氣，讓狂跳的心平靜下來，踩著小鹿般可愛的步伐，高高抬起頭，眼神明亮，挺著鼻子，知道終於能回家以後，她感謝命運，大大地鬆了一口氣，當然，事情不會是他想的那麼簡單，她會很高興跟他一起離開，但同時決定要默默向他索討讓她受盡人生苦楚的代價。

費米娜．達薩消失快兩年後，發生了一個崔絲朵．阿里薩認為不可思議的巧合，後來她稱是天主的玩笑。弗洛雷提諾·阿里薩對新發明的電影並不感興趣，儘管他的想法與眾不同，蕾歐娜·卡西亞尼還是毫不費力地把他帶去看《卡比利亞》的隆重首映，廣告主打著詩人加布里埃爾·迪安努齊歐為這部電影撰寫對白。加里雷歐·達康德先生遼闊的露天電影院此刻坐滿貴賓，但有些夜晚適合欣賞點點的繁星，而不是銀幕上的愛情默片。蕾歐娜·卡西亞尼屏氣凝神地跟隨故事迂迴曲折的發展。弗洛雷提諾·阿里薩則相反，他對沉重的劇情直打瞌睡。而在他背後，有個女人似乎說中他的心思：

「我的天主啊，這個故事比痛苦還長！」

她只說了這句話，或許是發現聲音在漆黑中迴盪，覺得不好意思，因為這間影院還不習慣採用鋼琴來替默片伴奏，在昏暗的觀眾席間，只聽得見放映機像是淅瀝淅瀝的雨聲。弗洛雷提諾·阿里薩只會在遇到十分困難的狀況想起天主，但這一次他由衷地感謝祂。因為，即使埋在地下三十三公尺深，他還是能馬上認出她那金屬般低沉的嗓音，自從那天她在荒涼的小公園的黃色樹葉下說：「現在，請離開吧。除非我通知您，否則別回到這裡。」這個聲音就烙印在他的靈魂深處。他知道她坐在他的座位後面，當然是跟丈夫在一起，他能感覺到她溫熱而平穩的呼吸聲，帶著愛意深吸經過她健康的氣息過濾過的空氣。他不覺得她遭受死亡蛀蟲的吞噬，儘管他經常想像她在人生最後幾個月的垂死掙扎模樣，他感覺到的是她又回到最璀璨和幸福的年紀，當時，她穿著智慧女神密涅瓦的長袍，第一個孩子正在隆起的肚子裡成長。他沒回過頭，只想像自己正看著她，完全無視於銀幕上的歷史災難。他歡喜地聞著內心深處浮上的橘子花香味，他渴望知道她認為電影中的女人該如何去愛，好讓她們的愛情不像現實世界的愛那麼痛苦。快到結局時，他突然感到一陣欣喜，他發現自己從沒離深愛的人這麼近而且相處這麼久。

燈光亮起，他等到其他人都站起來。接著，他不疾不徐地起身，漫不經心地轉過身，扣上看表演時總是會鬆開的背心鈕扣，他們四個靠得這麼近，就算有人再怎麼不願意，一定都要打招呼。胡維納爾·烏爾比諾先跟他最熟稔的蕾歐娜·卡西亞尼打招呼，接著跟弗洛雷提諾·阿里薩一如以往親切地握手。費米娜·達薩對兩人露出禮貌性微笑，僅僅基於禮貌，但這個微笑無論如何都表達她見過他們許多次，知道他們是誰，因此不需要向她自我介紹。蕾歐娜·卡西亞尼以她那黑白混血女郎的優雅回應。然而弗洛雷提諾·阿里薩卻不知所措，因為他見到她之後，愣在原地。

她跟以前若判兩人。她的臉上沒有可怕的流行病或其他疾病蹂躪過後的痕跡，她還保持著當年最明豔動人時刻的體重和苗條身材，但毫無疑問地，她在這兩年彷彿過了慘澹殘酷的十年。她留短髮很好看，兩側臉頰留著尖翹的鬢角，但頭髮已不是昔日的蜜色而是鋁白色，戴上老祖母的眼鏡後，那雙美麗的杏眼失去了人生的大半光芒。弗洛雷提諾·阿里薩看著她挽著丈夫的手在散場的人潮中遠去，訝異發現她竟然在公共場所裹著窮人的披巾，腳踩家用的拖鞋。但他最感震撼的是，她的丈夫得抓好她的手臂，引著她走在最正確的路上，儘管如此，她還是估錯高度，差點從大門的臺階上跌下去。

弗洛雷提諾・阿里薩對上年紀後的摔跤十分敏感。年輕時，他曾在公園裡放下正在閱讀的詩集，就是為了觀看那些年老的伴侶互相攙扶穿過街道，這些從生活學到的經驗，多少能讓他思索自己年老之後的情景。像胡維納爾・烏爾比諾醫生在看電影那一晚的年紀，仍在人生的秋季，跟初生的白髮非常相稱，充滿了智慧與魅力，看在年輕女性的眼裡尤其如此，與此同時，他們人老珠黃的妻子卻得緊攀著他們的手臂，以免連踩到自己的影子都會跌倒。然而，短短幾年過後，卻換丈夫一夜之間跌進年老的深淵，身體和靈魂急速老化，這時換他們恢復神采的妻子攙扶他們的手臂，像是對待乞討的瞎子在他們耳邊低語，以免傷害他們男性的自尊，要他們注意臺階是三階而不是兩階，街道中間有一個水窪，那個橫躺在人行道上的輪廓是斷氣的乞丐，以及吃力地幫助他們過馬路，彷彿那是他們人生最後一條河流的唯一渡口。弗洛雷提諾・阿里薩曾經無數次看見那樣情景的自己，他沒有那麼畏懼死亡，怕的反而是那可恥的年紀到來時，他不得不靠一個女人攙扶。他知道當那天來臨，也只有在那天來臨時，他得放棄對費米娜・達薩的希望。

那晚的相遇嚇跑了他的睡意。於是，他沒帶蕾歐娜・卡西亞尼搭車，而是陪她走過大半個老城，他們踩在石磚路上，腳步聲像是馬蹄鐵聲迴盪。偶爾，從敞開的陽臺會傳來片段的話語聲，臥室內聊心事的私語，而愛的嗚咽聲在幽幽的聲響和沉睡巷道上的茉莉花熱烈的香氣烘托下變得美妙。弗洛雷提諾・阿里薩又得再一次忍著衝動，以免對蕾歐娜·卡西亞尼傾訴他心中對費米娜·達薩壓抑的愛。他們一起漫步，數著步伐，像對悠閒的老夫妻相互依偎，她想著《卡比利亞》有趣的情節，他卻想著自己的不幸。有個男人在海關廣場的陽臺上高歌，他的歌聲變成迴聲，在廣場上不斷地迴盪：當我在海上乘風破浪。到了石頭聖人街，弗洛雷提諾·阿里薩原本得要跟蕾歐娜·卡西亞尼在她家門前道別，卻要求她請他喝杯白蘭地。這是他第二次在類似的情況下對她這麼要求。第一次是十年前，那時她對他說：「如果你在這個時間上來，就得永遠留下來。」他沒上去。但現在他無論如何都要上去，就算之後他得說話不算話。然而，蕾歐娜·卡西亞尼並沒有要他承諾，直接邀他上去。

就這樣，他在最意想不到的時刻，踏進一座愛情還來不及誕生就熄滅的聖殿。她的雙親已經過世，唯一的兄弟在古拉索發了大財，她一個人獨居在老家。幾年前，弗洛雷提諾·阿里薩仍沒放棄想把她變成情人，經常在禮拜天得到她父母的同意後去看她，有時晚上待到很晚，他投注很多心血幫忙整理她的房子，最後甚至把那裡當作自己的家。然而，看完電影這一晚，他有預感客廳已經完全不留有關於他的回憶。家具擺在不同位置，牆壁上掛著其他版畫，他想著，這麼多刻意的改變為的是確保他從來不曾存在。她家的貓認不出他。他被這樣殘忍的遺忘嚇了一跳，於是說：「牠不記得我了。」但是她背對著他一邊倒白蘭地一邊回答說，如果他擔心這個，大可安心睡覺，因為貓從來不會記得任何人。

他們倚著沙發，靠得很近，他們聊著自己，他們在相識前的樣子，也就是那個誰知道多久以前在公共騾車上認識的某天下午。他們的人生時光在相鄰的兩個辦公室裡流逝，在這之前，他們從未講過除了每天工作外的事。當他們聊的時候，弗洛雷提諾·阿里薩把手放到她的大腿上，使出他情場老手的絕招輕柔地愛撫，她放任他的動作，可是連禮貌性地回應一個顫抖都沒有。只有在他試圖進一步摸下去時，她抓住他那隻探索的手，在他的手心印下一吻。

「安分一點。」她對他說。「我從很久以前就明白，你不是我要尋找的男人。」

當她很年輕的時候，曾有個男人在防波堤出其不意地將她撲倒，她從未看清楚他的臉，只知道那個男人身體魁梧，身手矯健，他將她的衣服撕個精光，迅速地和她瘋狂做愛。她躺在石頭上，全身都是割傷，希望那個男人能永遠留下來，讓她為愛死在他的懷中。她沒看清楚他的長相，沒聽到他的聲音，可是她相信可以依他的體型、身高和做愛方式，從千百個男人中認出他來。從那時起，她對所有願意聆聽她講話的人說：「如果你認識哪個高大強壯的男人，在某個十月十五日晚上十一點半，在溺水者防波堤上強暴一個街上的黑女人，叫他來找我。」她總是順口說出這句話，跟無數的人說過之後，最後已經不抱希望。弗洛雷提諾·阿里薩聽她說過這個故事許多次，就像聽到夜晚的輪船啟航的道別聲那樣多次。凌晨兩點時，他們已經各自喝了三杯白蘭地，他確實知道自己不是她在等待的男人，也很高興能夠覺悟。

「幹得好，我的母獅。」他在臨走前說。「我們終於除掉老虎了。」

這一晚了結的不只有這件事。有關核病患樓閣的惡意謠言曾打碎他的夢想，讓他心生前所未有的疑慮，那就是費米娜·達薩也會死，因此，可能比丈夫早死。但是當他看見她在電影院門口絆腳，他又往前靠近自己的深淵一步，恍然大悟先死的人可能是他自己而不是她。這是一個預兆，最可怕的那一種，因為根據的是事實。那些堅定不移地等待和在幸福中抱著希望的日子已經逝去，但是在地平線的那端看不到任何東西，只有深不見底的海洋，充斥各種想像的疾病，在失眠清晨的滴尿，每日黃昏可能的死亡。他想著一天中的每一刻，從前，時間可是他的盟友，他一起發過誓約的同伴，如今卻開始意圖背叛。幾年前，他已開始懷著忐忑不安的心情冒險約會，怕的是厄運突然降臨，那一次，他發現門沒上鎖，鉸鏈剛上過油，好讓他可以無聲進門，但是他在最後一刻反悔，怕自己死在她的床上，帶給一個無辜體貼的女人無法彌補的傷害。因此，他理所當然會想，他在這個世界上的摯愛，讓他無怨無悔地從上個世紀癡等到這個世紀的女人，可能會來不及攙扶他的手臂，帶著他穿過布滿墳塚和被風撫亂的罌粟花的街道，幫助他平安地抵達死亡的彼岸。

事實上，根據這個時代的標準，弗洛雷提諾·阿里薩已跨進老年的門檻許久。他滿五十六歲，認為這些年過得十分精采，因為不缺乏愛情。但這個時代沒有一個男人敢像他這樣，敢於面對年事已高但外表卻看似年輕的尷尬，不管真是如此，還是一廂情願地認為，也沒有誰敢不怕羞恥地承認，他們還在為上個世紀的失戀偷偷哭泣。這是一個年輕並不討好的時代：儘管每個年紀有不同的穿著打扮，但是老氣橫秋的打扮往往從青春期過後不久就開始，一直到踏進棺材為止。這種現象跟年紀無關，而是跟社會地位相關。年輕人穿得跟他們的祖父如出一轍，提早戴上眼鏡，好贏得他人的敬重，而三十歲開始，拄手杖更是能得到認可。對女人來說，只有兩種年紀，一是結婚年紀，最多不超過二十二歲，另外是永遠單身：嫁不出去的女人。其他女人，結婚的，當母親的，守寡的，當祖母的，是屬於特殊一類，她們的年紀不等於活過的歲數，而是剩下的壽命。

弗洛雷提諾．阿里薩則相反，他大膽地面對老年的盯梢，儘管他知道自己的命運比較特殊，從小看起來就老成。起先是逼不得已。崔絲朵．阿里薩把孩子的父親要丟進垃圾堆的衣服拆掉，重新縫製給孩子穿，因此，他穿著大禮服上小學，坐下來衣服就會拖地，他還戴過幾頂官員帽，儘管已經填塞棉花縮小帽圍，還是太大蓋住了耳朵。此外，他從五歲開始就戴近視眼鏡，遺傳母親的印第安血統，髮質就像馬鬃般粗而硬，讓人看不清楚他長什麼樣子。幸運的是，由於多場內戰，再加上政府混亂失序，校規已不像過去嚴格，在公立學校有各種社會階層出身和地位的孩童。還沒長大的孩子到了學校，身上卻充滿街壘作戰的煙硝味，他們穿上在某次戰鬥靠槍枝搶來的叛軍軍官的制服，佩戴他們的徽章，還大剌剌地露出腰帶上的配槍。下課時間，任何糾紛都會變成槍戰，甚至威脅老師不能讓他們考試的成績太差，其中一個拉撒勒中學三年級學生是民兵組織的退休將軍，他一槍打死了社區模範胡安．埃略米塔修士，只因為他在教義手冊課上說，天主是保守派黨的首要成員。

另外一方面，遭逢家門不幸的大戶人家的孩子穿著古代王儲的服飾，一些家徒四壁的孩子則是打赤腳，在眾多來自各處的怪異學生當中，弗洛雷提諾．阿里薩毫無疑問是屬於最怪異的那群，但是還不足以引起側目。他遇過最難堪的情況，頂多是有人在大街上對他大喊：「窮光蛋，醜八怪，心想永遠不會事成。」無論如何，那身不得不穿上的衣服從那時起到他的下半輩子，變成最適合他的神秘本質和陰鬱性格的服裝。當他被派任加勒比海航運公司第一份重要的職位後，他派人量身訂做跟父親同樣風格的衣服，把三十三歲過世的父親當作一個老人來回憶，基督也是在這個令人敬重的年紀罹難。因此，弗洛雷提諾．阿里薩看起來一直比實際年紀還要老。因為落差太大，他的一個曾短暫逢場作戲的情人布里葛妲．蘇雷塔說話口無遮攔，對他總是有話直說，她從第一天就直說她比較喜歡脫掉衣服後的他，因為裸體看起來年輕二十歲。然而，他從不知道怎麼補救，首先因為他的個人品味讓他無法做其他風格打扮，再來沒有人知道二十歲年紀怎麼穿會更年輕，除非再把短褲和水手帽從衣櫥拿出來。另一方面，他不可能擺脫他的時代對老年的觀念，因此，當他看見費米娜．達薩在電影院門口絆腳，自然會感覺恐懼就像閃電劈下，教人發抖不已，要命的死亡已經在這場血腥的愛情戰爭中無可避免地擊敗他。

在此之前，他最激烈的一場戰鬥是使盡力氣對抗禿頭，卻敗得一場糊塗。自從他看見髮梳纏著第一綹髮絲，便發現自己墮入地獄，那種痛苦是沒有禿頭煩惱的人無法想像的。他抵抗了好幾年。他嘗試過各式各樣的髮膠跟生髮水，用難以相信的方法，忍受犧牲，捍衛他一寸寸禿光的頭頂。他把農業用的《布里斯托年鑑》背得滾瓜爛熟，因為他聽人說頭髮的生長，跟作物的週期有直接的關係。他離開一輩子光顧的理髮師，因為他是個貨真價實的禿子，換了個剛來不久的外地人，這個人只在新月出現的時間剪髮。當新來的理髮師開始證實他的手藝的確不錯，卻被發現是安地列斯群島警察通緝的一個見習修女的強暴犯，於是就戴上手銬被拖走了。

當時，弗洛雷提諾．阿里薩把加勒比海沿岸報紙所有關於禿頭的廣告都剪下來，廣告上刊登同一個男人的兩張照片，第一張跟甜瓜一樣頂上無毛，再來一張比獅子的毛髮還濃密：使用神奇藥物的前與後的差別。六年過後，他試過一百七十二種藥物，此外還試了瓶身標籤上的其他輔助辦法，他唯一得到的是頭顱上長了一種溼疹，刺癢而且會發出惡臭，馬丁尼克島的牧師稱那是北極光輪癬，因為會在黑暗中發出一種螢光。最後，他求助一些印第安人在市場叫賣的藥草，和一些魔術師和在抄寫員拱廊上販售的東方草藥，當他發現遭到詐騙時，已經如同削髮聖人頂上無毛了。新世紀元年，爆發了千日戰爭的內戰，國家處在一場腥風血雨之中，有個販賣量身訂做自然假髮的義大利人經過城市。假髮所費不貲，而且製造商只提供三個月保固，但是大多數支付得起的禿子都受不了誘惑。弗洛雷提諾．阿里薩是第一批試用者之一。他試了一頂跟他原本頭髮很像的假髮，但是他害怕情緒起伏時假髮會豎立起來，此外他也無法想像頭上戴著死人的頭髮。對於禿頭的來勢洶洶，他唯一感到安慰的就是來不及知道自己一頭白髮的模樣。有一天在河輪碼頭上，一個興高采烈的醉漢看見他從辦公室出來，以非比尋常的熱情抱住他，當著碼頭工人的訕笑，脫掉他的帽子，往他最引人注目的腦袋印下一個響亮的吻。

「神聖的禿子！」他大叫。

這天晚上，四十八歲的他剪下腦袋上剩下的稀疏頭髮和脖子後面的頭髮，徹底接受完全禿光的命運。走到這一步，每天早上洗澡之前，他不只將下巴塗滿泡沫，也將頭頂開始冒出髮根的部位一併塗上，拿起刮鬍刀剃得跟小孩的屁股一樣光溜溜。在此之前，他從不脫下帽子，即使是在辦公室內，因為他認為禿頭就像沒穿衣服，有失禮節。但是當他徹底接受之後，就把禿頭當作男性的美德之一，他曾聽人這麼說過，不過從前他瞧不起這種說法，認為那只是禿子的癡想罷了。不久，他又開始有了新習慣，把右邊僅剩的髮絲留長然後繞過頭頂，之後就這麼一直打理。但是，他還是繼續戴帽子，總是那種散發哀戚的款式，即便後來流行一種當地稱作塔爾塔利塔帽的草編康康帽，他也不為所動。

然而，他可不是因為自然因素失去牙齒，而是一個庸醫為了阻止普通的感染而鑄下的錯誤。弗洛雷提諾．阿里薩不斷牙痛，可是他害怕腳踏鑽針，因此遲遲不去看牙醫，直到再也忍受不了。他的母親聽見隔壁房間整夜傳來悲傷的呻吟聲，簡直嚇壞了，因為那就像已經從她記憶消失的、從前某段時期的呻吟聲，但是當她叫兒子打開嘴巴，想看看到底是哪個部位為愛所苦時，卻發現他是因為膿腫而虛弱不堪。

雷歐十二叔父要他去找法蘭西．阿多南醫生，他是個高大的黑人，穿著馬褲和穿綁腿，攜帶一個那種領班用的馬褡褳，裡面放著一整套看牙工具，行走於各艘河輪，看起來反倒像個在河岸村莊那種畏懼的旅行探員。他只看了弗洛雷提諾·阿里薩的嘴裡一眼，就斷定他連健康的牙齒都要拔光，這樣才能一勞永逸。和禿頭不同的是，他並不擔心這種愚蠢的治療法，除了不經麻醉就進行的大屠殺，而這是自然就會害怕的事。他也不討厭裝假牙的提議，首先是因為一段忘不了的童年回憶，一個節慶上的魔術師拿出兩具牙齒，擺在桌上讓它們自己聊天，第二是這能徹底解決他從小就飽受折磨的牙痛，而這種痛其實就跟愛情的痛一樣血腥殘忍。他認為這跟禿頭不一樣，不是老年揮過來的奸詐一拳，因為他相信雖然口氣會有橡皮的刺鼻味，外表卻能因為整形後的微笑變得更加好看。因此，他毫不抵抗，向阿多南醫生的那支燒紅的箝子投降，並拿出載貨驢子的堅強意志，熬過了恢復期。

雷歐十二叔父忙著處理手術細節，彷彿那是自己的手術。他對假牙有特殊興趣，那是來自他最初幾趟前往馬格達萊納河航行，都怪他迷戀美聲的癖好。一個滿月夜晚，當船航行到加馬拉港口附近，他跟一個德國土地測量員打賭，他能從船長室的欄杆處以一首拿坡里浪漫曲，喚醒熱帶雨林中的動物。他差點賭輸。昏暗的河面上，傳來沼澤中蒼鷺的振翅聲，短吻鱷甩尾巴的聲音，鯡魚想跳上陸地的驚恐拍打聲，但是當他唱到最高的音符時，大家怕他的血管可能爆裂，他的假牙卻在吐出最後一口氣時，飛出嘴巴，沉到水底。

為了替他配一副應急的假牙，輪船不得不停靠在特內里費港口三天。新的假牙完美極了。但是在返航途中，當雷歐十二叔父試圖跟船長解釋是怎麼丟掉前一副假牙時，深深地吸口氣，將熱帶雨林悶熱的空氣充飽肺腑，盡最大努力唱出最高的音符到最後一口氣結束，試著嚇跑那些大太陽底下眼睛眨也不眨地凝視輪船經過的短吻鱷，結果新假牙也沉到了水底。從此之後，他到處都放著備用的假牙，家裡的不同角落，辦公桌的抽屜，以及公司三艘河輪的每一艘都放一副。此外，當他外出吃飯，總會另外攜帶一副，用一個咳嗽藥片的小盒子裝好再放進口袋裡，因為有一回吃午餐，當他大啖鄉村料理時，就在咀嚼炸五花肉時把假牙弄壞。雷歐十二叔父害怕姪子也會遇到這些類似又嚇人的意外，便下令阿多南醫生幫他一次做兩副假牙：一副材質便宜的，放在辦公室每日使用，另一副在禮拜天或假日節慶用，微笑時，露出塗上薄薄一層金粉的牙齒，看起來像是真的。終於，一個棕枝主日，節慶的鐘聲響起，到處充滿歡樂氣氛，換了新身分的弗洛雷提諾．阿里薩回到大街上，臉上完美的笑容，讓他以為是另一個不同的人取代了他在世界上的位置。

這是他母親過世那段期間發生的事，家中只有弗洛雷提諾．阿里薩獨處。這是個適合他愛情方式的地點，雖然窗戶街聽起來像是有非常多雙眼睛躲在紗織花邊窗簾後窺探，但其實這是一條僻靜的巷道。但是，他為這棟屋子所做的一切都是為了讓費米娜．達薩幸福，只為了讓她幸福，因此，弗洛雷提諾．阿里薩寧願錯失人生黃金歲月的許多機會，也不願讓其他愛情來玷汙這間屋子。幸運的是，他在加勒比海航運公司一步步往上爬的時候，享有了新的特權，尤其是秘密特權，其中對他來說最有用處的是，守衛願意配合他在晚上、禮拜日或節慶日使用辦公室。有一次，當時他當上了副董事長，跟一個禮拜天來打掃的女孩匆忙偷歡，他坐在辦公室的椅子上，她騎在他的身上，這時，辦公室的門突然打開。雷歐十二叔父探頭進來，彷彿搞錯辦公室，接著他的視線越過臉上那副眼鏡，盯著一臉驚恐的姪子看。「混帳！」他說，語氣沒有半絲驚訝。「跟你老子一模一樣！」而關上門之前，他的視線落在他處說：

「至於您，小姐，請繼續，不要擔心。我以自身名譽發誓，我沒看到您的長相。」

他沒再提起這件事，可是接下來的那個禮拜，弗洛雷提諾．阿里薩無法工作。禮拜一，一群技工蜂擁到辦公室，要在天花板安裝吊扇。鎖匠突如其來出現，他們吵吵鬧鬧，在大門加裝插銷，從門內可以反鎖。木匠前來丈量，卻沒說是為了什麼，壁毯商送來印花裝飾布的樣本，看看是否搭配牆壁的顏色，而再隔一個禮拜，他們得從窗戶把一張巨大的印有酒神節花樣的雙人沙發搬進來，因為大門太小。他們挑在最難以想像的時間工作，這樣的不適當看來不是巧合，要是有人抗議，他們便回答：「這是董事長室的命令。」弗洛雷提諾．阿里薩一直無從知道，叔父的這般用意究竟是出於體貼，還是他用他自己獨特的方式提醒姪子濫用職權。他沒想到真相竟是雷歐十二叔父鼓勵他，因為叔父聽說姪子的癖好跟大多數男人不同，而感到困擾不已，因為這會妨礙他要把姪子變成他的繼承人。

雷歐十二．洛亞薩跟兄長不同，他有段長達六十年之久的穩定婚姻，而且以不在禮拜天工作為榮。他有四個兒子和一個女兒，他想訓練兒女接掌他的事業帝國，但是人生給他另一個陰陽錯差的選擇，一種在他的時代只出現在小說上的情節，而現實生活中並沒有人會相信：四個兒子就在職位高升時，一個接著一個相繼離世，女兒對河運事業完全沒興趣，只願在某扇五十公尺高的窗戶凝視哈德遜河上的船隻過完一生。因此，多少有人會相信謠傳，認為外表陰鬱和拿著吸血鬼雨傘的弗洛雷提諾・阿里薩肯定做了什麼，讓這樣多的巧合接二連三發生。

後來叔父依照醫生囑咐不情願地退休，弗洛雷提諾・阿里薩開始心甘情願地犧牲一些禮拜天的約會。他到叔父的鄉間住所去陪伴他，搭乘的是城內最早出現的一批汽車，車子的發動桿後坐力很強，第一批車中的其中一名司機竟然手臂因此被扯斷了。他們聊了好幾個小時。年老的叔父躺在用絲線繡上他的名字的吊床上，遠離一切，背對大海，這裡從前是奴隸莊園，每到下午，從種滿百合水仙的露臺上，可以遙望積雪的山峰。弗洛雷提諾・阿里薩跟他的叔父聊的話題始終不離河運，而在這些遲暮到來的午後，死亡永遠是個看不見的不速之客。雷歐十二叔父老是掛念的一點是河運權不能落入跟歐洲財團有關的內陸企業主手中。「這一直是加勒比海沿岸人的生意。」他說。「如果內陸人搶走了，就會交給德國人。」他的掛念來自一個政治信念，儘管不符合狀況，他一樣會重提。

「我就快滿一百歲，我目睹了一切的改變，甚至連宇宙的星象也改變了，但是我還看不到這個國家有絲毫改變。」他說。「這裡每三個月會有新的憲法，新的法律，新的戰爭，可是我們依舊停在殖民時期。」

他的兩位兄長都是共濟會成員，他們把所有不幸歸咎於聯邦制的失敗。而他總是反駁他們：「千日戰爭早在二十三年前，也就是七六年那場戰爭就輸掉了。」弗洛雷提諾．阿里薩對政治的冷感是一條無法跨越的鴻溝，他聽著叔父越來越滔滔不絕的政治言論，彷彿在聆聽大海呢喃。然而，他卻強烈反對公司的政策。他與叔父的觀點相違，他認為內河航運無法進步，總是岌岌可危，唯一的拯救辦法是靠自動放棄蒸汽船的壟斷權，目前國會把這個權利授予加勒比海航運公司九十九年又一天。他的叔父抗議：「肯定是跟我同名的蕾歐娜，把她那些無政府主義的幻想塞到了你腦子裡。」但是他說對一半。弗洛雷提諾．阿里薩的理論是根據德國海軍準將胡安．貝爾納多．埃爾博特的經驗，當初他的野心太大而阻撓了他過人的才智。他的叔父反而不這麼認為，在他看來，胡安．貝爾納多．埃爾博特的失敗不在於他的特權，而是他在同時間許下不切實際的諾言，幾乎把全部地理範圍的責任都攬在自己身上：他負責內河航運，港口建設，陸地道路路線，交通工具。他說，此外，還引來總統西蒙．玻利瓦措詞辛辣的反對，這可沒辦法一笑置之。

大部分的股東把他們的爭吵看作夫妻吵架，通常兩方都有理。他們認為老先生本來就是這麼頑固，並非像別人隨便說的那樣，他上了年紀之後眼光就不如從前遠大，應該是對他來說，放棄壟斷權意味把他跟兩個兄弟過去的輝煌戰績扔到垃圾堆，那可是他們在英雄時代，打敗了全世界強大的敵人而得來的。因此，當他緊緊抓住他的權力時，並沒有人氣憤怨懟，而且在合法的期限屆滿之前，也沒有人能反對。但當弗洛雷提諾．阿里薩在那些莊園午後的仔細思考中打算棄械投降時，雷歐十二叔父卻同意放棄百年特權，唯一有關榮譽的條件是別在他死前做這件事。

這是他最後的決策。從此他不再談生意，更不許任何人來詢問，他那君王般的腦袋沒有掉過一根鬈髮，他的睿智也沒有減少一分，但是他盡量不見任何人，不想要他們可能的同情。他從露臺上遙望萬年積雪的峰頂，坐著維也納搖椅慢慢搖晃，日子就這樣過去了，他的旁邊有一張小桌子，女僕在上面永遠擺著一壺熱黑咖啡，和一杯浸泡著兩副假牙的蘇打水，現在他已經不戴假牙了，連見客時也不戴上。他見的朋友很少，只聊些非常遙遠的過去，遠在內河航運開始之前。然而，他有個新的心願：希望弗洛雷提諾・阿里薩結婚。他向姪子提過幾次，而且總用一樣的方式。

「如果我年輕個五十歲，」他對他說。「我會娶跟我同名的蕾歐娜。我想不到還有其他比她更能幹的太太。」

弗洛雷提諾・阿里薩想著自己多年來的工作成果，難道會在最後一刻毀在這個出其不意的條件下，不禁全身發抖。他寧願辭職，放棄一切，死去，以免辜負費米娜・達薩。幸運的是，雷歐十二叔父沒有堅持下去。他在滿九十二歲時，承認姪子是公司唯一繼承人，並自此退休。

六個月後，弗洛雷提諾・阿里薩在所有股東的同意下，被提名為董事長和總經理。他上任的那天，退休的老雷歐喝完一杯香檳後，臨時要求坐在搖椅上發言，他發表了像是一番稱讚的短短演說。他說他的人生在兩件上天安排的事情中展開和結束。第一是解放者在前往赴死的不幸旅途中，曾在小村莊圖爾瓦科抱過他。另一個是，他克服人生重重的障礙，終於尋獲有能力管理他公司的繼承人。最後，他試著讓故事別那麼戲劇性，於是下了結論：

「我這輩子的遺憾是，我曾在那麼多場葬禮上唱歌，卻無法為自己的葬禮高歌一曲。」

他在結束演講時，自然地唱了《托斯卡》中的一首詠嘆調〈向生命告別〉。他以最喜歡的清唱方式高歌，聲音依舊渾厚。弗洛雷提諾·阿里薩感動不已，可是只在道謝時微微顫抖的聲音稍稍洩漏這一點。他已經做到他這一生所有能想和能做的事情，他已抵達人生顛峰，而這些都來自於他決定要活著，身體健康，直到他的命運能得到費米娜·達薩的庇蔭那刻。

然而在這天晚上，蕾歐娜·卡西亞尼為他舉辦的慶祝會上，陪伴他的不只有對費米娜·達薩的回憶。還有他對所有女人的回憶：包括那些已在墓園安息的女人，她們對他的思念穿過長在她們上面的玫瑰花叢，還有那些依舊跟丈夫睡在同樣枕頭上的女人，她們丈夫頭上被戴的綠帽在月光下染成了金色。因為缺少他最愛的那一個，他希望能跟所有的女人同時在一起，即使總是教他提心吊膽。就算在人生最艱困的歲月，最悲慘的時刻，他都跟多年來數不清的情人一直維持薄弱的聯繫，始終追尋她們的蹤跡。

因此，這一晚他想起了羅莎爾芭，她是最早的一個，把他的童貞當戰利品奪走，他對她的回憶始終如第一天一樣感到心痛。他只要閉上眼睛，就能看見她穿著一襲薄紗連身裙和戴著一頂長絲帶帽子，在船舷旁搖著孩子的籠子。這些年來，他好幾次準備好要去找她，卻不知道從哪裡開始，他不知道她的姓氏，不知道她是否就是自己要找的人，但是他相信能在蘭花雨林中的任何地方找到她。而每一回，總在輪船要收起踏板時，不是在最後一刻考量現實的不便，就是突然間沒了意願，然後延後旅行：原因總是跟費米娜·達薩的某件事有關。

他想起拿撒勒寡婦，她是唯一曾在窗戶街母親家玷汙他的女人，雖然是崔絲朵·阿里薩讓她進門的。他最了解她，儘管她在床上反應遲鈍，卻是唯一滿溢溫柔的女人，足以取代費米娜·達薩。但是她的溫柔壓抑不了難以馴服的野貓性格，讓兩人最後無法對彼此忠誠。然而，他們在之後三十年斷斷續續地維持了情人的關係，這要多虧那句火槍手的格言：不忠，但是不能背信棄義。而且，弗洛雷提諾·阿里薩只為她露過面：當他聽說她過世了，要靠施捨才能下葬時，他便負擔了所有費用，並獨自一人去參加葬禮。

他記得其他愛過的寡婦。蒲露妲西亞·皮特雷是他還活著的情婦中最老的一位，大家都叫她二回寡婦，因為她兩度成為寡婦。還有另外一位蒲露妲西亞，她是阿雷亞諾的遺孀，她是最深情的，總是拔掉他衣服上的鈕扣，好讓他必須等鈕扣縫好，在她家待久一點。還有荷西凡，她是蘇寧卡的遺孀，愛他愛得如癡如狂，後來她拿了一把園藝剪刀，差點就在他睡夢中把他那話兒剪斷，既然他不能屬於她，那麼也不能屬於任何人。

他想起安荷樂絲．阿爾法羅，是他最愛也是愛過時間最短暫的一位，她來城內的音樂學校教六個月的弦樂，而每到月夜，就會一絲不掛，跟他在她家露臺上，拉奏大提琴所有最動聽的音樂組曲，那琴聲在她染成金色的大腿間化身成男人的呢喃。從第一個月夜開始，他們就彷彿初嘗禁果的男女，迫切的模樣令人心碎。但是安荷樂絲．阿爾法羅跟來的時候一樣悄然離開，帶走她女人的溫柔和罪惡的大提琴，搭上一艘飄揚著遺忘旗幟的遠洋輪船，而她唯一在月夜下的天臺上遺留的，是拿著白色手絹的揮別手勢，就像地平線的白鴿，一如花賽詩會孤獨悲傷的詩句。弗洛雷提諾．阿里薩從她身上學到自己曾碰過許多次卻不自覺的事：能夠同時愛上幾個人，對她們每一個抱著同樣的痛苦，卻沒有背叛任何一個。他孤零零地處在碼頭上的人群之間，感覺一股怒氣乍現，他告訴自己：「人類內心的房間比夜度旅館裡的房間還多。」他為離別的痛苦淚如泉湧。然而，當輪船消失在地平線那端時，他對費米娜．達薩的回憶再一次占據了他全部的空間。

他想起安德芮亞．瓦隆，上個禮拜，他都徘徊在她家對面，但是浴室透出的橘黃燈光告訴他不能進去，有人搶先他一步。這個人可能是男人或女人，安德芮亞．瓦隆的愛情觀失序，並不在意這類小事。她在他的名單上，是唯一靠肉體謀生的一個，但是她是自立門戶，並沒有仰賴皮條客。在最顛峰的那幾年，她曾經當過地下妓女，締造了傳奇生涯，在戰時贏得大眾聖母的封號。她迷倒了省長和海軍將領，目睹幾位拿槍桿和搖筆桿的顯赫人士趴在她的肩膀哭泣，他們自以為聲勢赫赫，只有幾個的確是如此。然而，有件事是證據確鑿，拉法葉爾·雷耶斯總統在偶然來到城內的兩場造訪之間，曾經空出短暫的半個小時，賜予她終身俸，以感念她對財政部不凡的貢獻，儘管她不曾在那裡工作過一天。她竭盡所能，把肉體的享樂分送給大家，大眾將她的不檢點看在眼裡，但沒人拿得出對她不利的確切證據，因為她那些大人物姘頭像維護自己的性命般保護她，他們清楚一旦鬧出醜聞，損失慘重的不是她，而是他們。弗洛雷提諾·阿里薩為了她打破不付錢的神聖原則，她也為了他打破連丈夫也不能免費的原則。他們達成協議，每次象徵性地收取一塊錢披索，可是，她不親手收，他也不雙手捧上，而是放進一個小豬存錢筒，直到累積一定數量，就到抄寫員拱廊上去隨意買個舶來品。當他罹患了便秘，她讓他在使用浣腸劑時增添了不同的快感，他說服她一起在那些瘋狂的午後時光享用，嘗試在愛之中創造出更多的愛來。

他非常慶幸，在這麼多的性愛冒險中，唯一讓他嘗過一次苦頭的是令人無法捉摸的莎拉·諾列加，最後她在聖牧羊女瘋人院度過餘生，總是喃喃吟誦舊時的淫穢詩句，逼得院方不得不將她隔離，以免她逼瘋其他的女瘋子。然而，當他全面接管加勒比海航運公司之後，已經沒有多餘時間或太多心力去找人替代費米娜·達薩：他清楚知道她是無法被取代的。慢慢地，他只固定去見女性老友。只要她們還願意，他還有能力，她們還活著，就繼續跟她們上床。五旬節的那個禮拜天，當胡維納爾·烏爾比諾過世時，他只剩下一個情人，唯一的一個，她剛滿十四歲，那讓他為愛瘋狂的本領，卻沒有一個他曾愛過的情人比得上。

她叫艾玫莉卡．維庫涅。兩年前，她從父港的一個海濱村莊來到這裡，她的家人請求弗洛雷提諾．阿里薩擔任她的監護人，因為經過確認，他們有血緣關係。她是拿政府的獎學金過來，準備攻讀高等教師課程，她帶著鋪蓋和一個像是娃娃用的馬蹄鐵行李箱，從她打著一條辮子和腳踩一雙白色短靴下船，弗洛雷提諾．阿里薩就強烈預感，他們將會在許多個禮拜天午後一起同枕共眠。從各方面來看，她還是個小女孩，一口仍是牙齦較厚的牙齒，膝蓋還像小學生一樣光滑，但他立刻看出她即將要長成怎麼樣的女人，在漫長的一年間，他細心栽培她，禮拜六帶她去看馬戲團，禮拜日去公園吃冰淇淋，陪她度過孩童的黃昏，贏得她的信任和喜愛，他像個慈祥的老爺爺，卻施以奸詐伎倆，慢慢地牽著她的手走向他的秘密屠宰場。對他來說一切發生得很快：天堂的門忽然打開了。花兒朵朵綻放，她飄浮在一片快樂的淨土上，這鼓勵她努力念書，總是在班上名列前茅，不想錯過週末的出遊。對弗洛雷提諾．阿里薩來說，這是個老年港灣最溫暖的角落。經歷這麼多年處心積慮的愛情算計之後，天真無邪的青澀反倒有一種墮落的新鮮感。

兩人相當契合。她表現得一如以往，一個準備探索人生的小女孩，而引導她的是個穩重而德高望重的男人。他刻意表現出自己這輩子最怕的模樣：一個年老的男友。他從不把她當作費米娜．達薩來看，儘管她們的相似處顯而易見，不只是年紀，那身校服，那頭辮子，她雀躍的走路方式，高傲的性格，跟難以捉摸的脾氣。還有，他也打消了取代的念頭，儘管這對於渴望愛情的他來說，非常具有吸引力。他喜歡她的樣子，最後以暮年溫和的熱情愛上她的樣子。他只對她一人小心翼翼地避孕。他們約會六次之後，從此兩人再也沒有比禮拜天午後的相會更美的夢想。

因為他是唯一有權利能接她離開住宿學校的人，他會坐加勒比海航運公司六缸引擎的哈德遜汽車去接她，如果午後沒太陽，他就拿掉敞篷開去海邊兜風，她會開心大笑，雙手抓住制服的海軍帽，以免被風吹走。有人對她說，除非不得已，不然盡量避免跟監護人在一起，不要吃他嘗過的東西，或靠他的呼吸太近，因為老年的氣息是會傳染的。但是她不在乎。他們不在意他人對他們的想像，因為大家都知道他們有血緣關係，以及他們年紀相差懸殊，這讓他們逃過所有的揣測。

五旬節的那個禮拜天，下午四點鐘，他們歡愛後不久，喪鐘開始響起，弗洛雷提諾·阿里薩不得不壓下心中的驚慌。在他年輕時，敲喪鐘的儀式包含在喪葬費用內，只有窮人負擔不起這份莊重的儀式。但是就在最後一場戰爭結束，兩個世紀交替之際，保守主義政體強制沿用殖民時期的風俗習慣，而喪禮的奢華排場只有最頂尖的富人才負擔得起。當大主教丹堤·德魯那過世時，整個省在九天和九夜的祈禱儀式期間不停敲響喪鐘，造成民眾痛苦不堪，因此他的繼位者取消了喪禮的敲喪鐘規定，自此變成一些顯赫人士享有的特權。因此，當弗洛雷提諾·阿里薩聽見大教堂在五旬節的禮拜天下午四點敲起了喪鐘，當下就感覺逝去的青春時期的幽魂回來了。他沒想到那竟是他渴望聽到的喪鐘，從大禮彌撒結束後看見費米娜·達薩懷孕六個月的那個禮拜天開始，他已經等待了這麼多這麼多年。

「混帳。」他在昏暗中說。「一定是哪個非常重要的人物，大教堂才會敲起喪鐘。」

艾玫莉卡．維庫涅剛剛醒過來，全身一絲不掛。

弗洛雷提諾．阿里薩對教堂事物並不熟悉，自從跟那個也教他電報技術的德國人一起在唱詩班拉小提琴後，就再也不曾去參加彌撒，後來德國人的命運到底如何，他也從來沒有確切的消息。但是他可以肯定那不是為五旬節而敲的喪鐘。沒錯，他知道城內有一場喪事。這天早上，一個加勒比海流亡人士委員會的人來過他家，他通知他赫利米．德聖塔姆天亮後被發現陳屍在他的攝影工作室。弗洛雷提諾．阿里薩跟他並不親近，跟他親近的許多其他流亡人士經常邀他參加他們的公開活動，尤其是他們的葬禮。但是他確信那不是為赫利米．德聖塔姆而敲的喪鐘，他是個不信教的軍人，無可救藥的無政府主義者，況且，他是親手了結自己的生命。

「不對。」他說。「這樣的喪鐘只可能是省長或更高層級。」

陽光透過沒關好的百葉窗照射進來，把艾玫莉卡．維庫涅蒼白的身體印上老虎斑紋，她還太年輕，無法想像死亡。午餐後，他們在床上纏綿，此刻還在午覺的昏沉中，兩個人都赤裸身體，吊扇在他們頭頂轉動，嗡嗡的響聲蓋不住黑美洲鷲走在熱燙的鋅皮屋頂上的劈啪腳步聲。弗洛雷提諾．阿里薩愛著她，一如曾經愛過出現在他漫長一生中的許多其他逢場作戲的女人，但是只有對她的愛特別帶著疼惜，因為他確信，他會在她從高等師範學校畢業後衰老而死。

他們所在的房間比較像是船上的艙房，牆壁上的木條也跟船上的一樣經過多次粉刷，一層蓋在另外一層上面，可是在下午四點，因為金屬屋頂傳熱的緣故，房間要比河上輪船的艙房還要燠熱，即使床鋪上方已經裝上電扇。正確說來，這不是一間臥室，而是弗洛雷提諾·阿里薩派人在陸地蓋的船艙，就在加勒比海航運公司的辦公室後面，沒有別的目的和藉口，就是要為他的暮年之愛找個安全的巢穴。在平日，碼頭工人大呼小叫，河港的起重機傳來震耳欲聾的轟隆聲，和碼頭邊的河輪發出汽笛聲的轟鳴。然而，在禮拜天，這裡對小女孩來說是座樂園。

五旬節這天，他們原本打算膩在一起直到她得返回住宿學校，也就是三鐘經開始前五分鐘，可是喪鐘讓他想起了他承諾要參加赫利米·德聖塔姆的葬禮，於是他比平常還要急忙地穿上衣服。在這之前，他跟平常一樣幫小女孩編好他在歡愛之前親自鬆開的一條辮子，然後把她抱到桌上，替她綁好學校鞋子的鞋帶，因為她老是綁不好。他這麼幫她並沒有惡意，而她會協助他完成，彷彿這是個必要的工作：從最初幾次約會以後，兩人已經忘了年齡差距，以信任相待，就像一對夫妻那樣，這輩子因為隱瞞了太多事情，因此到最後已經無話可講。

因為節慶日的關係，辦公室是關閉的，裡面一片漆黑，碼頭上空無一人，只有一艘鍋爐已經熄滅的河輪。天氣悶熱，預告著這一年的第一場雨水即將降下，但是空氣沒有一絲混濁，加上禮拜天的碼頭上籠罩著靜謐，讓人以為這會是個溫和的月份。這裡是現實世界，比起昏暗的房間要殘酷得多，而這不知為誰而敲的喪鐘，聽起來更加悲傷。弗洛雷提諾．阿里薩和小女孩步下院子，這裡的土壤含有硝石，昔日充作西班牙人販賣黑奴的港口，如今還留有當初買賣奴隸的磅秤殘跡和其他生鏽的鐵製用具。汽車在倉庫的陰影處等待他們，他們沒有刻意叫醒趴在方向盤上睡覺的司機，直到坐進車子裡。汽車繞了一圈，從圍著雞籠鐵絲網的倉庫後面離開，穿越靈魂灣舊市集，那兒有幾乎全裸的成年人正在玩球，接著車子揚起一片熱燙的灰塵，駛離河港。弗洛雷提諾．阿里薩確信，這些代表特殊榮譽的喪鐘不可能是獻給赫利米．德聖塔姆，但卻敲個不停，讓他覺得疑惑。他伸出手搭在司機的肩膀，大聲地在他耳邊問那是為誰敲響的喪鐘。

「是為那位留山羊鬍子的醫生。」司機說。「他叫什麼名字去了？」

弗洛雷提諾．阿里薩不用想就知道他說的是誰。然而，當司機告訴他醫生是怎麼死的，他立刻就幻滅，因為聽起來不太真實。他認為怎麼樣的人就會有怎麼樣的死法，而他印象中的醫生怎麼也不可能是這樣死的。儘管看似荒唐，但的確是他：他是城內年紀最大和醫術最高明的名醫，並且因為其他的功績，成為最偉大的人之一，而八十一歲的他卻為了捉鸚鵡，從芒果樹的一根樹枝摔下，脊椎斷裂過世。

自從費米娜．達薩嫁人後，弗洛雷提諾．阿里薩所做的一切，都是在為這個消息做準備。然而，時間終於到了，在這個曾在無數失眠的夜晚預見的一天，他全身發抖，但並不是因為勝利而感動，而是感覺恐懼的爪子撲了過來：異常清醒的理智提醒他，這個喪鐘也可能是為他的死而敲。汽車開上石頭道路，車身顛簸搖晃，坐在一旁的艾玫莉卡·維庫涅看見他蒼白的臉色時嚇了一跳，問他發生了什麼事。弗洛雷提諾·阿里薩伸出他冰冷的手，牽起她的手。

「唉，我的小姑娘。」他嘆氣。「我還得再活五十年，才能把來龍去脈全部告訴妳。」

他忘了赫利米·德聖塔姆的葬禮。他讓小女孩在寄宿學校門前下車，匆忙跟她保證下個禮拜六會來接她，接著下令司機載他到胡維納爾·烏爾比諾醫生的家。他看到的是一團亂，鄰近的街道上停滿汽車和出租車，一群好奇的民眾聚在屋子的對面圍觀。拉西德斯·歐里維亞醫生的賓客在午宴的最高潮時刻接到不幸消息，全部蜂擁而至。屋子裡擠滿人群，想往裡面走動不太容易，但是弗洛雷提諾·阿里薩想辦法踏開腳步，走到了主臥室，他踮起腳尖，視線越過堵在門口的一群人，看見胡維納爾·烏爾比諾躺在雙人床上，死不得其所，一如他第一次聽到消息就期盼看到的模樣。木匠剛剛替他丈量了棺材尺寸。費米娜·達薩在他的身旁，神情專注而哀戚，身上還穿著參加午宴那套像新婚的祖母服飾。

弗洛雷提諾·阿里薩深陷這段大膽魯莽的愛情，把年輕的歲月完全投注在這個預想的一刻，甚至細枝末節。為了佳人，他不擇方法，獲得了名聲和財富，為了佳人，他小心維護健康和保養外表，那方法之嚴格，連同時代的男人都認為太沒男子氣概，在這個世界上，沒有人能像他苦苦等待這天的到來或抱任何期待，他不曾一時半刻感到氣餒。在證實死亡終於站在他這一邊之後，他凝聚足夠的勇氣，在費米娜·達薩成為寡婦的第一晚，再一次向她宣告，他永遠忠誠的誓言和永恆不渝的愛。

他不否認他明白這是個魯莽的舉動，不論是做法或時間點都說不過去，但是他害怕不會再有同樣機會，於是急忙行動。他所想要的，甚至他無數次演練的，是比較不那麼冒失的方式，但是他不會再有這樣的運氣了。他離開那間守喪的屋子，很難過地丟下她，讓她處在跟自己一樣滿懷激動的狀態，但是他無法阻止事情發生，因為這個殘酷的夜晚從一開始就寫在兩人的命運中。

接下來的兩個禮拜，他每晚都無法一覺到天亮。他絕望地問自己，沒有他的陪伴，費米娜．達薩在哪裡，在想什麼，接到他留下的驚嚇過後，在人生剩餘的時光打算做些什麼。他遭受嚴重的便秘折磨，肚子鼓脹得像一面鼓，不得不使用緩和劑，這跟浣腸劑比起來並沒有好到哪裡去。但比起新的病痛，他反而比較能忍耐陳年痼疾，因為他從年輕時就了解這些毛病，只是現在全都同時發作。在家休養一星期後，禮拜三，他回到辦公室上班，蕾歐娜．卡西亞尼看見他臉色慘白和懶洋洋模樣，嚇了一大跳。但是他要她別擔心，只是跟以往一樣失眠而已，然後他咬緊牙根，以免真相從他千瘡百孔的心中洩漏。雨下個不停，讓他無法在陽光普照的天氣好好思考。又一個禮拜過去了，他恍恍惚惚，頭腦無法專注，食不下嚥，輾轉難眠，努力想找到任何信號，指引他救贖的道路。但是從禮拜五開始，他的內心浮現一種無來由的平靜，他認為那是一個前兆，不會有什麼新的變化，他這輩子所做的一切都是白費，於是他不知該如何繼續，這已經是盡頭。然而，禮拜一，當他回到窗戶街的家，他在前廳發現一封漂在水窪上的信，馬上認出浸溼的信封上那傲氣十足的字跡，在人生經歷這麼多變化後，她的字跡還是沒變，他甚至以為聞到乾枯的梔子花夜晚的芳香，驚訝過後，他的心把一切告訴他，這就是半個多世紀以來，他所忐忑不安，一直在等待的那封信。

6

費米娜．達薩做夢也沒想到在氣昏的當下所寫的那封信，竟會被弗洛雷提諾．阿里薩當成一封情書。她在信中卯足全力宣洩所有的怒氣，使用最殘忍的措詞，最惡毒和不公平的咒罵，然而，她認為這跟她所遭受的嚴重侮辱比起來，仍微不足道。這是一場痛苦的除魔儀式，她放手一搏，想去適應自己的新處境。她想要做回自己，過了長達半個多世紀之後，她想尋回當初那個不得不退讓的自己，當然，以前雖然任勞任怨，卻是幸福的，但是丈夫一死，她已經失去對身分的認同。她變成一縷幽魂，遊蕩在一棟一夜之間變得空曠而孤單的陌生房屋裡，她惶惶不安地問自己，死的人到底是誰，是那個已經入土為安的人，還是她這個留下來的人。

她無法避開藏在內心深處的一股怨恨，怨丈夫丟下她孤零零地在一片汪洋中央。所有關於他的東西都帶給她哀痛：枕頭下的睡衣，那雙她總覺得是給病人穿的拖鞋，記憶中當她睡前梳頭時，在鏡中看見的他在盡頭更衣的身影，而他死後，他的氣味將會一直留在她的皮膚上。她總是放下手中做到一半的工作，拍打額頭一下，因為想起忘記告訴他的事。她不時想起一些日常生活的問題，而只有他才能回答。有一次，他告訴她一件她難以想像的事，傷患在截肢後，依舊能感覺失去的那條腿的疼痛、抽筋和搔癢。這就是她失去他以後的情況，即使他已不在，卻能感覺他還在那裡。

成為寡婦的第一天早晨，她清醒後卻沒睜開眼睛，她翻個身，想找個最舒服的姿勢繼續睡覺，而就是在這一刻，他對她來說已經真的死去，因為，這時她發覺他第一次不在家過夜。另一次是發生在餐桌上，但並不是因為她感覺孤單一個人，雖然確是如此，而是她很確定自己有種跟不存在的人吃飯的詭異感。她等著女兒歐菲莉亞帶著丈夫跟三個女兒從紐奧良過來，再一次在餐桌旁坐下來吃飯，但不是原本那張餐桌，而是臨時在走廊上擺了一張比較小的餐桌。在此之前，她沒按時坐下來吃過一頓飯。如果餓了，不管哪個時間，她都會走到廚房，拿起一根叉子從鍋子裡挖食物，她沒放到餐盤上，而是站在爐子前，每道菜都吃一點，跟女僕聊天，她只有跟她們在一起時才會感覺較為自在，並得到體諒。然而，不管她再怎麼努力，還是無法避開亡夫的無所不在：不管是去哪裡，待在哪裡，碰到哪樣他的東西，就會想起他。儘管她認為悲痛是合理和公正的，仍舊想努力別讓自己一直沉溺在痛苦中。因此，她下了一個偏激的決定，打算把所有讓她想起亡夫的東西都清出這個家，這是她唯一想到的辦法，如此一來，她才能繼續沒有他的人生。

這是一個浩大的清除儀式。她的兒子答應搬走書房，好讓她能把那裡改成婚後從未有過的縫紉室。至於女兒，她會帶走一些家具，和無數個她認為很適合送到紐奧良的古董拍賣會上的物品。這一連串動作讓費米娜．達薩終於鬆了口氣，儘管她一點也不喜歡那些她在蜜月旅行買回來的東西已經淪為古董商的古文物。她不顧驚神未定卻又不敢多言的女僕、鄰居，和來陪她幾天的親近女性友人，在屋後的空地生起篝火，燒掉所有會讓她想起丈夫的東西：上個世紀城內最昂貴和高雅的服飾，最精緻的鞋子，比肖像還要像他的帽子，那張他最後一次睡完午覺後死去的搖椅，無數與他的生活緊密相連而且代表了他的東西。她做完這件事，內心毫無愧疚，她確信丈夫會同意她去做，不只是因為衛生問題。因為他曾多次向妻子表示死後想要火化，不想困在一個沒有縫隙的漆黑松木箱裡。他信仰的宗教不允許這種做法：為了以防萬一，他曾大膽徵詢大主教的意見，卻引來他斷然拒絕。那只是個空想，因為教堂不會答應墓園裡有火葬場，即使是供非天主教徒使用也不行，除了胡維納爾．烏爾比諾醫生，沒有任何人知道這麼做有什麼好處。費米娜．達薩沒有忘記丈夫深刻的恐懼，即使在一開始滿腦子混亂，她仍舊記得囑咐木匠在棺材開一道可以進光的裂縫，做為對他的安慰。

不管如何，這場大毀滅是白費工夫。費米娜．達薩很快就發現，她對亡夫的回憶不但禁得起火燒，也禁得起歲月摧殘。更糟糕的是：在放火燒掉衣服之後，她不僅繼續懷念自己有多愛他，也想念她最討厭他的一點：起床時發出聲響。這些回憶幫助她走出悲痛的叢林。其中最重要的是，她下定決心以回憶他來度過餘生，彷彿他還在世。她知道每天早晨醒來依舊很痛苦，但是會慢慢轉好。

事實上，到了第三個禮拜，她已經開始看見曙光。但隨著光線越來越亮，越來越清楚，她逐漸發現有一縷心懷不軌的幽魂正對她虎視眈眈，不讓她有片刻安寧。但不是那個在福音小公園的悲傷幽魂，老了以後，她反倒還帶著些許溫柔懷念那個身影，她指的是另一縷可憎的幽魂，他穿著劊子手的禮服，摘下帽子擱在胸前，她對他那愚蠢無禮的行為感到不安，到最後卻不得不想著他。她一直相信，在十八歲那年拒絕他後，她在他身上埋下了仇恨的種子，而這股仇恨隨著時間成長茁壯。只要他這縷幽魂出現在附近，她都能感覺空氣充滿這股仇恨，遲遲不能散去，只要看見他，她就不知所措，甚至驚慌不已，她從未找到跟他自然相處的方式。他重新告白的那天晚上，屋內還彌漫紀念亡夫的鮮花芳香，她不知道，這般無恥的言行是不是什麼意圖不軌的復仇初步。

她越來越氣他的回憶盤旋在腦海不肯離去。葬禮隔天，她一醒來就想起他，但憑意志輕而易舉就將他抹去。但是那股怒氣一直出現，她很快地發現越是想忘掉他，越是想起他。於是她屈服於懷舊之情，第一次鼓起勇氣回想那段不真實愛情的虛幻時光。她試著仔細回想當時的小公園，折斷的杏樹，他愛慕她時坐的那張靠背長椅，這一切人事已非。一切都已改變，那些樹被移走了，滿地的黃色樹葉也不見了，原本是斷頭的英雄雕像的位置上，豎立著另外一座穿著華麗制服的雕像，沒有名字，沒有日期，也沒有建造的理由，雕像腳下踩著一個浮誇的底座，裡面裝著那個地區的電力控制設備。最後，她的家在非常多年前賣掉，由省政府接手後破敗不堪。要她將弗洛雷提諾・阿里薩想像成當年的模樣並不容易，更不可能把那個憂鬱的少年，那杵在雨中無依無靠的模樣，想成現在這個歷盡風霜的枯朽老人，他站在她的面前，絲毫沒有考慮她的處境，一點都沒有尊重她的悲痛，口出一句燙人的侮辱，燒痛她的靈魂，讓她到現在還無法呼吸。

她曾借住在伊勒德布蘭妲．桑切茲表姊位在瑪利亞之花的莊園，療養林區小姐那段不幸的日子帶給她的傷害，後來她返家，不久後表姊來看她。她來的時候，模樣老邁，身形臃腫，可是很快樂，她是由大兒子陪著來的，她的兒子跟父親一樣當過陸軍上校，但後來不被父親承認，因為他曾參與那場不光彩的聖胡安省謝納加市的香蕉園工人大屠殺。她們表姊妹經常見面，而相聚的時光總在遙想兩人認識的那個時代中流逝。伊勒德布蘭妲最後一次來看她時，懷舊思緒比以往還要深切，因為年老的緣故，特別感傷。她為了痛快遙想當年，帶來了她那張比利時攝影師替她們拍攝的古代貴婦造型的照片，也正是那天下午，年輕的胡維納爾．烏爾比諾對任性的費米娜．達薩使出仁慈的一擊。費米娜．達薩的那張照片已經遺失，伊勒德布蘭妲的則幾乎看不清楚，儘管失望，但是兩人還是從模糊的影像認出自己：她們已經不可能再重返年輕貌美的模樣。

對伊勒德布蘭妲．桑切茲來說，要不提弗洛雷提諾．阿里薩是不可能的，因為她一直認為他們的命運相似。她想起她發出第一封電報的那天，一直無法忘卻他那注定被遺忘的可憐小鳥模樣。至於費米娜，她後來見過他非常多次，當然，她並沒跟他交談，無法相信他就是自己初戀的那個少年。她經常聽到他的消息，一如她也都會聽到所有在本城舉足輕重的人物的消息。據說，他因為特殊癖好而沒結婚，但是她也沒將這件事放在心上，一方面是她從不理會謠言，一方面是大家對許多不需要猜疑的男人也作同樣的揣測。然而，她不解弗洛雷提諾．阿里薩為什麼不肯放棄那身怪異的服裝和怪異的乳液，在人生闖出一番不凡和光榮的成就後，依舊維持神秘的生活方式。她無法相信他跟當初的少年是同一個人，而總是驚訝聽到伊勒德布蘭妲的嘆息：「可憐的男人！他應該曾飽受折磨！」因為從很久以前開始，她看到他時已不覺得痛苦：他是個被她抹去的影子。

然而，她在電影院遇見他的那一晚，也就是她從瑪利亞之花村莊剛回來不久，她的內心發生了奇怪的變化。她並不驚訝他身邊有個女人，而且是黑女人。她驚訝的是他保養得真好，舉手投足從容自在，她沒想到，或許改變的不是他而是她，自從林區小姐闖進她的私生活之後，她就變了。從那時以及接下來的二十多年間，她繼續用更同情的目光看他。在丈夫的守靈夜，她不僅覺得他的出現合理，也以為他已經不再恨她：這是原諒和遺忘的舉動。所以當他戲劇性地重新告白，再提那段對她來說從不存在的愛情，她實在措手不及，況且在這把年紀，她跟弗洛雷提諾．阿里薩對人生都無法再有什麼期待。

在替丈夫舉行完象徵性的火葬儀式後，她一開始由震驚而生的滿腔怒火燒得更熾烈，且掙脫她的控制，蔓延出去。更糟糕的是，當她好不容易擺脫亡夫記憶的糾纏時，埋葬對弗洛雷提諾．阿里薩的回憶的大片罌粟花，卻以一種無法阻擋的方式，一步一步，大舉占領她的記憶空間。於是，她不得不想著他，直到再也承受不住，理智終於潰堤。於是她在亡夫的書桌前坐下來，寫下給弗洛雷提諾．阿里薩的信，整整三頁失去理性的話，字裡行間充滿殘忍的羞辱和挑釁，做出在這漫長的一生最下流的事後，她著實輕鬆了許多。

對弗洛雷提諾・阿里薩來說，這幾個禮拜也痛苦不堪。那晚，跟費米娜・達薩重新告白後，他在大雨肆虐後的街道上漫無目的地遊蕩，並驚慌地問自己，在殺死環伺他長達半個多世紀的老虎之後，該拿剝下的虎皮怎麼辦。城內在滂沱大雨過後處於危急狀態。有些屋子裡，半裸的男人和女人正設法從天主的旨意中盡全力搶救所有能救的東西，在弗洛雷提諾・阿里薩看來，所有人遭遇的這場災難，跟他個人的災難有關。但此刻空氣寧靜，加勒比海的繁星靜靜地高掛在自己的位置上。突然間，弗洛雷提諾・阿里薩在各種聲音安靜下來後，認出他跟蕾歐娜・卡西亞尼在許多年前聽過的一個男人的歌聲，在同個時間點從同樣的角落傳來：我滿臉淚水，從橋上回來。在這一晚，這首歌以某種方式只為他而唱，而且跟死亡有著某種關聯。

到這一刻為止，他從沒這麼想過崔絲朵・阿里薩，想她充滿智慧的話語，想她用紙花做后冠的可笑裝扮。他阻止不了這股思念的潮水湧來：每次在面臨天大災難，他總需要一個女人的庇護。因此，他尋找能找到女人的方向，來到師範學校，看見艾玫莉卡・維庫涅住的宿舍一長排窗戶裡有一盞燈光，他得費好大的勁兒，才能克制自己別像個發瘋的老爺爺，在清晨兩點帶走她，此刻她正在溫暖的睡夢中，身上還散發在搖籃中哭鬧過的寶寶的氣味。

在城市的另外一頭，孤單一個人的蕾歐娜・卡西亞尼是自由的，她當然願意提供他所需要的同情，不管是在清晨兩點、三點，在任何時刻跟面對任何狀況。這不是他第一次在失眠的孤獨中敲下她家大門，但是他明白她太過精明，他們太過相愛，他不可能趴在她的膝上哭泣，卻不透露原因。認真考慮過後，他選擇在空無一人的城內遊蕩，他想著，這個時候最適合跟二回寡婦蒲露妲西亞．皮特雷在一起。她年紀比他小，他們在上個世紀認識，後來她半瞎了，像支風中殘燭，堅持不讓他看見她的模樣，因而不再見面。弗洛雷提諾．阿里薩一想起她，便立刻回到窗戶街，在購物袋裡放進兩瓶波爾多葡萄酒和一罐醃菜，就去看她，根本不知道她是否還在之前的家，是不是一個人，或是不是還活著。

蒲露妲西亞．皮特雷沒忘記他刮門的暗號，當他們還自以為年輕而實際上並非如此的那時，他就是靠這個暗號來表達身分，於是連問都沒問就開門。她家的那條街一片漆黑，他穿著黑色毛料西裝，戴著硬禮帽，手臂掛著一支像是蝙蝠的雨傘，幾乎隱身在黑暗中，她的視力不好，不在光線下根本看不清楚他，但是她從街燈映照在那副眼鏡的金屬鏡框的反光中，認出他來。他看起來像個雙手還沾染鮮血的殺人犯。

「這裡是收容一個可憐孤兒的去處。」他說。

這是他唯一說得出口的話，只為了說點什麼而說。他驚訝地發現，從他們最後一次見面之後，她衰老了這麼多，他明白她對他也是同樣的看法。但是他安慰自己，想著待會兒兩人從一開始的震驚回過神後，會慢慢地不那麼在意歲月的殺豬刀，他們在彼此眼裡會回到從前認識時的年輕模樣。

「你像是要去參加葬禮。」她對他說。

是這樣沒錯。從十一點開始，她也跟幾乎全城的人一樣守在窗邊，凝視著從大主教丹提·德魯那過世後最綿長和豪華的送葬隊伍。她在午覺時間驚醒，聽見了如雷般撼動大地的火炮聲，軍樂隊的不協調樂聲，蓋過所有教堂喪鐘的悲鳴輓歌，那些起彼落的鐘聲從前一天開始就敲個不停。她從陽臺看見了穿著制服的騎馬閱兵隊，宗教團體，學校團體，沒露臉的高官乘坐的黑色加長禮車，披戴高筒羽毛頭盔和黃金鞍韉的馬車，具有歷史意義的大炮，炮車上載著覆蓋國旗的黃色棺材，最後是一排舊式的敞篷四輪馬車，這些馬車還在使用，主要用來運送花圈。正午過後不久，就在隊伍從蒲露妲西亞·皮特雷的陽臺經過之後，天空下起傾盆大雨，送葬隊伍四處奔散。

「這樣的死法真是荒謬。」她說。

「死亡並不荒謬。」他說，接著又感嘆一句。「尤其在我們這個年紀。」

他們坐在露臺上，面對著開闊的大海，凝視夜空中央發出光暈的月亮，地平線上點著彩色燈光的船隻，享受暴雨過後送來清香的溫和微風。他們啜飲波爾多，蒲露妲西亞·皮特雷到廚房切了一條麵包，好把醃菜鋪在麵包片上吃掉。在她守寡卻又膝下無子之後，他們曾一起度過許多像這樣的夜晚。弗洛雷提諾·阿里薩遇見她的那個時候，她對男人來者不拒，只要是她喜歡又能陪伴她的，就算要算鐘點費也無所謂，後來他們建立一段比較認真而且似乎會一直延長下去的關係。

儘管她從沒暗示，但是只要能再與他走入婚姻，即便要把靈魂賣給惡魔，她也心甘情願。她知道自己並不容易接納他的吝嗇，他提早老成外表下的頑固，他近乎怪癖的條理分明，他不願付出又怕失去一切的焦慮，但相反地，沒有一個男人願意像他更懂得陪伴，因為世界上再也找不到其他像他這麼需要愛情的男人。但是也沒有人像他這麼難以捕捉，因此，他們的愛不會超出他所能及的範圍：不能破壞他決定為費米娜．達薩保持的自由之身。然而，他們的關係維持了非常多年，儘管在後來他撮合她跟一名商務代理再婚。丈夫總是在家待三個月，出差三個月，他們生了一個女兒和四個兒子，而她發誓，其中一個是弗洛雷提諾．阿里薩的兒子。

他們不停聊著，毫不在意時間的流逝，因為兩人早已習慣共享他們從年輕開始的失眠夜晚，而在老年的失眠夜，更沒有什麼好失去的。弗洛雷提諾．阿里薩喝酒不超過兩杯，可是這次喝了第三杯，他依舊沒平息紊亂的心情，他汗流浹背，二回寡婦對他說脫下外套、背心、長褲，脫掉任何他想脫的衣服，天殺的，畢竟他們熟悉的是彼此裸體的樣子，而不是穿上衣服的樣子。他說只要她也脫，他願意跟著脫，但是她不想：不久前，當她看著衣櫥鏡中的自己，她便明白她沒有勇氣在其他人面前脫得一絲不掛，不管是他，還是任何人。

弗洛雷提諾．阿里薩喝了第四杯波爾多，還是沒能平息亢奮的情緒，他繼續聊著過去，聊著過去美好的回憶，從許久以前，這就是他唯一會聊的話題，但是他渴望在往日回憶找到一條發洩情緒的密徑。這是他所需要的：吐露心事。當他看見地平線出現第一道曙光那刻，他試著拐彎抹角，用看似漫不經心的語氣問：「像妳現在的年紀，又是寡婦，如果有個人跟妳求婚，妳會怎麼辦？」她笑了出來，老化的皮膚浮現皺紋。

「你這是指烏爾比諾的遺孀嗎？」

弗洛雷提諾·阿里薩總是在最不該忘記時忘記，女人思考的是問題背後的意思，而不是問題本身，而比起其他女人，蒲露妲西亞·皮特雷更會如此。他對她冷酷的一針見血感到一陣突來的恐慌，於是找了扇假門想要遁入：「我是指妳。」她再一次笑出來：「要開玩笑，找你的婊子娘吧。願她能安息。」接著她要他說出真正想說的話，因為她知道，不論是他或是其他男人，這麼多年不見，卻在凌晨三點叫醒她，不可能只是為了喝波爾多葡萄酒和吃麵包配醃菜。她說：「只有想找人哭訴的人才會這麼做。」弗洛雷提諾·阿里薩戰輸了。

「這一回妳錯了。」他說。「我今晚的目的只是單純想唱歌。」

「那麼，我們來唱吧。」她說。

他以優美的嗓音唱起當前流行的歌曲：拉蔓娜，沒有妳，我無法活下去。這一晚已接近尾聲，因為他不敢再跟一個向他多次證明她了解月亮另一面的女人玩禁忌遊戲。他走到門外，彷彿來到一個不同面貌的城市，六月最後一波盛開的大理花的芬芳撲鼻而來，更加深了這種錯覺，他像是走在年輕時候的街道上，一整排參加清晨五點彌撒的寡婦漫步在昏暗中。但這回是他換走人行道，他不想讓她們看見臉上已經無法承受的眼淚，他以為這是午夜之後累積的淚水，然而卻不是，這是他從五十一年九個月又四天以前，往肚子裡吞的淚水。

當他清醒過來時，眼前是一面光線刺眼的落地窗，不知道身在何方，失去對時間的知覺。花園裡傳來艾玫莉卡．維庫涅的聲音，她正在跟女僕嬉戲，於是他回到了現實：他躺在母親的床上，她的臥室一如生前，當他偶爾被孤獨包圍，感到不安，總會來這裡睡覺，比較不會感覺孤單。床鋪對著桑丘先生餐館的大鏡子，他只要在張開眼睛那刻，看見鏡子和鏡中映照著費米娜．達薩在盡頭的身影就夠了。他知道這一天是禮拜六，因為是司機去寄宿學校接艾玫莉卡．維庫涅並送到他家的日子。他發現他不知不覺睡著了，還做了一個夢，夢見費米娜．達薩生氣的臉，因而在夢中心煩意亂地睡不著覺。他一邊洗澡，一邊想著怎麼採取下一步，他慢條斯理地穿上最好的衣服，噴上香水，將兩頭尖翹的八字白鬍抹膠，當他走出臥室，來到二樓的走廊上，已經看見那個穿著制服的美麗身影，她正接住空中拋來的球，在那樣多個禮拜六時光，他總是對她這般優雅的動作感到全身一陣戰慄，可是這天早上，他絲毫不覺心蕩神迷。他要她跟他過來，而在爬上汽車之前，儘管毫無必要，他還是對她說：「今天我們不做那些小事情。」他帶她去美式冷飲店，在這個時間，那兒滿滿的都是父母跟他們的孩子，他們吃著冰淇淋，頭上的天花板垂吊著一盞大葉吊扇。艾玫莉卡．維庫涅點了一個好幾層的冰淇淋，每一層都是不同顏色，用一個巨大的高腳杯裝著，這是她最愛吃也是店裡最暢銷的一款冰淇淋，因為會冒著一縷夢幻的白煙。弗洛雷提諾．阿里薩點了一杯黑咖啡，默默不語地望著小女孩，她正拿著湯匙吃著，那握柄非常長，可以直探杯底。他目不轉睛地看著她，突然間跟她說：

「我要結婚了。」

她的湯匙停在半空，直視他，眼睛閃爍著疑惑，不過很快地回過神，對他微笑。

「騙人。」她說。「老人才不結婚。」

這天下午，他們到遊樂園看木偶戲，到碼頭上的炸魚攤吃午餐，去剛抵達城內的馬戲團看關在籠子裡的野獸，到抄寫員拱廊上買要帶回宿舍的各式各樣甜點，搭敞篷汽車在城裡兜風幾圈，讓她慢慢適應他已經不是情人而是監護人的身分，最後，在一場下不停的滂沱大雨中，趕在三鐘經正要開始前，將她送回宿舍。禮拜天，他派汽車去找她，看看她是否想跟朋友一起兜風散心，但是並不想見她，因為他從前一個禮拜開始，徹底注意到兩人之間的年齡差距。這一晚，他下定決心要寫一封信跟費米娜·達薩道歉，就算只是表明他絕不放棄也好，但又決定隔天再寫。禮拜一，就在飽受折磨整整三個禮拜過後，他穿著一身被大雨淋溼的衣服，踏進家門，發現一封她寫來的信。

這時是晚上八點。幫傭的兩個女孩已經上床睡覺，她們只在走廊上留一盞燈，好讓弗洛雷提諾·阿里薩能走到臥室。他知道飯廳的桌上擺著淡而無味的簡單晚餐，他已經很多天隨便亂吃，但累積下來的一點飢餓感，卻因為收信的感動而消失無蹤。他雙手顫抖，費了一番工夫才點亮臥室的大燈。他把溼答答的信放在床上，點亮夜桌上的小燈，然後使出他個人冷靜下來的絕招，假裝自己心平氣和，他脫掉溼透的外套，掛在椅背上，接著脫掉背心，摺好放在外套上面，他拿下黑色絲質領帶，和在世界上已經過時的賽璐珞假領，他將襯衫的鈕扣解開到腰部，鬆開皮帶，讓自己好好呼吸，最後他摘下帽子，放在窗邊晾乾。突然間，他身體顫抖，因為他忘記把信擺在哪兒，他是如此緊張，找到時還嚇了一大跳，因為他不記得把信放在床上了。打開之前，他拿手帕擦乾信封，小心別讓寫著他的名字的墨水糊掉，正當他這麼做時，他發現已經不止是兩個人知道的秘密，而是至少三個人，因為，不管是誰把信送來了，他應該注意到烏爾比諾醫生的遺孀就在丈夫過世快三個禮拜後，寫信給某個不屬於她世界的人，她是如此急迫，所以不用郵寄，也如此低調，所以派人送信時，囑咐不當面遞交，而是當作匿名紙條，從門縫塞進去。他不需要撕開信封，因為雨水溶解了糨糊，但是裡面的信紙是乾的：密密麻麻的三頁，沒有抬頭，留下的是她婚後姓名的首字母。

他坐在床上，匆匆地讀過一遍，他好奇的是語氣而不是內容，還沒讀到第二頁，他就知道這是他預期會收到的辱罵信。他把信紙攤開，放在小燈下面，接著他脫掉鞋子和溼掉的襪子，走到門邊關掉大燈，最後他戴上羚羊皮護鬍套，沒脫褲子和襯衫，就躺上床，把頭枕在拿來當閱讀時靠枕的兩個大枕頭上。就這樣，他把信讀了第二遍，這一次是一個字接著一個字看，仔細推敲每個字，以免漏掉背後隱藏的意圖，他又讀了四遍，直到字句塞滿腦袋，每個字都失去了意義。最後，他沒放回信封，而是直接把信紙收進夜桌的抽屜，他仰躺在床上，十指交叉枕在脖子後面，目不轉睛地盯著鏡中她曾經占據的位置，就這樣過了四個小時，眼皮沒眨，幾乎沒呼吸，比死去的人更像死人。午夜十二點整，他走到廚房，泡了一瓶濃得像黑色原油的咖啡，帶回房間，把假牙丟進總是擺在夜桌上的一杯消毒水裡，再一次躺上床，像大理石一樣動也不動，只有每隔一陣子要喝口咖啡，動一下身體而已，就這樣一直到早晨六點，女僕再送了一瓶滿滿的咖啡。

這時，弗洛雷提諾．阿里薩已經知道接下來的每一步。其實他並沒為那些辱罵感到難過，也不擔心要澄清不公平的歸罪，他了解費米娜．達薩的個性，也明白她這般激動的理由，她的辱罵只可能更惡毒。他唯一感興趣的是，這封信給他一個機會讓他有回信的權利。她甚至是在要求他回信。因此，此刻他的人生正來到他最嚮往的時間點。其他的就看他了，他已經開始相信，他所處的長達半個多世紀的地獄，還會出現很多致命的考驗，而他準備好要以比過去更熾烈的熱情、痛苦和愛去面對，因為這將是最後的考驗。

收到費米娜．達薩的信件五天後，他抵達辦公室，聽見打字機的敲鍵聲，感覺整個人似乎飄浮在一種突如其來的古怪真空中，最後引人注意的，反而不是機器雨點般的聲音，而是之間夾雜的安靜，那是中間的停頓。當敲鍵聲再一次響起，弗洛雷提諾．阿里薩探身到蕾歐娜．卡西亞尼的辦公室，看見她坐在自己的打字機前面，把她的手指當作是人類的工具。她知道有一雙眼睛正看著她，於是露出她燦爛的微笑，轉頭看向門口，但是沒停止打字，直到打完整段文字。

「我親愛的母獅，告訴我一件事。」弗洛雷提諾．阿里薩問她。「如果妳收到一封用這個玩意寫出來的情書，會有什麼感覺？」

她這個遇到什麼都不會驚訝的人，竟然露出驚訝的表情。

「老兄！」她驚呼。「聽好，我可從沒遇到這種事。」

除此之外，她沒有其他回答。在這之前，弗洛雷提諾．阿里薩也沒想過，於是他決定徹底冒險。他在一片下屬的熱烈訕笑中，把辦公室的一臺打字機帶回家。「老鸚鵡學不來說話。」對任何新事物都興致勃勃的蕾歐娜．卡西亞尼自告奮勇要到他家給他上打字課。但是從洛塔里歐．杜固特想教他照樂譜拉小提琴那時起，他就反對系統化的學習，那時他嚇唬他說，他需要花一年的時間熟悉入門，五年達到管弦樂隊水準，終其一生要每天花六個小時練習，才能拉得一手好琴。然而，他說服母親買一把盲人小提琴，按照洛塔里歐．杜固特的五條基本規則練習，不到一年就敢在大教堂的唱詩班演奏，並從窮人的墓園根據風向，向費米娜．達薩捎去小夜曲。如果他在二十歲時能做到像拉小提琴這麼困難的事，他看不出來為什麼在七十六歲這年，做不到像打字這種只需要用到一根手指的事。

就這樣。他花了三天熟悉字母在按鍵上的位置，再花六天學習一邊思考一邊打字，最後花了三天，就在撕破半令的紙張後，打完第一封沒有錯字的信。他在信頭打上莊重的稱呼「夫人」，信尾以姓名的首字母簽名，一如他年輕時代的那些香水情書一樣。他把信郵寄出去，按照寫給剛守寡婦女的傳統習慣，信封上有哀悼的圖示，但信封背面沒有寄件人姓名。

這封信一共六張信紙，跟從前他寫過的任何一封都截然不同。完全看不見戀愛最初幾年的那種語氣、風格和措辭，內容非常理性，並經過仔細斟酌，若是配上梔子花香會顯得格格不入。就某方面來說，這封信比較接近他永遠寫不好的商業書信。幾年過後，一封用打字機打出來的私人信件將會被當作一種冒犯，但在當時打字機還是辦公室內尚未馴化的野獸，並沒有倫理道德問題，在教養的教科書上還看不見拿來做私人用途。看起來比較像是一種藉現代化而行的大膽行為，費米娜．達薩必定也是這麼解讀，因為，在第二封寫給弗洛雷提諾．阿里薩的信中，她為自己的潦草字跡辯解，也為她沒有比鋼筆更先進的工具道歉。

弗洛雷提諾．阿里薩完全沒提到她寄給他的那封可怕的信，而是試圖從一開始就採用不同的引誘方式，隻字不提過去的愛情，或連過去都不提，他想要一筆勾銷，重新開始。他的信比較像在大範圍思索人生，依據他對男女關係的看法和經驗，他曾經考慮過要將這些寫成《戀人指南》的增訂本。只是此刻，他用一種像是長者的文風，一份看似老者的回憶，來隱藏這其實是一封情書的真正身分。之前，他依照昔日的文風打過許多草稿，當他用冷靜的頭腦一再讀過後，便全都燒掉。他知道只要一個疏忽，哪怕只是一絲絲懷舊之情，都可能翻動她心底對過往的苦澀餘味，而儘管他可以預見，她勢必會在退回上百封信之後，才敢打開第一封，他依然不想犯一丁點錯誤，一次都不行。因此，他像在計畫最後一場決戰，連細枝末節都不放過：從頭到尾都要完全不同，燃起一個已活過圓滿人生的女人內心新的好奇、新的興趣和新的希望。這封信應當勾勒一種超出理性的幻想，給她欠缺的勇氣，把並非她的階層的偏見丟進垃圾堆，那不是她出身的階層，最後卻比任何其他階層更像她的階層。他得教會她思考愛情是一種美麗的狀態，不是為了得到任何東西的手段，而是有自己的起點和終點。

他很清楚不會馬上等到回覆，他只要信沒被退回來就心滿意足了。結果信沒退回來，接下來的幾封也一樣，隨著時間過去，他的焦慮開始增加，因為越久不見退信，等待回信的希望就越強烈。一開始，他寫信的頻率是依照手指頭的靈活度：起先一個禮拜一封，之後兩天一封，最後每天一封。他很高興現在的郵寄要比他當升旗手那個年代要進步許多，否則他可不敢冒險拿著寫給同一個人的信，每天到郵局露臉，或者派個能信任的人去送信。相反地，他只要派個員工去買一整個月份的郵票，然後再把信投進分布在老城的三個郵筒中的一個就行了。很快地，他把寫信儀式變成日常的生活作息：他利用失眠時間來寫信，隔天上班途中，請司機在街角的郵筒停下來一分鐘，讓他親自下車投信。他絕不會要求司機代投，雖然在某個下雨天的早晨，司機曾想要幫忙，有時，他會很小心，不止帶一封，而是一次好幾封，這樣比較自然。當然，司機不知道多出來的信是他寄給自己的，裡面只有空白信紙，他從未跟任何人保持私人的信件往返，只有每個月底會寄給艾玫莉卡．維庫涅的雙親一份監護人的報告，裡面陳述他對小女孩的行為、精神狀態和健康情況，以及學習成績名列前茅的個人看法。

從第一個月起，他開始替信件編號，並在抬頭概述前一封的內容，像是報紙的連載小說那樣，就是怕費米娜·達薩沒注意前後的關聯性。變成每天寫信以後，他換掉有哀悼圖示的信封，改用長形的白色信封，這樣一來，看起來就像制式的商業書信。當他開始這一切時，已經準備好投注耐心接受最大的挑戰，至少不要被發現他花時間在他唯一知道的不同辦法上。事實上，他在等待，他拋下年輕時癡癡等待的各種痛苦，改以一種固執老人的堅定不移信念，反正，他這個老人在一間營運一帆風順的公司，已經無事可想，無事可做，此外，他相信自己會活下去，能保持男性的身體機能直到明天或更久或永遠，費米娜·達薩終究會屈服於身為一個寂寞寡婦的渴望，不得不向他放下踏板。

與此同時，他繼續過著規律的生活。他相信終會迎來一個正面的回覆，於是他開始第二次整修房屋，讓這裡配得上從他買下的那一刻起，就該住進來的未來女主人和夫人。他實現他的承諾，還去看了蒲露妲西亞·皮特雷幾次，而且在大白天和大門敞開的時候，也不只在感到無依無靠的夜晚，向她證明不管她外表是否歷盡時間摧殘，他還是愛著她的。他繼續去安德芮亞·瓦隆的家，直到碰到浴室的燈光是熄滅的，他試著在床上享受瘋狂性愛，為的是保持規律歡愛的習慣，這是當時還沒破除的另外一個迷信，那就是身體要使用才會健朗。

唯一的障礙是他跟艾玟莉卡·維庫涅的關係。他繼續命令司機在禮拜六早上十點到宿舍接她，可是他已經不知道該怎麼張羅她的週末。這是他第一次不陪她，她對這個變化感到不滿。他把她交給女僕照顧，要她們帶她去看下午場電影，去兒童樂園參加露天音樂會，去參加慈善摸彩，或者替她跟學校同學安排活動，避開帶她去辦公室後面的隱密樂園，她從第一次去過那裡之後，總是念念不忘想再回去。他沉浸在未來還不明的全新幻想中，沒能發現女人能夠在三天內長大，而自從他迎接她從來自父港的機動帆船登岸後，已經過了三年。就算他再怎麼想緩和這個改變，對她來說都是殘忍的，況且她不能了解其中的原因。那天她在冷飲店聽他說他要結婚了，這個事實引起她一陣恐慌，但之後她覺得這個可能性荒謬得可笑，便完全拋到腦後。然而，她很快明白，他表現得就像認真的一樣，總是莫名迴避她，彷彿他不是比她年紀大六十歲，而是小六十歲。

一個禮拜六下午，弗洛雷提諾·阿里薩發現她在他的臥室裡，試著使用打字機，她的技術很好，因為曾在學校學過打字。她很流暢地打了大半頁，但是從某幾段的幾個句子可以窺見她的心情。弗洛雷提諾·阿里薩俯身在她的肩膀上方，想看看她打了些什麼。她意識到他男人的體溫，他斷續的呼吸聲，他衣服跟枕頭一樣的香水味，感到一陣心慌意亂。她已經不再是那個初到異地的小女孩，讓他用哄騙嬰兒的伎倆剝掉身上一件又一件衣服：先脫掉小鞋子給小熊穿，脫掉小襯衫給小狗穿，然後小花內褲給兔子穿，現在過來親爸爸的可愛的小雞雞。不，現在她是個喜歡取得領導權的真正女人。她繼續用右手的一根手指打字，左手則偷偷摸摸地撫上他的腿，探索他的下體，感覺它又活了過來，變大，渴望地喘著氣，他那老人的呼吸變得混濁而吃力。她了解他：到了這一刻，他會失去自制，理智會崩解，把自己交到她的手中，不到結束不會回頭。他像個街頭的可憐瞎子，任由她牽著他的手走到床邊，讓她用一種邪惡的溫柔慢慢地肢解獵物，她撒上合他口味的鹽巴，香料胡椒，一瓣大蒜，洋蔥末，檸檬汁，一片肉桂葉，放進盤子裡調味，爐子已經熱到恰當的溫度。家裡沒有其他人。女僕出門了，整修房屋的水泥匠和木匠禮拜六休息：整個世界都是他們兩個的。但是他在意亂神迷之際，即時臨崖勒馬，撥開她的手，坐了起來，用顫抖的聲音說：

「小心，我們沒有小套子了。」

她繼續仰躺在床上很久，思索著事情，當她要提前一個小時回宿舍時，她已經不再想哭，她訓練嗅覺，磨利爪子，準備要找到那隻躲藏起來讓她的生活天翻地覆的野兔的蹤跡。相反地，弗洛雷提諾．阿里薩又犯了一個男人的錯誤，他以為她已經明白再多的意圖都是枉然，並會忘了一切。

他忙著自己的事。六個月過去了，一點消息都沒有，他開始在床上輾轉難眠到天明，迷失在一種不同面貌的失眠沙漠之中。他想著費米娜．達薩必定因為乍看毫無特殊的信封，打開了第一封信，看見昔日情書上的熟悉的姓名首字母，連撕都懶得撕，就扔到火堆裡燒掉。至於那些接下來的信，她只要看一眼信封，就決定不打開，就這樣，直到時間的盡頭，而他也終將靈感枯竭，再也寫不出東西。他不相信有哪個女人能按捺得住好奇心，連續半年每天收信，卻連信是用哪種顏色的墨水寫的都不知道。但的確有一個人辨得到，也只有她辨得到。

弗洛雷提諾·阿里薩感覺老年的時間不是向前奔竄的洪流，而是一座深不見底的水池，記憶從這裡慢慢地流失。他的文思已經枯竭。他在費米娜·達薩的別墅徘徊幾天過後，立即了解年輕時候的寫信手段無法敲開那些為守喪上鎖的門。有一天早上，他正在電話簿上查一組電話號碼，意外找到她家的電話。他打過去。鈴聲響了非常多遍，最後，他認出了電話中嚴肅嘶啞的聲音。「哈囉？」他沒說話，掛上了電話，但是那個難以捕捉而遙不可及的聲音，打擊了他的士氣。

就在這幾天，蕾歐娜·卡西亞尼為了慶祝她的生日，邀請了一小群朋友到她家。他魂不守舍，把雞肉沾醬灑在身上。她拿起一塊餐巾，放進水杯沾溼一角，替他清潔衣領，接著把餐巾當圍兜給他戴上，以免發生更慘重的災情：他看起來就像個老嬰兒。她發現，他在吃飯時摘下眼鏡好幾次，拿手帕擦乾，因為眼眶充滿淚水。到了咖啡時間，他拿著杯子就睡著了，而她試著拿走杯子，沒吵醒他，但是他一臉羞愧，「我只是閉目養神。」蕾歐娜·卡西亞尼上床睡覺時，訝異地想著他已經老得這麼明顯。

就在胡維納爾·烏爾比諾過世滿一週年時，他的家人寄出邀請函，請大家參加大教堂舉辦的紀念彌撒。在這時，弗洛雷提諾·阿里薩依舊沒收到任何回音，這讓他大膽決定，即使不在受邀名單上，也要前去參加。那是一場豪華多於感人的社交聚會。第一排是終身和世襲的座位，椅背有一張銅牌，上面刻著主人的名字。弗洛雷提諾．阿里薩混在第一批賓客之列抵達，坐在一個費米娜．達薩經過一定會看到他的座位。他想，最理想的位置，除了保留座位外，接下來應該是大廳中央，可是礙於太多人出席，他在那裡也找不到空位，於是不得不坐在窮親戚群的位置。他坐在那裡，看見費米娜．達薩挽著兒子的手臂走進來，她穿著一襲黑色天鵝絨洋裝，袖子蓋住了手腕，身上沒戴任何首飾，而一整排扣子從脖子扣到雙腳，看上去像主教的長袍，她還披著一條卡斯提亞蕾絲窄肩巾，而不是戴上其他寡婦和想成為寡婦的女人的那種面紗帽。她沒戴面紗的臉龐發出一種石膏白的光澤，在大廳正中央的巨型的枝形吊燈下，那雙杏眼彷彿有自己的生命，她走路時是那樣抬頭挺胸，神情是那樣高傲，整個人是那樣有自信，乍看似乎不比兒子的年紀大到哪裡去。弗洛雷提諾．阿里薩站著，手指頭按在椅背上，直到一陣昏眩感退去，因為，他感覺他們之間的距離不只有七步，而是在兩個不一樣的時間。

整場典禮進行的過程中，費米娜．達薩幾乎全程站在面對主祭臺的家族座位邊，神情跟欣賞歌劇一樣一派優雅。但最後，她打破儀式常規，沒有按照現行習慣，站在她的位置接受各方的再次哀悼，而是邁開步伐，向每一位致謝：這是個創新的舉動，非常符合她的個性。她沿途跟大家問好，一直到走到窮親戚群的位置，最後她看了四周一眼，確認沒漏了哪位熟人。這時，弗洛雷提諾．阿里薩感覺有股超自然的風將他吹出人群，讓她看見了他。於是費米娜．達薩展現她在社交場合的靈活自如，離開陪在她身邊的人，向他伸出手，用非常甜美的微笑對他說：

「感謝您的前來。」

這是因為，她不但收到了信，還興趣盎然地看過每一封，在裡面發現許多值得繼續活下去的思考動機。當她收到第一封信的時候，正坐在餐桌邊跟女兒吃早餐。信是用打字機寫的，所以她好奇地打開，而一認出簽名的姓名首字母，雙頰立刻燒紅。但是她當下就注意到了，於是把信放進圍裙的口袋。她說：「是政府的弔唁函。」她的女兒嚇了一跳說：「全部的弔唁函已經都收到了。」她面不改色地說：「這是另外一封。」她原本打算下午把信燒掉，以免女兒過問，但是她忍不住好奇先讀了一遍。她以為這封信會回應她那封辱罵的信，她在信送出去當下已經有種罪惡感，但是從莊重的抬頭和第一行的大意，她便明白世界上的某個東西改變了。她太過好奇，於是鎖在臥室裡讀信，她一口氣讀了三遍。

那是關於對人生、愛情、年老和死亡的省思，這些想法也曾像夜間的小鳥在她的腦袋上盤旋，當她想用力一抓，牠們卻嚇得四處奔竄，只留下一根根散落的羽毛。如今這些想法就在信裡，清楚而簡單，就是她想表達的，於是她再一次為丈夫不在人世感到傷痛，她無法跟他分享，一如他們總會在睡前分享白天發生的一些事。就這樣，一個變得陌生的弗洛雷提諾·阿里薩告訴了她，一針見血，作風跟他年輕時代的熱烈情書和一輩子都陰鬱的舉止截然不同。以她的艾絲可拉絲蒂卡姑姑看來，這些就是受聖靈啟發的人所說的話，而這個想法讓她跟第一次收到他的信一樣心慌意亂。不管如何，她感到安心的是，這封來自老智者之手的信，不是妄想重提他在守靈夜那晚的失當舉止，而是以一種非常高尚的方式抹除了過去。

最後，接下來的信讓她平靜下來。總之，她的興趣越來越濃，她會把信都讀過一遍，再全部燒掉，儘管每一次燒信，總會留給她一種揮之不去的罪惡感。因此，當她開始收到註明編號的信件之後，便為不想燒信的自己，找到道德上的理由。無論如何，她一開始的意圖不是為自己留信，而是在等待機會全數歸還給弗洛雷提諾．阿里薩，以免他丟失這些在她看來對人類有用處的東西。糟糕的是，時間過去了，信件卻繼續一封封寄到，每三天或四天寄來一封，持續了一整年，她不知道該怎麼歸還，才不會傷害他，因為她已經不想這麼做，也不想寫信解釋，因為她的驕傲不容許她去做。

她只花了一年就適應了守寡的生活。她對丈夫的純淨回憶已經不再干擾她的日常生活，她的內心思緒，她最簡單的想法，化成了一種守護，帶領她卻不妨礙她。有時她會在需要的時刻感覺到他，那不像是幽魂，而是有血有肉的存在。當她確信他在，他像活著時一樣，只是少了他那男人的牢騷，大家長的苛求，不需要累得半死，用他愛她那套不恰當的親吻和甜言軟語反過來愛他。因此，她比他生前還了解他，了解他對愛的渴望，他急著從她身上找到支撐他在公眾生活的安全感，而他其實從未真正獲得這種安全感。有一天，她就在絕望至極時，對他大吼：「難道你沒發現我有多麼不快樂。」他面不改色，用非常個人風格的動作，摘掉眼鏡，天真的雙眼噙著晶瑩剔透的淚水，用一句話把他令人難以忍受的智慧重重地壓在她身上：「永遠記住，一椿美滿的婚姻最重要的不是幸福，而是穩定。」在守寡的最初那段孤獨的日子，她領悟那句話沒有她當下認為的一絲威脅意味，而是隱藏兩人無數幸福時光的月亮寶石。

在這麼多趟遊歷世界的旅途中，費米娜．達薩買下所有引起她注意的新奇玩意兒。她是在一股原始的衝動驅使下去買的，丈夫卻樂於合理化她的衝動，那些東西待在原本的地方，在羅馬、巴黎、倫敦的櫥窗裡，或在摩天大廈開始聳立和被查爾斯頓舞震動的紐約櫥窗裡，是美麗而有用的。然而，全都承受不起史特勞斯的華爾滋、炸五花肉，和在四十度的高溫下在蔭涼處舉辦的打花戰節慶的考驗。因此，她每次回鄉都是帶著半打直立式大行李箱，是刷過一層漆的金屬材質，銅製的鎖頭跟邊角，就像造型奇特的棺材，她是世界上最新的神奇玩意兒的主人和夫人，然而，除了她故鄉的人在看見的那一瞬間，這些東西才值得那珍貴的價格之外，其他時候根本一文不值。她從開始變老的許久以前，就意識到她的公眾形象有多麼虛榮，她經常在家中說：「應該要扔掉這些雜物，因為住的空間都不夠了。」胡維納爾．烏爾比諾笑她這種說法是徒勞的，因為空出來的地方只會用來塞新的東西。但是她堅持這麼做，因為真的沒地方再多擺一樣東西，到處都是真的沒有用處的東西，比如掛在門把上的襯衫，或者塞在廚房櫃子裡的歐洲冬天大衣。因此，有一天早上，她起床後情緒高昂，便翻倒衣櫃，清空行李箱，拆空閣樓，發起狠來展開一場清除大戰，丟棄成堆的過時衣物，和在流行當時苦無機會戴上而從未戴過的帽子，以及歐洲設計家仿自女王在登基場合所穿的鞋子，而在這裡，那種鞋子卻被一些名媛嫌棄，因為款式很像黑女人在市場買的屋內便鞋。一整個早上，屋內露臺一直都是一片混亂，樟腦丸發出的一陣陣刺鼻臭味，讓人在屋內難以呼吸。但是短短幾個小時，屋內就恢復平靜，因為，最後她不忍心把那麼多丟在地上的絲綢，多餘的錦緞，毫無用途的鑲邊飾帶，藍色貂皮圍巾，全部扔進火堆。

「燒掉這些東西是罪惡的，」她說。「因為有那麼多人連飯都沒得吃。」

因此，她的焚燒計畫延後了，無限期延後下去，那些東西只是換個位置保存，從優先的地方換到從舊時馬廄改建的雜物倉庫，而空出來的空間，一如丈夫所言，開始再一次塞進曾經短暫使用的東西，而且塞到滿出來，最後這些東西都淪落在衣櫥裡不見天日的命運，直到下次的焚燒來臨。她說：「真該發明一種辦法，來處理用不到但是又不能丟掉的東西。」就是這樣：她怕極了物品入侵生活空間的狠勁，它們驅逐人類，把他們圍困在角落，最後費米娜・達薩只能把東西放到眼不見為淨的地方。但是她不像自以為是的那樣條理分明，她只是有一套自己的辦法，一種看似有條理的絕望辦法，那就是把混亂藏起來。胡維納爾・烏爾比諾過世那天，他們得清空大半個書房，把物品堆在其他臥室，才有個地方幫他守靈。

死神來家裡造訪過後，帶來了一線曙光。這一次，費米娜・達薩燒掉了丈夫的衣物，並發現她並沒有緊張得心跳加速，她帶著同樣平緩的心跳，每隔一陣子就點燃一次火堆，把所有東西都丟進去，舊的和新的東西，無暇顧及其他富人的嫉妒和餓得要死的窮人的報復。最後，她派人將芒果樹徹底連根砍除，直到所有不幸的痕跡清得一乾二淨，然後把還活著的鸚鵡送給新建的城市博物館。這時她終於能在她一直夢想的屋子裡自在地呼吸：寬敞、簡單，和只屬於她。

她的女兒歐菲莉亞在陪伴她三個月之後返回紐奧良。她的兒子會在禮拜天帶他的家人來一起共進家族午餐，如果可以，週間也會過來吃飯。費米娜·達薩親近的朋友也在服喪期過後來看她，她們會對著光禿禿的院子打紙牌，嘗試新的食譜，述說缺少她但還繼續運轉的貪婪世界，發生了什麼不為人知的事。最常來的其中一個是露葛西亞·德雷奧·德歐比斯波，她是一個老派貴族，費米娜·達薩一直跟她保持著良好的友誼關係，自從胡維納爾·烏爾比諾過世後，她跟她比以前更加親近。露葛西亞·德雷奧羅患關節炎，飽受肢體僵硬之苦，並後悔曾經過著放蕩的日子，而在這個時期，她不僅是費米娜·達薩最佳的陪伴，還會向她徵求對城內一些愛國活動和民間計畫的看法，這讓她覺得自己還是有用的，而不只是仰賴丈夫的庇蔭。然而，人們從未像此刻這樣把她當作是他，因為他們拿掉了她未出嫁前的名字，也就是平時大家習慣叫的名字，改叫她烏爾比諾的寡婦。

在她看來，這是無法理解的事，但隨著丈夫過世一週年的到來，費米娜·達薩感覺踏進一個有濃蔭、涼爽，和靜謐之境：必經的綠林之地。此刻跟接下來好幾個月，她都沒有發現弗洛雷提諾·阿里薩的信幫了多大的忙，讓她重拾心靈的平靜。她運用他的經驗，終於理解自己的生活，並平靜地等待年老的安排。在紀念彌撒的那場碰面，是天賜的機會，她讓弗洛雷提諾·阿里薩知道，她有多麼感謝他那些鼓勵的信，也準備好要抹除過去。

兩天過後，她收到他的信，這一封截然不同：是手寫的，使用亞麻信紙，信封背面清楚地寫上完整的姓名。這封信如同從前的情書，字體花稍，充滿感性，但內容只有一段簡單的話，感謝她在大教堂出於敬重的問候。讀了信的幾天後，費米娜・達薩的內心依舊翻騰著懷舊情愁，不斷想起這封信，但是她問心無愧，就在接下來的那個禮拜四，她出其不意地問露葛西亞・德雷奧・德歐比斯波，是否剛好認識河輪的老闆弗洛雷提諾・阿里薩。露葛西亞回答認識：「他似乎是個道德淪喪的惡魔。」她重複一遍坊間流傳的版本：從沒聽說過他跟女人交往，是個非常理想的對象，以及他有一間秘密辦公室，夜晚會在碼頭上跟蹤小男孩，把他們帶到那裡去。費米娜・達薩從她有記憶以來就聽過這個傳聞，她從不相信，也不放在心上。可是就在她聽見也曾一度被傳說有怪癖的露葛西亞・德雷奧・德歐比斯波如此言之鑿鑿，就忍不住想趕快糾正。她告訴她，她從小就認識弗洛雷提諾・阿里薩。她記得他的母親在窗戶街有一間雜貨舖，內戰期間，他們買進舊襯衫和床單，拆掉之後當作棉紗再販售出去。最後她肯定地下結論：「他是個正直的人，完全靠自己白手起家。」她是如此激動，於是露葛西亞收回了她說的話：「總之，大家也是這麼嚼我的舌根子的。」費米娜・達薩並不想問自己，為什麼會這麼激動地為一個充其量只是她人生的影子解釋。她繼續想著他，尤其是當信件送來時卻沒有他新的信時。兩個禮拜過去了，只有一片靜默，直到有個女僕急忙地在她耳邊低聲通報，把她從午睡叫醒。

「夫人，」她對她說。「弗洛雷提諾先生來拜訪。」

他真的來了。費米娜．達薩的第一個反應是驚恐。她心想，不要吧，希望他改天挑個比較恰當的時間，她現在並不適合接待客人，她沒有什麼可以聊的。但是她馬上恢復鎮靜，下令僕人請他到客廳，端給他一杯咖啡，她會梳洗一番，前去接待他。弗洛雷提諾．阿里薩站在臨街門口等待，他在下午三點的毒辣陽光烤曬下，感覺整個人就要燒起來，但是他信心滿滿。他已經作好不被接待的心理準備，儘管藉口會非常溫和，因為這麼篤定，他非常平靜。但是當他聽到女主人的決定時，不禁慌到骨子裡，而踏進涼爽的客廳裡，他根本沒時間思考自己正在經歷一場奇蹟，因為他的肚子突然間脹滿了疼痛的泡沫，就像要爆炸一般。他不敢呼吸，坐了下來，揮不去第一封情書和沾上鳥糞的該死回憶，他在昏暗中一動也不動，等待第一股寒顫趕快過去，他能接受這一刻發生任何不幸，就是別再發生像那樣不公平的意外。

他非常了解自己：儘管他患有先天性的便秘，這麼多年來，依舊發生三或四次在公共場合鬧肚子狀況。在那幾次以及其他的緊急情況中，他發現，他喜歡當玩笑掛在嘴邊的一句話真是寫實：「我不信天主，可是我敬畏祂。」他沒來得及質疑：此刻他試著禱唸任何他記得的祈禱文，但是卻想不起半個。小時候，曾有一個小孩教他拿石頭砸中小鳥的神奇咒語：「我要打中你，我要打中你，如果打不中，也要射中你。」他第一次去山裡時，曾拿新的彈弓試過這個咒語，果然鳥兒被擊中後掉下來死了。不知道為什麼，他想著一件事總會牽動另外一件事，因此他瘋狂地禱唸這句咒語，但是沒出現一樣的效果。他的腸子就像螺旋軸一樣絞動著，讓他不得不從椅子上站起來，他肚子裡的泡沫越來越密集，越來越疼痛，他發出呻吟，全身覆蓋一層冰涼的汗水。端咖啡來的女僕看見他像死人般慘白的臉色，嚇了一大跳。他嘆口氣：「因為天氣太熱。」女僕打開窗戶，以為這樣會讓他舒服一些，怎料午後的陽光正好照在他的臉上，只得又關上窗戶。他知道自己再也無法多撐一分鐘，這時，費米娜．達薩卻出現了，她幾乎隱沒在昏暗中，而看見他的模樣時，嚇了一跳。

「您可以脫掉外套。」她對他說。

最讓他痛苦的是，除了要命的扭絞，她可能會聽到他腸子的咕嚕聲。但是他努力再多撐一會兒，對她說不，說他只是過來問她何時能接待他的來訪。她愣在那兒不知所措，接著對他說：「可是您已經來了。」然後她邀他到院子的露臺，那邊比較不會那麼熱，他拒絕了，那聲音聽在她的耳裡似乎比較像是惋惜的哀嘆。

「求求您，改明天吧。」他說。

她想起明天是禮拜四，這一天露葛西亞．德雷奧．德歐比斯波會準時來訪，但是她給了他不能再更改的辦法：「後天下午五點。」弗洛雷提諾．阿里薩向她表達感謝，拿起帽子跟她匆匆道別便離去，連一口咖啡都沒嘗。她一頭霧水地站在客廳中央，不明白剛剛發生了什麼事，直到汽車的隆隆聲消失在街道的盡頭。弗洛雷提諾．阿里薩坐在後座，試著找個比較沒那麼痛的姿勢，他閉上眼睛，放鬆肌肉，屈服於身體的意識。他就像重生了。司機為他效命多年，早已見怪不怪，因此他面不改色。但是當他在他家門口替他打開車門時，他說：

「小心點，弗洛雷提諾先生。這感覺像霍亂。」

但這只是老問題罷了。禮拜五下午五點整，弗洛雷提諾．阿里薩準時出現，當女僕領著他穿過陰暗的客廳到院子的露臺途中，他向天主感謝得到這個機會，到了那裡，他看見費米娜．達薩坐在一張兩人座位的小桌子旁。她邀他喝茶、熱巧克力，或者咖啡。弗洛雷提諾．阿里薩要了咖啡，要非常燙和濃的那種，她則吩咐女僕：「我要跟平常一樣。」所謂的跟平常一樣是多種東方茶葉沖泡的茶，能提振她在午覺醒來之後的精神。當她喝完一壺茶的時候，他也喝光了一壺咖啡，他們試著聊了幾個話題，也換了幾個，他們不是真的對這些話題感興趣，而是為了避開他跟她都不敢碰觸的其他話題。兩人都有些恐懼，在距離年輕歲月這麼遙遠之後，不知道在一棟不屬於他們的屋子裡，在棋盤格紋地板的露臺上，能做些什麼，而這裡依然還飄著墓地的花香。半個世紀過後，這是他們第一次面對面，離彼此這麼近，有充足的時間平靜地互相凝視，而他們看清楚了對方的模樣：兩個在死神窺伺下的老人，毫無交集，只共享一份過往的短暫回憶，而那份回憶是屬於兩個已經消失的年輕人，年紀都可以當他們的孫子了。她心想，他終究會想通自己的夢想是不切實際的，進而從莽撞的行為中解脫。

為了避免不自在的靜默，或者不希望提及的話題，她問了一些有關河輪的簡單問題。聽起來很難置信，他是公司的老闆，卻只搭過一次河輪，而且是很多年以前，當時他跟這間公司還沒有任何關聯。她不知道原因，而他願意出賣靈魂也想告訴她。她對那條內河也不熟悉。她的丈夫對安地斯山區的空氣感到厭惡，卻找了各種不同的理由來掩飾：高山對心臟不好，有感染肺炎可能，山區居民個個狡詐，中央集權制的不公平。因此，她認識了大半個世界，卻對自己的國家一無所知。目前，有一種容克斯水上飛機，能沿著馬格達萊納河的河道，從一座村莊飛到另外一座村莊，彷彿一隻鋁製的蚱蜢，飛機能載運兩名機組人員、六名乘客和一袋袋的郵件。弗洛雷提諾．阿里薩說：「那就像一具在天空飛的棺材。」她搭過首航的熱氣球，那時一點也不害怕，但此刻她不相信自己還敢去做同樣的冒險。她說：「一切都不一樣了。」她想說的是她自己改變了，而不是旅行的工具。

有時，她聽到飛機的噪音會感到吃驚。她曾在解放者逝世百年紀念會上，看過飛機低空飛行的特技表演。其中一架黑色飛機，就像巨大的黑美洲鷲，飛行時候擦撞拉曼戈住宅區民宅的屋頂，在附近的一棵樹上掉落了一邊機翼，最後整架飛機吊掛在電線上。即使如此，費米娜．達薩卻還是沒有接受飛機的存在。這幾年，也從沒有興趣去曼薩尼約灣看看，水上飛機就是在那裡降落，而在這之前，警衛小艇先趕跑了數量越來越多的漁民的獨木舟和遊艇。她已經這麼老了，當查爾斯．林白欣喜地駕著飛機前來時，大家還選她帶著一束玫瑰去迎接他，而她不懂這樣一個體型如此高大，髮色如此金黃，臉孔如此俊俏的男人，是怎麼開著一架縐巴巴的馬蹄鐵升空，而且還得靠兩個技師從機尾推行。她無法想像其他體積也沒多大的飛機竟然能載八個人。相反地，她聽說搭乘河輪相當愜意，因為船身跟遠洋輪船一樣不會搖晃，只是可能會遇到其他危險，比如沙洲或強盜襲擊。

弗洛雷提諾·阿里薩跟她解釋那是舊時傳聞：現在的河輪上有一間舞廳，艙房相當寬敞而豪華，搭配獨立的浴室和電風扇，可媲美旅館的房間，而從最後一場內戰結束後，就不曾再發生武力搶劫事件。此外，他一臉意氣風發地跟她解釋，這些進步來自於他倡導的航運自由，藉由競爭來刺激進步：現在河運不再由一間公司獨攬，而是三間非常活躍和生意興隆的公司經營。然而，飛機的快速進步對所有公司來說是個貨真價實的危險。她試著安慰他：並沒有那麼多瘋子願意坐進一個違反自然的機器裡。最後，弗洛雷提諾·阿里薩提到郵政的進步，不論是在運送還是發信，試著引導她提起他的信。但是功敗垂成。

然而，不久之後，機會自己送上門。當他們倆偏離信件的話題時，一個女僕打斷他們談話，交給費米娜·達薩一封信，那是剛剛由城市專車郵政送達的信，這是一項剛創立的新服務，使用的是跟電報一樣的發送系統。她跟以往一樣，又找不到老花眼鏡。弗洛雷提諾·阿里薩保持冷靜。

「不用找了。」他說。「那是我的信。」

是這樣沒錯。那是他在前一天寫的，當時他極度沮喪，還沒走出第一次拜訪卻搞砸的羞恥感。信中，他替自己不請自來的唐突道歉，並打消再來的念頭。他沒多想，就把信投入郵筒，當他再次思索，已經為時已晚，拿不回信了。然而，他覺得沒必要解釋這麼多，直接要求她不要讀這封信。

「好。」她說。「無論如何，信還是屬於寫信的人。對吧？」

他往前踏出堅定的一步。

「沒錯。」他說。「所以，當戀人分手時，第一個要拿回去的就是信件。」

她沒聽出言外之意，把信還給他，並說：「不能讀真是太可惜了，因為之前的那些信讓我受益良多。」他深深地吸口氣，很訝異她講得如此自然，遠超過他的預料，於是對她說：「您不知道，我聽到這句話，有多麼地高興。」但是她換了話題，剩下的午後時間，都沒成功把話題轉回來。

六點過後，屋內開始點燈，於是他向她道別。他感覺更有把握，但是不抱太多幻想，因為他可沒忘記二十歲的費米娜・達薩那反覆無常的性格和突如其來的反應，他沒理由認為她已經改變。因此，他用真誠卻又謙卑的語氣，問他是否能改天再來拜訪，而她的回答讓他大吃一驚。

「想來就來。」她說。「我差不多都一個人在家。」

四天過後，也就是禮拜二，他再次不請自來，而她沒等茶送上來，就開始講起自己從那些信得到多少收穫。他說，嚴格說起來，那不算是信，而是摘自一本他想寫的書的其中幾頁。而她也是這麼理解的。因此，他若不認為歸還信件是一種羞辱的話，她很想這麼做，讓信件能做更好的用途。她繼續聊著他的信如何幫她度過最艱困難熬的時刻，她的語氣充滿無比的熱情、無比的感恩，或許還有無比的感動，於是弗洛雷提諾．阿里薩鼓起勇氣，決定再踏出堅定的一步：不要命的一跳。

「我們以前都用你稱呼彼此。」他說。

這是個禁忌的詞：以前。她感覺過往像是天使的幻影經過身邊，於是試著逃避。但是他更往前一步：「我的意思是，在以前的信裡。」她不太高興，得非常努力掩藏，才能不讓他發現。但是他注意到了，於是明白應該用更有技巧的方式來探索，不過，這個失誤告訴他，她還是跟年輕一樣不可親近，但是學會用比較溫和的方式來表達。

「我的意思是，」他說。「這些信完全是另一回事。」

「世界上的一切都變了。」她說。

「我沒變。」他說。「那您呢？」

她拿著第二杯茶，就這樣停在半途，用歷盡滄桑的眼神斥責他。

「這不重要。」她說。「我都七十二歲了。」

弗洛雷提諾．阿里薩的心被狠狠擊中。他多麼希望學指南針迅速地以本能反應，反駁她，無奈年齡這樣沉重的事實戰勝了他：他從沒在這麼短暫的對話中感覺這麼筋疲力竭，他感覺心好痛，每跳一下，那金屬般的迴聲就迴盪在血管裡。他覺得自己年老，悲傷，無用，一股想哭的欲望急湧上來，讓他說不出半句話。最後，他們默默地喝完第二杯茶，這股靜默似乎預告著什麼，當她再次開口，是要女僕把信件夾拿過來。他正要開口求她把信留在身邊，因為他已經有了一份複寫紙騰印的副本，但他想她可能會覺得這個謹慎的行為不太光彩。他沒其他想講的話。道別之前，他提議下個禮拜二的同一個時間再過來。她問自己是否該依從他。

「我不覺得這麼常來拜訪有什麼意義。」她說。

「我沒想過拜訪要有意義。」他說。

於是，禮拜二下午五點，他再次登門造訪，接著每個禮拜二都來，沒有按照事先通知的慣例，因為從第二個月結束後，這樣的每週拜訪已經變成兩人的例行作息。弗洛雷提諾．阿里薩會帶搭配喝茶的英國餅乾，糖漬栗子，希臘橄欖，在遠洋輪船交誼廳上的精緻小點心。有一個禮拜二，他帶了她跟伊勒德布蘭妲的合照，那是在半個多世紀前由比利時攝影師拍下的，他在抄寫員拱廊的明信片拍賣會上用十五分錢買下。費米娜．達薩不懂照片怎麼會流落到那裡，他也不懂，不過他當作是一次愛情的奇蹟。有一天早上，當弗洛雷提諾．阿里薩在花園裡修剪玫瑰時，忍不住想在下一次拜訪時帶一朵給她。不過她剛守寡，花語是個難題。一朵紅色玫瑰象徵火一般的熱情，對她的守喪來說可能是一種冒犯。至於黃玫瑰，在其他花語中代表幸運之花，在一般的詞彙中卻用來表達嫉妒。他曾聽人說過土耳其黑玫瑰，或許那是最合適的花，但是他從沒機會找到這種花，讓它們適應他的院子的環境。百般思考後，他決定冒險送一朵白玫瑰，比起其他玫瑰，他不是那麼喜歡這一種，因為單調而沉默：無法藉以表達什麼。最後一刻，他除掉了花刺，以免費米娜．達薩故意做出不好的解讀。

那朵沒有任何含義的花被當作禮物開心地收下了，就這樣，讓禮拜二的拜訪儀式變得更加豐富。因此，當他拿著白玫瑰上門時，注滿水的花瓶已經擺在茶几的中央。某個禮拜二下午，就在他把花插進花瓶時，看似不經意地說：

「我們那個時候送的可不是玫瑰，而是山茶花。」

「沒錯。」她說。「但是您知道，目的不一樣。」

一直都是這樣：每當他想往前，她就堵住他的去路。但這一次，儘管她的回答一樣恰到好處，弗洛雷提諾·阿里薩卻發現他正中目標，因為她得轉過頭去，不讓他注意到她臉頰泛紅。一種青春洋溢的熱燙臉紅，彷彿有自己的生命一般，而她對自己這樣的失當反應感到不悅。弗洛雷提諾·阿里薩小心翼翼地轉向其他比較沒那麼尖銳的話題，但是他的好意太過明顯，反倒讓她知道自己露了餡，於是怒火燒得更加熾烈。這是個糟糕的禮拜二。她本來要他別再來，但是又覺得在這把年紀，加上兩人的狀況，像對情侶在大吵一架實在太可笑，差點就忍不住笑出來。隔個禮拜二，當弗洛雷提諾·阿里薩把玫瑰插進花瓶，她仔細審視內心，很高興地確定前一個禮拜的怨恨已經全部煙消雲散。

很快地，她的家人開始參與他的拜訪，氣氛變得不自在，有時烏爾比諾·達薩醫生跟他的妻子會有意無意出現，留下來打紙牌。弗洛雷提諾·阿里薩不會打紙牌，但是在一次拜訪中，費米娜教他怎麼打，然後兩人對烏爾比諾·達薩夫婦約訂下個禮拜二要一較高下的戰帖。經過幾次挑戰，大家都覺得相當愉快，很快地，打牌就正式定下來，並規定每個人需做的貢獻。烏爾比諾·達薩夫婦貢獻別出心裁的蛋糕，每一次的口味都不一樣，因為他的妻子堪稱是甜點師傅。弗洛雷提諾·阿里薩繼續帶來他在歐洲輪船上挖掘的新奇點心，至於費米娜·達薩則是負責準備每個禮拜的不同驚喜。比賽是在每個月的第三個禮拜二舉辦，不賭錢，但是輸家要為下次比賽做特別的貢獻。

烏爾比諾·達薩醫生跟他的公眾形象沒有落差：他頭腦不靈光，行事笨拙，喜怒形於色，以及會在不恰當時機臉紅，讓人擔心他的內心受到壓力。但毫無疑問，第一眼就能輕易看出他是個好人，而弗洛雷提諾·阿里薩最怕的就是人家這樣評斷自己。他的妻子則相反，她生性機靈，有著一般人恰到好處的聰明，替她的優雅多添了一點人味。他們是打牌的最佳拍檔，於是弗洛雷提諾·阿里薩只能想像他們是一家人，最後滿足了對愛情的渴望。

有一晚，當他們一起步出門口時，烏爾比諾·達薩醫生邀請他共進午餐：「明天十二點半整，在社交俱樂部。」這就像一頓精緻佳餚配上一瓶有毒的紅酒：因為各種理由，社交俱樂部對某些客人保留進去的權利，其中一個最重要的理由就是私生子的身分。雷歐十二叔父曾經在這方面有過不愉快的經驗，弗洛雷提諾·阿里薩本身也遇過尷尬的經驗，當時他應一個創始人股東的邀約前去，已經在桌子邊坐下來，卻被請了出去。這位創始人原本是要答謝弗洛雷提諾·阿里薩在河輪生意上拔刀相助，最後不得不帶他去其他地方用餐。

「我們這些制定規則的人，更非得做到不可。」他對他說。

然而，弗洛雷提諾・阿里薩依然跟烏爾比諾・達薩醫生冒險前往，他受到特別待遇，儘管並沒有在金色貴賓簿上簽名。那頓午餐很匆促，只有他們兩個人，而且低調進行。一杯波爾多開胃酒下肚後，弗洛雷提諾・阿里薩終於放下從前一天下午就懸在心中的大石頭。烏爾比諾・達薩醫生想跟他聊聊他的母親。從他講的許多事情中，弗洛雷提諾・阿里薩發現她對兒子提起過他。讓他更驚訝的是，她為了他而說謊。她說他們兩個是青梅竹馬，她從聖胡安省謝納加市搬來以後，他們就玩在一起，是他教會她讀書，因此她對他存有一份舊時的感恩之情。她還說，她放學時，經常待在崔絲朵・阿里薩的雜貨舖裡，跟著她一起學工藝精湛的刺繡，一待就是好幾個小時，因為她是個有名的師傅，後來她不再那麼常跟弗洛雷提諾・阿里薩見面，這並非出於本意，而是兩人的人生已經走往不同方向。

烏爾比諾・達薩醫生在講到最終的目的之前，繞道提了幾個對老年的看法。他認為，如果沒有老人阻礙，世界或許能進步得更快。他說：「人類就像一支野戰軍隊，是以最慢的速度前進。」他可以預見未來是個更人道也更文明的世界，在那裡，當人類再也無法自理生活，就會被隔離在邊境城市，避免遭遇老年帶來的羞恥、痛苦，和駭人的孤獨。從醫師的觀點來看，他認為該以六十歲為界線。但是在世界的慈悲情懷提升到那樣的境界前，唯一的解決之道是養老院，老人可以在那兒互相汲取慰藉，分享他們的喜好和厭惡，怪癖和悲傷，不必再忍受跟下幾個世代之間的隔閡。他說：「老人處在老人之中，就不會顯得那麼老了。」因此，烏爾比諾・達薩醫生想要感謝弗洛雷提諾・阿里薩能在母親守寡的孤獨生活中，好好地陪伴她，他請求他繼續下去，這不但對他們兩人有益，也能讓大家更自在，希望他能耐心看待她的老人脾氣。搞清楚這次吃飯的目的後，弗洛雷提諾・阿里薩鬆了一口氣。「放心。」他對他說。「我比她大四歲，不只是現在，而是從以前，遠在您出生以前就是如此。」接著他開始語帶諷刺，發洩心中不快。

「等到未來的社會來臨時，」他下結論。「您就得帶一束火鶴花去墓地，給我跟她當午餐了。」

直到這時，烏爾比諾・達薩醫生才發現他的預言的不當之處，於是他鑽進一條隘道，開始一連串解釋，最後卻搞得更複雜。但是弗洛雷提諾・阿里薩幫他解套。他神采奕奕，因為他知道遲早都要和烏爾比諾・達薩醫生相談，才能完成不可避免的社會條件：向他的母親正式求婚。這頓午餐讓他士氣大振，不論是午餐的目的，還是讓他看見最終提出的求婚會是容易而且被接受的。只要費米娜・達薩點頭，就是天時地利人和了。此外：在這頓具歷史性的午餐之後，形式上的請求可以說是多餘的。

從年輕開始，弗洛雷提諾・阿里薩上下樓梯就分外小心，因為他總是認為老化是從第一次看似無關緊要的跌倒開始，而死亡會伴隨第二次跌倒到來。所有樓梯當中，最危險的就在他的辦公室，因為陡峭而狹窄，當他還不必吃力地拖著腳往上爬的許久之前，每次爬樓梯，他早已是仔細盯著臺階，兩手緊抓扶手。曾經有人多次建議他更換比較不那麼危險的樓梯，但是計畫總是往後推遲一個月，因為他認為這是向老化妥協。一年年過去，他爬樓梯要花越來越多時間，但他曾急著解釋這不是因為更吃力，而是更加謹慎。然而，那天他跟烏爾比諾．達薩醫生共進午餐回來，因為喝了一杯波爾多開胃酒，又喝了半杯佐餐紅酒，加上那場相談十分成功，他踩出年輕人那種雀躍的腳步，想一步爬上三個階梯，卻扭傷左腳踝，背部著地跌下來，但奇蹟似地沒有摔死。他在跌落的那一刻，清楚意識到自己不會就這麼跌死，因為從人生的邏輯來看，不可能愛著同一個女人這麼多年的兩個男人都是死於同樣原因，而且只相差一年。他想得沒錯。他們替他從腳底到小腿打上石膏，強迫他臥床靜養，但是他比摔倒前還要精力充沛。當醫生對他下令六十天不能走動時，他簡直無法相信自己竟會這麼悲慘。

「醫生，別這樣對我。」他哀求他。「對我來說，兩個月等於你們的十年啊。」

他好幾次試著用雙手抬起那條猶如雕像的腿想站起來，但總是不得不向現實低頭。但是當他終於能再走路，即使腳踝依舊疼痛，背部紅腫發炎，他仍有足夠的理由相信，命運藉由這次注定的摔傷，來賞賜他的鍥而不捨。

他最慘的那天，是摔傷後的第一個禮拜一。疼痛退去了，醫生的診斷結果也令人振奮，但是他無法接受隔天下午無法見到費米娜．達薩，這可是四個月來的第一遭。然而，在聽話地睡過午覺後，他不得不接受現實，並寫了一封道歉短信給她。他是用手寫的，選用了香水信紙和會在黑暗中能夠閱讀的螢光墨水，不顧羞恥地誇大摔傷的嚴重程度，好博取她的憐憫。兩天過後，他收到她的回信，語氣非常激動，非常親切，但是字數不多也不少，感覺就像從前戀愛那段轟轟烈烈的日子。他抓住機會再給她寫一封。當她寄來第二封回信，他決定跨出那些禮拜二的隱晦談話，並以監督公司每日營運為由，在床邊裝設電話。他要求中心的接線生轉接他從第一次打過去之後就記在腦海裡的三個數字。當他愛慕的聲音接起電話，語氣卻顯得毫無生氣，因為距離的神秘感而顯得嚴肅，跟他記得的聲音不同，而且三言兩語打過招呼後就掛上話筒。弗洛雷提諾．阿里薩為她的冷漠傷心不已：他們又回到了原點。

然而，兩天過後，他收到費米娜．達薩的一封信，在信中，她請求他不要再打電話給她。她的理由非常充足。城內的電話不多，都是透過同一位接線生轉接，這位接線生認識所有客戶，他們的生活和故事，而且他們在不在家都不重要，接線生總會找到他們在哪裡。這麼高效率的工作成果，讓接線生得以知道用戶的每一通對話，掌握他們私生活的秘密，和守得最嚴密的戲劇性事件，此外她從中插進對話，提供她的看法或安撫兩方的情緒，早已見怪不怪。另一方面，這一年創立了《正義報》，這種晚報的唯一宗旨是挖掘那些帶有一大串姓氏的家族的秘辛，毫無忌憚地刊出他們的名字，這彷彿是報社老闆的報復，因為他的子女沒辦法躋身社交俱樂部。儘管費米娜．達薩一生清白，此刻卻比任何時候更要小心言行，即使對待親密的朋友也不例外。因此，她繼續採用過時的通信方式跟弗洛雷提諾．阿里薩保持聯絡。他們的書信往返變得頻繁而密集，於是他忘了他的腳，忘了臥床的懲罰，忘了一切，趴在那張醫院用來給病人吃飯的移動式小桌子上，傾注全力寫信。

他們重新以「你」來互相稱呼，重新交換他們對人生的看法，一如從前的那些信一樣，可是弗洛雷提諾．阿里薩又再一次操之過急：他拿別針在一朵山茶花花瓣上刻上她的姓名，放在一封信裡寄給她。兩天過後，他收到退回的花，沒有任何評論。費米娜．達薩不得不這麼做：她當這一切是兒戲。尤其是弗洛雷提諾．阿里薩一心想喚起他在福音小公園的讀那些憂傷詩句的下午，那些在上學途中藏匿情書的地點，那些在杏樹下的刺繡課。她忍著內心的痛苦，想把他拉回該待的位置，假裝在其他瑣碎的談話中不經意丟出一個問題：「你為什麼非得要講已經不存在的東西呢？」不久，她也斥責他執迷不悟，排拒自然變老，而那是徒勞無功的。在她看來，這是他經常墮入回憶和感到受傷的原因。她不懂像他這樣一個男人，懂得深度思考，給她這麼多鼓勵，讓她走出守寡的苦澀，卻無法把這些道理運用在自己的人生，以這麼幼稚的方法陷入一團亂。他們的角色對調過來。此刻，換她試著用一句話，重新鼓勵他看向未來，不過他當下太過激動，摸索不出話的意思：讓時間過去，我們會看到它帶來了什麼。他從不像她是個好學生。臥床動彈不得，一天比一天更清楚感覺時間的流逝，瘋狂想見她的欲望，這一切向他證實，他對摔倒的恐懼，確實比他預見的還要確實和悲慘。於是，他第一次開始用一種理性的方式思考死亡的現實。

蕾歐娜．卡西亞尼每隔兩天會來幫他洗澡和更換睡衣，她幫他灌腸，為他放好手提尿壺，替他在背部的潰瘍更換敷上山金車消炎藥膏的紗布，依照醫生的建議幫他按摩，好避免臥床不動可能引起的其他更嚴重的疾病。到了禮拜六和禮拜日，換艾玫莉卡．維庫涅來輪替她，而小女孩在這一年的十二月應該就能拿到教師學位了。他答應她，由河運公司出錢，送她到阿拉巴馬州繼續接受高級教育，這樣做，部分是為了平息良心的不安，尤其不必面對她找不到方法發洩的怨氣，也不用給予他所虧欠的解釋。他無從想像，沒有他陪伴的週末，沒有他的人生，對她來說是多麼痛苦，所以她在宿舍夜夜失眠，因為他不曾想像她有多麼愛他。他是從學校寄來的正式信件，得知她從一向維持的第一名掉落到最後一名，期末考還險些不及格。但是他試著抹除罪惡感，逃避監護人的責任，沒有通知艾玟莉卡．維庫涅的父母，也沒跟她談這件事，害怕她想要利用失敗把他牽連進來。於是他把事情放著不處理。他沒發現，他只是在拖延問題，期盼死亡能解決一切。

不只這兩個照顧他的女人，就連弗洛雷提諾．阿里薩也非常訝異自己的改變真大。不到十年前，他還在屋內的主要樓梯後面突襲了一名女僕，她穿著衣服，站在那裡，而他卻花了比菲律賓鬥雞還短的時間讓女方懷孕。他不得不送她一棟帶家具的屋子，換取她發誓玷汙她名譽的罪魁禍首是一個還稱不上男朋友的小伙子，他們禮拜天才會見上一面，連吻都沒吻過她，女僕身為砍蔗工人的父親和叔伯卻強迫對方娶她。他不像是原本的自己，幾個月前，他還對這兩個女人愛得發抖，此刻她們的手摸過他的身體正面又撫過反面，替他全身上下抹肥皂，拿埃及棉毛巾幫他擦乾身體，幫他全身按摩，他卻沒發出一聲意亂情迷的嘆息。對於他失去欲望這件事，兩個女人各有她們的解讀。蕾歐娜．卡西亞尼認為這是死亡的預兆。艾玟莉卡．維庫涅覺得這是來自一個神秘的原因，但她還說不上來是什麼。總之，這是不公平的：她們越是照顧他，越是無微不至呵護他，越是感覺痛苦。

只過了三個禮拜二，費米娜．達薩便發現她有多麼需要弗洛雷提諾．阿里薩的拜訪。她跟一直來往的女性朋友相處融洽，隨著時間過去，離過世的丈夫的習慣越來越遠，她們的和睦有增無減。露葛西亞．德雷奧．德歐比斯波去了一趟巴拿馬，看一直無法治好的耳痛問題，一個月後，她回來了，耳痛減輕不少，但是裝了一個助聽器在耳朵上，聽力卻比從前退化。費米娜．達薩是她的朋友當中，比較能忍受她搞不清楚問題和回答狀況的人。這也讓露葛西亞大受鼓舞，幾乎每天隨時都會來找她。可是費米娜．達薩無法拿任何人來取代她跟弗洛雷提諾．阿里薩相處的那些平靜午後時光。

他堅信過往的回憶挽救不了未來。相反地，卻讓費米娜．達薩更加相信二十歲那場迷亂是非常高貴和美麗的東西，但不是愛情。儘管她的坦白到了近乎殘酷的地步，卻無意告訴他這個發現，不論是透過信件還是親口說出，她也不想告訴他，從他寫來的那些沉思得到奇蹟般的慰藉後，她就認為他信裡的多愁善感是多麼虛假，那些熱情奔放的謊言又如何貶低他的價值，而執迷不悔地想挽救過去如何損害他的理智。不：他從前的那些情書沒有一行，她所厭惡的青春時光也沒有一刻，會像她感覺少了他的禮拜二下午，如此漫長、孤獨和難以忍受。

曾經，她在一次大清掃的興頭上，派人把丈夫在某次結婚紀念日送她的收音電唱機拿到馬廄去，他們夫妻曾考慮捐給博物館，畢竟那是城內的第一臺電唱機。後來她在守喪的哀傷中，決定不再使用，因為像她帶著這樣姓氏的寡婦不能聽任何音樂，以免侮辱對逝者的回憶，即使在私底下也不行。但是在第三個孤獨的禮拜二過後，她要人把收音電唱機再一次搬到客廳，但不是像以前那樣欣賞里奧班巴電臺那種多愁善感的歌曲，而是為了聽聖地亞哥德古巴電臺那些賺人熱淚的小說，來打發靜止的時間。這是個正確的選擇，因為自從女兒出生，她逐漸失去丈夫在蜜月旅行後努力替她培養的閱讀習慣，後來眼睛慢慢地容易疲倦，她便完全放棄了閱讀，甚至到了好幾個月都不知道眼鏡擺在哪裡的誇張地步。

她迷上聖地亞哥德古巴電臺的廣播小說，每天都迫不及待地期待續集。偶爾她會收聽新聞，了解世界發生什麼事，只有寥寥可數的幾次，當她獨自一個人在家時，會用非常低、飄渺但是清楚的音量，收聽聖多明哥的美倫格音樂，或波多黎各的普萊納音樂。有一天晚上，一個陌生電臺插了進來，訊號非常強烈而清晰，彷彿是從隔壁傳來，她聽到一個令人心碎的新聞，一對老夫妻重遊四十年前的蜜月舊地，卻被船夫拿船槳活活打死，只為了搶奪他們帶在身上的十四塊美金。當露葛西亞．德雷奧把當地報紙上刊登的完整事件告訴她，她更加難以忘記。警察發現老人是被活活打死，女方七十八歲，男方八十四歲，他們是秘密情人，從四十年前開始就一起度假，但是兩人各有穩定和幸福的婚姻，還有子孫眾多的家族。費米娜．達薩收聽廣播小說從不掉淚，這個新聞卻讓她得忍住積在喉嚨的淚水。弗洛雷提諾．阿里薩在他的下一封信中，把這則新聞的剪報寄給她，卻沒有做任何評論。

這不是費米娜．達薩最後一次忍住淚水。弗洛雷提諾．阿里薩還沒休養滿六十天，《正義報》就在頭版大篇幅報導胡維納爾．烏爾比諾醫生和露葛西亞．德雷奧．德歐比斯波疑似一對秘密戀人，還刊出兩人的照片。報上對他們的關係、見面次數和方式作詳細的揣測，尤其提到女主角的丈夫接受這件事，因為他自己沉迷在跟他甘蔗磨坊的黑人工人搞雞姦。這篇由斗大的血紅色立體字刊出來的故事，就像代表大災變的響雷，劈中當地已經搖搖欲墜的貴族階層。然而，報導中沒有一句話是真的：胡維納爾．烏爾比諾和露葛西亞．德雷奧在單身時代就是親密的好友，即使各自嫁娶，友誼也未曾變過，但是他們從不是一對戀人。總而言之，這篇報導用意似乎不在玷汙胡維納爾．烏爾比諾醫生的名字，他的生平事蹟受到大眾一致的景仰，而是想打擊露葛西亞．德雷奧的丈夫，他在上個禮拜剛選上社交俱樂部的主席。這樁醜聞在短短幾個小時內就平息了。可是露葛西亞．德雷奧自此不再去拜訪費米娜．達薩，而費米娜．達薩把她的舉動當作承認自己的過錯。

然而，費米娜．達薩很快地就明白，連她也無法置身於她的階層所遭受的危機之外。《正義報》蓄意攻擊她唯一的弱點：她父親的生意。當她的父親被迫遠走他鄉時，她只知道他那些可疑生意的其中一個小插曲，還是葛拉．普拉西迪亞告訴她的。後來，胡維納爾．烏爾比諾醫生在跟省長的會談後確定了這件事，但她仍相信她的父親是某個卑鄙行為的受害者。事實上，有兩個政府警探拿著一張搜索令出現在她福音小公園旁的家，他們徹頭徹尾地翻過一遍卻沒找到他們要的東西，最後他們下令打開費米娜．達薩從前那間臥室的鏡門衣櫃。那時只有葛拉．普拉西迪亞在家，她沒辦法通知任何人，只能藉口沒有鑰匙而拒絕打開衣櫃。就在那一刻，一個警探拿起左輪手槍的槍托，敲碎其中一扇門上的鏡子，發現了玻璃和木頭之間有一個空隙，裡面塞滿一百美元假鈔。這是他們掌握的一連串線索的終點，最後指向羅倫佐．達薩是一樁大規模國際行動的最後一個環扣。那些假鈔是大師級的作品，因為所有鈔票都帶有真鈔的浮水印：他們透過化學過程，像是變魔法一般，在原本一元真鈔上面印上一百元。羅倫佐．達薩辯駁說，那個衣櫃是在女兒出嫁後許久才買的，可能送到家裡時，裡面已經藏有偽鈔，但是警方證實衣櫃在費米娜．達薩上中學時就在那裡。除了他，沒有人會在鏡子後面藏匿假鈔。這是胡維納爾．烏爾比諾醫生唯一告訴妻子的事，那時他已經承諾省長要將岳父送回他的故鄉，然後掩蓋這樁醜聞。但是報紙披露了更多。

報上說，在上個世紀無數內戰的其中一場，羅倫佐．達薩曾是自由黨派總統阿基萊奧．帕拉政府跟一個叫約瑟夫．科茲尼斯卡的傢伙的中介人，這個人是波蘭人，混在掛著法國國旗的聖昂圖萬號商船的船員中，在本地逗留好幾個月，試圖敲定一樁不明的武器交易。這位約瑟夫．科茲尼斯卡也就是後來揚名世界的約瑟夫．康拉德，他不知怎麼地跟羅倫佐．達薩搭上了線，後者握有政府委任狀和正式發票，透過政府資金向他買下一整船的軍火，以西班牙法定黃金支付。根據報導的版本，羅倫佐．達薩在一次無法查證的搶劫中丟失那批武器，然後再以真正價格的兩倍，轉賣給跟政府作戰的保守黨派分子。

《正義報》也報導羅倫佐．達薩以非常低的價格買進一船英國軍隊多餘的靴子，那時正是拉法葉爾．雷耶斯將軍建立海軍的時期，光靠這一票買賣，羅倫佐．達薩的財富就在六個月內翻了一倍。根據報導，當那船貨抵達港口時，羅倫佐．達薩不願收貨，因為來的都是右腳靴子，但是當海關根據現行法律將貨物拍賣時，卻只有他一個參加競標，用一百塊披索的象徵性總價買下貨物。在同樣那段時間，他的同夥用同樣的條件買下一船抵達里奧阿查城海關的左腳靴子。把兩貨的鞋子配成一雙後，羅倫佐．達薩利用他跟烏爾比諾．德拉卡耶家族的親戚關係，把靴子以百分之兩千的利潤賣給新成立的海軍。

《正義報》的報導最後說，上個世紀末，羅倫佐．達薩並非像他所說的，離開聖胡安省謝納加市是為了女兒的未來打算，而是他被抓到在進口菸草中摻混紙屑，他的手法精細，連最挑剔的癮君子也沒發現那是假菸，因此生意興隆。報導也披露他跟一間地下國際公司的關聯，上世紀末，那間公司最有肥水可撈的生意是從巴拿馬非法輸入中國工人。然而，那個嚴重損害他名聲的可疑騾子買賣，似乎是他唯一正派的生意。

終於，弗洛雷提諾．阿里薩能夠離開病榻，下床後他感覺背部像是著火一般，第一次他沒拿雨傘，而是拄著雨豆樹手杖，去的第一個地方是費米娜．達薩的家。他發覺她彷彿變成陌生人，皮膚飽受年紀嚴重的摧殘，悔恨奪去了她的求生意志。他不在的這段期間，烏爾比諾・達薩醫生曾經去看過他兩次，並提到母親為了《正義報》的兩篇報導而意志消沉。第一篇讓她為了丈夫的不忠和好朋友的背叛氣瘋了，甚至不再按照習慣，每個月找一個禮拜天去拜訪家族陵寢，因為，一想到躺在棺材裡的他無法聽到她想對他咆哮的辱罵，她就怒火中燒：她是在跟死人吵架。她派一個願意傳話的人告訴露葛西亞・德雷奧，她感到很安慰，因為那麼多跟她上床的人當中，至少有一個是男人。至於關於羅倫佐・達薩的報導，很難知道到底哪一個對她打擊比較深，是報導本身，還是遲至今日才發現父親的真實身分。但是不管是其中的一個或兩個，都奪去了她的生氣。此刻，那頭襯托出她高貴面容的銀髮，變成一頭乾黃的玉米鬚，一雙美麗豹眼不再閃爍昔日的光芒，連憤怒的火花也見不到了。她的一舉一動都透露著不想活下去。她戒除菸癮已經很久，不論是關在浴室或找其他方法抽菸，但現在再一次拿起菸，而且是公開抽菸，毫無節制，起先是像以前喜歡的那樣，自己捲菸抽，後來改抽一些在商店販售的普通香菸，因為她連捲菸的時間和耐心都已經用盡。除了弗洛雷提諾・阿里薩外，任何一個男人或許都會疑惑，像他這樣的老人，跛腳，背部像驢子磨破皮一樣燒痛，和另一個只渴求死亡而非幸福的女人，他們會有什麼未來。但是他不會有這種疑問。他從災難發生後的殘磚碎瓦間救回了一絲希望，因為他認為不幸會增添費米娜・達薩的光輝，怒氣會讓她更加美麗，對世界的怨恨會讓她回復二十歲時的野性。

她對弗洛雷提諾・阿里薩的感激又多了一個新的理由，因為，他為了那兩篇卑鄙的報導，寄給《正義報》一封可當作模範的信，談論報紙的道德責任和對他人榮譽的尊重。這封信沒刊出來，但是作者另外寄了一封副本到《商業日報》，歷史比較悠久和正經的加勒比海沿岸報紙，這間報社把他的信刊在顯眼的頭版。這封信的簽名是筆名朱比特，內容義正詞嚴，詞鋒犀利，寫得相當得好，據推測是省內的一位著名作家。那是一片汪洋中的孤獨聲音，可是傳得很深也很遠。即使沒有人說，費米娜·達薩也知道作者是誰，因為她認得當中的一些想法，甚至有一句完全就是弗洛雷提諾·阿里薩對於道德省思的話。因此，即使她在自我放棄的煩亂中，依舊重新帶著感激接待他。就在這段時間，一個禮拜六下午，艾玫莉卡·維庫涅獨自一個人在窗戶街的臥室裡，她沒有刻意翻找，就這樣陰錯陽差在一個沒鎖的衣櫃裡，發現弗洛雷提諾·阿里薩那些用打字機寫的沉思信的副本，和費米娜·達薩的手寫信。

烏爾比諾·達薩醫生很高興地看見，重新展開的拜訪大大地鼓舞了母親。她的妹妹歐菲莉亞則持相反態度，她一聽說母親跟一個道德稱不上高尚的男人維持奇怪的友誼關係，立刻就搭上最早一艘出發的水果貨船，從紐奧良趕了回來。從第一個禮拜開始，她的緊張就變成一種危機感，她發現弗洛雷提諾·阿里薩走進她家的動作是多麼熟悉和自在，他們會竊竊私語和像情侶一樣小吵架，而且拜訪的時間一直到很晚才結束。對烏爾比諾·達薩醫生來說，這是一段兩個孤單老人之間的健康友誼，對她來說，卻是一種最下流的秘密姘居。歐菲莉亞·烏爾比諾就是這樣的一個人，她比較像奶奶布蘭卡夫人，彷彿就像是她的親生女兒。她跟她一樣高雅，一樣驕傲，也跟她一樣滿懷偏見過日子。在她眼裡，男人跟女人之間不可能有純潔的友誼，即使是在五歲的年紀，所以八十歲更不可能。有一次，她跟哥哥激烈爭吵，她說，弗洛雷提諾．阿里薩只欠爬上母親的寡婦床，就能徹徹底底安慰她了。烏爾比諾．達薩醫生沒有勇氣跟她對立，從以前就這樣，但是他的妻子趕來解圍，冷靜地評斷每個年紀都有愛情。歐菲莉亞卻開始失控。

「在我們這個年紀，愛情是笑話。」她對她咆哮。「但是，在他們那個年紀是淫穢。」

她堅持到底，非得要把弗洛雷提諾．阿里薩趕出她家，最後，話傳到了費米娜．達薩的耳裡。她把女兒叫到臥室，當她想講些話又不希望女僕聽到時，就會這麼做，接著她要女兒再把指責說一遍。歐菲莉亞並沒有放緩語氣：她說眾人皆知他名聲敗壞，並相信弗洛雷提諾．阿里薩追逐的是一段錯誤的交往關係，這遠比羅倫佐．達薩的惡行和胡維納爾．烏爾比諾醫生天真的冒險，還要更損害家族的名譽。費米娜．達薩靜靜地聽她說，眼睛連眨也沒眨一下，等她聽完，彷彿變了一個人，並且恢復了以往的生氣。

「我唯一感到心痛的是，我該痛打妳一頓，卻沒有力氣，因為妳這麼恣意妄為，這麼胡思亂想。」她對女兒說。「現在，妳給我離開這個家，我以我母親的遺骸發誓，在我有生之年，妳休想再踏進這裡一步。」

想勸她打消決定是不可能的。這時，歐菲莉亞只好借住哥哥家，想盡各種哀兵策略，從那裡派了一個個具分量的說客。但是都於事無補。不管是兒子的調停還是身邊女性朋友從中斡旋都無法動搖她的決心。而她對媳婦始終保持一種凡人的默契，也因此終於願意借用人生最美好歲月時的舌燦蓮花，對她坦白：「一個世紀前，人們毀了我跟這個可憐男人的人生，因為我們太過年輕，現在同樣的事再次上演，因為我們太老了。」她用菸蒂點燃一根新的菸，一吐腐蝕她內心的毒液。

「去吃屎吧。」她說。「如果要說我們這些寡婦有什麼優勢，那就是再也沒有人能對我們發號施令。」

無計可施了。當歐菲莉亞相信所有的哀求都無濟於事後，便返回紐奧良。她唯一成功的是，經過再三請求，費米娜．達薩終於答應跟她道別，但是沒允許她進家門：她已經拿母親的骸骨發誓，對她來說，在這段慘澹的日子裡，她母親的骸骨是僅剩還乾淨的東西。

在最初的一次拜訪中，弗洛雷提諾．阿里薩曾講到他的河輪，並邀請她安排一趟放鬆的河輪之旅。之後，再搭一天多的火車，就可以抵達共和國首都，他們跟大多數同世代的加勒比海居民一樣，還繼續用上世紀的名字稱呼那裡：聖塔菲。但是她還保留丈夫的偏見，不想認識一個陰暗冰冷的城市，在那裡，女人除了參加下午五點的彌撒外，從不踏出家門，她們不能進入冷飲店，或出現在公家機關，她聽說，街頭隨時都是擠得水洩不通的送葬隊伍，而從騾子釘蹄鐵的年代起，就一直是陰雨綿綿的天氣：比巴黎還糟糕。相反地，她覺得河輪之旅很吸引人，她想親眼看看短吻鱷在大片沙地上曬太陽，想在半夜聽到海牛像女人的哭聲而驚醒，但是一考慮年紀，和這是一趟艱辛的旅程，加上是獨身的寡婦身分，便覺得這是天方夜譚。

後來，當她決定沒有丈夫也要活下去時，弗洛雷提諾．阿里薩便再次邀請她，這時她已經覺得旅行似乎可行，但經過跟女兒一吵，難過父親受到羞辱，對亡夫的怨恨，對露葛西亞．德雷奧虛偽奉承的怒氣，而她還把對方當好朋友這麼多年，種種這一切之後，她感覺自己在家中是個多餘的人。有一天下午，當她正在喝綜合茶葉沖泡的茶，她看了一眼院子裡的泥潭，那個替她招致不幸的樹再也不會長出新芽。

「我真想離開這個家，一直往前走，一直走，一直走，再也不回頭。」她說。

「搭河輪吧。」弗洛雷提諾．阿里薩對她說。

費米娜．達薩若有所思地看著他。

「嗯，或許這是可能的。」她說。

在講出這句話前，她還沒真正思考這個可能性，一旦確定之後，也就認為能夠去實現。她的兒子和媳婦聽了很高興。弗洛雷提諾．阿里薩連忙說，費米娜．達薩會是河輪上的貴賓，他們會準備一間跟她家一樣舒適的艙房，服務不但一流，船長還會親自負責她的安全和福利。他帶幾張路線圖讓她開心，還有暮色蒼茫景色的明信片，與出自幾名知名旅者之手的關於馬格達萊納河原始風景的詩集，或者他們之所有出名是因為寫下了精采的詩句。她心情好的時候，會看幾眼這些東西。

「你不用像對待小女孩那樣哄我。」她對他說。「我想去，是因為我決定要去，不是因為對風景的興趣。」

當她的兒子建議妻子陪著一塊去時，她斷然地拒絕了。「我年紀夠大，不需要任何人照顧。」她自己安排了旅行的細節。一想到她整整八天將逆流而上，五天將順流而下，身邊只帶必要的物品，內心就感覺無比放鬆：六套棉質衣物，化妝和盥洗用品，一雙登船穿的鞋子和一雙上岸穿的鞋子，以及旅途中穿的家用拖鞋，沒有其他東西：這是她這一生的夢想。

一八二四年一月，德國海軍準將胡安·貝爾納多·埃爾博特，也就是內河航運的創始者，註冊了第一艘航行在馬格達萊納河的蒸汽船，那是一艘四十匹馬力的原型船，叫做忠誠號。一個多世紀過後，一個七月七日的下午六點，烏爾比諾·達薩醫生跟他的妻子陪伴費米娜·達薩搭船，她將踏上人生第一趟內河之旅。這是第一艘在本地造船廠製造的輪船，弗洛雷提諾·阿里薩為了紀念前面光榮的先驅，取名叫新忠誠號。費米娜·達薩一直不敢置信，這個如此有意義的名字，對他們來說真的是歷史上的巧合，而不是弗洛雷提諾·阿里薩重犯當年浪漫的情懷的花招。

無論如何，跟其他不管是舊式或是新式的河輪比起來，新忠誠號的不同處在於，船長室旁多了另一間寬敞舒適的特別艙房：裡面有一間擺置節慶色彩竹製家具的客廳，一間完全以中國風花紋裝飾的雙人臥室，一間附有浴缸跟淋浴設備的浴室，一個加蓋的瞭望臺，空間非常寬敞，吊掛著蕨類植物，可眺望輪船正前方跟兩邊的景色，還有一套安靜的冷氣系統，可以阻隔外面的嘈雜聲和保持像春天一般的溫度。這是一間豪華套房，以總統套房聞名，因為在此之前曾有三任共和國總統搭乘，房間非作商業用途，而是保留給政府高官或是非常特別的貴賓。弗洛雷提諾．阿里薩在當上加勒比海航運公司的董事長不久後，立即以公司的公關形象為由，派人打造艙房，但是他在內心暗暗肯定，那裡遲早會是他跟費米娜．達薩蜜月旅行的幸福港灣。

這一天終於到了，她以女主人和夫人的身分住進總統套房。河輪船長以香檳和煙燻鮭魚，對烏爾比諾．達薩醫生跟他的妻子，以及弗洛雷提諾．阿里薩行登船禮。他名叫迪耶哥．沙馬里塔諾，穿著一套白色亞麻制服，全身上下一絲不苟，從腳上那雙靴子到頭上的扁帽，帽子以金絲線繡上加勒比海航運公司的標誌，他跟其他河運的船長一樣有著爪哇木一般魁梧的體格，果決的聲音，和佛羅倫斯紅衣主教的舉止風度。

晚上七點，第一聲啟航的汽笛響起，費米娜．達薩感覺那聲音在她的左耳內迴盪，帶來一陣刺痛。前一天夜裡，她做了充滿不祥預兆的夢，但是鼓不起勇氣解讀。一大清早，她就要人帶她去附近的神學院墓園，這時叫拉曼戈墓園，她站在亡夫的墓穴前，喃喃叨唸著她吞忍在內心的合理指責，跟他和解。接著，她告訴他旅行的詳細行程，跟他告別，期待很快再見面。她不想再告訴其他人她將出門，正如同她去歐洲時也幾乎都這麼做，為的是避開一些累人的送別。儘管她曾經多次旅行，她依然覺得這次像第一次出門，隨著白天過去，心底的憂慮越來越深。登船之後，她感覺孤單而悲傷，希望一個人獨處，好好哭一頓。

當最後一聲警示的汽笛響起，烏爾比諾・達薩醫生跟他的妻子告別了母親，沒有太多戲劇性情節，弗洛雷提諾・阿里薩送他們到下船的舷梯旁。烏爾比諾・達薩醫生本來要讓路，讓他走在他的妻子後面，但這時他才發現弗洛雷提諾・阿里薩也要去旅行。烏爾比諾・達薩醫生掩不住滿臉驚訝。

「但是我們完全沒講到這件事。」

弗洛雷提諾・阿里薩把他的艙房鑰匙給他看，意思很明顯：他住的是一般甲板上的普通艙房。但是烏爾比諾・達薩醫生不覺得這足以證明他心思端正。他對妻子投去一記落難般的眼神，希望為他的不知所措尋求支援，卻迎上一雙冰冷的眼睛。她把聲音壓得非常低，但帶著嚴肅的口吻說：「你也一樣？」沒錯，他跟他的妹妹歐菲莉亞一樣，都認為愛情過了一定年紀之後就變得骯髒齷齪。但是他即時反應過來，向弗洛雷提諾・阿里薩握手道別，那一握的無奈多過於感激。

弗洛雷提諾・阿里薩站在大廳的欄杆邊目送他們上岸。正如他的預料和希望，烏爾比諾・達薩醫生跟他的妻子在坐進汽車前，又看了他一眼，他舉起手跟他們揮別。他們兩人也回應他的動作。他繼續待在欄杆邊，直到汽車消失在卸貨區揚起的一片塵霧中，接著他回到自己的艙房，穿上最適合在船上吃第一頓晚餐的服裝，地點就在船長的私人飯廳裡。

這是個美妙的夜晚，迪耶哥・沙馬里塔諾船長四十年來在河上的精采故事替氣氛增色不少，可是費米娜・達薩得花很大的力氣才能裝出開心的模樣。儘管最後一聲汽笛在八點響起，而那個時間送別的訪客都已經被請下船，舷梯收起，卻一直等到船長用完晚餐，回到駕駛室坐鎮指揮，輪船才啟航。費米娜・達薩和弗洛雷提諾・阿里薩在公共大廳的欄杆邊，四周是一群吵鬧的旅客，他們正玩著辨識城內燈光的遊戲，直到船駛離港灣，鑽進看不見的河道和沼澤之間，河面散布著隨波浪起伏的點點漁火，終於，輪船自在地暢遊在馬格達萊納河的自由空氣中。這時，樂隊奏起一首流行歌曲，旅客爆出歡樂的呼聲，舞會在擁擠的人群之間展開。

費米娜・達薩想躲在艙房裡。她整晚都沒開口講過一句話，弗洛雷提諾・阿里薩則任她沉溺在她的思緒中。他只在抵達艙房前，為了道別而打斷她，但她並沒有睡意，只覺得冷，所以她提議一起到專用的瞭望臺看一會兒河景。弗洛雷提諾・阿里薩把兩張高椅背藤椅搬到欄杆邊，關掉燈，拿一件羊毛毯披在她肩上，在她旁邊坐下來。她從他送她的小菸盒拿出菸草捲了一根，那捲菸的靈活動作直教人驚嘆，接著她把點燃的那端放進嘴裡，緩緩地吸著，安靜不語，之後又連續捲了兩根菸抽完，沒有停歇。弗洛雷提諾・阿里薩則一口一口啜飲兩個保溫瓶的黑咖啡。

城市的燈火已經消失在遠方的地平線。從昏暗的瞭望臺眺望，平靜無波的河面，和滿月下兩岸的草地，都變成了泛著螢光的平原。偶爾，可以看見一間茅草屋和巨大的篝火，告知輪船那兒販售供鍋爐燃燒的木柴。弗洛雷提諾・阿里薩對年輕時的那場旅行還留有模糊的回憶，河景重新點亮一閃而過的一幕幕畫面，彷彿那是昨天才發生的事。他說起部分的回憶，希望提振她的精神，無奈她就像在另外一個世界吞雲吐霧。弗洛雷提諾·阿里薩把回憶拋到腦後，讓她跟自己的回憶獨處，與此同時，她繼續捲菸，直到整盒的菸草都捲完了，並一根接著一根點燃。午夜過後，音樂停止，旅客的喧鬧聲煙消雲散，化為睡夢中的呢喃，剩下兩顆孤單的心在幽暗的瞭望臺上，跟著河輪的喘息節奏跳動。

過了好一陣子，弗洛雷提諾·阿里薩就著河面的反光看了費米娜·達薩一眼，看見她就像一縷幽魂，她那雕像一般的輪廓在淡淡的藍光下顯得柔和許多，他發現她正在默默流淚。但是他沒有安慰她，或像她期待的等她哭完，只是感覺驚慌。

「妳想一個人靜一靜嗎？」他問。

「如果我想靜一靜，就不會叫你進來。」她說。

這時，他在黑暗中伸出冰冷的手指，尋找也在黑暗中的另一隻手，發現那隻手正在等待他。他們倆在同樣一瞬間，發現對方的手都不是他們在碰觸之前想像的模樣，而是兩隻乾枯的老人的手。但是接下來就變成想像中的樣子。她開始聊起她死去的丈夫，用的是現在式，彷彿他還活著，於是弗洛雷提諾·阿里薩明白，這一刻，她也遇到該面對的時刻，她將帶著尊嚴、勇氣，和壓抑不住的想活下去的欲望，問自己該拿一段無主的愛情怎麼辦。

費米娜·達薩停止抽菸，為的是不想鬆開他那隻覆蓋在她手上的手。她迷失在想了解清楚的渴望中。她無法想像還有哪個丈夫比她的亡夫更好，然而，她在回想他的人生時，發現的挫折多過於幸福，彼此之間有太多的誤解，無益的爭吵，沒有解決的怨恨。她驀地嘆了口氣：「真難以相信，我竟然看不見這麼多的爭吵，這麼多的煩惱，這麼多年來一直覺得自己過得這麼快樂，老天，我根本不知道這到底是不是愛情。」當她發洩完畢，月光也像是有人關掉一樣暗了下來。河輪以它的步調前進，先踏出一步，再另外一步：彷彿一隻虎視眈眈的巨大猛獸。費米娜．達薩從她的渴望中回神。

「你現在可以走了。」她說。

弗洛雷提諾．阿里薩緊緊握住她的手，向她靠過去，試著親吻她的臉頰。但是她用低沉而輕柔的聲音，拒絕了他。

「已經不行了。」她對他說。「我聞起來都是老太婆的味道。」

她聽見他在黑暗中走出去，聽見他的腳步聲在樓梯響起，聽見他消失，直到第二天才會再見面。費米娜．達薩又點燃一根菸，正當抽著時，她看見胡維納爾．烏爾比諾醫生出現，他穿著一身完美無瑕的亞麻服飾，帶著他專業的嚴謹，他迷人的魅力，他堅定的愛情，從往日的一艘船上，拿起白色的帽子跟她揮別。「我們男人都是充滿偏見的可憐奴隸。」他曾這麼對她說過。「相反地，當一個女人決定跟一個男人上床，她會越過任何阻礙，推倒任何堡壘，準備剷除任何道德上的顧慮：天主也對她無可奈何。」費米娜．達薩繼續坐在那兒不動，直到天亮，她想著弗洛雷提諾．阿里薩，腦中浮現的不再是那個在福音小公園站崗的可憐模樣，那份回憶早已經勾不起她任何的思念情懷，她想的是他現在衰老、跛行卻真實的模樣：這個男人一直在她的身邊，她卻沒能認出他來。當河輪喘著氣，載著她駛向那玫瑰色澤的晨曦，她唯一能乞求天主的是，弗洛雷提諾．阿里薩依舊知道第二天要從哪裡開始。

他知道。費米娜．達薩交代服務生不要打擾，讓她好好地睡上一覺，當她醒來時，發現夜桌上有個花瓶，瓶子裡插著一朵新鮮的白玫瑰，花瓣上還沾著露珠，跟這朵花在一起的還有一封弗洛雷提諾．阿里薩的信，厚厚一疊信紙，那一定是他從告別後就開始寫的，才能寫上這麼多張。這是一封平靜的信，不過是要表達他從前一晚到此刻的心境：這封信跟其他信一樣充滿抒情風格，一樣咬文嚼字，但是以事實為根據。費米娜．達薩讀著信，對自己的心竟然恬不知恥地狂跳，覺得有些不好意思。信的末尾，他要求她在準備完畢後通知服務生，因為船長正在駕駛室等著他們，準備向他們介紹河輪是如何運轉。

早上十一點，她準備完畢，她洗過澡，全身散發香皂的花香，穿著非常樸素的寡婦棉質灰洋裝，已經完全擺脫昨晚內心的痛苦風暴。她要求穿著無瑕白色制服的服務生準備簡單的早餐，他是船長的專屬服務員，不過她沒要他送口信，請他們派人過來接她。她自己爬了上去，在萬里無雲的晴空下，她顯得耀眼迷人，她在駕駛室找到了弗洛雷提諾．阿里薩，他正在跟船長說話。他看起來像變了個人，不只因為她已經用不同的目光看他，而是他真的變了。他換掉穿了一輩子的悲戚服裝，穿上非常舒適的白鞋，亞麻褲子和短袖亞麻襯衫，領口鬆開，胸前的口袋繡著他姓名首字母的花押字。此外他戴了一頂也是白色的蘇格蘭帽，一副一直戴著的眼鏡上面裝上了深色鏡片。顯然，他全身的行頭都是第一次穿上，而且是為了這次旅行刻意購買，除了那條非常老舊的棕色皮帶，費米娜．達薩第一眼就看見，感覺那就像掉落湯中的蒼蠅。看見他特地為她穿得這麼引人注目，她的兩頰忍不住燒紅起來。她跟他打招呼，顯得有些慌亂，而他面對她的慌亂，反而比她更慌亂。他們意識到他們的舉動像是一對情侶，於是更慌亂不已，而意識到兩人都慌亂，他們更加倍慌亂了，直到沙馬里塔諾船長發覺他們的狀況，不禁發出同情的顫音。他替兩人解圍，花了整整兩個小時，跟他們解釋如何駕駛輪船，和河輪主要的機械構造。輪船以非常慢的速度，航行在看不見岸邊的河面上，河流延伸直到遠方的地平線處，只見荒蕪的沙地分布其中。但是，跟河口混濁的河水不同，這裡的水流緩慢而清澈，在毒辣的陽光底下，閃爍著金屬的光澤。費米娜．達薩感覺這就像一片布滿沙島的三角洲。

「河流只剩下這些水量了。」船長對她說。

確實，弗洛雷提諾．阿里薩對河流的變化感到詫異，到了隔天，當航行變得更加困難時，他更是詫異不止，他發現這條世界上最大的河流，馬格達萊納省的父河，已經化為記憶中的幻影。沙馬里塔諾船長跟他們解釋，過去五十年來，毫無理性地砍伐森林導致了河流的消失：茂密的熱帶雨林都進了河輪的鍋爐，而當年第一次搭船旅行時，弗洛雷提諾．阿里薩還對那參天大樹感到一種壓迫感。費米娜．達薩永遠都無法看到她夢想中的動物：紐奧良來的皮革工廠獵人已經將短吻鱷趕盡殺絕，牠們曾經在河岸的峭壁邊，一連好幾個小時，張開嘴裝死來捕捉蝴蝶，而隨著茂密森林的消失，吵鬧的鸚鵡和像瘋子一樣吱喳叫的長尾猴也逐漸滅亡，至於那些用巨大的乳房哺育幼崽的海牛，昔日曾在大片沙地上用那像悲傷的女人的聲音哭泣，也成為了獵人穿甲子彈娛樂下的滅絕物種。

沙馬里塔諾船長對海牛抱著一種幾乎母性的愛，在他看來，牠們就像因為一次迷途的愛而遭判罪的女人，而且他相信牠們是動物界唯一沒有雄性的傳說。他一直反對旅客從船舷邊射殺海牛，雖然法令明文禁止，這卻是一種習慣。有個拿著合法執照從北卡羅萊納州來的獵人，違抗了他的命令，拿起他的春田步槍，一槍將一頭母海牛的頭打開花，而牠的幼崽痛苦地發了瘋，對著橫躺的屍體大聲痛哭。船長要人把孤兒海牛帶上船，親自照顧牠，然後把那個獵人丟在荒蕪人煙的沙地上陪伴遭殺害的母屍。最後，因為外交上的抗議，他被判坐牢六個月，差點就失去航行執照，但是出獄以後，他下定決心，只要有機會，不論幾次，他仍會做一樣的事。然而，那次事件的意義深遠：那隻孤雛海牛是最後一隻在馬格達萊納河看到的海牛，後來在巴蘭卡斯的聖尼可拉斯的稀奇動物園長大並活了很多年。

「每次我經過那片沙地，」他說。「總會乞求天主讓那個美國佬再搭一次我的船，我會再把他丟在那裡。」

起初，費米娜．達薩對船長並沒有什麼好感，但此刻被這位溫柔的巨漢深深打動，從這天早上起，便把他放在她心中特別的位置上。她做得對：這趟旅行不過剛開始，她還有很多機會發現自己並沒做錯。

費米娜・達薩和弗洛雷提諾・阿里薩一直待在駕駛室，直到午餐時間，這時輪船剛過卡拉馬爾鎮不久，而這座小鎮原本像是永遠不打烊的熱鬧市集，不過點點幾年光景，只剩荒廢的港口和悲涼的巷道。從輪船上看過去，唯一看到的人是一名白衣女子，她拿著一條手帕揮舞。費米娜・達薩不明白，她看起來如此悲傷，為什麼不能把她帶上輪船，可是船長跟她解釋，那是一名淹死女子的幽魂，她假意招手，目的是引輪船偏航，航向對面河岸的危險漩渦。他們靠得很近，費米娜・達薩在大太陽底下將她看得一清二楚，她毫不懷疑那名女子確實不存在，不過她覺得女子的臉孔似曾相識。

這是個漫長炎熱的一天。午餐後，費米娜・達薩回到艙房睡個必要的午覺，可是她耳朵痛，睡得不安穩，尤其是輪船經過老巴蘭卡上游的幾公里處，跟另外一艘也是加勒比海航運公司的輪船相遇，按照規定互相鳴笛打招呼時，她的耳朵痛得更厲害。弗洛雷提諾・阿里薩坐在大廳打了一會兒盹，大多數沒艙房的旅客也到這裡睡午覺，就跟午夜時分一樣，當輪船來到離他看見羅莎爾芭上岸的不遠處，他夢見她。她隻身旅行，穿著上個世紀的那件蒙波斯的服飾，但這次是她，而不是那個掛在簷口下藤製鳥籠裡睡午覺的孩子。這是個神秘卻又有趣的夢，整個下午，他一邊繼續回味，一邊跟船長和兩個旅客朋友打骨牌。

太陽西下後，熱氣退去，輪船再一次恢復生氣。旅客從昏睡中甦醒，個個都洗了澡，換上乾淨的衣服，坐滿大廳的高椅背藤椅，等待晚餐到來，五點整，一名侍者沿著甲板從一頭走到另外一頭，拿著一個教堂司事的鐘，在開玩笑的掌聲中，宣布開飯。當他們享用晚餐時，樂隊奏起方當戈舞曲，舞會拉開序幕，持續到午夜。

因為耳痛的緣故，費米娜．達薩並不想吃晚餐，她參觀了輪船第一次補充鍋爐用的柴火的場面，那是在一座光禿禿的峭壁上，除了成堆的樹幹外，沒有其他東西，有個年紀很大的男人在看顧生意。看起來方圓幾公里內都沒有其他人煙。在費米娜．達薩看來，這樣一次漫長和乏味的停靠，對歐洲遠洋輪船來說是無法想像的，而且即使待在有冷氣的瞭望臺，她依舊感到很熱。但是當河輪再一次啟航，一陣清涼的風便從熱帶雨林深處吹過來，音樂將氣氛炒得更加歡樂。抵達錫蒂奧努埃沃小村莊時，那兒只有一棟屋子，一扇窗戶，窗戶裡點著唯一的一盞燈，而港口的辦公室沒有發出任何搬運貨物或旅客上船的信號，因此輪船直接經過，沒有鳴笛打招呼。

費米娜．達薩整個下午都在問自己，如果弗洛雷提諾．阿里薩不來敲她的艙房門，還會想什麼辦法見她，到了下午八點，她已經按捺不住想跟他在一起的渴望。她來到走廊上，希望用比較自然的方式碰見他，結果她不需要走太遠：弗洛雷提諾．阿里薩正坐在走廊的靠背長椅上，就跟在福音小公園那樣安靜而悲傷，他已經在那兒兩個多鐘頭，不停問自己該怎麼做，才能見到她。他們倆同時做出驚訝的動作，卻又知道對方是假裝的，然後他們一起踱步到頭等艙的甲板上，那兒擠滿了年輕人，大多數是歡鬧的學生，他們正迫切地盡情享受假期的最後一場派對。弗洛雷提諾．阿里薩和費米娜．達薩到了酒吧，就像學生坐在吧臺前，啜飲一瓶清涼的飲料，突然間，她像是遇到令人害怕的狀況。她說：「太可怕了！」弗洛雷提諾．阿里薩問她在想什麼，怎麼會覺得可怕。

「想那對可憐的老人。」她說。「他們在船上被人用船槳活活打死。」

他們在昏暗的瞭望臺上暢談許久，直到音樂結束，才各自去睡覺。這一晚沒有月亮，夜空覆蓋著厚厚一層雲，幾道閃電劃過遠處的地平線，瞬間照亮他們，但是沒有伴隨雷聲。弗洛雷提諾．阿里薩替她捲菸，不過她頂多只抽四根，因為耳痛依舊時好時壞，當河輪跟其他輪船碰頭，經過某座沉睡的村莊，或者減速測試水身時，那鳴笛聲響起，她的耳朵會痛得特別厲害。他告訴她，他曾在花賽詩會，熱氣球旅行，雜耍腳踏車試乘時看見她，心潮是多麼澎湃，他又是多麼迫不及待地等待一整年的公眾節慶，只為了看她一眼。她也曾看過他許多次，但從沒想過他的出現只是為了看她一眼。然而，在差不多一年前，當她讀他的信時，她曾突然問自己，他怎麼會從未參加花賽詩會：如果他參加，一定會拔得頭籌。弗洛雷提諾．阿里薩騙她：他只為她寫作，詩都是獻給她的，而他只留給自己欣賞。這時，她在黑暗中伸手尋找他的手，但是他並沒有像她預期的，跟前一晚一樣等待著她的手，而是在手被握住時嚇了一跳。弗洛雷提諾．阿里薩的心彷彿凍結了。

「女人真奇怪呀。」他說。

她發出低沉的笑聲，那種小鴿子的聲音，但她的思緒又回到那對船上的老人。那幅畫面已經注定永遠跟著她。但這一晚，她能忍受，因為她感覺平靜舒暢，這輩子她很少有這樣的時刻：卸下所有罪過。她真希望能這樣直到天明，安安靜靜，握著他冒著冷汗的手，但她無法忍受耳痛的折磨。因此，當音樂結束，大多數的旅客忙著在大廳裡掛起吊床時，她明白耳痛已經超過了想跟他在一起的欲望。她知道告訴他這個問題，能舒緩她的疼痛，可是她不想讓他擔心。因為她現在對他的了解，就好像跟他生活的一輩子，她相信他會下令河輪返回港口，以求減輕她的疼痛。

弗洛雷提諾．阿里薩原本就預料這一晚是這樣的發展，於是向她告別。在艙房門口時，他想跟她吻別，但是她將左臉湊了過去。他不肯放棄，這時呼吸變得急喘起來，於是她又把右臉湊過去，那賣弄風情的模樣，是他從未在中學生時的她身上看到的。於是，他再堅持一次，她終於願意獻出嘴唇，而她用力地發抖，因而試著用遺忘在新婚之夜的笑聲來掩飾。

「老天！」她說。「我在船上怎麼會變得這麼瘋狂！」

弗洛雷提諾．阿里薩顫抖了一下：沒錯，正如她說的，她的身上有一股年齡酸臭味。然而，當他走回他的艙房，邁開腳步走在一個個吊床交錯的迷宮中時，他安慰自己，他的身上應該也有一樣的氣味，而且他比她老四歲，她應該也有同樣的震撼感受。那是人類發酵的氣味，他曾在年紀比較大的情人身上聞過。拿撒勒寡婦向來口無遮攔，她用殘忍的比喻告訴他：「我們聞起來已經有股黑美洲鷲的氣味了。」他們互相忍受，因為兩人不分上下：我的氣味跟妳的氣味相當。相反地，他對艾玫莉卡．維庫涅，經常是小心謹慎，因為她身上的那股未乾的乳臭喚醒了他的母性本能，然而，他害怕她無法忍受他的氣味：老色鬼的氣味。不過這一切已成過去。現在最重要的是，自從艾絲可拉絲蒂卡把祈禱書放在電報室櫃檯上的那天下午起，弗洛雷提諾．阿里薩就再也不曾像今晚感到這麼幸福：因為幸福感太過強烈，他甚至感到恐懼。

清晨五點，正當他要進入夢鄉時，河輪的會計在桑布拉諾港口叫醒他，目的是要交給他一封緊急電報。那是蕾歐娜．卡西亞尼簽名發出的電報，日期是前一天，而他的恐懼全部集中在一行字：艾玫莉卡．維庫涅昨天死亡，死因不明。早晨十一點，儘管他從當電報員那幾年之後就不曾再碰觸電報機，他還是親自操作機器，跟蕾歐娜．卡西亞尼開了一個電報會議，得知了詳情。艾玫莉卡．維庫涅因為期末考成績不佳，心情陷入極度沮喪，因此喝下從學校醫務室偷出來的一罐鴉片酊。弗洛雷提諾．阿里薩心底知道這個消息並不完全。但沒有：艾玫莉卡．維庫涅沒有留下隻字片語，解釋誰該為她的決定負責。這一刻，她的家人在收到蕾歐娜．卡西亞尼的通知後，正從父港趕過來，葬禮將在這天下午五點舉辦。弗洛雷提諾．阿里薩吸了一口氣。他唯一能做的就是繼續活下去，不讓這個回憶折磨自己。他將這個意外從記憶中抹除，但知道在餘生，這個回憶會在出其不意的時刻，突然鮮活起來，彷彿舊時疤痕突然間抽痛一下。

接下來的幾天高溫炎熱，彷彿永無止盡。河水變得混濁，河道越來越狹窄，兩岸不是弗洛雷提諾．阿里薩在初次搭船旅行時大為驚嘆的茂密參天巨樹，而是燒焦的平地，整片雨林剩下的殘塊，所有的樹木都已進了輪船的鍋爐，還有天主遺棄的村莊廢墟，那裡的街道即使在最嚴酷的乾旱時期依舊淹水。到了夜晚，他們醒來並不是因為聽見海牛在沙地上的人魚般的美妙歌聲，而是河面上漂向大海的死屍發出的惡臭。內戰已經結束，瘟疫也已銷聲匿跡，但是一具具腫脹的屍體繼續從河流漂過去。這一次船長謹言慎行：「我們有令在身，只能告訴旅客那些都是意外溺斃的屍體。」昔日，鸚鵡的歡鬧聲和藏在暗處的長尾猴的喧譁聲，總會讓正午時分的悶熱加劇，此刻，遭到夷平的土地上只剩一片無邊無際的死寂。

儲存木柴的地點非常稀少，彼此之間相距又遠，到了旅程第四天，新忠誠號已經沒有燃料可用。輪船靠岸停泊將近一個禮拜，在這期間，船上工作人員分隊深入泥炭沼澤區，尋找零星分布的最後幾棵樹。沒有其他樹了，伐木工拋棄了他們的小徑，逃離大地之神的惡狠反撲，逃離看不見的霍亂，逃離政府下令引開注意的可能內戰。與此同時，無聊的旅客舉行游泳比賽，安排打獵探險，帶回活生生的鬣蜥，將牠們開膛剖肚，拿出一串串半透明而柔軟的蛋，串起來披在輪船的欄杆上曬乾，再拿布袋針將肚子縫合起來。鄰村的窮困妓女跟著探險隊的足跡而來，在河岸的峭壁上搭蓋臨時帳篷，帶來音樂和酒類飲料，對著停泊的河輪辦起狂歡派對。

早在當上加勒比海航運公司的董事長之前，弗洛雷提諾．阿里薩就接過有關河流狀況的警示報告，但是他幾乎連看都沒看一眼。他要股東安心：「放心，當木柴用完時，就會有石油輪船。」他從沒花心思在這件事上，因為對費米娜．達薩的熱情將他沖昏了頭，當他發現事實如此，卻已經無法補救，除非再開鑿一條新的河。在河水充沛的那個年代，甚至得把船停泊好才能睡覺，當時光只是活著就覺得難以忍受。大多數的旅客，尤其是歐洲人，他們會離開像垃圾堆般噁臭的艙房，在到甲板上漫步打發夜晚時光，手裡的毛巾，不僅拿來擦拭不停冒出來的汗水，還用來驅趕各種害蟲，天亮以後，他們個個筋疲力竭，身體被蚊蟲叮咬得發腫。十九世紀初，一個英國旅客指出一趟結合獨木舟和騾子的旅行可能會花上五十天，他寫下：「這是一個人類所能踏上的一趟最糟糕和難受的朝聖之旅。」這段描述在蒸汽輪船啟用的八十年時間，早已經不符合事實，之後，在短吻鱷吃掉最後一隻蝴蝶，母海牛滅絕，鸚鵡、長尾猴和村莊全都失去蹤影後，一切又回到原本模樣，永遠會這樣下去。

「沒問題的。」船長說。「再過幾年，我們可以駕駛豪華汽車沿著乾枯的河道開過來。」

旅途開始的前三天，費米娜．達薩和弗洛雷提諾．阿里薩在加蓋的瞭望臺上，被輕柔的春天溫度包圍，可是，從木柴限制供給之後，冷氣系統無法運作，總統套房就變成了一個蒸汽咖啡壺。夜晚，她依靠朝河面打開的窗戶吹來的風忍受下去，此外還得拿毛巾驅趕蚊子，因為當輪船停駛時，殺蟲劑噴霧幫浦根本沒有效。她的耳痛變得難以忍受，有一天早上，當她醒來，耳痛突然完全消失，就像夏蟬唱破喉嚨後，鳴叫聲戛然停止。但是她一直到天黑才發現自己失去了左耳的聽力，當弗洛雷提諾．阿里薩對著她左邊說話時，她得轉過頭來聽他說什麼。她沒有告訴任何人，她認為這是年紀引起的許多無可救藥的毛病之一，於是屈服了。

總之，對他們來說，輪船的延遲是上天的考驗。弗洛雷提諾・阿里薩曾經讀過這種考驗：「愛情在災難中更顯偉大和高貴。」總統套房的淫氣將他們圍繞在一種如夢似幻的昏沉中，處在這樣的氛圍裡，更容易放下所有疑問而相愛。他們牽著手，坐在欄杆邊的安樂椅上好幾個小時，緩慢地親吻，享受醉人的愛撫，不會因為操之過急而笨手笨腳，第三個昏沉沉的晚上，她準備了一瓶茴香酒等他，她曾跟伊勒德布蘭妲那票表姊妹躲起來偷喝這種酒，後來當結婚有了孩子之後，她也跟她借來的那個世界的女性朋友躲起來喝。她需要一點點麻痺，以免用太過清醒的神志來思考她的命運，但是弗洛雷提諾・阿里薩以為那是為了鼓起勇氣踏出最後一步。這個幻想占據他的腦海，於是他大膽伸出手指探索她那乾癟的脖子，那彷彿金屬支條支撐的胸部，骨頭被磨蝕的臀部，和那衰老的母鹿一般的大腿。她閉上眼睛，開心地接受他，但是身體沒有發抖，只是抽著菸和不時啜飲一口酒。最後，當愛撫探向她的下腹，她的心已經注滿足量的茴香酒。

「如果我們一定要做這種蠢事，那就做吧。」她說。「但是要像大人去做。」

她帶著他到臥室，開著燈就開始寬衣解帶，毫無害羞的神態。弗洛雷提諾・阿里薩仰躺在床上，試著想找回控制，他又不知道該怎麼處理從殺死的老虎身上取下的虎皮了。她對他說：「別看。」他問為什麼，視線一直盯著天花板不放。

「因為你不會喜歡的。」她說。

於是他瞥了她一眼，看見她赤裸著上半身，就跟他想像的一模一樣。她的肩膀布滿鬆弛的皺紋，乳房下垂，肋骨貼著一層像青蛙那樣蒼白冰涼的皮膚。她拿起剛脫下的上衣遮住胸部，然後關掉燈。這時他從床上坐起來，開始在漆黑中脫衣，把每件脫下來的衣服丟到她的身上，她笑得半死，把衣服丟了回去。

他們仰躺在床上許久，醉意逐漸退去，他愈發不知所措，她則是安安靜靜，幾乎懶洋洋的，但她乞求天主不要讓她無緣無故笑出來，她只要喝茴香酒就會這般失控。他們用聊天來排遣時間。他們聊自己，聊他們不同的人生，聊這樣不可思議的際遇，此時此刻，他們應該要思考距離死亡已沒多少時間，兩人卻赤身裸體地躺在一艘拋錨河輪的幽暗艙房裡。她從沒聽說他跟女人交往，而他們所在的城市，是個在消息確認真偽之前就傳得眾所皆知的地方。她隨意問起這件事，他則立刻回答，語氣沒有一絲顫抖：

「那是因為我為妳守住童子身。」

即使這句話是真的，她也怎麼都不會相信，因為他的情書就是充滿這種句子，這種句子的價值不在於本身的意義，而是迷惑人的力量。但是她喜歡他敢說出來的勇氣。至於弗洛雷提諾．阿里薩，他突然問了自己從不敢問的事：她在婚姻生活之外，過著什麼樣不為人知的生活。不論是什麼，他都不會驚訝，因為他知道女人跟男人一樣，都有各自秘密的冒險：同樣多端的詭計，同樣突如其來的靈感，同樣不帶悔恨的背叛。但他終究沒問，這是對的。她在跟教會關係非常緊張的某段時間，懺悔神父曾突兀地問她是否對丈夫不忠，她站起來，沒有回答，沒有完成懺悔，沒有向神父告別，自此不再懺悔，不論是跟這位或其他神父。然而，弗洛雷提諾．阿里薩的謹慎獲得了出其不意的回報：她在漆黑中伸出手來，撫摸他的下腹、體側，和毛髮稀疏的陰部。她說：「你的皮膚跟小孩一樣。」接著，她踏出最後一步，尋找她要的東西，但是沒找到，於是不帶期望地再找一次，終於找到了那個柔弱無依的東西。

「它枯萎了。」他說。

他經常遇到這個意外，因此，他已經學會怎麼跟這個幽魂相處：每次都像第一次，得再重學一次。他牽起她的手，拿到他的胸前：費米娜．達薩清楚地感覺到那顆衰老的心臟，帶著青春的精力、急躁和放蕩，一刻也不停歇地怦怦狂跳。他說：「氾濫的愛跟貧瘠的愛對於心都不好。」他雖然這麼說，卻沒有半點信心：他感到難堪，對自己生氣，渴望找個理由把失敗歸咎給她。她知道，於是開始帶著嘲弄來撫摸他，挑釁他手無寸鐵的身體，像是一隻對於殘酷的現實幸災樂禍的溫柔小貓，直到他再也無法忍受這種折磨，起身回自己的艙房。她繼續想著他直到天色破曉，終於相信這就是她的愛情。茴香酒的效力像是一波波溫和的波浪退去，她感覺一股憂慮開始占據心頭，也許他生氣了，永遠不會再回來。

但是他同一天就回來了，而且是早上十一點的不尋常時間，他容光煥發，精神抖擻，像是刻意賣弄般，當著她的面脫掉衣服。她很高興在大白天底下的他，跟她在黑暗中的想像一模一樣：一個沒有年齡的男人，皮膚黝黑，就像撐開的雨傘般光亮和緊繃，身體沒什麼寒毛，只有腋下和陰部覆蓋著稀疏的直順毛髮。他的男性雄風此刻昂首挺立，她發現，他不是意外讓她看見他的武器，而是當作戰利品展示，希望替自己灌注勇氣。他甚至沒給她時間脫掉在黎明微風開始輕送時換上的睡衣，而是像個新手般手忙腳亂，她身體一抖，忍不住同情他來。但是她沒有感到不快，因為在這種場合，很難分辨同情與愛情的不同。然而，她在事後覺得內心很空虛。

這是她二十多年來第一次享受肉體歡愛，而她願意這麼做，是因為她好奇在這個年紀，身體在經過這麼長時間的退化之後，能感覺到什麼。但是他沒給她時間知道，是否她的身體真的想要。這是個草草結束的悲傷過程，她心想：「現在我們玩完了。」不過她想錯了：儘管兩個人都失望，儘管他對自己的笨拙悔恨交加，儘管她為茴香酒的亂性內疚不已，在接下來的幾天，卻一直形影不離。他們幾乎沒有離開艙房用餐。沙馬里塔諾船長憑直覺發現船上發生了不想被發現的秘密，他派人每天早上送一朵白玫瑰給他們，替他們安排演奏一首他們那個年代的華爾滋小夜曲，還開玩笑地替他們準備添加補精食材的餐點。很久之後，他們才又再嘗試上床，這時已不是刻意而是感覺對了。對他們來說，只需要在一起這樣簡單的幸福就夠了。

他們並不打算離開艙房，但是船長送來一張字條，通知他們十一天的旅程即將結束，河輪在午餐後就要抵達終點港口金城。費米娜．達薩和弗洛雷提諾．阿里薩從艙房眺望在大太陽底下發光的成堆屋舍，以為明白城市為什麼叫這個名字，但是當他們感受到跟鍋爐一樣的熱氣，看見街道上的瀝青彷彿滾沸起來時，便又覺得名字不夠名副其實。此外，河輪沒有停靠在港口邊，而是在對岸，也就是聖塔菲鐵路的終點站。

旅客一下船，他們立刻走出他們的避難所。費米娜．達薩在空蕩蕩的大廳裡，吸一口自由的空氣，兩人站在船舷邊一同望向玩具一般大小的火車車廂，一旁混亂的人群正在尋找他們的行李。或許他們來自歐洲，尤其是女人，她們穿著北歐的大衣，頭戴著上個世紀風格的帽子，在灰塵漫天的酷熱中，顯得無比荒謬。其中幾個頭髮裝點著美麗的馬鈴薯花，花朵已快被豔陽烤焦。她們搭了一天的火車，剛從安地斯高原穿過一片夢幻的大草原來到這裡，還沒來得及更換適合加勒比海氣候的衣服。

人聲鼎沸的市場裡，有個外表看來可憐的老人，他的年紀非常大了，此刻正從那件乞丐穿的外套口袋，掏出一隻隻小雞來。他突然間從人群中冒出來，身上那件破爛的外套應該曾屬於另一個比他高大和魁梧的人。他摘下帽子，翻過來放在碼頭上，希望有人能施捨他一枚硬幣，接著他開始從口袋拿出一把把柔軟蒼白的小雞，像是從他的手中繁殖變多。不過一會兒，碼頭上像覆蓋了小雞，牠們驚恐慌張地吱喳叫，到處亂跑，鑽進行色匆匆的人群中，被行人不自覺地踩了下去。費米娜．達薩著迷地看著這神奇的一幕，這像是為了歡迎她而上演，因為只有她在欣賞這個畫面，卻沒注意搭乘回程路線的旅客何時登船。她的旅行派對結束了：她在登船的旅客中看到許多熟面孔，其中幾個朋友一直到不久之前還陪她守喪，於是她匆促躲回艙房。弗洛雷提諾．阿里薩發現她神情沮喪：她寧願死，也不想她認識的人發現她正在享受一趟愜意的旅行，畢竟她的丈夫才過世沒多久。弗洛雷提諾．阿里薩非常擔心她的消沉，向她保證會想個辦法保護她，而不是只能困在艙房裡。

當他們在私人飯廳吃飯時，他突然想到一個主意。船長一直在煩惱一個問題，許久以前他就想跟弗洛雷提諾．阿里薩討論，無奈後者老是用同樣的一句話打發他：「蕾歐娜．卡西亞尼比我更懂處理這種麻煩。」然而，這一次他卻願意聽了。這個問題是，河輪在往上游航行時會載貨，往下游時卻是空的，至於載客部分則是相反。「載貨的好處是，可以收取更高費用，卻不用張羅吃飯問題。」他說。費米娜．達薩心情不佳，她一邊吃晚餐，一邊索然無味地聽著他們乏味的討論，兩個男人正談著建立不同費率的好處。但是弗洛雷提諾．阿里薩一直聽到最後，然後他問了一個問題，聽在船長耳裡像是快看到一線曙光的預告。

「如果我們來假設，」他說。「可不可能來一趟不載貨也不載客的直航？直接航行到終點站，沿途不停靠任何港口，什麼都不做？」

船長說那只能是假設。弗洛雷提諾．阿里薩比任何人都還清楚加勒比海航運公司有各種工作協議，貨運、旅客、郵務等等，都簽有合約，大部分都不能推卻。唯一能跳過這些合約的，是船上發生瘟疫的時候。當河輪宣布隔離檢疫，會升起黃旗，以緊急狀況航行。沙馬里塔諾船長曾經在河上遇過許多霍亂病例，所以曾這麼做過幾次，儘管後來衛生機關強迫醫生開的是病人死於普通痢疾的證明。此外，在內河航運史上，曾經發生多次升起瘟疫的黃旗，是為了避開稅捐，不想搭載某位旅客，或是迴避不恰當的搜查。弗洛雷提諾．阿里薩從桌底下拉住費米娜．達薩的手。

「好吧。」他說。「我們就這麼做。」

船長嚇了一跳，但他立刻憑著老狐狸的本能，看清楚發生了什麼事。

「我指揮這艘河輪，可是您指揮我們。」他說。「因此，如果您是認真的，那麼請發出書面命令，我們現在就出發。」

弗洛雷提諾·阿里薩當然是認真的，他簽核了命令。無論如何，就算衛生機關樂觀估計，大家都知道霍亂時期還沒結束。至於河輪本身，並沒有什麼問題。他們把少許上船的貨物轉給其他船隻，通知旅客機器故障，安排他們在這天凌晨改搭另一艘其他公司的河輪。如果有人以無數不道德甚至無恥的理由做過這種事，他看不出來為什麼為了愛情去做就是違法的。船長唯一請求的是中途停靠納雷港，接一位會在旅途上陪伴他的人：他也有內心的秘密。

就這樣，新忠誠號在隔天凌晨啟航，船上沒有貨物或旅客，主桅杆上歡樂地飄揚著警示霍亂的黃色旗幟。傍晚時刻，他們在納雷港接一位比船長還要高大壯碩的女人上船，她的美麗異於常人，只差鬍子就能受雇馬戲團了。她叫塞娜妲·涅維斯，但是船長喊她我的狂女，她是他的老朋友，他經常在某個港口接她，再讓她到其他港口下船，她上船總是帶來滿室的幸福。在這個死氣沉沉的悲涼港口，弗洛雷提諾·阿里薩看見了來自恩維加多的火車正吃力地爬上山崖上昔日騾子走的小路，不禁遙想起羅莎爾芭，此時，下起了亞馬遜雨林的滂沱大雨，在剩下的旅程中，幾乎不曾停歇。但是沒有人在意：船上的派對是在屋簷下舉行。這一晚，費米娜·達薩想替這場狂歡盡點心力，於是親自下廚，她在一片船員的喝采聲中，為每個人準備了一道她創作的菜，弗洛雷提諾．阿里薩幫忙取了名字：愛情茄子。

白天，他們打牌，吃飯吃到肚子脹破，睡午覺睡到筋疲力竭，等到太陽一下山，他們立刻請出樂隊演奏，享用茴香酒搭配鮭魚，直到酒足飯飽。這是一趟快速的旅程，河輪很輕，水量豐沛，雨在這一個禮拜的旅程下個不停，從源頭奔流而下的河水，讓航行再順利也不過。沿途幾座村莊同情他們，鳴炮來嚇跑霍亂，他們則回以悲傷的汽笛聲答謝。在途中遇上他們的任何一間公司的輪船，都向他們獻上哀悼之意。輪船停靠在梅西迪絲出生的村莊馬甘格，載運了剩下的旅途所需的柴火。

當費米娜．達薩感覺健康的耳朵出現河輪的鳴笛聲時，嚇了一跳，而在喝完茴香酒的第二天，她兩邊耳朵都能聽得清楚了。她發現玫瑰聞起來比以前芳香，黎明時分的鳥鳴比以前更美妙，以及天主創造了一隻海牛，把牠擺在塔馬拉梅克的沙地上，只為了喚醒她。船長也聽見了海牛的叫聲，他下令河輪駛離航道，於是大家終於都看見身軀龐大的母海牛將幼崽抱在懷中哺育的畫面。不論是弗洛雷提諾或費米娜，都沒發現他們是如此契合：她幫他灌腸，比他早起幫他把睡前放在水杯裡的假牙刷一遍，她解決了眼鏡找不到的問題，因為她也能用他的眼鏡來閱讀和補襪子。一天早上，當她醒來時，看見他在昏暗中縫鈕扣，趕緊過去代勞，以免聽見他又習慣說出那句男人需要兩個妻子的話。然而，她需要他服務的，只有幫忙背部拔罐，減輕背痛。

至於弗洛雷提諾．阿里薩，他拿起樂隊的小提琴來重溫舊時情懷，到了正午，他已經能為她獻上那首《花冠女神》華爾滋，他演奏了好幾個小時，直到大家不得不強迫他停下來。有一晚，費米娜·達薩這輩子第一次從一聲哀叫的窒息中猛然驚醒，那不是生氣而是悲傷的叫聲，因為她又想起了在船上被船槳活活打死的那兩個老人。她反而不覺得下個不停的雨教人心煩，而是過遲地想著，或許巴黎並沒有她感覺的那樣憂鬱，聖塔菲的街道上也沒有那麼多送葬隊伍。未來跟弗洛雷提諾·阿里薩一起旅行的夢想浮現在地平線那一端：瘋狂的旅行，沒有太多行李，也沒有太多的社會包袱，只是單純的愛情之旅。

在抵達港口的前一晚，他們舉辦了一個盛大的歡慶會，掛起紙花圈和彩燈裝飾。傍晚時刻，天空放晴了。船長和塞娜妲隨著剛奏起的幾首波麗露舞曲，緊貼著身體一起跳舞，這幾年，這種聽了教人心碎的歌曲風行一時。弗洛雷提諾·阿里薩大膽邀請費米娜·達薩跳她那首秘密華爾滋，可是她拒絕了。然而，她一整晚用頭和鞋跟打節拍，有段時間，當船長跟他溫柔的狂女在昏暗中親密地跳著波麗露舞曲時，她甚至坐著跳舞卻不自覺。她喝了太多茴香酒，最後大家不得不扶她爬上樓梯，她還狂笑到流淚，引起了大家的警覺。然而，當她回到艙房溫潤的香氣中，終於能克制自己，最後他們做了個平靜和健康的愛，那種兩個枯朽的祖父母之間的歡愛，而這個在這趟瘋狂的旅行中最美好回憶，將烙印在兩人的記憶裡。他們跟船長和塞娜妲以為的剛好相反，已經不再感覺像新婚夫妻，更不是遲暮的戀人。他們跳過了婚姻生活的苦澀階段，直抵了愛情的核心。他們像一對歷經人生大風大浪的老夫妻，默默地跳脫了激情的陷阱，幻想殘酷的愚弄，幻滅的海市蜃樓：他們已經超越愛情。他們已經一起生活夠久，足以發現愛情不論在哪個時空跟哪個地方都是愛情，但越是接近死亡，越是濃烈。

清晨六點，他們醒了過來。茴香酒的餘香尚未退去，她頭痛欲裂，一顆心揪成一團，感覺胡維納爾．烏爾比諾醫生彷彿回來了：他比摔下樹那時還要胖也還要年輕些，坐在家門口的搖椅上等著她。然而，她的腦袋相當清楚，足以知道這不是茴香酒作祟，而是因為馬上就要到家了。

「這就像要死了。」她說。

弗洛雷提諾．阿里薩大吃一驚，因為這正是他從返航開始藏在心頭的想法。不論是他還是她，都無法想像除了艙房外的其他屋子，不同於船上的吃飯方式，他們將回到對他們來說永遠陌生的一種生活。那真的就像死亡。他再也睡不著。他面朝上仰躺在床上，兩隻手枕在腦袋後面。在某個時間點，對艾玫莉卡．維庫涅的回憶讓他痛得扭曲身體，不能再迴避現實：他關在浴室內，盡情痛哭，不疾不徐，直到流乾最後一滴眼淚。直到這一刻，他才有勇氣對自己坦白曾經多麼喜歡她。

當他們起床換裝完畢並準備下船時，輪船已經把舊時的西班牙人的航道和瀉湖拋在後面，航行在海灣中，穿過船隻的殘骸和廢棄的油槽。這天是禮拜四，豔陽高掛，照耀在這座總督之城的金色的圓頂上，但是費米娜．達薩站在欄杆邊，卻無法忍受這榮耀背後的惡臭，遭到鬣蜥褻瀆的堡壘的驕傲：真實生活的恐怖面。不論是他還是她，都沒說出他們不會這麼輕易地就向現實低頭。

他們在飯廳跟船長碰面，他那邋遢模樣跟一貫的整潔格格不入：鬍子沒刮，眼睛因為失眠充血發紅，穿著昨晚汗溼的衣服，講話結結巴巴，因為不時打嗝而吐出茴香酒氣味。塞娜妲還在睡。當他們默默地吃早餐時，一艘港口的衛生單位汽油小艇下令他們停下輪船。

船長從駕駛室內大聲回答武裝巡邏隊的問話。他們想要知道船上發生哪種瘟疫，有多少旅客，多少人生病，可能的傳染機率。船長回答船上只有三名旅客，每個人都得霍亂，不過全部嚴格隔離。不論是應該在金城上船的旅客，或是船上的二十七個組員，都不曾跟他們接觸。但是巡邏部隊隊長並不滿意這個回答，他下令輪船離開海灣，在梅西德塞斯湖等到下午兩點，與此同時，他們會準備輪船進行隔離的手續。船長爆粗口，舉手一揮，要領航員迴轉一圈，返回沼澤區。

費米娜．達薩和弗洛雷提諾．阿里薩坐在餐桌邊聽見這一切，但船長似乎不在意。他繼續默默吃早餐，壞心情卻表露無遺，顧不得維護河運船長傳奇名聲所需的禮儀。他拿起叉子，用尖端戳破四個煎蛋，配著盤子裡的油炸綠色大蕉塊，全部塞進嘴巴，粗魯地開心咀嚼。費米娜．達薩和弗洛雷提諾．阿里薩不發一語地看著他，就像學生坐在學校的長凳上等待期末考結果的公布。衛生單位巡邏隊問話時，他們沒有交談半句，也不知道今後人生將會是怎麼樣，但是兩人都知道船長正在替他們打算：這可以從他兩邊太陽穴的跳動看出來。

正當他吃著那份雞蛋，一盤炸大蕉，一壺牛奶咖啡，輪船帶著燃著餘火的鍋爐，駛離海灣，沿著狹小的水道返回沼澤區，穿過覆滿水面的布袋蓮，這種生長在河川的紫藍色蓮花有著大片心形葉子。水面也漂浮著翻肚的魚群，發出閃閃光芒，那都是偷偷捕魚的漁夫用炸藥炸死的，陸地和水邊的鳥兒在死魚上盤旋，發出金屬般尖銳的叫聲。加勒比海的風伴隨著鳥兒的嘈雜聲吹進了窗戶，費米娜．達薩感覺血管奔竄著自由意志，脈搏正在混亂地跳動。在她的右邊，馬格達萊納大河河口混濁和平靜的河水，向世界的另外一端延伸而去。

當盤子裡的食物幾乎一掃而空，船長拿起桌巾一角抹淨嘴脣，用粗俗的黑話說了起來，將河運船長講話的威嚴一鼓作氣地抹除了。他不是在對他們說話，也不是在跟任何人說話，他只是試著整理自己的怒意。脫口而出一串不雅的咒罵之後，他的結論是不知道該怎麼解決升起警示霍亂黃旗所招惹的麻煩。

弗洛雷提諾．阿里薩眼睛眨也不眨地聽完他的話。接著他看了一眼窗外風玫瑰圖上整個圓形的象限儀，清晰的地平線，十二月萬里無雲的晴空，永遠能夠航行下去的水面，然後說：

「我們繼續往前航行，往前，往前，回到金城。」

費米娜．達薩身體顫抖起來，因為她認出昔日那個承蒙聖靈恩典的聲音，接著她看向船長：他們的命運全繫在他身上了。但是船長沒看她，因為他被弗洛雷提諾．阿里薩那股啟發的力量震懾住。

「您的話是認真的嗎？」他問他。

「我從出生起，」弗洛雷提諾．阿里薩說。「從沒說過一句不認真的話。」

船長瞥了費米娜．達薩一眼，看見她眼中第一次閃爍著像冬季冰霜的光芒。接著他的視線落在弗洛雷提諾．阿里薩身上，和他堅定的決心，他堅若磐石的愛情，於是內心生起一種遲來的、令他吃驚的疑問，那就是活著要比起死亡擁有更多無限的可能。

「您以為我們可以這樣見鬼地一來一返到何時？」他問他。

早在五十三年七個月又十一天前，弗洛雷提諾．阿里薩就已經準備好了答案：

「直到永遠。」他說。

國家圖書館出版品預行編目資料

愛在瘟疫蔓延時 / 加布列・賈西亞・馬奎斯作；葉淑吟譯. -- 初版. -- 臺北市：皇冠，2019.08
面；公分. --（皇冠叢書；第4780種）(CLASSIC;101)
譯自：El amor en los tiempos del cólera

ISBN 978-957-33-3461-3（平裝）

885.7357　　108010978

皇冠叢書第4780種

CLASSIC 101

愛在瘟疫蔓延時【典藏紀念版】

El amor en los tiempos del cólera

作　者—加布列・賈西亞・馬奎斯
譯　者—葉淑吟
發行人—平　雲
出版發行—皇冠文化出版有限公司
台北市敦化北路120巷50號
電話◎02-27168888
郵撥帳號◎15261516號
皇冠出版社(香港)有限公司
香港銅鑼灣道180號百樂商業中心
19字樓1903室
電話◎2529-1778　傳真◎2527-0904
總編輯—許婷婷
責任編輯—蔡維鋼
美術設計—王瓊瑤
著作完成日期—1985年
初版一刷日期—2019年08月
初版八刷日期—2024年08月
法律顧問—王惠光律師

讀者服務傳真專線◎02-27150507
電腦編號◎044101
ISBN◎978-957-33-3461-3
Printed in Taiwan
本書定價◎新台幣420元/港幣140元